Das Sterben des Jahres

Ein Yorkshire-Krimi

Tom Raven Buch 3

M S MORRIS

Dieses Buch ist ein fiktives Werk und jede Ähnlichkeit mit lebenden oder verstorbenen Personen ist rein zufällig, es sei denn, es handelt sich um historische Fakten.

Veröffentlicht von Landmark Media, einer Division von Landmark Internet Ltd.

Deutsche Übersetzung: S. von Nessen, Deutsches Korrektorat: Rebekka Haindl Wörtereule Lektorat & Korrektorat

msmorrisbooks.com

ISBN-13: 978-1-914537-49-3

PROLOG

Es war dunkel. Richtig winterlich dunkel. Ende November, und der Regen prasselte laut auf das Nylon des Regenschirms. Ein Sturm war angekündigt und nun endlich da. Sam Earnshaw hielt den Schirm fest umklammert, als eine Windböe ihn erfasste und in seinen Händen auf und ab tanzen ließ. Sam hatte Stürme noch nie gemocht, und der Winter war ohnehin seine unliebste Jahreszeit. Aber heute Abend war das schlechte Wetter sein geringstes Problem.

Seine Gedanken waren in Aufruhr.

Was hatte er gerade gesehen? Er wünschte, er könnte es ungeschehen machen, aber diese Hoffnung war vergebens. Das Bild hatte sich unauslöschlich in sein Gedächtnis eingebrannt. Er glaubte nicht, dass er es je vergessen würde.

Jetzt musste er einfach weg, um Raum und Zeit zum Nachdenken zu finden.

Er stand am Straßenrand, während sich seine Schuhe und Hosenbeine langsam vollsogen. Das Vernünftigste wäre gewesen, wieder ins Haus zu gehen und zu warten, aber das kam nicht in Frage, nicht nach dem, was er gerade gesehen hatte. Über das Heulen des Windes hinweg hörte er noch immer Musik aus dem Haus, deren gleichmäßiger Rhythmus mit dem Regen im Takt pulsierte. Alle anderen waren noch drinnen, und soweit er wusste, war er der Erste, der gegangen war.

Er musste weg, bevor ihm jemand folgte.

Die Straße war leer, die Straßenlaternen tauchten sie in ein schmutziges Orange. Sam warf im fahlen Schein einen Blick auf die Uhr. Kurz nach zehn. Das Taxi musste jeden Moment da sein, dann konnte er verschwinden, all das hinter sich lassen und seinen nächsten Schritt planen.

Was er als Erstes tun würde, wusste er bereits.

Er würde direkt zu Becca gehen und ihr erzählen, was passiert war. Nicht nur, weil seine Freundin Polizistin war, sondern auch, weil sie ein gutes Gespür für Menschen hatte. Sie würde genau wissen, was zu tun war. Es hätte sowieso keinen Sinn, ihr etwas zu verheimlichen. Sie würde sofort merken, dass ihn etwas beunruhigte. Ihr detektivischer Spürsinn brachte immer die Wahrheit ans Licht.

Weiße Scheinwerfer blitzten in der Ferne auf und bogen in die Straße ein. Das Dröhnen eines Motors übertönte das Brausen des Windes. Das Taxi, endlich! Sam trat vor, damit der Fahrer ihn im Schein der Straßenlaterne gut sehen konnte.

Doch irgendetwas stimmte nicht.

Das Fahrzeug fuhr schnell. Zu schnell. Als es näherkam, erkannte Sam, dass es kein Taxi war, sondern ein Lieferwagen. Der Wagen raste wie verrückt die Straße entlang, die Scheibenwischer peitschten mit Höchstgeschwindigkeit über die Windschutzscheibe, die Reifen pflügten durch die Pfützen wie ein Surfer durch die Wellen.

Sam trat einen Schritt zurück, um nicht nassgespritzt zu werden, doch plötzlich spürte er Hände in seinem Rücken.

Er versuchte, sich umzudrehen, um zu sehen, wer hinter ihm war, doch in diesem Moment riss ihm der Wind fast den Schirm aus der Hand und er musste sich darauf konzentrieren, ihn unter Kontrolle zu bringen.

Und dann passierte alles auf einmal.

Der Lieferwagen kam immer näher. Die Hände in seinem Rücken gaben ihm einen kräftigen Stoß. Der Wind riss ihm den Schirm aus der Hand, als der unsichtbare Angreifer ihn auf die Straße schleuderte. Sam öffnete den Mund, um zu schreien, aber der Wind raubte ihm die Stimme genauso wie den Schirm.

Der Lieferwagen traf ihn mit der Wucht eines Güterzuges, so heftig, dass die Zeit abrupt stehen blieb. Wie bei einer Bombenexplosion. Ein gewaltiger Knall, ein Riss in der Realität.

Dann flog er durch die Luft, kopfüber in die Nacht. Als er über die Windschutzscheibe des Lieferwagens stürzte, glaubte er, einen Blick auf den weiß-grünen Regenschirm zu erhaschen, der anmutig in den Himmel segelte. Aber von seinem Angreifer fehlte jede Spur.

Sein Kopf prallte auf Metall, hart wie Stein, und er stürzte in einen bodenlosen Abgrund. Sein letzter Gedanke, bevor die Dunkelheit ihn verschlang, war: „Ich muss es Becca sagen."

KAPITEL 1

Zwölf Monate später

Becca Shawcross rieb sich die Augen und gähnte. Es war fast sechs Uhr abends. Ihre Kollegen, DC Jess Barraclough und DC Tony Bairstow, fuhren gerade ihre Computer herunter und bereiteten sich auf den Feierabend vor. Sehr vernünftig. Aber Becca war noch nicht so weit. Sie richtete den Blick wieder auf den Bildschirm und versuchte, den Sinn der Worte zu verstehen, die vor ihr herumschwirrten.

Namen. Daten. Uhrzeiten. Orte. Das kleine Einmaleins der Polizeiarbeit. Sie versuchte, sich auf deren Bedeutung zu konzentrieren.

Jess kam herüber, lehnte sich an den Schreibtisch, löste ihr langes blondes Haar und band es erneut zu einem Pferdeschwanz zusammen. „Hi, wie geht's?"

„Okay. Gut."

Jess deutete auf die Informationen auf Beccas Monitor. „Du siehst müde aus. Kann das nicht bis morgen warten?"

„Vermutlich schon." Becca sah zur Tür. „Ich warte auf Raven. Aber er ist immer noch nicht aus dem Krankenhaus zurück."

DCI Tom Raven war der eigentliche Grund, warum Becca um diese Zeit noch im Büro saß. Sie wollte unbedingt hören, was er zu berichten hatte.

Den ganzen Tag hatte sie an ihrem Schreibtisch verbracht und ausdruckslos auf ihren Bildschirm gestarrt und war mit den Gedanken ganz woanders gewesen als bei der aktuellen Aufgabe. Normalerweise war sie eine engagierte, hart arbeitende Ermittlerin, die sich mit vollem Einsatz in einen neuen Fall stürzte. Doch der Fall, den man ihr heute übertragen hatte, langweilte sie zutiefst. Es fiel ihr schwer, sich für den Diebstahl von Elektronikartikeln aus einem Lagerhaus in Pickering zu begeistern, obwohl es ihre berufliche Pflicht als Detective Sergeant der Kripo Scarborough war, allen Verbrechen mit der gleichen Sorgfalt nachzugehen. Für den Besitzer des Lagerhauses war der Verlust einer beträchtlichen Anzahl von Laptops zweifellos ein schwerer Schlag für sein Geschäft. Aber Becca konnte sich kaum darauf konzentrieren, zu viele andere Dinge gingen ihr durch den Kopf.

Immer wieder durchlebte sie den Tag vor knapp zwei Wochen, an dem ihr Freund aus seinem einjährigen Koma erwacht war.

Becca hatte an Sams Bett gesessen, in der festen Überzeugung, dass er sterben würde. Sams Eltern, Greg und Denise, hatten in Absprache mit dem Krankenhausarzt Dr. Kirtlington beschlossen, die lebenserhaltenden Maßnahmen einzustellen. Nach einem Jahr im Koma ohne jegliche Anzeichen einer Besserung hielt es der Arzt für unwahrscheinlich, dass Sam sich erholen würde, und es sei im besten Interesse aller Beteiligten, sein Leben zu beenden.

Becca war nicht gefragt, sondern lediglich über die Entscheidung informiert worden. Sie hatte darum gekämpft, Sam noch eine Chance zu geben und den Termin zu verschieben. Nur ein bisschen mehr Zeit. Aber sie war überstimmt worden.

Dann, als der Moment gekommen war, hatte Sam die Prognosen der Experten widerlegt, indem er das Bewusstsein wiedererlangt hatte. Vielleicht, so dachte Becca gern, hatte ihn ihre eigene letzte Anstrengung – die Musik, die sie ihm vorgespielt hatte – erreicht und von den Toten zurückgeholt. Vielleicht hatte auch die Tatsache, dass sie ein ganzes Jahr lang unermüdlich an seinem Bett gesessen hatte, einen Unterschied gemacht.

Jedenfalls hatte sie in dem Moment bei Sam gesessen, als er zu sich kam. Als er die Augen öffnete und sie ansah, war ihr Herz von so überwältigender Freude erfüllt, dass sie glaubte, es würde explodieren. Es war ein Wunder – die Antwort auf all ihre Gebete. Sie weinte vor Glück. Doch die Freude verwandelte sich rasch in Entsetzen, als Sam ihr erzählte, dass er vor das Auto gestoßen worden war, das ihn beinahe umgebracht hätte. Wer würde so etwas tun? Sam war ein so lieber, sanftmütiger Mensch.

Becca hatte nicht gewusst, was sie tun sollte. Eigentlich hätte sie es Sams Eltern sofort sagen sollen. Aber sie hatte gezögert, Greg und Denise einzuweihen. Aus Beccas Sicht hatten sie ihren Sohn aufgegeben, während sie selbst nie aufgehört hatte, an ihn zu glauben. Anstatt mit ihnen zu sprechen, hatte sie sich an Raven gewandt, der seit gerade einmal zwei Monaten ihr Vorgesetzter war.

Obwohl sie ihn noch nicht lange kannte, hatten sie in dieser kurzen Zeit bereits zwei Mordfälle gemeinsam bearbeitet. Raven war ihr immer noch ein Rätsel – über sein Privatleben wusste sie so gut wie nichts –, aber er hatte sich ihren Respekt verdient.

Sie vertraute darauf, dass er Sams Geschichte ernst nehmen würde.

Raven war an diesem Nachmittag ins Krankenhaus gefahren, um Sam zu befragen. Becca hatte ihn begleiten wollen, doch er hatte darauf bestanden, allein zu gehen. Es sei unethisch, sie an einer strafrechtlichen Untersuchung zu beteiligen, in die ihr Freund verwickelt war. Widerstrebend hatte Becca eingesehen, dass er recht hatte. Aber gleichzeitig hatte sie ein ungutes Gefühl beschlichen.

Wollte Raven die Befragung ohne sie durchführen, weil er an der Glaubwürdigkeit von Sams Geschichte zweifelte? Sie hatte Raven ihr Vertrauen geschenkt, indem sie sich ihm anvertraut hatte. Sie hoffte, dass er dieses Vertrauen nicht enttäuschen würde.

Wieder sah sie auf die Uhr. Raven müsste längst zurück sein. Die Schwestern hielten sich strikt an die Anweisungen der Ärzte, was Besuchszeiten anging, und hätten ihn längst nach Hause geschickt. Wo zum Teufel steckte er?

Jess war die einzige andere Kollegin, der Becca von Sam erzählt hatte. „Du weißt doch, wie Raven ist."

Das wusste Becca nur zu gut. Raven hatte viele gute Eigenschaften – Tatkraft, Loyalität, Hartnäckigkeit –, aber Kommunikation gehörte definitiv nicht dazu. Dass er nicht zurückgekommen war, um ihr von Sams Aussage zu berichten, hätte sie nicht überraschen dürfen.

Sie warf noch einen raschen Blick zur Tür, aber es gab keine Spur von ihm. „Sieht nicht so aus, als würde er heute noch auf die Wache kommen."

„Nein", sagte Jess sanft, „also geh nach Hause."

Becca spürte, wie ihre Laune weiter sank. Es sah ganz danach aus, als würde Raven sie tatsächlich im Stich lassen. Vielleicht hatten sich ihre schlimmsten Befürchtungen bewahrheitet, und er war zu dem Schluss gekommen, dass Sams Geschichte nicht glaubwürdig war. Und jetzt war es ihm zu unangenehm, es ihr zu sagen.

Becca war zu müde, um sich Jess' freundlichen Überredungsversuchen zu widersetzen. Sie schaltete den Computer aus und packte ihre Sachen zusammen. Morgen früh würde sie Raven abpassen und eine Erklärung verlangen.

Zumindest das war er ihr schuldig.

*

Der Mann im Bett sah aus wie der Tod selbst. Aber er lebte – und das war nichts weniger als ein Wunder.

Detective Chief Inspector Tom Raven rückte seinen Stuhl näher ans Bett und beugte sich vor, um die leisen Laute zu hören, die aus Sam Earnshaws Mund drangen. Eine Stimme, die ein ganzes Jahr lang kein einziges Wort gesprochen hatte und nun darum kämpfte, sich über die Geräuschkulisse eines geschäftigen, modernen Krankenhauses zu erheben. Auf dem Korridor vor dem Einzelzimmer rumpelte ein Wagen mit quietschenden Rädern vorbei, auf der Nachbarstation unterhielten sich Krankenschwestern, Maschinen summten und piepten. Der Regen prasselte an die dunklen Fensterscheiben, draußen rollte der abendliche Berufsverkehr vorbei. Doch Raven durfte kein einziges Wort verpassen, denn was Sam ihm zu sagen hatte, war womöglich eine Frage von Leben und Tod.

Die abgemagerten Arme des Patienten lagen reglos auf dem strahlend weißen Laken. Feines blondes Haar umrahmte seine ebenmäßigen Gesichtszüge, doch seine Haut war von einer ungesunden grauen Blässe. Seine tiefliegenden Augen waren auf Raven gerichtet. „Ich werde Ihnen alles erzählen, woran ich mich erinnern kann."

„Nur zu", ermunterte Raven ihn.

Als DS Becca Shawcross in der vergangenen Woche völlig aufgelöst zu Raven gekommen war, was so gar nicht ihrer stets ruhigen, professionellen Art entsprach, hatte Raven einige Zeit gebraucht, um sich aus ihrem wirren Bericht ein klares Bild zu machen.

„Mein Freund", hatte sie ihm gesagt. „Er ist endlich aufgewacht."

Ravens erste Reaktion auf ihre Nachricht war zu seiner Schande wenig einfühlsam gewesen: „Was für ein Freund?" Ihr enttäuschter, ja bestürzter Gesichtsausdruck hatte ihm sofort gezeigt, wie daneben diese Bemerkung war. Becca hatte einmal beiläufig einen Freund erwähnt, aber nie seinen Namen genannt. Und da danach nie wieder die Rede von ihm gewesen war und auch kein solcher Mann in Erscheinung getreten war, hatte Raven nicht weiter über seine Existenz nachgedacht. Er hatte sich

Becca als alleinstehende Frau vorgestellt, die jeden Abend in das Bed and Breakfast ihrer Eltern in der North Marine Road ging.

Wie wenig er doch sein eigenes Team kannte.

Die verblüffende Tatsache, dass Becca in den letzten zwölf Monaten die meisten Abende und Wochenenden am Krankenbett eines bewusstlosen Opfers eines Unfalls mit Fahrerflucht verbracht hatte, hatte sie in einem völlig neuen Licht erscheinen lassen. Raven hatte sie schon vorher sehr geschätzt. Jetzt war seine Achtung für sie noch größer.

Diese Art von Hingabe, dachte er bitter, war ihm im Leben weitgehend versagt geblieben. Es gab niemanden, der an *seinem* Bett sitzen und stundenlang mit ihm sprechen würde. Es gab kaum jemanden, der überhaupt mit ihm reden wollte. Seine Noch-Ehefrau Lisa hätte die Ärzte wahrscheinlich längst angewiesen, die Geräte abzuschalten.

Aber Becca hatte die Hoffnung nie aufgegeben, und ihre Standhaftigkeit war belohnt worden. Entgegen aller medizinischer Erwartungen war Sam aus dem Koma erwacht. Und Becca war dabei gewesen, als er das Bewusstsein wiedererlangt hatte. Die Freude war ihr deutlich anzusehen. Doch kaum hatte Sam die Augen geöffnet, hatte er eine verblüffende Enthüllung gemacht.

Nach Ansicht von Sam Earnshaw war es kein Unfall gewesen, der ihn fast das Leben gekostet hätte. Es war versuchter Mord.

Auf Beccas Bitte hin hatte Raven sich bereit erklärt, mit Sam zu sprechen und selbst zu beurteilen, ob die Beweise ausreichten, um eine Untersuchung einzuleiten. Falls ja, hatte er versprochen, alles in seiner Macht Stehende zu tun, um Sams mutmaßlichen Mörder zur Rechenschaft zu ziehen. Ein kühnes Versprechen, das er spontan gegeben hatte. Er hoffte, er würde es nicht bereuen.

„Lassen Sie sich Zeit, Sam“, flüsterte er dem jungen Mann im Krankenbett zu. „Ich kann auch später wiederkommen, wenn Ihnen das lieber ist.“

Raven war sich des strikten Zeitlimits bewusst, das ihm die diensthabende Krankenschwester gesetzt hatte. „Zwanzig Minuten“, hatte sie in jenem herrischen Ton gesagt, der manchen Menschen so leicht über die Lippen kam. „Und nicht eine Minute länger.“

Raven sah auf die Uhr. Er hatte die ihm zugeteilte Zeit schon fast überschritten, und sie hatten gerade erst begonnen.

Der junge Mann murmelte etwas, zu leise, um es zu verstehen, und Raven beugte sich noch näher vor. „Verzeihung, könnten Sie das bitte wiederholen?“

„Es war der achtzehnte November“, sagte Sam und rang sichtlich um jedes Wort. „An dem Abend gab es eine Party auf der Arbeit. Eine geschlossene Veranstaltung für Mitarbeiter und ihre Familien.“ Seine Stimme war kaum mehr als ein Flüstern, aber in seinen Augen lag eine eiserne Entschlossenheit, der Wunsch, dass seine Geschichte gehört wurde. Raven lauschte aufmerksam.

„Es war in der Salt Castle Brewery. In der Familienbrauerei, die mein Vater gegründet hat. Ich arbeite dort, zusammen mit meinen beiden Brüdern.“ Sams Miene verfinsterte sich. „Oder besser gesagt, ich habe dort gearbeitet. Bevor das passiert ist.“

Raven verkniff es sich, etwas zu sagen. Er hätte Sam gerne versichert, dass er bald wieder fit genug sein würde, um wieder an seinen Arbeitsplatz zurückzukehren, aber Raven war kein Arzt und wusste nicht, wie lange Sams Genesung dauern würde, wenn sie überhaupt möglich war. Raven hatte seine eigene kurzlebige Karriere als Soldat nach einer Verletzung auf dem Schlachtfeld aufgeben müssen, wodurch er in die etwas ungewöhnliche Rolle als Detective geraten war. Er war wohl kaum der Richtige, um Karrieretipps zu geben.

„Warum war Becca nicht mit auf der Party?“, fragte er Sam. „Sie haben gesagt, dass Familien eingeladen waren. Ich nehme an, das galt auch für Freundinnen.“

„Sie hatte an dem Abend Dienst. Aber ich hatte mich nach der Arbeit mit ihr verabredet.“

„Auf der Party?"

„Nein, in der Stadt. Deshalb habe ich die Party früher verlassen."

Raven nickte. Sams Schilderung stimmte mit dem überein, was Becca ihm erzählt hatte – dass sie auch zu der Party gegangen wäre, wenn sie nicht in letzter Minute zu einer Observation abberufen worden wäre. Sam hatte sich später mit ihr in der Stadt verabredet, war aber nie aufgetaucht. Zunächst war sie sauer gewesen, weil sie gedacht hatte, er hätte sie vor lauter Spaß einfach vergessen. Doch dann war der Anruf von Sams verzweifeltem Vater gekommen. Sam war Opfer eines Unfalls geworden und bewusstlos mitten auf der Straße gefunden worden. Er war ins Krankenhaus eingeliefert worden. „Wir hatten geplant, im neuen Jahr in eine gemeinsame Wohnung zu ziehen", hatte Becca Raven erzählt. „Aber dann brach alles zusammen."

Raven fragte sich, ob die Dinge anders gelaufen wären, wenn Becca mit Sam zu der Party hätte gehen können. Hätte das den Lauf der Dinge verändert und Sam vor seinem Schicksal bewahrt? Wären sie vielleicht doch zusammengezogen und würden jetzt glücklich zusammenleben? Er wusste, dass es müßig war, darüber zu spekulieren. Zu viele Faktoren – Entscheidungen, Zufälle, winzige Momente – hätten den Verlauf jenes Abends beeinflussen können. Ohne mehr zu wissen, blieb alles Spekulation.

Außerdem gehörten unvorhergesehene Überstunden zum Polizeialltag. Es war schwierig, den Job mit einem sozialen Leben oder gar einem Familienleben unter einen Hut zu bringen. Für Raven war genau das der Grund, warum seine Ehe in die Brüche gegangen war. Es war nicht seine persönliche Schuld, dass Lisa ihn verlassen hatte. Zumindest redete er sich das gerne ein. Und wenn man es oft genug wiederholte, glaubte man es irgendwann selbst.

„Ich habe am Straßenrand auf ein Taxi gewartet", fuhr Sam fort. „Es war dunkel, es regnete und die Sicht war nicht besonders gut."

„Konzentrieren Sie sich auf den Moment des Unfalls“, sagte Raven, der sich bewusst war, dass die ihm zur Verfügung stehende Zeit ablief, und Sam zum Kern seiner Aussage führen wollte. „Haben Sie das Fahrzeug gesehen, das Sie angefahren hat?“

„Ja. Es war kein Taxi. Es war ein Lieferwagen.“

Laut Becca war im ursprünglichen Polizeibericht kein Lieferwagen erwähnt worden. Keine Augenzeugen, kein Fahrzeug am Unfallort. Kein Fahrer hatte sich gemeldet, um die Verantwortung zu übernehmen. „Können Sie den Lieferwagen beschreiben?“

„Nicht wirklich. Ich habe ihn nicht genau gesehen.“

„Die Farbe vielleicht?“

Sam verzog das Gesicht, als er sich an die Szene erinnerte. „Ich weiß nur noch, dass alles orange war.“

Das lag vermutlich am Licht der Straßenlaternen. Die meisten der alten Natriumdampflampen in der Stadt waren nach und nach durch weiße LED-Lampen ersetzt worden. Aber einige alte Straßenlaternen gab es noch. Sie waren dafür bekannt, dass man Farben nur schwer erkennen konnte.

„Was für ein Lieferwagen? Wie groß war er?“

„Er fühlte sich jedenfalls ziemlich massiv an, als er mich gerammt hat.“ Sam grinste Raven schief an.

Dem Jungen war es offensichtlich gelungen, sich trotz der schrecklichen Tortur einen Sinn für Humor zu bewahren. Das zeugte von großer mentaler Stärke. Raven versuchte, sich Sam und Becca als Paar vorzustellen. Er fand, dass sie gut zusammenpassten.

„Und Sie sagen, jemand hat Sie vor den Lieferwagen gestoßen?“

„Ja. Ich habe ihn nicht gesehen, aber jemand hat sich von hinten angeschlichen und mich auf die Straße geschubst.“

„Könnte es der Wind gewesen sein?“

„Nein, ich habe Hände in meinem Rücken gespürt.“ Sam schloss die Augen, und nach ein oder zwei Augenblicken fragte sich Raven, ob er sein Limit für diesen

Tag erreicht hatte. Wahrscheinlich war es Zeit für ihn zu gehen, aber er würde so oft wiederkommen, wie Sam brauchte, um ihm alles zu erzählen, woran er sich erinnerte.

Er erhob sich, berührte Sams Hand und sagte: „Ich komme morgen wieder."

Plötzlich umklammerte Sam seine Finger. Die Bewegung kam unerwartet. Er riss die Augen auf und runzelte die Stirn. „Ich habe versucht, mich zu erinnern, was sonst noch passiert ist."

„Etwas über Ihren Angreifer?"

„Nein. Da war … noch etwas anderes. Etwas, das geschah, bevor ich gestoßen wurde."

Raven setzte sich wieder. „Was war es?"

Sam stöhnte frustriert. „Ich weiß es nicht. Es ist einfach weg."

„Machen Sie sich jetzt keine Gedanken darüber", sagte Raven.

Eine Lücke in Sams Gedächtnis war zu erwarten gewesen. Sam hatte sich an so viele Details erinnert, obwohl Dr. Kirtlington, der für Sams Behandlung zuständige Arzt, Raven gewarnt hatte, den Aussagen seines Patienten nicht zu viel Glauben zu schenken. „Sam hat eine traumatische Kopfverletzung erlitten, und seine Erinnerungen sind mit Vorsicht zu genießen. Alles in allem kann er von Glück reden, dass er überhaupt überlebt hat."

Glück. Die gleiche Art von Glück, die man Raven im Lazarett bescheinigt hatte, als er aufgewacht war und erfahren hatte, dass er sein Bein doch nicht verlieren, sondern nur für den Rest seines Lebens hinken würde. Es war nicht die Art von Glück, wie sie Lottogewinner hatten, sondern eine spezielle, zweitklassige Art, die ausschließlich den Pechvögeln vorbehalten war.

„Ich muss mich daran erinnern, was ich noch gesehen habe." Sam wurde zunehmend unruhig. „Ich weiß, dass es wichtig ist."

„Ich bin sicher, es fällt Ihnen ein."

Die Tür öffnete sich und die Krankenschwester eilte

herein. „Noch immer hier, Chief Inspector?“

„Ich wollte gerade gehen.“

Die Krankenschwester hob streng eine Augenbraue. „Ich habe Ihnen doch gesagt, Sie sollen Sam nicht überanstrengen. Er muss sich ausruhen, wenn er sich vollständig erholen soll.“ Sie stand da und wartete offensichtlich darauf, dass Raven ging.

Raven erhob sich erneut und klopfte Sam auf die Schulter. „Machen Sie sich im Moment keine Sorgen. Woran auch immer Sie versuchen, sich zu erinnern, es wird Ihnen einfallen, da bin ich sicher.“

KAPITEL 2

Raven trat in die Dunkelheit hinaus und schlug den Mantelkragen gegen Wind und Regen hoch. Es war der letzte Tag im November, gut ein Jahr nach dem Unfall mit Fahrerflucht. Laut Becca hatte es auch in jener Nacht gestürmt. Raven mochte Stürme. Er liebte den Wind in den Haaren, das Gefühl, dass die Elemente entfesselt waren und demonstrierten, was sie anrichten konnten, wenn sie sich so richtig ins Zeug legten. Lisa hatte ihn für verrückt erklärt, weil er Winterwetter so sehr liebte.

„Was hast du gegen den Sommer, Tom?“, hatte sie gefragt. „Der Frühling ist auch nicht schlecht.“

Aber Raven fühlte sich in der dunkelsten Zeit des Jahres am wohlsten. Vielleicht hatte es etwas mit den Erwartungen zu tun. Wenn die Tage kürzer wurden, erwartete niemand mehr viel von ihnen, und gelegentliche Sonnenstrahlen oder eine milde Brise bedeuteten plötzlich umso mehr. Im Sommer, wenn lange, heiße Tage selbstverständlich waren, war es viel leichter, enttäuscht zu werden. Und Raven hatte in seinem Leben schon genug Enttäuschungen erlebt.

Er schob die Hände tief in die Manteltaschen und überquerte den windgepeitschten Asphalt des Krankenhausparkplatzes. Als er auf den Schlüsselanhänger drückte, begrüßte ihn sein silberner BMW M6 Coupé mit einem einladenden Blinken. Ein einsames Leuchtfeuer in der Dunkelheit. Sein treuester Begleiter. Er stieg ein und startete den Motor.

Er wusste, dass Becca zweifellos auf dem Revier auf ihn warten würde. Sie würde jedes Detail des Gesprächs mit Sam erfahren wollen. Sie würde erwarten, dass er bereit war, Ermittlungen wegen versuchten Mordes einzuleiten, und dass er ihr genau erklärte, wie er dabei vorgehen würde. Wahrscheinlich wollte sie sich daran beteiligen, obwohl er diese Möglichkeit bereits ausgeschlossen und ihr einen Einbruchsfall zugeteilt hatte, der damit nichts zu tun hatte. Dennoch würde sie zweifellos erwarten, von ihm auf dem Laufenden gehalten zu werden.

An ihrer Stelle hätte er genau dasselbe getan.

Das Problem war nur, dass er ihr nichts zu sagen hatte, zumindest nichts, was sie nicht schon selbst wusste. Und was Theorien darüber anging, was genau passiert war, so musste er erst mehr Informationen sammeln, bevor er eine Hypothese aufstellen konnte. Statt also nach dem Verlassen des Krankenhauses zum Revier zurückzukehren, fuhr er direkt nach Hause, in der Hoffnung, dort vielleicht einem ganz anderen Rätsel auf die Spur zu kommen – was genau sein Bauunternehmer eigentlich mit seinem Haus trieb und ob es irgendeine Chance gab, es bis Weihnachten bewohnbar zu machen.

Ravens Zuhause in der Quay Street als dreistöckiges georgianisches Reihenhaus zu beschreiben, klang deutlich beeindruckender, als es in Wirklichkeit war. Das alte Backsteingebäude war schmal und baufällig, eingeklemmt zwischen seinen Nachbarn, gezeichnet von jahrzehntelanger Vernachlässigung. Seine Geschichte war ebenso düster wie die persönlichen Hintergründe seiner jetzigen und früheren Bewohner, aber das Gebäude war mindestens zweihundert Jahre alt. Nicht so alt wie einige der Nachbarhäuser, die seit dem fünfzehnten Jahrhundert im Schatten des Burghügels standen, aber alt genug, um einiges an Leben und Tod erlebt zu haben. Es hatte Ravens Vater Alan gehört und davor seinem Großvater Jack. Es war das Haus, in dem Raven aufgewachsen war, das Haus, aus dem er geflohen war, als er Scarborough mit sechzehn verließ, und das Haus, das er geerbt hatte, als Alan Raven auf dem Heimweg vom Pub an einem Herzinfarkt gestorben war.

Ursprünglich war Raven nur aus London zurückgekehrt, um die Beerdigung seines Vaters zu organisieren. Doch statt das Vernünftige zu tun, nämlich das Haus zu verkaufen und es einem findigen Immobilienmakler zu überlassen, der es in ein Ferienhaus umwandeln würde – Beccas Bruder Liam verdiente damit seinen Lebensunterhalt –, hatte Raven beschlossen, selbst einzuziehen, und den örtlichen Bauunternehmer Barry Hardcastle mit der Renovierung beauftragt. Vielleicht wurde er auf seine alten Tage sentimental.

Mit etwas Glück würde er den Bauunternehmer noch vor dem Feierabend erwischen. Raven hatte ihm einen Schlüssel gegeben, damit er kommen und gehen konnte, wie es ihm passte, aber Barrys Arbeitszeiten waren ein Mysterium. Manchmal begann er in aller Herrgottsfrühe mit der Arbeit, noch bevor es richtig hell wurde. An anderen Tagen tauchte er erst spät auf, wenn überhaupt. Wann er abends Schluss machte, war ebenso unberechenbar. Aber immerhin war der Umbau nach einem holprigen Start mittlerweile im Gange.

Raven ließ den BMW auf dem Parkplatz am Ende der Straße stehen und ging das schmale Kopfsteinpflaster entlang – nicht mehr als zwei Fuß breit –, das die ursprüngliche Straßenbreite markierte, bevor in den sechziger Jahren die Häuser auf einer Seite abgerissen und die Straße verbreitert worden war. Aber es war immer noch eine enge Gasse, und Barrys Lieferwagen und der Container, den er vor dem Haus abgestellt hatte, waren zu einem ständigen Streitpunkt mit den Nachbarn geworden.

Aber was sollte Raven dagegen tun? Er wollte den Bauunternehmer mindestens genauso dringend loswerden.

An diesem Abend stand der Lieferwagen noch da, also war Barry ausnahmsweise nicht früh gegangen. Raven stieß die Haustür auf und wäre beinahe in ein Loch im Boden getreten. „Heilige Scheiße", murmelte er.

Die Hälfte der Dielen im Flur fehlte, zurück blieb ein gähnender Abgrund, über den sich nur noch ein paar wackelige Bretter wie hohle Rippen spannten. Unter dem dürftigen Holzgerüst klaffte ein Fußbreit nackter, feuchter Erdboden. Alarmiert starrte Raven in den Hohlraum. Keine Spur eines soliden Fundaments. Anscheinend gab es kaum etwas, das das Haus zusammenhielt. Da es zu einer Reihenhauszeile gehörte, konnte es sich wenigstens an die Nachbarn lehnen, wie eine Reihe Betrunkener, die sich gegenseitig stützten.

Modriger Geruch stieg vom Boden auf und legte sich wie Nebel über den Flur. Die Quay Street lag nur wenige Meter vom Hafen entfernt und war, wie der Name verriet, im Mittelalter der ursprüngliche Kai gewesen. Raven fragte sich, ob bei Flut das Meerwasser durch den Boden in das Mauerwerk eindringen konnte. Kein Wunder, dass die Wände des alten Gebäudes durch und durch feucht waren. Ihm kam der Gedanke, dass das ganze Gebäude bei einem Sturm einstürzen könnte, so wie sein Vater in jener Nacht, als er vom Golden Ball nach Hause getorkelt war, zusammengebrochen war und sein Ende gefunden hatte. Welchen Sinn hätte dann die Sanierung? Nicht zum ersten Mal stellte Raven in Frage, ob es wirklich klug gewesen war, so viel Geld in dieses Wrack von einem Haus zu stecken. Aber in seinem jetzigen Zustand würde es ihm niemand abkaufen wollen. Jetzt, da er mit der Renovierung begonnen hatte, blieb ihm nichts anderes übrig, als sie zu Ende zu bringen.

„Passen Sie auf, wo Sie hintreten!" Barrys unförmiges, aber stets fröhliches Gesicht tauchte oben auf dem Treppenabsatz auf. Irgendwo in den Tiefen des Hauses machte sein junger Lehrling Reggie mit einem Hammer einen ohrenbetäubenden Lärm. Offenbar lieferte er sich ein Duell mit Barrys tragbarem Radio, das unermüdlich Achtzigerjahre-Hits in voller Lautstärke spielte. „Fast fertig", rief Barry und polterte die wackelige Treppe hinunter. „Wir haben den ganzen morschen Kram rausgerissen. Die Hälfte liegt schon im Container."

Raven wusste, dass dies die ohnehin schon horrende Rechnung für die Arbeiten noch weiter in die Höhe treiben würde. Jedes Mal, wenn er mit seinem Bauunternehmer sprach, hatte Barry ein neues Problem entdeckt, das dringend behoben werden musste. Der Kostenvoranschlag explodierte, und die Fertigstellung rückte in weite Ferne.

Raven betrachtete die Grube, in die er beinahe gestürzt wäre. „Ich hoffe, Sie lassen das hier heute Abend nicht einfach so offenstehen."

„Nee", sagte Barry. „Natürlich nicht. Ich sag Reg, er soll ein paar Bohlen drüberlegen. Dann hauen wir für heute ab."

„Bleiben Sie, solange Sie wollen." Raven hätte Barry und Reggie nur zu gern bis zur Schlafenszeit ertragen, wenn sie nur die Arbeiten zu Ende bringen würden. Es erwies sich als weitaus schwieriger als erwartet, das Haus einigermaßen instand zu setzen, geschweige denn, es ins einundzwanzigste Jahrhundert zu bringen. Aber was wusste er schon vom Bauen? Er war schließlich nur ein Detective.

Ursprünglich hatte er gehofft, Barry würde das Haus innerhalb eines Monats fertigstellen, damit er seine Tochter über Weihnachten einladen konnte. Hannah studierte Jura an der Universität Exeter, und er hatte sie seit dem Sommer nicht mehr gesehen. Ihre Kommunikation hatte sich auf gelegentliche E-Mails und Textnachrichten beschränkt, und er hatte gehofft, das Haus könne eine Gelegenheit sein, ihre Beziehung wieder aufleben zu lassen. Doch auch ohne Barry nach dem Stand der Arbeiten zu fragen, war Raven inzwischen klar, dass die Chancen, bis Weihnachten fertig zu werden, rapide gesunken waren. Im Moment glich das Haus einer Todesfalle.

Vorsichtig balancierte er über die Dielenreste im Flur und betrat die Küche. Neue Schrecken erwarteten ihn. Der uralte Gasherd, der, solange Raven zurückdenken konnte, an der Wand gestanden hatte, war auf den Gerätefriedhof im Himmel verbannt worden. Zurückgeblieben war nur ein gekappter Gasanschluss und ein paar scheußliche Mosaikfliesen aus den sechziger Jahren an der Stelle, an der er die letzten fünfzig Jahre gestanden hatte.

„Ich wette, Sie sind froh, dass Sie das alte Ding los sind", sagte Barry.

Raven starrte sprachlos auf die Lücke in der Küche. Der alte Herd war schwer zu bedienen gewesen und hätte nie im Leben irgendeine Sicherheitsprüfung bestanden. Aber nun, da er weg war, empfand Raven seinen Verlust wie einen Schlag in die Magengrube. Ein Stück Kindheit war herausgerissen und entsorgt worden. Und vor allem: Wie sollte er jetzt seine Mahlzeiten zubereiten?

„Schätze, Sie gehen heute Abend zum Imbiss", sagte Barry. „Was meinst du, Reggie?"

Der Junge, der gerade mit einem Hammer auf einen Oberschrank einschlug, unterbrach seine Abrissarbeiten. Er sah Raven an, behielt seine Meinung aber für sich. Bis jetzt hatte Raven ihn noch kein einziges Wort sprechen hören.

„Ja", fuhr Barry fort, „morgen reißen wir die Küche komplett raus."

„Und wann kommt die neue rein?"

„Na ja, das wird ein bisschen dauern", sagte Barry und spreizte seine Handflächen zu einer vagen Geste. „Wir müssen erst die Wand im Bad rausreißen und alles in Ordnung bringen, bevor wir irgendwas Neues einbauen können."

„Und wie lange dauert das?"

„Schwer zu sagen. Wir müssen neu verkabeln, verputzen, neue Rohre verlegen und einen neuen

Fußboden legen, bevor überhaupt jemand von der Küchenfirma kommen kann.“ Barry strich sich über den Stoppelbart, als philosophiere er über das Geheimnis der Zeit. „Wie lange? Tja, kommt drauf an, oder Reg?“

Reggie schwieg und hämmerte weiter.

Raven nickte resigniert. Jedes Mal, wenn er abends nach Hause kam, war ein weiteres Stück seines Hauses demoliert worden. Bald würde nichts mehr übrig sein. Bisher hatte Barry nichts als Verwüstung angerichtet, und er schien nie eine klare Vorstellung davon zu haben, wie lange etwas dauern würde. Raven wusste, dass er sich diesen Albtraum selbst eingebrockt hatte, aber das machte es nicht leichter, ihn zu ertragen. Er konnte nur beten, dass sich irgendwann ein Phönix aus der Asche erheben würde.

„Feierabend für heute“, sagte Barry. „Komm, Reggie, leg den Hammer weg und leg ein paar Bohlen über das Loch im Flur, damit Raven sich nicht das Genick bricht.“

Raven wartete, bis sie gegangen waren. Wie versprochen bildeten die Bretter einen schmalen Steg in der Mitte des Flurs, links und rechts davon gähnte der offene Erdboden. Er ging zurück in die Küche und schaltete den Wasserkocher ein, um eine Tasse Kaffee zu kochen. Die Kabel knisterten leise, als das Wasser kochte, was Raven in seiner Überzeugung bestärkte, dass es die richtige Entscheidung gewesen war, Barrys zerstörerische Kraft für die Renovierungsarbeiten freizusetzen. Er durchsuchte die verbliebenen Schränke nach einer sauberen Tasse, und als er keine finden konnte, nahm er das am wenigsten schmutzige Exemplar aus dem Stapel, den Barry und Reggie im Spülbecken hinterlassen hatten. Kein Wunder, dass die Renovierung so langsam voranging, wenn die beiden den ganzen Tag mit Teetrinken verbrachten. Raven spülte die Tasse unter fließendem Wasser aus, dann gab er einen Löffel Kaffeegranulat hinein und goss kochendes Wasser darüber. Er verabscheute Instantkaffee und konnte nur hoffen, dass sein Traum von einer glänzenden neuen Küche mit einer richtigen Espressomaschine, die einen

Ehrenplatz einnehmen würde, bald in Erfüllung gehen würde.

Er nahm einen Schluck des schal schmeckenden Getränks und dachte daran, dass morgen der erste Dezember war. Es war nun schon zwei Monate her, dass er London verlassen hatte und in seine Heimatstadt zurückgekehrt war, nachdem er bei der Met gekündigt und zur Polizei von North Yorkshire gewechselt war. Weihnachten stand vor der Tür, überall hingen Lichterketten und die Läden waren voll mit dem funkelnden Kitsch, den Raven zutiefst verabscheute. An fast jedem Plakatständer prangten Werbeplakate für das traditionelle Weihnachtsmärchen im Spa Theatre – *Aladdin*. Auf dem Revier war von einer Weihnachtsfeier die Rede, die Raven nach Kräften zu meiden gedachte. Und der diensthabende Sergeant drängte ihn bereits, Lose für die Tombola zu kaufen. Da die Hauptpreise aus einem Golfwochenende, einem Weinpräsentkorb und einer Flasche Whisky bestanden – alles Dinge, für die Raven sich nicht im Geringsten interessierte –, hatte er höflich abgelehnt. Trotz seiner Vorliebe für den Winter hatte er sich nie mit Weihnachten anfreunden können. In seiner Kindheit hatten die festlichen Familienfeiern um den Weihnachtsbaum immer damit geendet, dass sein Vater betrunken zusammengebrochen war. Und als Erwachsener hatte Raven es vorgezogen, an Feiertagen zu arbeiten, statt zuhause eingesperrt zu sein. Aus Angst, die Fehler seines Vaters zu wiederholen, hatte er seiner Frau und seiner Tochter seine eigene Art von Zerstörung zugefügt.

Er seufzte. Es war ausgeschlossen, dass Barry das Haus bis zum fünfundzwanzigsten in einen Zustand versetzen konnte, der es Hannah erlaubte, zu ihm zu kommen. Ihm stand ein einsames Weihnachtsfest bevor.

Keine Familie. Keine Freunde. Und wenn es so weiterging, wahrscheinlich nicht einmal mehr ein Dach über dem Kopf.

KAPITEL 3

Becca war bereits hellwach, als ihr Wecker um sieben klingelte. Sie hatte sich die halbe Nacht im Bett hin und her gewälzt. An Schlaf war bei all den Fragen in ihrem Kopf nicht zu denken. Warum war Raven am Abend zuvor nicht ins Revier zurückgekehrt? Warum hatte er sie nicht wenigstens angerufen? Hatte er überhaupt mit Sam gesprochen oder hatten ihn die Stationsschwestern rausgeworfen? Sie konnten ziemlich einschüchternd sein – vor allem eine –, obwohl Becca sie während ihres Jahres an Sams Krankenbett für sich gewonnen hatte. Was aber, wenn Dr. Kirtlington Raven davon überzeugt hatte, dass man Sams Gedächtnis nicht trauen konnte?

Becca brauchte Raven an ihrer Seite, um herauszufinden, wer versucht hatte, Sam zu töten. Ihre größte Angst war, dass der Täter es noch einmal versuchen könnte.

Das Problem war, dass sie keine Beweise hatte, abgesehen von Sams Aussage. Für Becca reichte das, aber würde es auch einen Außenstehenden wie Raven überzeugen? Wenn nicht, bliebe ihr nur, ihn eindringlich um Unterstützung zu bitten. Und das würde seine

Loyalität ihr gegenüber auf die Probe stellen. Zwar hatten sie bereits zwei Mordfälle gemeinsam bearbeitet und dadurch ein gewisses Vertrauensverhältnis aufgebaut, aber sie hatte keine Ahnung, wie belastbar diese Beziehung wirklich war.

Sie duschte, zog sich an und öffnete die Vorhänge, um einen kurzen Blick auf die Welt da draußen zu werfen. Von ihrem Fenster im obersten Stock des Gästehauses aus hatte sie einen großartigen Blick über die gesamte North Bay. An klaren Tagen konnte sie meilenweit sehen, von den Sandstränden bei Scalby Ness bis zur Spitze der Burghalbinsel und weit hinaus auf die flache Weite der Nordsee. An diesem Morgen war es noch dunkel, doch ein grau-rosa Streifen am Horizont kündigte den nahenden Tagesanbruch an.

Wenn er kam, wäre Becca bereit.

Sie ging hinunter in die Küche, wo die Familie frühstückte. Wie erwartet war ihre Mutter Sue bereits eifrig damit beschäftigt, das Frühstück für die Gäste vorzubereiten. Sie sah vom Herd auf, um Becca zu begrüßen. „Guten Morgen, Liebes. Bereit für ein ordentliches englisches Frühstück?"

Becca hätte am liebsten abgelehnt. Sie wollte früh zur Arbeit, um Raven nicht zu verpassen, und sie war sich nicht sicher, ob sie viel Appetit haben würde. Aber heute würde ein harter Tag werden, und sie konnte jede Stärkung gebrauchen, die sie bekommen konnte. „Danke", sagte sie zu ihrer Mutter. „Ich setze schon mal Wasser auf."

Bis Becca sich eine Tasse starken Tee gekocht hatte, hatte Sue einen Teller mit Speck, Würstchen, Eiern, Bohnen und geröstetem Brot beladen. „Moment", sagte Sue, „ich habe auch noch ein paar Pilze." Sie legte die dampfenden Schwarzkappen neben das Rührei und füllte damit die letzte freie Ecke des Tellers aus.

Becca starrte auf den Berg aus Essen, wohl wissend, dass ihre Taille es ihr nicht danken würde, aber plötzlich hatte sie einen Bärenhunger. Sie stürzte sich darauf und genoss das wohlige Gefühl von hausgemachtem, heißem Frühstück. Das salzige Aroma des Specks, die beruhigende, fluffige Wärme der Eier, der köstliche, dunkle Saft der Pilze. Es gab nichts Besseres, um sich für den Tag zu stärken.

„Liam ist auf dem Weg“, sagte Sue. „Er müsste jeden Moment hier sein.“

„Mm“, sagte Becca mit vollem Mund. Ihr Bruder war in letzter Zeit nicht gerade ihr Lieblingsmensch gewesen. Als Sam im Koma gelegen hatte, hatte Liam versucht, sie davon zu überzeugen, dass es an der Zeit war, weiterzuziehen und jemanden Neuen zu finden. Es hatte einen heftigen Streit gegeben, und Becca hatte ihm wütende Worte an den Kopf geworfen. Inzwischen hatte er sich entschuldigt und eingesehen, dass er sich in Bezug auf Sam geirrt hatte. Er hatte sie um Verzeihung gebeten, die sie ihm widerwillig gewährt hatte. Doch das Gefühl des Verrats war geblieben. Sie bereute ihre Worte nicht. Ihr Bruder hätte sie in einer Zeit unterstützen müssen, in der sie ihn am dringendsten gebraucht hatte.

Die Hintertür öffnete sich. Nicht mit dem üblichen Knall, der Liams Ankunft ankündigte, sondern die Tür wurde bedacht und vorsichtig geöffnet und geschlossen, als fürchtete er die Reaktion, die ihn erwartete.

„Hi, Schwesterherz. Hi, Mum.“

Er blieb auf der Türschwelle stehen, als würde er auf die Erlaubnis warten, eintreten zu dürfen.

Becca konnte sich ein Lächeln kaum verkneifen. Sie bezweifelte, dass diese neue, demütige Version ihres Bruders von Dauer sein würde, aber im Moment genoss sie es. „Auf der Suche nach einem Gratisfrühstück?“, neckte sie ihn.

„Ähm, wenn noch was übrig ist?“

Sue eilte zum Tisch und stellte einen weiteren beladenen Teller mit Essen ab. „Natürlich ist noch was da, Liam. Sei nicht albern. Becca wird dir schon nicht den Kopf abreißen. Komm und frühstücke mit uns.“

Doch er zögerte noch, bis Becca schließlich Mitleid

hatte. „Komm schon, Bruderherz. Stopf dir was zwischen die Kiemen, solange es noch heiß ist."

Endlich verließ Liam die Türschwelle, hängte seine Lederjacke über die Stuhllehne und setzte sich an den Tisch. Egal wie das Wetter war, er trug nie einen richtigen Mantel. Er stürzte sich auf das Frühstück, als hätte er tagelang nichts gegessen. „Gibt's was Neues von Sam?", brachte er zwischen zwei Bissen hervor.

„Raven war gestern bei ihm."

„Und?"

„Und ich werde heute Morgen mit Raven sprechen."

„Gut. Wird er also eine richtige Untersuchung einleiten? Wird er herausfinden, wer versucht hat, Sam zu töten?"

Bei der Entschlossenheit in Liams Stimme machte Beccas Herz einen Sprung. Welche Zweifel er auch immer gehabt haben mochte, ihr Bruder stand jetzt voll hinter ihr. Sie spießte ein Stück Wurst mit der Gabel auf. „Das sollte er verdammt nochmal besser tun."

*

Detective Superintendent Gillian Ellis' Miene war nicht gerade ermutigend. Schon unter normalen Umständen war sie schwer zu überzeugen, doch heute Morgen schien sie besonders mürrisch zu sein. Sie sah finster drein, als Raven klopfte und ihr Büro betrat. Ihre fülligen Wangen zuckten missbilligend.

„Das ist ein sehr früher Besuch, Tom. Ich hoffe, es gibt einen guten Grund dafür."

„Den gibt es, Ma'am."

Raven war früher als sonst aus seinem Haus geflüchtet, um Barry aus dem Weg zu gehen. Der Bauunternehmer schien gerade einen Lauf zu haben, denn er kam gleich am Morgen vorbei und versprach, „heute den Rest der Küche rauszureißen". Es war noch nicht einmal richtig hell gewesen, als Raven die Haustür hinter sich zugezogen hatte. Auf dem Weg zur Arbeit hatte er sich in einem kleinen Café am Hafen ein Frühstück mit Eiern und Würstchen sowie eine Tasse Kaffee gegönnt.

Der Sturm der vergangenen Nacht hatte sich gelegt, und ein paar hartgesottene Fischer hatten sich an der Sandside versammelt, um zu beraten, ob sich das Auslaufen an diesem Tag überhaupt lohnen würde. Nachdem sie in den Himmel gestarrt und die schäumenden Wellen beobachtet hatten, schienen sie ernsthafte Zweifel zu haben. Als Raven seinen letzten Schluck Kaffee getrunken hatte, waren sie bereits auf dem Weg nach Hause – ein weiterer Arbeitstag war verloren.

Gillians Miene wirkte nicht weniger stürmisch. „Also, was ist los?"

„Es geht um Sam Earnshaw, Ma'am." Raven hatte das Thema vor seinem Besuch im Krankenhaus kurz bei Gillian angesprochen. Normalerweise wäre es nicht nötig gewesen, eine so routinemäßige Angelegenheit wie die informelle Befragung eines Opfers zu melden. In diesem Fall jedoch war der Partner einer Kollegin betroffen, weshalb eine gewisse Sensibilität erforderlich war. Raven wollte sichergehen, dass Gillian voll hinter ihm stand.

„Was war Ihr Eindruck?"

„Ich halte Sam für einen sehr glaubwürdigen Zeugen. Er hat die Geschehnisse, an die er sich erinnern konnte, ziemlich detailliert geschildert und dabei auch offen zugegeben, wo seine Erinnerungen lückenhaft sind. Ich glaube ihm."

Gillian schob ein paar Papiere auf ihrem Schreibtisch hin und her. „Ich weiß, dass Sie der Sache nachgehen wollen, Tom, aber der Unfall wurde damals gründlich untersucht. Warum glauben Sie, dass diese neue Aussage etwas ändern könnte?"

Raven nahm mit Enttäuschung zur Kenntnis, dass sie das Wort „Unfall" benutzte. Sie hielt eindeutig an der offiziellen Version fest und musste erst noch davon überzeugt werden, dass es sich nicht um einen „Unfall" handelte. „Das Opfer behauptet, es sei vor ein heranfahrendes Fahrzeug gestoßen worden. Das macht es zu versuchtem Mord.“

Die ursprüngliche Ermittlung war bereits vor Monaten abgeschlossen worden, aber Raven war fest entschlossen, den Fall wieder aufzurollen. Er hatte sich die Sache sehr zu Herzen genommen, und das nicht nur wegen Becca. Hier stand etwas Persönlicheres auf dem Spiel.

Seine eigene Mutter war bei einem Unfall mit Fahrerflucht getötet worden, als er sechzehn gewesen war. Sie war auf der Suche nach ihm gewesen, als er eigentlich zu Hause für seine Prüfungen hätte lernen sollen. Seine Schuldgefühle wegen ihres Todes und die alkoholbedingte Gewalt seines Vaters hatten ihn damals aus Scarborough fort und in die Arme der britischen Armee getrieben. Die Armee hatte ihm dabei geholfen, seine Selbstachtung zurückzugewinnen, aber sie hatte ihn auch in ein Kriegsgebiet – Bosnien – geschickt, wo er von einer Kugel ins rechte Bein getroffen worden war, was seiner kurzen Militärkarriere ein abruptes und schmerzhaftes Ende bereitet hatte. Erst einunddreißig Jahre später war er in seine Heimatstadt zurückgekehrt.

„Verstehe.“ Gillian nahm die Lesebrille von ihrer Nasenspitze, ein sicheres Zeichen dafür, dass sie dem Thema jetzt ihre volle Aufmerksamkeit widmete. Sie beugte sich weit über den Schreibtisch. „Sagen Sie mir genau, was der behandelnde Arzt im Krankenhaus über die Zuverlässigkeit von Sams Bericht gesagt hat.“

Raven wusste, dass ein wörtliches Zitat von Dr. Kirtlington seine Hoffnung auf eine Wiederaufnahme der Ermittlungen im Keim ersticken würde. Der Arzt hatte unmissverständlich klargemacht, dass man Sams Erinnerungen nicht trauen könne. Doch alles, was Sam ihm erzählt hatte, stimmte mit Beccas Schilderung überein, und er schien bei klarem Verstand gewesen zu sein, also war Raven bereit, ihm den nötigen Vertrauensvorschuss zu geben.

Er brauchte Gillians Vertrauen in dieser Sache, und der beste Weg dorthin war, ihr eine Lüge aufzutischen. „Dr. Kirtlington meinte, dass Sams Erinnerung lückenhaft sein könnte. Wir sollten nicht erwarten, dass er sich sofort an alles erinnert.“ Das war weniger eine Lüge als vielmehr eine selektive Wahrheit. Raven fuhr rasch fort. „Aber Sam hat mir schon genug Informationen gegeben, um weiterzumachen. Jetzt möchte ich die Zeugen, die am Abend des Vorfalls auf der Party waren, erneut befragen.“

Er wartete ab, ob Gillian sein Täuschungsmanöver durchschauen oder sich an seiner Wortwahl „Vorfall“ stören würde. Sie hatte ein geradezu unheimliches Talent, eine einzige Unwahrheit zwischen einem Dutzend Wahrheiten aufzuspüren.

Sie betrachtete ihn misstrauisch und zog offenbar ihre eigenen Schlüsse über Sams Glaubwürdigkeit. „Ich bin bereit, Ihnen ein wenig Spielraum zu lassen, Tom. Aber seien Sie vorsichtig. Alles, was wir haben, ist die vage Behauptung eines Zeugen, der gerade erst aus einem einjährigen Koma erwacht ist. Wer weiß, wie viel Vertrauen wir in seine Aussage setzen können?“

„Das werden wir nur herausfinden, wenn wir gründlich ermitteln, Ma'am.“

„Sparen Sie sich den belehrenden Ton, Tom. Dafür ist es noch zu früh am Morgen. Gehen Sie, stellen Sie Ihre Fragen, dann kommen Sie zurück und sagen mir, ob Sie immer noch der Meinung sind, dass Sie einen Fall haben. Aber ich will handfeste Beweise, die mich davon überzeugen, dass es sich lohnt, der Sache nachzugehen.“ Ihre Stimme wurde ein wenig weicher. „Auch wenn DS Shawcross ein persönliches Interesse an dieser Angelegenheit hat.“

Raven nickte. Gillians Worte ließen keine Voreingenommenheit erkennen. Aber Becca war eine von ihnen. Und das musste etwas bedeuten.

Gillian war noch nicht fertig. „Und gerade weil sie persönlich betroffen ist, gehe ich davon aus, dass Ihnen klar ist, dass sie in die Ermittlungen nicht eingebunden werden darf.“

„Natürlich. Ich habe sie bereits mit anderen Aufgaben betraut.“

„Sehr gut, Tom.“ Gillian schob sich die Lesebrille wieder auf die Nase und widmete sich dem Bericht, den sie gelesen hatte, als er hereingekommen war.

Die Besprechung war beendet. Raven schlüpfte aus ihrem Büro, bevor sie es sich anders überlegen konnte.

*

Becca wartete bereits auf Raven, als dieser das Büro von Superintendent Ellis verließ. Sein leicht hinkender Gang kündigte sein Kommen bereits auf der Treppe an.

Sie war verärgert, dass er ihr zuvorgekommen war und direkt mit Gillian gesprochen hatte, obwohl sie früh aufgestanden war, um ihn bei seiner Ankunft auf dem Revier abzufangen. Sie hatte nicht einmal Zeit gehabt, ihren Mantel abzulegen. Zweifellos hatten sie sich über Sam unterhalten. Sie ärgerte sich, dass er nicht zuerst mit ihr gesprochen hatte. Wenn Raven Gillian in dieser Phase die falschen Signale sendete, konnte die ganze Ermittlung scheitern, noch bevor sie überhaupt begonnen hatte.

Sie wollte nicht warten, bis er wieder verschwand, sondern trat ihm im Treppenhaus entgegen. Er blieb auf dem Treppenabsatz stehen, als er sie sah.

„Becca.“

„Raven.“

Obwohl Beccas Kollegen den DCI „Sir“ nannten, hatte Raven sie ausdrücklich gebeten, ihn mit seinem Nachnamen anzusprechen. Eine Art Vertrautheit. Außerdem war sie, soweit sie wusste, die Einzige, die von seiner Vergangenheit beim Militär wusste. Das musste doch irgendetwas bedeuten. Wie nah sie ihm wirklich stand, würde sich jetzt zeigen.

„Früh unterwegs heute. Wie kommen Sie mit dem Einbruch in Pickering voran?“

Raven konnte einen zur Weißglut treiben, wenn er wollte. Der Grund, warum Becca ihn im Flur abgefangen hatte, war ihm sicher sonnenklar. Sie hatte keine Geduld für Smalltalk. „Waren Sie gerade bei Detective

Superintendent Ellis?"
„Das wissen Sie doch."
„Und?"
„Wollen wir in mein Büro gehen?"
„Nein. Sagen Sie mir einfach, was los ist. Haben Sie gestern mit Sam gesprochen? Glauben Sie ihm?" Die Worte sprudelten aus ihr heraus, bevor sie sich zurückhalten konnte. Wenn Raven Sams Geschichte anzweifelte, oder noch schlimmer, wenn er sich auf die Seite von Dr. Kirtlington und seiner „Expertenmeinung" stellte, würde sie ihm das nie verzeihen. Der Krankenhausarzt hatte sich geirrt, was Sams Genesung anging, und er irrte sich auch diesmal.
„Hey, ganz ruhig. Natürlich glaube ich Sam."
Becca errötete vor Erleichterung. „Wirklich?"
„Ich weiß nicht, warum Sie an mir gezweifelt haben."
„Sie werden also die Ermittlungen wieder aufnehmen?"
„Die Chefin hat mir gerade grünes Licht gegeben."
Becca war sprachlos. Ihre schlaflose Nacht war umsonst gewesen. Ihre Kampfbereitschaft, ihre Entschlossenheit, sich für Sam einzusetzen … alles umsonst. Am liebsten hätte sie Raven umarmt und gedrückt.
Aber das wäre völlig unangemessen gewesen. So weit wollte sie ihre Beziehung dann doch nicht ausreizen.
„Aber", sagte Raven, „Gillian hat mich gebeten, Ihnen eine Sache unmissverständlich klarzumachen."
Becca wusste, was kommen würde. „Ja?"
„Sie dürfen sich in keiner Weise in die Ermittlungen einmischen. Überlassen Sie das mir und dem Rest des Teams. Ich verspreche Ihnen, wir tun unser Bestes."
Becca konnte nichts gegen das Gefühl der Enttäuschung tun, auch wenn sie damit gerechnet hatte. Wie frustrierend wäre es, tatenlos zusehen zu müssen, wie andere versuchten, den Menschen zu finden, der Sam auf die Straße gestoßen hatte? Aber sie widersprach Raven nicht. Sie wusste, dass jegliche Einmischung ihrerseits den ganzen Fall gefährden konnte. „Also zurück zu den

Einbrüchen in Pickering."

„Ich fürchte ja."

Sie trat zur Seite, um ihn vorbeizulassen. Auch wenn sie offiziell außen vor war, hatte sie Mittel und Wege, um herauszufinden, wie die Ermittlungen vorankamen. Und wenn sie den Eindruck hatte, dass sie ins Stocken gerieten oder in die falsche Richtung liefen, würde sie nicht zögern, einzugreifen.

Raven wollte gerade gehen, hielt dann inne und drehte sich noch einmal um. „Eine Sache noch … Sagen Sie mir Bescheid, wenn Sam sich an die Sache erinnert, die er vergessen hat."

KAPITEL 4

Nachdem Gillian grünes Licht gegeben hatte, machte sich Raven daran, sein Team zusammenzustellen. Zwar hatte er mit Becca seine fähigste Ermittlerin verloren, aber er wusste, dass er sich auf seine beiden Detective Constables, Jess Barraclough und Tony Bairstow, verlassen konnte. Sie würden sich ins Zeug legen, auch Becca zuliebe.

Als er vorhin auf Becca gestoßen war – oder besser gesagt, von ihr überfallen worden war –, war er versucht gewesen, ihre Erwartungen zu dämpfen. Wie Gillian richtig angemerkt hatte, konnten sie sich nur auf die Aussage eines Komapatienten stützen. Der Vorfall hatte sich vor über einem Jahr ereignet, und obwohl sie Zugang zu den damaligen Zeugenaussagen hatten, waren die Ermittlungen damals in der Annahme geführt worden, dass es sich um einen einfachen Unfall gehandelt hatte. Sams Aussage stellte nun alles auf den Kopf. Ein Jahr später würden sie alle Zeugen noch einmal von Grund auf befragen müssen. Nach so langer Zeit verblassten Erinnerungen, und das nicht nur bei Komapatienten.

Aber letztendlich hatte er nichts gesagt, was Becca auch

nur den Hauch eines Zweifels hätte spüren lassen. Zum Teil, weil er die Sache tatsächlich ernst nahm, und zum Teil, weil Becca bei dem kleinsten Anzeichen von Zögern explodiert wäre. Und eine explodierende Becca war etwas, dem Raven lieber aus dem Weg ging.

„Gut", sagte er, „fangen wir damit an, zu rekapitulieren, was wir bereits wissen. Tony, bringen Sie uns auf den Stand der Dinge?"

Raven hatte Tony bereits die Aufgabe übertragen, den Bericht der ursprünglichen Ermittlungen zu studieren und sich mit den damaligen Ergebnissen vertraut zu machen. Bis er sich selbst ein vollständiges Bild machen konnte, würde er sich auf Tonys Wissen verlassen, um eventuelle Lücken zu schließen.

Wie immer hatte Tony alle Fakten auf Anhieb parat. „Letztes Jahr, am Abend des 18. Novembers, fand bei der Salt Castle Brewery in Scarborough eine interne Veranstaltung für Mitarbeiter und deren Partner statt."

Raven konnte sich den offensichtlichen Scherz nicht verkneifen. „Ein Besäufnis in einer Brauerei also?"

„So könnte man es nennen, Sir."

„Fahren Sie fort."

„Es ist ein Familienbetrieb in einem Gewerbegebiet an der A64. Der Besitzer ist Greg Earnshaw, Sams Vater. Die beiden älteren Brüder arbeiten ebenfalls dort. Sie waren beide mit ihren Ehefrauen anwesend."

„Wie viele Mitarbeiter sind insgesamt in der Brauerei beschäftigt?"

„Etwa fünfundzwanzig, wenn ich mich recht erinnere, Sir. Die meisten von ihnen waren an dem Abend da, zusammen mit etwa ebenso vielen Gästen."

„Wir müssen nach Möglichkeit mit allen sprechen." Jeder der Anwesenden konnte etwas bemerkt haben, das bei der ursprünglichen Untersuchung übersehen worden war. Und jeder von ihnen konnte Sams Angreifer gewesen sein. Es würde eine Mammutaufgabe werden, aber Raven wusste, dass Jess und Tony bereit waren, die nötigen Stunden zu investieren.

Tony fuhr mit seinem Bericht fort. „Sam wurde von einem Taxifahrer, der ihn abholen wollte, bewusstlos auf der Straße vor der Brauerei gefunden. Er war von einem Fahrzeug angefahren worden. Nicht vom Taxi, wie ich hinzufügen möchte. Das wurde damals gründlich geprüft."

„Gab es keine Überwachungskameras?", fragte Jess. „Solche Betriebe haben normalerweise irgendein Sicherheitssystem."

„Es gab eine Kamera in der Nähe des Eingangs", sagte Tony, „aber sie erfasste nicht die Straße."

„Und niemand auf der Party hat gesehen, was passiert ist?"

„Nein. Sam war der Erste, der die Veranstaltung verließ. Alle anderen Gäste waren noch drinnen, als sich der Vorfall ereignete. Die Gäste wurden befragt, und in den umliegenden Betrieben wurde eine Tür-zu-Tür-Befragung durchgeführt, aber niemand hatte den Unfall gesehen oder überhaupt mitbekommen, dass Sam etwas zugestoßen war, bis der Taxifahrer kam und Alarm schlug."

„Und es gab keine Hinweise auf das Fahrzeug oder den Fahrer?"

„Keine."

„In Ordnung", sagte Raven und griff nach seinem Mantel. „Ich denke, es ist an der Zeit, dass wir der Brauerei einen Besuch abstatten, oder?"

*

Greg Earnshaw fühlte sich wie auf einer Achterbahnfahrt. Vor zwölf Monaten hatte er geglaubt, seinen jüngsten Sohn bei einem Unfall mit Fahrerflucht verloren zu haben. Dann war Sam wieder zu Bewusstsein gekommen – nur um zu offenbaren, dass es kein Unfall gewesen war. Jemand hatte versucht, ihn zu töten.

Die Anspannung stand Greg ins Gesicht geschrieben.

Doch trotz allem gab es keinen Zweifel an seiner

Entschlossenheit und Zielstrebigkeit, als Raven in seinem Büro saß und ihm seine Ermittlungspläne darlegte.

„Ich garantiere Ihnen meine volle Unterstützung, Chief Inspector. Ich werde meine Mitarbeiter anweisen, Ihnen so viel Zeit zu geben, wie Sie für Ihre Ermittlungen benötigen. Niemand will der Sache mehr auf den Grund gehen als ich, das können Sie mir glauben."

Gregs Stimme klang tief und ernst. Er strahlte eine natürliche Autorität aus und passte perfekt in die Rolle des erfolgreichen lokalen Geschäftsmanns. Nach Tonys Informationen war Greg ein Selfmade-Millionär, der Sohn eines Busfahrers, der sich aus eigener Kraft hochgearbeitet, mit seiner Brauerei die wachsende Nische der unabhängigen Brauereien erobert und sich einen entsprechenden Ruf erworben hatte.

Aber Gregs Gesicht trug unverkennbare Spuren der Qualen, die er im letzten Jahr hatte ertragen müssen. Dunkle Schatten unter den Augen, tiefe Sorgenfalten auf der Stirn, eisengraues Haar – so düster wie der Himmel, der sich hinter seinem Schreibtisch ausbreitete.

Die Salt Castle Brewery befand sich in einem kleinen Gewerbegebiet südlich von Scarborough. Die nächsten Nachbarn waren Lagerhäuser, Großhändler und eine Karosseriewerkstatt. Tagsüber herrschte hier reger Betrieb, da ständig Fahrzeuge kamen und gingen. Abends jedoch war das Gelände ruhig und menschenleer. So auch an jenem Abend, als Sam auf der Zufahrtsstraße vor der Brauerei gestanden und auf sein Taxi gewartet hatte.

Das Hauptgebäude beherbergte die Produktionsanlagen, darüber befand sich ein Großraumbüro für Verwaltung und Management. Greg hatte ein eigenes Büro mit Blick auf die Felder und die flache Spitze des Oliver's Mount. Raven saß ihm gegenüber und blickte aus dem Fenster.

Trotz aller Bemühungen der Klimaanlage lag ein gäriger Geruch in der Luft, der Raven die Nase rümpfen ließ. Er kannte Kollegen bei der Met, die einen Einsatz in einer Brauerei als Glücksfall betrachtet hätten, in der

Hoffnung, eine oder zwei Kostproben zu ergattern. Aber als überzeugter Abstinenzler war Raven immun gegen solche Versuchungen.

„Wie Sie sehen, bin heute nur ich im Büro", sagte Greg. „Hätte ich gewusst, dass Sie kommen, hätte ich dafür gesorgt, dass auch der Rest des Managementteams hier ist."

Raven war bereits aufgefallen, dass einige Schreibtische im Großraumbüro unbesetzt waren. „Kein Problem. Ich kann mich später mit allen anderen treffen. Eigentlich spreche ich sowieso lieber mit den Leuten unter vier Augen. So lerne ich sie besser kennen."

Greg nickte zustimmend. „Das ist immer am besten. Ich gebe Ihnen die Privatadressen von allen, falls Sie sie zu Hause besuchen wollen."

„Das wäre sehr hilfreich, danke." Raven schätzte Greg auf etwa Anfang sechzig. Er war ein kräftig gebauter Mann, der aussah, als würde er gelegentlich Golf spielen, sich ansonsten aber wenig um Fitness scheren. Er trug einen Pullover mit V-Ausschnitt über einem karierten Hemd und beigefarbene Chinos. Eher elegante Freizeitkleidung als der Look eines Geschäftsführers. Aber Greg fühlte sich sichtlich wohl in seiner Haut.

„Erzählen Sie mir etwas über die Salt Castle Brewery. Ich habe gehört, dass Sie das Unternehmen selbst gegründet haben."

Als er antwortete, lag mehr als nur ein Hauch von Stolz in Gregs Stimme. „Ja, ich und ein paar Freunde, damals Mitte der Achtziger. Es war eine gute Zeit, um was auf die Beine zu stellen. Es war Geld im Umlauf, und die Regierung förderte Unternehmertum. Nach den harten Jahren der Siebziger und frühen Achtziger ging es endlich bergauf. Wir dachten, wir könnten alles schaffen. Und wenn man hart arbeitete, konnte man das auch."

„Woher kommt der Name Salt Castle Brewery?"

„Salt steht für Meer, Castle für das berühmteste Wahrzeichen der Stadt. Bei kleinen, unabhängigen Brauereien ist die Herkunft wichtig. Die Kunden wollen wissen, woher ihr Bier kommt und was es besonders macht. Es geht um regionale Identität, und ich wollte, dass der Name das widerspiegelt."

„Brauen Sie alles hier vor Ort?"

„Ja, mit Malz aus der Region. Nur Gerste aus Yorkshire."

Raven kannte sich nicht besonders mit Bier aus, aber es war offensichtlich, dass Greg ein bodenständiger Yorkshire-Mann war, der zurecht stolz auf das Unternehmen war, das er aufgebaut hatte.

„Wer gehört noch zur Geschäftsführung?"

„Es ist ein Familienunternehmen." Greg reichte Raven ein gerahmtes Foto, das vor ihm auf dem Schreibtisch stand. Es zeigte ihn selbst mit drei jungen Männern. Es war vermutlich im Schankraum der Brauerei aufgenommen worden, und alle vier hielten in einer feierlichen Geste Flaschen in die Höhe. Raven erkannte Sam aus besseren Tagen. Die beiden anderen mussten seine älteren Brüder sein.

„Marcus ist der Älteste", erklärte Greg. „Er ist Finanzchef. Im Moment arbeitet er von zu Hause aus, wann immer er kann, denn er und seine Frau haben ein neun Monate altes Baby."

„Und Ihr mittlerer Sohn?"

„Anthony. Er ist Verkaufsleiter und derzeit auf einer Geschäftsreise in Edinburgh, um die Schotten von der Überlegenheit des Yorkshire-Biers zu überzeugen. Ich bin mir sicher, dass er Erfolg haben wird. Früher habe ich diesen Job selbst gemacht."

„Und was war Sams Rolle? Vor dem Ereignis meine ich."

Bei der Erwähnung der Fahrerflucht verfinsterte sich Gregs Miene. „Sam war als Jüngster noch nicht lange im Geschäft. Um die Wahrheit zu sagen, brauchte es ein wenig Überredungskunst. Er hatte große Pläne, die Welt zu bereisen – Sie wissen ja, wie junge Leute sein können. Aber schließlich hat er sich doch überzeugen lassen. Ich habe ihm ein attraktives Angebot gemacht – kein Geld fürs

Nichtstun, wohlgemerkt, ich erwarte von meinen Söhnen, dass sie ihren Lebensunterhalt verdienen – und er hat die Kundenbetreuung übernommen. Hat einen super Job gemacht. Alle mögen Sam. Er hat eine herzliche Art."

„Und wer hat im letzten Jahr Sams Arbeit gemacht?"

Bei dieser Frage hellte sich Gregs Miene etwas auf. „Ellie, meine Nichte. Sie hat sich wirklich ins Zeug gelegt, ist sozusagen in die Bresche gesprungen. Sie ist heute unterwegs und besucht Kunden."

„In der Tat ein Familienunternehmen", sagte Raven. Er hätte sich nie vorstellen können, an der Seite seines eigenen Vaters zu arbeiten – nicht, dass Alan Raven je besonders viel gearbeitet hätte, wenn er es vermeiden konnte. In die Fußstapfen seines Vaters zu treten und Fischer zu werden, wäre für Raven ein Albtraum gewesen. Aber mit einem anderen Vater wären die Dinge vielleicht anders gelaufen. Was wäre aus ihm geworden, wenn Raven in Scarborough geblieben wäre, statt zur Armee zu gehen? Eine Frage ohne Antwort. „Wie ist das so, wenn man täglich so eng mit der Familie zusammenarbeitet?"

„Es gibt nichts Wichtigeres als die Familie", sagte Greg.

Raven erkannte einen leicht defensiven Unterton in der Antwort. War das ein erstes Anzeichen dafür, dass sich hinter der heilen Fassade, die Greg von seiner Familie und seiner Firma zu zeichnen versuchte, doch Spannungen verbargen? „Selbst unter Brüdern kommt es mal zu Reibereien", meinte Raven.

Greg verschränkte die Arme und stützte die Ellbogen fest auf den Schreibtisch. „Ich weiß, worauf Sie hinauswollen, Raven. Ich darf Sie doch so nennen, oder?" Er wartete nicht auf eine Antwort, bevor er weitersprach. „Ich werde nicht so tun, als hätte es zwischen den drei Jungs nie Meinungsverschiedenheiten gegeben. In jeder Familie gibt's ein bisschen Rivalität. Aber Sam, Anthony und Marcus sind gute Jungs. Waren sie schon immer."

„Verstehe", sagte Raven und beschloss, das Thema nicht weiter zu vertiefen. „Darf ich Sie fragen, ob Sie selbst eine Vermutung haben, wer Sam hätte töten wollen?"

Fragen kostete nichts. Raven erwartete nicht, die Lösung für sein Problem auf einem Silbertablett serviert zu bekommen.

Greg lehnte sich in seinem Stuhl zurück. „Leider nicht. Wie gesagt, alle mögen Sam. Von den dreien war er immer der, der am leichtesten Freundschaften schloss. Vielleicht ist das so, wenn man der Jüngste von dreien ist. Meine Frau ist entsetzt über die Vorstellung, dass ihn jemand umbringen will. Aber darf ich Ihnen im Gegenzug auch eine Frage stellen?"

Raven nickte. „Natürlich."

„Der Arzt im Krankenhaus, Dr. Kirtlington, sagt, dass wir uns nicht auf Sams Erinnerungen verlassen können. Er glaubt, dieser mutmaßliche Täter existiere nur in Sams Kopf. Was denken Sie?"

Raven mochte es nicht, so in die Ecke gedrängt zu werden. Er hatte sich seine Meinung über Dr. Kirtlington längst gebildet, aber die wollte er hier nicht preisgeben. „Wir müssen alle Möglichkeiten in Betracht ziehen." Dann drehte er den Spieß um. „Was halten Sie von Sams Behauptung?"

Greg zögerte kurz. Dann schien er sich entschieden zu haben. „Wenn Sam sagt, dass es passiert ist, dann ist es passiert. Er ist mein Sohn und ich vertraue ihm bedingungslos."

„Ich hätte nichts anderes erwartet."

Greg erhob sich und reichte Raven die Hand, sein Griff war kräftig und fest. „Danke, dass Sie sich der Sache annehmen, Raven. Sie finden denjenigen, der versucht hat, meinen Sohn zu töten, nicht wahr?"

Raven wusste, wie groß die Herausforderung war, die vor ihm lag. Er wollte kein Versprechen geben, das er vielleicht nicht halten konnte. Aber er wusste auch, dass er mit Gregs Unterstützung freie Bahn hatte, mit den Ermittlungen zu beginnen. Und er würde tief graben. „Sie haben mein Wort, dass ich alles tun werde, was nötig ist, um die Wahrheit ans Licht zu bringen."

KAPITEL 5

Während sich Raven Greg Earnshaw, dem Geschäftsführer der Brauerei, in dessen Büro vorstellte, waren Jess und Tony damit beschäftigt, den restlichen Mitarbeitern auf den Zahn zu fühlen. Tony, der großes Interesse am Brauprozess zeigte, war in Richtung Gärhalle gegangen, neugierig darauf, wo die eigentliche Arbeit geschah. Jess blieb unterdessen bei der Sekretärin, die sich ihr als Sandra vorstellte.

„Möchten Sie eine schöne, heiße Tasse Tee und einen Keks, meine Liebe?" Sandra war eine rundliche Frau in den Fünfzigern mit blondiertem Haar und unermüdlich guter Laune. Ihre Ecke des Büros war vollgestopft mit Aktenschränken, die von einem kleinen Dschungel aus Topfpflanzen bedeckt waren, von denen einige mit ihren tentakelartigen Ranken fast bis zum Boden reichten. Es hatte etwas Heimeliges, auf eine chaotische Art. Ohne Jess' Antwort abzuwarten, ging Sandra in die winzige Küche nebenan und kam eine Minute später mit einem Tablett, auf dem sich Tassen und eine Blechdose mit weihnachtlichem Motiv – Schnee und Stechpalmen – befanden, zurück.

„Ganz schön frisch da draußen heute Morgen“, sagte sie, stellte eine Tasse Tee mit Milch vor Jess ab und schob die Keksdose in ihre Richtung. „Nur zu, bedienen Sie sich. Sie kommen genau richtig zur Elfuhrpause.“ Sie ließ ihre üppige Statur in den Drehstuhl sinken und biss in einen Ingwerkeks.

„Danke.“ Jess wählte einen Schoko-Keks. Sie hatte nicht gedacht, dass es so etwas wie Elfuhrpausen noch gab, und eigentlich war sie kein Keks-Fan, aber wenn es half, mit Sandra ins Gespräch zu kommen, war sie gerne bereit, mitzumachen. Nicht, dass die Sekretärin viel Ermutigung gebraucht hätte, um ein Gespräch zu beginnen.

„Greg hat mir erzählt, dass Sie wegen Sam hier sind. Was für eine schreckliche Sache, diese Fahrerflucht. Und Sam ist ein so lieber Junge. Ich habe ihn hier im Büro wirklich vermisst. Greg war ganz aus dem Häuschen, als er wieder zu sich kam, und ich kann Ihnen sagen, ich auch.“ Sie beugte sich vertraulich über den Schreibtisch, schob dabei ihren Busen wie einen Schneepflug vor sich her und senkte die Stimme zu einem lauten Flüstern. „Sam war immer mein Liebling unter den drei Brüdern. Aber schreiben Sie das bloß nicht auf, das bleibt unter uns.“

„Wie lange kennen Sie ihn schon?“, fragte Jess und nippte an dem süßen, heißen Tee. Aus Sandras Tonfall schloss Jess, dass sie schon eine ganze Weile in der Firma war.

Sandra stieß ein kehliges Lachen aus. „Seit dem Tag seiner Geburt, meine Liebe. Ich arbeite für Greg, seit er angefangen hat. Ich gehöre praktisch zum Inventar.“

„Dann kennen Sie wohl alle, die hier arbeiten.“

„Aber sicher. Das ist ja das Schöne an einem Familienbetrieb. Persönlich. Familiär.“

„Waren Sie an dem Abend hier, als Sam angefahren wurde?“

Sandra seufzte. „Wir waren alle da. Greg wollte, dass alle kommen – die Mitarbeiter und ihre Partner. Wir waren ein ganz schöner Haufen.“

„Wie viele insgesamt?“

„Neununddreißig, um genau zu sein. Vierundzwanzig Angestellte, einschließlich der Geschäftsführung, und fünfzehn Gäste – Ehefrauen und Freundinnen."

„Und Ehemänner und Freunde?"

„Ja, die auch." Jess bemerkte, dass Sandra keinen Ehering trug. „Sie werden sich fragen, wie ich mir bei den Zahlen so sicher sein kann, nehme ich an. Das liegt daran, dass ich die Gästeliste zusammengestellt habe und alle Namen während der damaligen Ermittlungen an die Polizei weitergeben musste. Wenn Sie möchten, kann ich eine Kopie der Liste für Sie ausdrucken."

„Das wäre sehr hilfreich, Sandra."

„Kein Problem." Ihre Finger flogen über die Tastatur, suchten die Datei und schickten sie zum Drucker.

„Können Sie mir alles erzählen, woran Sie sich zu diesem Abend erinnern?", fragte Jess, während der Drucker zu surren begann.

„Alles?" Sandra hob eine Augenbraue. „Alles ist viel, meine Liebe. Ich habe ein gutes Gedächtnis für Menschen und Gespräche. Aber das Wesentliche ist, dass wir uns alle gut amüsiert haben. Ist ja auch kein Wunder, wenn das Bier umsonst ist, nicht wahr? Sam musste früher gehen, weil er sich mit seiner Freundin Becca treffen wollte – die Sie wahrscheinlich kennen, sie ist ja eine von Ihnen –, also bat er mich, ein Taxi für ihn zu rufen, was ich gerne tat. Danach habe ich ihn nicht mehr gesehen." Sie hielt inne, um sich mit einem Taschentuch die Augen zu tupfen. „Dann, gegen halb elf, kam der Taxifahrer – Ricky hieß er – völlig aufgelöst hereingestürmt und schrie, da läge jemand auf der Straße. Nun, Sie können sich vorstellen, was da los war! Alle eilten hinaus, um nachzusehen – obwohl es in Strömen regnete –, und jemand – ich glaube, es war Greg – rief einen Krankenwagen. Die arme Denise – das ist Sams Mutter – war außer sich, wie jede Mutter in so einer Situation. Ich habe mich um sie gekümmert und ihr einen süßen Tee gemacht. Man sagt doch, dass der bei einem schweren Schock hilft. Heißer, süßer Tee. Jedenfalls tauchte der Krankenwagen nach etwa zehn Minuten auf und nahm Sam mit, Greg und Denise fuhren im Taxi hinterher. Und das war das Ende der Party. Es war furchtbar."

Sandra hatte wirklich ein bemerkenswertes Gedächtnis. Sie erinnerte sich nicht nur an die genaue Gästezahl, ihre Schilderung des Abends wirkte trotz der vielen unwichtigen Details auch ein Jahr später noch sehr klar. Jess notierte alles, man konnte nie wissen. „Was genau war der Anlass der Party?"

„Wir haben die Unterzeichnung eines neuen Vertrags gefeiert. Greg besteht darauf, Erfolge auf irgendeine Weise zu würdigen. Er sagt, wenn wir uns nicht einen Moment Zeit nehmen, um uns selbst auf die Schulter zu klopfen, was hat es dann für einen Sinn, so hart zu arbeiten?"

An der Bewunderung, mit der Sandra über Greg sprach, erkannte Jess, dass sie ihrem Chef gegenüber absolut loyal war. Aber das bedeutete nicht, dass sie nicht bereit war, bei der nächstbesten Gelegenheit pikante Klatschgeschichten zu verbreiten.

Jess formulierte ihre nächste Frage mit Bedacht. Sie wollte Sandra nach einem so guten Start nicht verprellen. Außerdem wollte sie nicht verraten, dass es sich jetzt um eine Ermittlung wegen versuchten Mordes handelte. „Wie gut kam Sam mit den anderen auf der Feier zurecht?"

„Wie meinen Sie das? Sam war bei den Leuten immer sehr beliebt."

„Aber ist es möglich, dass er sich mit jemandem gestritten hat?"

Sandra griff nach einem weiteren Keks und biss hinein, bevor sie antwortete. „Nun, ich bin keine Tratschtante, verstehen Sie …"

„Natürlich nicht."

„Aber, unter uns, an dem Tag gab es wohl ein bisschen Zoff zwischen den drei Brüdern."

„Auf der Party?"

„Nein, früher am Tag, bei der Arbeit."

„Worum ging es dabei?"

Sandra schüttelte den Kopf. „Ich habe die Einzelheiten

nicht mitbekommen" – Jess vermutete, dass dies nicht daran lag, dass Sandra es nicht versucht hatte – „aber ich kann Ihnen sagen, dass es nicht das erste Mal war, dass sich die drei in die Haare gekriegt haben. Die haben ständig gezankt. Brüder eben."

„Ich dachte, alle mochten Sam."

„Nun, ja. Die meisten schon. Aber Familie – das ist wieder etwas anderes. Die zwei älteren Brüder, ich hatte manchmal das Gefühl, sie hätten es auf Sam abgesehen. Aber wie gesagt, ich hasse es zu tratschen." Sandra schob die offene Keksdose in Jess' Richtung. „Na los, nehmen Sie noch einen, Liebes. Sie sehen aus, als könnten Sie etwas zu essen vertragen."

*

Tony Bairstow hielt sich für jemanden, der etwas von Bier verstand. Er war ein maßvoller Trinker – nie zu viel, keine durchzechten Nächte im Pub oder dergleichen – aber er genoss abends vor dem Fernseher das eine oder andere Bier. Er probierte gerne Craft-Biere von den vielen kleinen Brauereien, die in den letzten Jahren wie Pilze aus dem Boden geschossen waren. Sogar ein eigenes Heimbrauset hatte er in seiner Küche, das gerade genug trinkbares Bier produzierte, um sich selbst zu versorgen. Aber die Salt Castle Brewery spielte in einer ganz anderen Liga als sein privates Setup. Tony pfiff anerkennend durch die Zähne, als er zu den glänzenden Edelstahltanks und Gärbehältern aufblickte, die bis zur Decke reichten und durch ein komplexes Netz von Rohren und Ventilen miteinander verbunden waren. Metallstufen führten hinauf zu einem Laufsteg, der sich oberhalb des Brauraums entlangzog.

„Wenn Sie möchten, kann ich Ihnen eine kurze Führung geben", sagte der Braumeister, der sich als Gavin Thompson vorgestellt hatte. Ein großer Mann mit perfekter Glatze und festem, kräftigem Händedruck. Er musterte Tony, als würde er einen Gleichgesinnten begutachten.

„Sehr gern“, sagte Tony. Er holte sein Notizbuch und seinen Stift hervor, um alles Wichtige zu notieren.

„Kein Problem.“ Gavin gab einigen Angestellten, die er beaufsichtigt hatte, ein paar Anweisungen und führte Tony dann durch die Halle. „Wir fangen unten an.“ Er marschierte über den polierten Betonboden, und Tony beeilte sich, mit ihm Schritt zu halten. Gavin stieß eine Tür auf und betätigte einige Schalter. Eine ganze Reihe von Lampen flackerte auf und erhellte den Raum dahinter.

„Hier unten haben wir also den Schankraum“, sagte Gavin. „Manchmal öffnen wir ihn für die Öffentlichkeit, ein anderes Mal laden wir Branchenvertreter ein, um unsere Produkte zu probieren.“

Tony steckte seinen Kopf hinein, um sich umzusehen. Es war eine ganz normale Bar mit Tischen, Stühlen, einem Kickertisch und einer Vintage-Jukebox in der Ecke. Die Rückwand bestand jedoch komplett aus Glas und bot einen Blick auf die dahinter liegende Brauerei. Am Tresen gab es ausschließlich Bier – Ale und Pils, vom Fass und in Flaschen.

„Haben Sie in der Nacht, in der Sam Earnshaw verletzt wurde, hier gefeiert?“

Gavin musterte Tony noch einmal sorgfältig von Kopf bis Fuß. „Sind Sie deshalb hier? Wegen Sam?“

„Genau.“

„Die Polizei war doch schon vor einem Jahr hier.“

„Wir verfolgen eine neue Spur.“

Gavin nickte langsam. „Nun, in Ordnung. Wenn es hilft, den Mistkerl zu fassen, der Sam angefahren hat, erzähle ich Ihnen alles, was Sie wissen wollen. Und um Ihre Frage zu beantworten: Ja, hier war die Feier.“

Der Raum war jetzt leer und still, aber Tony versuchte sich vorzustellen, wie es an jenem Abend gewesen sein musste. Ende November, stockfinstere Nacht, strömender Regen, laute Musik. Niemand in der Bar hätte etwas von dem Geschehen draußen sehen oder hören können.

„Haben Sie hier alles gesehen?“ Gavin schaltete das Licht aus. Der Schankraum versank wieder in Dunkelheit, und Gavin marschierte zurück in den Hauptbereich der Brauerei. Der Mann hatte eine rastlose Energie, als wollte er Tony unbedingt das Herzstück seines Reichs zeigen. Er deutete auf eine Treppe, die an einer Innenwand des Gebäudes hinaufführte. „Da oben sind die Büros. Aber mein Reich ist hier. Wir nennen es das Braudeck. Hier findet die Magie statt."

Tony ließ seinen Blick erneut durch die riesige Halle schweifen. Es war ein überwältigender Anblick, wie eine Kathedrale des Biers.

Gavin führte ihn zu einer Gruppe von etwa drei Meter hohen Edelstahltanks. An der Wand daneben befand sich ein modernes Bedienfeld mit zahlreichen Reglern, Knöpfen und elektronischen Anzeigen. „Das sind die Maischebottiche, in denen wir das Malz mit Wasser vermischen, um Maische herzustellen. Durch Erhitzen wandeln wir die Stärke in Zucker um, der dann für die Gärung bereit ist."

„Klar", sagte Tony. Er war mit dem Verfahren vertraut. Zu Hause machte er dasselbe in einem kleinen Bottich auf seiner Küchenarbeitsplatte.

Gavin deutete auf einige Stahlrohre, die von den Bottichen zu großen Kesseln führten. „Ich nehme an, Sie wissen, wofür die sind?"

„Zum Kochen der Würze?" Würze war das, was beim Maischen entstand. Eine zuckerhaltige Flüssigkeit, aus der später Bier gebraut wurde.

Gerste, Malz, Würze, Bier. Alchemie.

„Richtig. Nachdem wir die Würze aus dem Malz extrahiert haben, kochen wir sie mit Hopfen, um sie zu sterilisieren. Dann kühlen wir sie schnell ab, um Verunreinigungen zu vermeiden."

Gavin setzte sich wieder in Bewegung, diesmal die Treppe hinauf zur oberen Ebene des Braudecks. Er nahm die Metallstufen im Eilschritt, zwei auf einmal. Tony keuchte und schnaufte hinterher.

Oben angekommen blieb Gavin auf dem Laufsteg stehen, der die obere Ebene überspannte. Von hier aus konnte Tony die oberen Abschnitte der riesigen Gärtanks sehen, die wie riesige Orgelpfeifen fast bis zur Decke reichten. An den Seiten der zylindrischen Gärbehälter waren Anzeigegeräte und Bedienelemente angebracht.

„Dies ist wirklich der wichtigste Teil des gesamten Prozesses“, sagte Gavin. „Nach dem Filtern werden die Würze und der Hopfen in diese Behälter gepumpt und wir fügen die Hefe hinzu. Bei der Gärung verwandelt sich der Zucker in CO_2 und natürlich in Ethanol. Nach der Gärung lassen wir das Bier in Lagertanks reifen und filtern es dann ein weiteres Mal. Schließlich wird es in Fässer oder Flaschen abgefüllt.“

„Eine beeindruckende Anlage.“

Gavin zuckte bescheiden mit den Schultern. „Wir sind vor etwa zehn Jahren hierhergezogen, um die Produktion hochzufahren. Die Firma ist im Laufe der Jahre gewachsen, aber im Vergleich zu den großen Brauereien sind wir immer noch ein kleiner Betrieb. Früher hatten wir ein viel kleineres Gebäude in der Stadt. Damals waren wir wirklich Salt Castle. Man konnte die Küste sehen und die Gischt des Meeres riechen. Damals haben wir auch noch Kupferkessel verwendet.“

„Ist Kupfer besser?“ Zu Hause benutzte Tony einen Plastikeimer fürs Maischen, aber das wollte er Gavin lieber nicht auf die Nase binden.

Der Braumeister umfasste mit kräftigen Händen das Metallgeländer entlang des Stegs. „Edelstahl sorgt für eine sterile Umgebung und liefert gleichmäßige Ergebnisse. Aber Kupfer ist die alte Art des Brauens.“

In Gavins Augen lagen Nostalgie und Sehnsucht nach vergangenen Traditionen, doch aus der Art, wie er über den Brauprozess sprach, und der Tatsache, dass sein Blick immer wieder zu den Geräten zurückkehrte, wurde deutlich, dass er immer noch eine tiefe Leidenschaft für sein Handwerk empfand.

„Arbeiten Sie gern hier?“, fragte Tony.

„Ich liebe es. Ich freue mich jeden Tag darauf, hierherzukommen, und das können nicht viele von ihrem

Job sagen."

„Nein, nicht viele", stimmte Tony zu. „Und wie ist es, für die Familie zu arbeiten? Ist ja nicht alltäglich, dass ein Vater und seine drei Söhne gemeinsam einen Betrieb führen."

„Das mag schon sein, aber Greg und ich kennen uns schon ewig. Wir waren zusammen in der Schule."

„Wirklich?" Tony machte sich eine Notiz. „Und was ist mit seinen Söhnen?"

Gavin ließ sich Zeit mit der Antwort. Er wandte sich ab, um die Anzeigen am nächstgelegenen Gärbehälter zu überprüfen, und klopfte leicht darauf. „Sam ist ein netter Kerl, und er konnte gut mit den Kunden umgehen. Es tut mir sehr leid, was mit ihm passiert ist."

„Und die beiden anderen?"

„Marcus und Anthony haben große Pläne für den Betrieb. An Ehrgeiz mangelt es ihnen nicht."

„Das ist doch gut, oder?", sagte Tony. „Wenn man ein Geschäft führt?"

„Solange man nicht aus den Augen verliert, worum es wirklich geht."

„Und worum geht es?"

Gavin ließ den Blick über den Brausaal schweifen, über Bottiche, Tanks, Rohre und Stege. Er sog den würzigen Geruch von Hopfen, Malz und Hefe ein. „Wie gesagt, es ist ein Familienunternehmen. Unabhängig. Wir stellen ein Qualitätsprodukt aus regionalen Zutaten her. Sam versteht das, und Greg auch, zumindest hat er das immer getan."

„Glauben Sie, Greg hat die gleichen Ambitionen wie Marcus und Anthony?"

„Er war schon immer hungrig nach Erfolg. Musste er auch, um sowas wie das hier aus dem Boden zu stampfen." Gavin blickte von seinem Hochstand über seine Anlage hinweg wie ein Bauer über ein reifes Feld vor der Ernte. „Aber ich schätze, Greg bereitet sich darauf vor, das Ruder zu übergeben. Man kann den Fortschritt nicht aufhalten. Man muss sich der Zukunft stellen."

Tony nickte. Er wollte das Gespräch auf den Abend

lenken, an dem Sam angefahren und sterbend zurückgelassen worden war, aber er spürte, dass der Braumeister noch nicht mit seinen Überlegungen fertig war.

Und tatsächlich, nach kurzem Schweigen beugte sich Gavin leicht vor und senkte die Stimme. „Allerdings hatte die Firma eine Pechsträhne, wenn Sie mich fragen."

„Was meinen Sie?"

„Ich weiß nicht, wie man es sonst nennen soll, dass Sam so kurz nach dem Tod des alten Finanzdirektors diesen Unfall hatte."

„Der alte Finanzdirektor?"

„Jeremy. Er hat die Firma mit mir und Greg gegründet. Aber er starb bei einem Unfall, nur ein Jahr oder so, bevor Sam überfahren wurde."

Tony leckte die Bleistiftspitze ab und schlug eine neue Seite in seinem Notizbuch auf. „Erzählen Sie mir mehr über Jeremy", sagte er zu Gavin.

KAPITEL 6

Die Stadt Pickering bot mit ihrer mittelalterlichen Burg, dem historischen Bahnhof mit seinen bunt bemalten Dampflokomotiven, die die Besucher über die North York Moors nach Whitby brachten, sowie den alten Steinhäusern, Geschäften und Kirchen im Stadtzentrum viele attraktive Sehenswürdigkeiten.

Der Ort, an dem sich Becca gerade befand, gehörte jedoch nicht dazu.

Das Industriegebiet am Stadtrand war grau, windig und ohne jeden Charme, aber wenigstens hatte die halbstündige Fahrt von Scarborough ihr einen Grund gegeben, das Polizeirevier zu verlassen. Alles war besser, als an ihrem Schreibtisch zu sitzen und darauf zu warten, dass Raven, Jess und Tony von der Brauerei zurückkehrten, um sie auszufragen und herauszufinden, welche Fortschritte sie gemacht hatten. Keiner aus dem Team hatte ihr gesagt, wo sie hinwollten, als sie an diesem Morgen gemeinsam das Revier verlassen hatten, aber Becca hatte ihren Rang als DS nicht ohne die Fähigkeit erreicht, ihre eigenen Schlussfolgerungen aus etwas so Offensichtlichem zu ziehen.

Der Elektronikgroßhändler, den sie besuchte, lag zwischen einer Druckerei und einem Unternehmen, das individuelle Motorradteile herstellte. Sie fand den Inhaber des Geschäfts vor dem Lagerhaus, wo er gerade eine neue Lieferung Laptops entgegennahm und dem unglücklichen Lieferfahrer lauthals Anweisungen zubrüllte.

„Mr. Owens? Becca Shawcross von der Kripo Scarborough. Ich bin wegen des Diebstahls hier, den Sie gemeldet haben."

„Ah, gut, wurde auch verdammt noch mal Zeit, dass sich mal jemand von euch blicken lässt." Der Mann hatte einen dichten Bart und trug ein weißes Hemd, das seinen Bauch nur mühsam bedeckte. Er trug einen Schutzhelm und hatte die Ärmel hochgekrempelt, trotz des kalten Wetters. „Kommen Sie mit ins Büro." Er drehte ihr den Rücken zu und stapfte davon.

Becca folgte ihm. Das Büro an der Seite des Lagerhauses war beengt, der Schreibtisch versunken in einem Meer aus Lieferscheinen und Rechnungen. Ein einziges schmutziges Fenster gab den Blick auf die Wellblechwand der benachbarten Halle frei. Es war ein wahrhaft deprimierender Arbeitsplatz. Kein Wunder, dass Owens so schlecht gelaunt war. Er nahm auf einem quietschenden Drehstuhl Platz und sah sie erwartungsvoll an. Er bot ihr weder Tee noch Kaffee an – nicht, dass Becca welchen gewollt hätte. Der Ort wirkte alles andere als hygienisch.

„Setzen Sie sich ruhig", bot der Manager an.

Becca räumte einen Stapel Rechnungen von einem freien Stuhl und ließ ihn auf den Boden fallen. Der Stuhl wackelte bedenklich, als sie sich setzte, aber sie hoffte, dass er sie für die Dauer ihres Besuchs tragen würde. „Mr. Owens, könnten Sie mir vielleicht zunächst einmal genau erklären, worum es in Ihrem Unternehmen genau geht?"

Owens kratzte sich ungeduldig unter dem Arm. „Großhandel und Vertrieb. Keine Raketenwissenschaft. Wir importieren Waren und vertreiben sie an

Einzelhändler im Raum Scarborough und York.“

„Sie haben am Wochenende den Diebstahl einer Lieferung von fünfzig Laptops gemeldet.“

„Stimmt genau.“ Er manövrierte seinen Bauch näher an den Schreibtisch und begann, auf einer ziemlich ramponiert wirkenden Tastatur herumzutippen. Dann drehte er den Bildschirm zu Becca. „Das hier. Hochwertige Laptops direkt vom Hersteller. Spitzenprodukte, keine billige China-Ware. Ich verkaufe nur Qualität.“

Becca warf einen Blick auf den elektronischen Lieferschein. „Vielleicht könnten Sie den für mich ausdrucken?“

„Na klar.“ Owens klickte mit der Maus, und ein Drucker in der Ecke setzte sich in Gang.

Da der Mann keine Anstalten machte, aufzustehen, holte Becca den Ausdruck selbst. Sie überflog das Dokument, um zu prüfen, ob es mit seiner Beschreibung übereinstimmte. „Wo wurden die Geräte gelagert?“

„Im Lager, in der Nähe des Haupteingangs. Die Lieferung kam erst am Vortag rein.“

„Verstehe. Gibt es Aufnahmen von Überwachungskameras von der Nacht des Einbruchs?“

„Natürlich. Ich bin doch kein Idiot.“

Owens steckte einen USB-Stick in seinen Computer, drückte weitere Tasten, und ein etwas körniges Video des Lagerhauses erschien. Es war dunkel und regnete unaufhörlich. Das Datum und der Zeitstempel des Videos zeigten, dass es Samstagabend war, kurz nach halb zwölf – eine Zeit, zu der das Industriegebiet vermutlich menschenleer war.

„War zu dieser Zeit jemand in der Nähe?“, fragte Becca.

„Nein.“

„Ein Wachmann vielleicht?“

„Gibt keinen“, brummte Owens. „Da, jetzt kommt er.“ Er deutete auf den Bildschirm, auf dem gerade eine männliche Gestalt in einem dunklen Kapuzenpullover ins

Bild trat, die Baseballkappe tief ins Gesicht gezogen, den Rücken zur Kamera gedreht. Mit einem Brecheisen hebelte er die Seitentür des Lagerhauses auf und verschwand im Inneren. Ein paar Minuten später tauchte der Mann wieder durch den Haupteingang auf und schob einen Stapel Kisten auf einem Rollwagen vor sich her. Mütze und Kapuze verdeckten sein Gesicht. Schnell verschwand er wieder aus dem Bild. Für etwa eine weitere Minute war die Gestalt nicht zu sehen. Dann fing die Kamera das Heck eines weißen Fahrzeugs ein, das den Tatort verließ.

Owens stoppte das Video. „Das ist alles."

„Haben Sie eine Alarmanlage?", fragte Becca.

„Natürlich! Aber es war spät am Samstagabend und ihr wart wohl zu sehr damit beschäftigt, Besoffene von der Straße zu fischen. Als endlich jemand aufkreuzte, war der Dieb längst über alle Berge. Und die Bullen, die kamen, verhielten sich auch nicht gerade wie Polizisten. Haben nicht mal nach Fingerabdrücken gesucht, wie sie es im Fernsehen tun. Haben mir nur gesagt, ich soll ein besseres Schloss einbauen. Als ob ich da nicht selbst draufgekommen wäre!"

Owens' permanente Aggressivität ging Becca allmählich auf die Nerven, und sie war versucht, den „Bullen" zuzustimmen, dass der Fall aussichtslos war. Aber es war ja nicht so, als hätte sie im Moment etwas Besseres zu tun, womit sie ihre Zeit füllen konnte. Sie brauchte eine Herausforderung, die sie von Sam ablenkte. „Nun, ich bin jetzt an dem Fall dran, Mr. Owens. Und ich versichere Ihnen, dass ich mein Bestes tun werde, um der Sache auf den Grund zu gehen."

Zum ersten Mal seit ihrer Ankunft zeigte sich ein Lächeln auf dem Gesicht des Mannes, das vermuten ließ, dass sich hinter seinem Helm und seinem mürrischen Auftreten auch ein Funken Sensibilität verbarg. Er hob zwei pummelige Daumen. „Na also, das klingt schon besser. Jetzt schnappen wir diesen Bastard!"

Becca erwiderte sein Lächeln schwach. Anscheinend

hatte sie einen guten Eindruck hinterlassen. Auch wenn sie keine Ahnung hatte, wie sie den Einbrecher mit so wenigen Anhaltspunkten finden sollte.

*

Nach der morgendlichen Runde in der Brauerei versammelte Raven Jess und Tony zu einer kurzen Nachbesprechung in seinem Auto. Das ging schneller, als erst zur Wache zurückzufahren, und Raven wollte Becca aus dem Weg gehen, die ihn nach seiner Rückkehr zweifelsohne mit Fragen löchern würde.

Der Innenraum eines Sportcoupés eignete sich zwar nicht gerade als Einsatzraum – nicht einmal vorübergehend –, aber Raven drehte sich auf seinem Ledersitz herum, um sich mit Jess, die neben ihm saß, und Tony, der auf dem engen Rücksitz des Wagens Platz genommen hatte, zu unterhalten. Der M6 war nicht wirklich ein Viersitzer. Eher ein Zwei-plus-Zwei oder vielleicht ein Zwei-plus-Eins. Zum Glück waren Tonys Beine nicht so lang. Außerdem beschwerte sich der DC nie über irgendetwas.

„Also, was haben wir bis jetzt?" Raven musste zugeben, dass er abgesehen von Gregs Zusicherung der uneingeschränkten Zusammenarbeit wenig vorzuweisen hatte. Lediglich eine komprimierte Geschichte des Unternehmens und eine Zusammenfassung der Aufgaben der verschiedenen Familienmitglieder: Gregs ältester Sohn Marcus als Finanzdirektor, Anthony, der mittlere Sohn, als Vertriebsleiter und Ellie, Sams Cousine, die jetzt seine Position als Leiter der Kundenbetreuung übernommen hatte. Er hoffte, dass die anderen es geschafft hatten, interessantere Informationen zu sammeln.

„Ich habe ein bisschen Zeit mit Gregs Sekretärin verbracht", sagte Jess. „Bei Tee und Keksen war sie recht gesprächig. Sie erzählte mir, dass es am Tag der Feier einen heftigen Streit zwischen den drei Brüdern gab, und das war scheinbar nicht das erste Mal."

„Interessant." Greg hatte zwar kurz von Geschwisterrivalität gesprochen, das Ganze aber als völlig harmlos dargestellt. Offenbar steckte mehr dahinter. „Hat sie gesagt, worum es bei dem Streit ging?"

„Nein, sie meinte, sie hätte es nicht gehört."

„Okay", sagte Raven. „Es ist also offenbar nicht alles eitel Sonnenschein in der Brauerei. Wir verfolgen das weiter. Tony, wie lief's bei Ihnen?"

„Ich habe mit dem Braumeister gesprochen, Sir. Gavin Thompson. Er hat mich herumgeführt und mir erzählt, wie sich das Geschäft im Laufe der Jahre verändert hat. Wirkte ein bisschen nostalgisch, was die guten alten Zeiten angeht. Wenn ich das richtig verstanden habe, war er einer der Mitbegründer der Brauerei, zusammen mit Greg. Und zwischen den Zeilen klang durch, dass er nicht besonders begeistert von der Richtung ist, die die beiden Brüder einschlagen wollen."

„Okay, also gibt es Spannungen innerhalb der Firma", sagte Raven. „Dem sollten wir auf jeden Fall weiter nachgehen."

„Da ist noch etwas, Sir."

Raven erkannte an Tonys Eifer, dass er auf etwas Entscheidendes gestoßen war. „Ja?"

„Gavin erwähnte den früheren Finanzdirektor, einen gewissen Jeremy Green."

„Was ist mit ihm?"

„Anscheinend ist er ein Jahr vor dem Vorfall mit Sam bei einem Unfall gestorben. Beim Wandern an den Klippen von Flamborough Head. Er ist ausgerutscht und abgestürzt."

„Ausgerutscht und abgestürzt?" Raven kannte das nahegelegene Ausflugsziel. Flamborough Head war eine wilde, schroffe Küstenlinie mit Kreidefelsen, die vom Meer umspült wurden. Er erinnerte sich an einen Schulausflug dorthin, an windgepeitschte Klippen und kreischende Möwen. Der Wind hatte ihm den Regen ins Gesicht getrieben, und schließlich hatte sich die Klasse in den Bus zurückgezogen, um ihre Lunchpakete zu essen.

Raven hatte die Gelegenheit genutzt, um hinter dem Leuchtturm mit seiner ersten Freundin, Donna Craven, zu knutschen, während sein damaliger Kumpel Darren Jubb Obszönitäten in das Kondenswasser am Busfenster gekritzelt hatte. An den pädagogischen Zweck der Exkursion konnte sich Raven nicht mehr erinnern.

„Jeremy war wohl ein begeisterter Wanderer", sagte Tony, „aber er kam den Klippen zu nahe. Ist anscheinend über den Rand gestürzt."

„Wirklich?" Es grenzte an ein Wunder, dass bei Ravens damaliger Klassenfahrt niemand über die Klippen gestürzt war, aber dass ausgerechnet einem erfahrenen Wanderer so etwas passierte, kam ihm fragwürdig vor.

„Gavin hat es als Unfall beschrieben. Er meinte, die Firma hätte einfach eine Pechsträhne: erst Jeremys Tod, dann Sams Krankenhausaufenthalt."

„Pech, hm?" Raven musste an die Worte von Dr. Kirtlington, dem Krankenhausarzt, denken – Sam habe Glück gehabt, die Fahrerflucht zu überleben und aus dem Koma zu erwachen. *Glück, Pech.* In der Salt Castle Brauerei ging definitiv etwas vor sich, aber Raven glaubte nicht, dass Glück dabei eine Rolle spielte. „Suchen Sie den Bericht des Gerichtsmediziners zu Jeremy Green heraus und lassen Sie mich wissen, was Sie finden", sagte er zu Tony.

„Sir?" Es war Jess. „Ich weiß, wir haben alle Hände voll zu tun mit den Befragungen in der Brauerei, aber denken Sie, es lohnt sich, noch einmal mit dem Taxifahrer zu sprechen, der Sam auf der Straße gefunden hat? Er wurde damals schon befragt, aber da er ein so wichtiger Zeuge ist, könnte es nicht schaden, noch einmal mit ihm zu sprechen."

„Sie haben recht." Raven mochte es, wenn sein Team Initiative zeigte. „Übernehmen Sie das. Tony, Sie kümmern sich um den Bericht des Gerichtsmediziners. Ich werde mit dem ältesten Sohn Marcus sprechen. Ich will wissen, was es mit dem Streit zwischen den Brüdern auf sich hatte."

KAPITEL 7

Die Woodland Ravine war eine breite, von Bäumen gesäumte Straße mit großen Einfamilienhäusern auf der einen Seite und einer grasbewachsenen Böschung auf der anderen, die zum Peasholm Beck hin abfiel. Raven parkte seinen BMW hinter einem Lexus-SUV und ging den abschüssigen Weg hinauf zu einer Villa, die auf einen gepflegten Garten blickte. Ein dorniger Rosenstrauch, zu dieser Jahreszeit kahl, umrahmte die Veranda aus rotem Backstein. Der Finanzdirektor der Salt Castle Brewery hatte es nicht schlecht getroffen.

Eine Frau Anfang dreißig öffnete die Tür. Sie war schlank, brünett, lässig gekleidet in weiten Jeans und einem karierten Hemd, die Haare zu einem Pferdeschwanz zusammengebunden. Ihr Gesicht war hübsch, aber ungeschminkt.

Raven stellte sich vor. „Mrs. Earnshaw, ich hatte gehofft, mit Ihrem Mann sprechen zu können. Ist er da? Ich habe heute Morgen mit Greg Earnshaw gesprochen, und er sagte, Marcus würde heute von zu Hause aus arbeiten."

„Ja, das tut er. Kommen Sie rein, Chief Inspector."

Sie führte ihn in den hinteren Teil des Hauses, wo sich ein moderner Anbau mit einer glänzenden Wohnküche mit Essbereich befand. Der offene Raum war so groß wie das gesamte Erdgeschoss von Ravens Haus. Eher größer. Allein die Kochinsel entsprach in etwa der Fläche seiner gesamten Küche. Flügeltüren führten auf eine gepflasterte Terrasse, und durch ein Oberlicht an der Decke fiel Tageslicht herein.

Ravens Gedanken schweiften zu Barry und dessen Versprechen, heute den Rest der Küche herauszureißen. Raven hatte keine Ahnung, welche Katastrophe ihn in der Quay Street erwarten würde, wenn er zurückkehrte, aber er wusste, dass es das komplette Gegenteil von dieser perfekten Design-Oase sein würde.

Ein pausbäckiger kleiner Junge saß in einem Hochstuhl an der Frühstückstheke und steckte seine Finger in eine Schale mit undefinierbarem, orangem Brei. Er sah zu Raven auf und gluckste freundlich.

„Entschuldigen Sie, ich füttere Freddie gerade zu Mittag. Was für eine Sauerei du wieder angerichtet hast, kleiner Mann!“ Marcus’ Frau turtelte mit dem Baby, das lachte und versuchte, ihr die orangefarbenen Finger ins Gesicht zu stecken.

„Keine Sorge, Mrs. Earnshaw. Es tut mir leid, dass ich Sie zu Hause störe.“

„Bitte, nennen Sie mich Olivia. Ich sage Marcus Bescheid, dass Sie hier sind.“ Sie verschwand in einem anderen Teil des Hauses und ließ Raven mit Freddie allein. Greg hatte gesagt, er sei neun Monate alt. Das hätte Raven nicht erkennen können, er hatte keine Ahnung von Babys.

Der Kleine kicherte und streckte seine klebrigen Finger aus. Raven hielt Abstand und versuchte sich zu erinnern, ob das Füttern bei seiner eigenen Tochter genauso chaotisch gewesen war. Das Problem war nur, dass er kaum da gewesen war, als Hannah klein gewesen war, zu sehr damit beschäftigt, die Welt zu verbessern, Verbrechen aufzuklären und Kriminelle hinter Gittern zu bringen.

Und was hatte er für all diese langen Tage und Überstunden bekommen? Eine zerrüttete Ehe, eine Tochter, die kaum mit ihm sprach, und eine Küche, die Lichtjahre von dieser hier entfernt war.

Olivia kam zurück. „Marcus ist gerade am Telefon, aber er wird in einer Minute bei Ihnen sein. Möchten Sie einen Kaffee, während Sie warten?"

„Das sage ich nicht Nein, danke."

Während Olivia eine Kapsel in eine schicke Einbau-Kaffeemaschine einlegte, fragte Raven sie, ob sie in der Nacht, in der Sam angefahren wurde, auf der Party gewesen war.

„Ja, ich war dort. Aber ich war damals im sechsten Monat schwanger und durfte deshalb kein Bier trinken."

Raven hätte Olivia eher als Weißwein- denn als Biertrinkerin eingeschätzt, aber vielleicht war ein Faible für Hopfen in dieser Familie obligatorisch.

Sie stellte eine kleine Tasse Espresso vor ihm ab. Raven schnupperte anerkennend und genoss das Aroma. Geröstete Bohnen waren ihm allemal lieber als Hopfen und Malz. „Was wissen Sie noch von dieser Nacht?"

Olivia wandte sich ab, um Freddie das Gesicht und die Hände abzuwischen. „Es war nur eine kleine Feier. Eine private Veranstaltung für Familie und Mitarbeiter. Ich saß den Großteil des Abends bei Naomi – das ist Anthonys Frau. Denise, unsere Schwiegermutter, gesellte sich zu uns."

„Sie haben den Abend nicht mit Ihrem Mann verbracht?"

„Die Jungs sind herumgelaufen und haben sich unter die Leute gemischt. Das war der Zweck des Abends. Das Personal bei Laune zu halten."

„Und war es bei Laune?"

„Ich bin nicht sicher, ob ich verstehe, was Sie meinen."

„Was wissen Sie über den Streit, der sich an diesem Tag zwischen den drei Brüdern in der Firma abgespielt hat?"

„Streit?" Sie drehte sich zu ihm um und sah ihn direkt

an. „Marcus hat nichts von einem Streit gesagt. Wenn es tagsüber einen gab, kann ich Ihnen versichern, dass das Thema am Abend längst vom Tisch war."

„Tut mir leid, dass Sie warten mussten, Chief Inspector." Ein großer, blondhaariger Mann mit gepflegtem Bart kam schwungvoll in die Küche. Er war leger in Jeans und Rugby-Shirt gekleidet. Raven erkannte ihn anhand des Fotos, das Greg ihm von seinem ältesten Sohn gezeigt hatte, sofort wieder. Marcus Earnshaw schüttelte Ravens Hand energisch. „Hören Sie, ich habe nur etwa zehn Minuten Zeit, also lassen Sie uns in mein Büro gehen und dem Chaos in der Küche entfliehen." Er lachte, obwohl Olivia seine Bemerkung nicht sehr amüsant zu finden schien.

Auf jeden Fall fand Raven, dass Marcus ungerecht war. Das Baby war zufrieden und brav gewesen, und das einzige Chaos hatte sich auf seinen Hochstuhl beschränkt. Der Rest der Küche war makellos sauber. Raven bedankte sich bei Olivia für den Kaffee und folgte ihrem Mann in sein Büro.

*

„Ziehen Sie die Tür hinter sich zu, Chief Inspector." Das Arbeitszimmer von Marcus Earnshaw blickte auf den Vorgarten, weit weg von der Küche und seiner Frau. Er setzte sich in einen ledernen Chefsessel hinter einem großen Mahagonischreibtisch und bedeutete Raven, es sich auf dem niedrigen Sofa gegenüber bequem zu machen. „Sie kommen wegen Sam, nehme ich an. Dad sagte, Sie könnten auf einen Sprung vorbeikommen, um mit mir zu reden."

Mit einem historischen Kamin, hohen Decken und Ölgemälden von Scarborough Castle und Whitby Abbey an den Wänden, war es zweifellos ein noblerer Arbeitsplatz als das funktionale Büro in der Brauerei, in dem sich die Brüder einen Raum mit anderen Angestellten teilten. Nach allem, was Raven beobachtet hatte, war das Baby nur ein Vorwand für Marcus, von zu Hause aus zu arbeiten – tatsächlich schien er sich kaum um das Kind zu kümmern.

„Ich habe heute Morgen mit Ihrem Vater gesprochen. Soweit ich weiß, sind Sie sein ältester Sohn."

„Richtig." Marcus lehnte sich in seinem Stuhl zurück und verschränkte die Hände hinter dem Kopf. Sein Auftreten wirkte selbstbewusst, fast schon arrogant.

„Erzählen Sie mir ein wenig von sich. Wie lange sind Sie schon Finanzdirektor in der Brauerei?"

„Zwei Jahre jetzt. Unglaublich, wie die Zeit vergeht. Ich habe meinen Abschluss als Wirtschaftsprüfer gemacht und meine Karriere bei einer der Big Four in Leeds begonnen. Ich wollte an der Spitze der Finanzwelt arbeiten und erfahren, wie die erfolgreichsten Unternehmen funktionieren. Aber irgendwann war es einfach der richtige Zeitpunkt, in das Familienunternehmen einzusteigen. Wir sind damals schnell gewachsen, und Dad wollte jemanden mit den richtigen Fähigkeiten, um das Unternehmen voranzubringen."

„Also arbeiten Sie seit zwei Jahren für Ihren Vater?"

„Drei, um genau zu sein. Als ich anfing, war der vorherige Finanzdirektor noch da. Ich habe ein Jahr lang mit ihm zusammengearbeitet, bevor ich in seine Fußstapfen getreten bin."

„Das war Jeremy Green, nehme ich an."

„Ganz genau. Der gute alte Jeremy." Marcus lächelte versonnen, als würde er sich an einen liebenswerten, aber tollpatschigen alten Onkel erinnern. „Er hatte die Buchhaltung seit dem Tag gemacht, an dem Dad die Firma gegründet hatte, aber er hatte keine formelle Ausbildung als Wirtschaftsprüfer. ‚Qualifiziert durch Erfahrung', so beschrieb er sich selbst gerne. Dad hat ihm vertraut, und er gab sein Bestes, aber irgendwann kommt in jedem Unternehmen der Zeitpunkt, an dem man jemanden braucht, der sich wirklich mit Finanzen auskennt."

„Und dieser Jemand waren Sie?"

Marcus lächelte. „Natürlich. Dad hatte immer die Absicht, die Firma an die nächste Generation zu übergeben. Das war sein Vermächtnis. Und ich hatte das Gefühl, dass das Familienunternehmen der richtige Ort für mich war, um meine Fähigkeiten optimal zu nutzen."

„Sie hatten also kein besonderes Interesse an Bier, als Sie bei der Brauerei anfingen?"

Marcus schnaubte. „Man muss nicht kleinlich sein. Ich bin an Profit interessiert, und wenn Bier Profit bringt, dann bin ich auch an Bier interessiert." Er löste die Hände vom Kopf und trommelte mit den Fingern auf den Schreibtisch. „Gibt es etwas Bestimmtes, das Sie mich über Sam fragen wollten?"

„Eigentlich", sagte Raven in der Hoffnung, Marcus aus der Fassung zu bringen, „würde ich Sie gerne etwas über Jeremys Tod fragen."

Aber Marcus schien mit der Frage gerechnet zu haben. Äußerlich blieb er gelassen. „Sehr traurig. Er war Dads bester Freund. Die beiden kannten sich seit der Schulzeit. Aber Jeremy hatte keine Familie, die ihn vermisst hätte, und glücklicherweise war ich in der perfekten Position, um seine Aufgaben zu übernehmen, sodass der Firma kein Schaden entstanden ist."

„Glück für Sie."

Ein beleidigter Ausdruck erschien auf Marcus' Gesicht. „Was wollen Sie damit andeuten? Dass ich ihn von der Klippe gestoßen habe? Das ist doch absurd."

„Ich will gar nichts andeuten, Mr. Earnshaw. Das haben Sie gerade selbst gesagt."

Marcus wirkte verunsichert, schwieg aber. Raven versuchte eine andere Strategie. „Wie ist es, so eng mit Ihrer Familie zusammenzuarbeiten?"

„Es funktioniert gut genug. Wir stehen uns nah. Wir verstehen uns."

Für Raven klang das Ganze eher nach Vetternwirtschaft, aber vielleicht war das ja das Besondere an Familienunternehmen. „Wie läuft das, wenn Entscheidungen getroffen werden, die das Geschäft betreffen?“

Marcus zuckte unverbindlich mit den Schultern. „Wir halten Vorstandssitzungen ab, wenn es um wichtige Angelegenheiten geht. Dad hört sich immer gern unsere Meinung an.“

„Aber er trifft die endgültige Entscheidung.“

„Nun, er hat das Unternehmen gegründet, da ist das nur zu erwarten. Aber er wird nicht ewig da sein.“

Raven fragte sich, ob Marcus an den Ruhestand seines Vaters oder an etwas Endgültigeres dachte. „Als ältester Sohn und Verantwortlicher für die Finanzen stehen Ihre Chancen sicher gut, das Unternehmen irgendwann zu übernehmen.“

Marcus ging nicht auf den Köder ein. Er wischte die Bemerkung mit einer Handbewegung beiseite. „Niemand in dieser Familie redet davon, dass Dad in absehbarer Zeit zurücktreten wird. Er hat noch ein paar Jahre vor sich. Und er hat sicherlich nicht die Absicht geäußert, einen Nachfolger zu benennen, außer dass er deutlich gemacht hat, dass die Kontrolle über das Unternehmen in der Familie bleiben soll.“

Raven war jedoch nicht überzeugt, dass Marcus sich damit zufriedengeben würde, tatenlos zuzusehen, wie einer seiner Brüder die Macht an sich riss. Alles an ihm – vom Mahagonischreibtisch bis hin zu seinem Wunsch, mit den größten und besten Unternehmen zusammenzuarbeiten – zeugte von großem Ehrgeiz. Er hatte bereits Jeremys Job übernommen. Raven hatte keinen Zweifel daran, dass Marcus keine Zeit verschwenden würde, auch Gregs Platz einzunehmen, sobald sich eine Gelegenheit bot.

„Erzählen Sie mir von der Nacht, in der Sam überfahren wurde. Es gab eine private Party in der Brauerei für die Belegschaft, oder?“

„Ja, solche Veranstaltungen sind gut für die Moral. Es ist billiger, ab und zu eine Party zu schmeißen, als neue Mitarbeiter einzustellen und auszubilden.“

„Und waren Sie die ganze Zeit über dort?“

„Ja. Olivia wäre gerne früher nach Hause gegangen – sie war damals mit Freddie schwanger und müde. Aber es war wichtig, dass die Direktoren samt Ehefrauen Präsenz zeigten. Ich habe ihr gesagt, sie müsse einfach noch ein bisschen länger aufbleiben."

„Haben Sie den Abend mit ihr verbracht?"

„Nein, ich habe die Runde gemacht und mich um alle gekümmert. Ich sehe Olivia schließlich oft genug zu Hause."

Marcus klang nicht gerade wie ein Mann, der seine Frau innig liebte. Aber vielleicht war er einfach nicht sehr gut darin, seine Gefühle auszudrücken. Das war bei vielen Männern so. Raven konnte selbst nicht besonders gut mit Emotionen umgehen, obwohl er hoffte, dass er nicht ganz so plump rüberkam wie Marcus Earnshaw.

„Haben Sie an diesem Abend mit Sam gesprochen?"

„Ich bin ihm ein- oder zweimal über den Weg gelaufen", antwortete Marcus ausweichend.

„Und worüber haben Sie gesprochen?"

„Nichts Besonderes. Ich kann mich wirklich nicht erinnern."

„Haben Sie ihn gehen sehen?"

„Nein."

„Haben Sie noch jemanden nach draußen gehen sehen?"

„Nein."

„Und sind Sie selbst hinausgegangen?"

„Warum sollte ich?" Marcus starrte Raven herausfordernd über den Schreibtisch hinweg an. „Zumindest nicht, bis der Taxifahrer hereinplatzte und Alarm schlug."

„Sie hatten also bis dahin keine Ahnung, was mit Sam geschehen war?"

„Natürlich nicht. Ich hätte selbst einen Krankenwagen gerufen, wenn ich das gewusst hätte."

Raven beobachtete Marcus aufmerksam. „Ein Zeuge hat von einem Streit zwischen Ihnen und Ihren Brüdern an diesem Tag berichtet. Worum ging es dabei?"

Marcus' Mundwinkel zuckten. „Wer hat das gesagt?"

„Beantworten Sie einfach die Frage."

Marcus lehnte sich in seinem Stuhl zurück und legte die Hände wieder hinter den Kopf. Er versuchte, eine sorglose, entspannte Haltung zu demonstrieren, doch seine Körpersprache verriet Anspannung. „Wer sagt, dass es ein Streit war, der übertreibt. Es war nur eine Diskussion. Brüder sind nicht immer einer Meinung, so ist das im Familienleben nun mal. Haben Sie einen Bruder? Wenn ja, dann wissen Sie, wie das ist."

„Ich habe keinen Bruder", entgegnete Raven, „und ich würde gerne wissen, worum es bei dieser Diskussion ging."

„Wenn Sie es unbedingt wissen müssen, es ging um die zukünftige Ausrichtung des Unternehmens. Die Firma befindet sich in Gesprächen über eine mögliche Fusion mit einer großen nationalen Brauerei. Mehr kann ich nicht sagen, das ist vertraulich."

„Verstehe. Und wie stehen Sie zu dieser möglichen Fusion?"

Marcus breitete die Hände aus, als wäre die Antwort offensichtlich. „Natürlich bin ich dafür. Es wäre eine großartige Gelegenheit für uns, zu wachsen, neue Märkte zu erschließen und mehr Investoren zu gewinnen. Anthony sieht das genauso."

„Aber Sam nicht?"

„Sam ist jung. Er versteht das Geschäft noch nicht wirklich."

„Aber er hat sich um Ihre bestehenden Kunden gekümmert. Er muss verstanden haben, warum sie weiterhin mit Ihnen Geschäfte gemacht haben. Vielleicht hatte er nur deren Interessen im Sinn."

Marcus lachte laut. „Wir sind nicht hier, um unsere Kunden glücklich zu machen, Chief Inspector, sondern um Gewinn zu erzielen. In der Geschäftswelt ist kein Platz für Sentimentalitäten. Unternehmen wachsen oder sterben. Aber was das alles mit Sams Unfall zu tun haben soll, ist mir schleierhaft."

Raven sah ihn scharf an. „Unfall? Was Sam

widerfahren ist, war kein Unfall."

„Ich weiß nicht, was Sie meinen." Zum ersten Mal in ihrem Gespräch schien Marcus sichtlich aus der Fassung gebracht.

„Dann hat Ihr Vater Sie offenbar nicht ganz ins Bild gesetzt, Mr. Earnshaw. Ich bin heute nicht auf einen ‚Sprung' vorbeigekommen. Ich ermittle wegen versuchten Mordes."

„Was?"

„Sam ist in dieser Nacht nicht einfach zufällig vor ein Auto geraten. Er wurde gestoßen."

„Sie machen wohl Witze!"

Raven fixierte ihn mit einem kalten Blick. „Halten Sie das für einen Scherz?"

„Nein, ich …"

„Deshalb interessiere ich mich für den Streit zwischen Ihnen, Anthony und Sam. Es sieht so aus, als wäre Sam ein Hindernis für Ihre Pläne gewesen und als hätte jemand die Gelegenheit genutzt, um das Hindernis zu beseitigen."

„Das ist eine ungeheuerliche Anschuldigung!"

„Genauso wie Jeremy ein Hindernis für Ihr Vorankommen war. Doch auch er wurde Opfer einer unglücklichen Fügung."

Wütend umklammerte Marcus die Kante seines Mahagonischreibtisches. „Wie können Sie es wagen! Wenn jemand Jeremy aus dem Weg räumen wollte …"

„Was?"

„Vergessen Sie's." Mit sichtlicher Anstrengung beruhigte Marcus sich, ließ den Schreibtisch los und lehnte sich in seinem Stuhl zurück. „Ich habe nur Dampf abgelassen. Ich meinte nichts damit." Er erhob sich. „Ich denke, wir sind hier fertig. Ich möchte Sie jetzt bitten zu gehen."

KAPITEL 8

Das Büro der Taxifirma lag in der Nähe der belebten St. Thomas Street, hinter dem alten Opernhaus und neben einer Pizzeria. Von der Polizeiwache aus war es nur ein kurzer Fußweg, und Jess war froh, sich nach einem Vormittag in der Brauerei die Beine vertreten und etwas frische Luft schnappen zu können. Sie fragte sich, ob sie den Geruch von gemälzter Gerste jemals wieder aus ihrer Nase bekommen würde.

„Ricky sollte in etwa zehn Minuten zurück sein, Liebes", sagte die Empfangsdame, eine Frau mittleren Alters, die hinter dem Schreibtisch des beengten Buchungsbüros saß und in einem Promi-Magazin blätterte, während sie auf den nächsten Anruf wartete. „Er setzt gerade einen Kunden am Kurhaus ab. Wollen Sie auf ihn warten?"

Jess nickte und nahm im winzigen Wartebereich Platz. Um sich die Zeit zu vertreiben, holte sie ihr Handy heraus und scrollte durch Instagram. Sie likte und kommentierte ein paar Posts – einige ihrer Freundinnen waren am Wochenende in einer Bar in der Stadt und anschließend in einem Club gewesen. Den Fotos nach zu urteilen, die sie gepostet hatten, hatten sie sich prächtig amüsiert, Drinks gekippt und waren im Laufe des Abends immer ausgelassener geworden. Sie hätte mitgehen können, aber sie hatte abgelehnt und Arbeit als Ausrede angegeben. In Wahrheit hatte sie einen ruhigen Abend mit Scott verbracht, dem jüngsten Mitglied des CSI-Teams, mit dem sie seit kurzem zusammen war. Sie waren ins Kino gegangen und hatten sich anschließend an der Strandpromenade eine Tüte Pommes geteilt. Jess fragte sich, wann sie Scott wohl ihren Freundinnen vorstellen sollte, aber dafür war es noch zu früh. Scott war schüchtern und musste vorsichtig behandelt werden. In seiner Vergangenheit lag ein Trauma, das ihn zögern ließ, neue Beziehungen einzugehen, aus Angst, verletzt zu werden. Jess war froh, die Dinge vorerst langsam angehen zu können. Es bestand keine Eile. Sie hoffte, ihn dazu überreden zu können, Weihnachten mit ihrer Familie in Rosedale Abbey zu verbringen. Aber sie hatte das Thema noch nicht angesprochen. Scott ließ sich leicht verschrecken.

Die Tür öffnete sich und ließ einen Schwall eisiger Luft und eine Peperoniwolke herein. Ein Mann trat ein: Mitte dreißig, glatt rasiert, mit einem einzelnen Ohrring im linken Ohr, mit einer wattierten Jacke, die er gegen die Kälte bis zum Kinn zugezogen hatte. „Du hast gesagt, eine Polizistin will mich sehen?"

„Da drüben." Die Empfangsdame blickte kurz von ihrer Zeitschrift auf und zeigte in Jess' Richtung. „Das ist Ricky Potts, Liebes", sagte sie zu Jess. „Das ist der, den Sie suchen."

Jess stand auf und steckte ihr Telefon ein. „Schön, Sie kennenzulernen, Mr. Potts."

„Sie sind von der Polizei?" Ricky sah sie misstrauisch an, als könne er nicht glauben, dass jemand so Junges wie Jess Detective sein konnte.

„DC Jess Barraclough." Mit ihren einundzwanzig Jahren, noch dazu als Frau, war Jess daran gewöhnt, von Zeit zu Zeit auf Skepsis in der Bevölkerung zu stoßen. Sie versuchte, sich davon nicht beirren zu lassen. Das Problem würde mit der Zeit nachlassen, sagte sie sich. Sie zeigte dem Taxifahrer ihren Ausweis, und obwohl er überrascht wirkte, akzeptierte er schließlich, was er sah.

„Können wir irgendwo ungestört reden?“, fragte sie ihn.

„Geht nach hinten“, sagte die Empfangsdame, ohne ihren Blick vom Magazin abzuwenden. „Hier ist sonst keiner.“

Jess folgte Ricky in eine winzige Küche, in der gerade genug Platz für einen Wasserkocher, eine Mikrowelle und einen Kühlschrank war. Er setzte sich auf einen Holzschemel und bot Jess einen etwas weniger ramponierten Stuhl an. „Also gut, worum geht es?“

„Wir rollen einen Unfall mit Fahrerflucht neu auf, der sich letztes Jahr in der Nähe der Salt Castle Brewery ereignet hat. Der Name des Opfers war Sam Earnshaw. Soweit ich weiß, waren Sie derjenige, der ihn gefunden und Hilfe gerufen hat.“

„Aye“, sagte Ricky. „Das war ich. Aber ich habe der Polizei damals alles gesagt, was ich wusste.“

„Uns sind neue Hinweise zugegangen, deshalb überprüfen wir den Fall. Können Sie mir bitte genau schildern, was in jener Nacht passiert ist?“

„Natürlich kann ich das“, sagte Ricky, der sich sichtlich entspannte und nun in Plauderlaune war. „Ich erinnere mich nicht mehr an alle Fahrten, die ich gemacht habe – sie verschwimmen mit der Zeit. Aber an diese Nacht erinnere ich mich, als wäre es gestern gewesen. Trish – unsere Rezeptionistin – hatte mich kontaktiert und gesagt, es sei ein Anruf aus der Brauerei gekommen. Ich war zufällig in der Nähe und sollte den Auftrag übernehmen.“

„Sind Sie öfter bei der Brauerei?“

„Oh, ja, ziemlich oft. Normalerweise bringe ich Besucher zum Bahnhof und so weiter. Gelegentlich auch einen der Chefs. Ist ein Familienbetrieb, alle sind miteinander verwandt. Die anderen Brüder sind manchmal ein bisschen unnahbar, immer zu beschäftigt mit ihrem Handy, um mit einem wie mir zu reden, aber Sam war immer für ein Schwätzchen zu haben, und so habe ich ihn recht gut kennengelernt. Ein netter Kerl. Jedenfalls war es spät am Abend – so gegen zehn – und es hat gepisst wie aus Kübeln, wenn ich das so sagen darf."

Jess lächelte, um zu zeigen, dass ihr Kraftausdrücke nichts ausmachten. Sie freute sich, dass Ricky seine anfängliche Zurückhaltung überwunden hatte und nun umso gesprächiger war.

„Ich bin also langsam gefahren, die Scheibenwischer auf Anschlag. Die Sicht war beschissen. Und dann lag da was auf der Straße. Ich konnte es zuerst nicht erkennen. Man rechnet ja auch nicht damit, dass da ein Mensch liegt, oder? Zum Glück war ich nur mit etwa zwanzig Meilen pro Stunde unterwegs, sonst hätte ich den armen Kerl vielleicht ein zweites Mal überfahren. War aber nicht ich, der ihn zuerst erwischt hat", fügte er hastig hinzu.

„Keine Sorge", beruhigte ihn Jess. „Sie stehen nicht unter Verdacht. Also, was haben Sie gesehen?"

„Ein Regenschirm flog durch die Gegend. Der knallte gegen meine Windschutzscheibe. Ich trat auf die Bremse, dann merkte ich, dass das Ding auf der Straße ein Mensch war. Verdammte Scheiße, dachte ich. Ich sprang raus und sah nach, was los war. Ich erkannte Sam, den Fahrgast, den ich abholen sollte. Er war bewusstlos und völlig durchnässt. Ein Wunder, dass er nicht an Unterkühlung gestorben ist. Also habe ich keine Zeit verloren. Ich hätte sofort den Notruf gewählt und einen Krankenwagen gerufen, aber es regnete und ich bemerkte, dass in der Brauerei noch was los war. Also rannte ich hinein und rief um Hilfe. Das war's dann auch schon. Das hab ich der Polizei auch so erzählt."

„Und Sie haben keine anderen Fahrzeuge oder Personen gesehen, die sich draußen herumgetrieben haben?"

„Nein, es war zu nass, da geht keiner freiwillig raus."

Jess war frustriert, dass sie nichts Neues erfahren hatte. Für sie war es kaum vorstellbar, dass niemand auf dieser sogenannten Party etwas gesehen oder gehört hatte.

„Es gibt da eine Sache“, sagte Ricky, „an die ich mich erst hinterher erinnert habe. Damals war ich total geschockt. Ich wollte es eigentlich der Polizei sagen, aber vor Weihnachten war so viel zu tun, dass ich nicht dazu gekommen bin. Und dann, na ja, schien es mir irgendwie zu spät.“ Er warf Jess einen verlegenen Blick zu.

„Fahren Sie fort.“

„Als ich auf dem Weg zur Brauerei war, vielleicht noch eine Viertelmeile entfernt, sah ich diesen weißen Lieferwagen in die entgegengesetzte Richtung rasen. Ich meine, Lieferwagenfahrer sind ja dafür bekannt, dass sie ihre eigenen Gesetze haben, aber dieser ist mir aufgefallen, weil ein Scheinwerfer kaputt war.“

„Nur der eine?“

„Ja. Der auf der Beifahrerseite.“

„Sind Sie sich da sicher?“

„Ich achte auf so was.“

Jess strahlte ihn an. „Erinnern Sie sich noch an etwas anderes über den Lieferwagen?“

„Nur an den Scheinwerfer und die Geschwindigkeit. Als wollte er schnell wegkommen, verstehen Sie? Aber so fahren ja alle Lieferwagenfahrer. Das sollte verboten werden. Nun, ich nehme an, das ist es schon.“

„Danke“, sagte Jess. „Sie waren wirklich sehr hilfreich.“

„Und ich bekomme keinen Ärger, weil ich den Lieferwagen nicht früher erwähnt habe?“

„Diesmal nicht, Mr. Potts.“ Jess tat ihr Bestes, eine strenge Miene aufzusetzen. „Aber achten Sie darauf, dass es nicht wieder vorkommt.“

*

„Mum hat all diese großen Pläne für Weihnachten“, sagte Becca. „Sie will einen riesigen Truthahn mit allem Drum und Dran machen, und deine Eltern und deine Brüder samt deren Frauen einladen, ganz zu schweigen von meinen Großeltern. Und Liam natürlich – den dürfen wir nicht vergessen!“

Sam lächelte Becca an und drückte ihre Hand. Sie erwiderte den Druck. Es tat so gut, seine Berührung wieder zu spüren, seine Hand, die mit jedem Tag ein wenig kräftiger wurde – statt dieses leblosen, schlaffen Anhängsels, das sie so lange gehalten hatte.

„Aber wenn du keine Lust hast, dann sag es einfach. Ich verbringe Weihnachten lieber hier im Krankenhaus mit dir als mit einer riesigen Menschenmenge im Gästehaus. Außerdem haben deine Eltern bestimmt schon eigene Pläne. Aber Mum ist so daran gewöhnt, für viele Leute zu kochen, dass es ihr gar nichts ausmacht, halb Scarborough einzuladen.“

Becca war allmählich erschöpft vom ständigen Gerede ihrer Mutter über Weihnachten. Sue hatte bereits damit begonnen, ihre Pläne in die Tat umzusetzen: Liam sollte einen Weihnachtsbaum von einem seiner Freunde besorgen, der sie zu einem verdächtig günstigen Preis verkaufte. Sie hatte David auf den Dachboden geschickt, um die Lichterketten und die Dekoration hervorzuholen, damit sie diese aufhängen konnte. Und das alles am ersten Dezembertag. Becca wusste, dass ihre Mutter damit das letztjährige Weihnachten wiedergutmachen wollte, das nach Sams Unfall praktisch ausgefallen war, aber es wurde langsam zu viel.

„Sag Sue, das ist sehr lieb“, sagte Sam. „Ich würde Weihnachten gerne bei euch verbringen, wenn ich dazu in der Lage bin. Aber bei den anderen bin ich mir nicht so sicher. Mum möchte Weihnachten gerne zu Hause mit der Familie feiern. Außerdem haben Marcus und Olivia mit dem Baby alle Hände voll zu tun. Vielleicht möchten sie lieber unter sich bleiben.“

„Hast du das Baby schon gesehen?“ Becca hatte Marcus und Olivia vor dem Unfall nur ein paar Mal getroffen und seitdem hatte sie keinen von beiden mehr gesehen. Auch Sams anderem Bruder Anthony und seiner Frau war sie seither nicht mehr begegnet. Während des ganzen Jahres, in dem sie Sam im Krankenhaus besucht hatte, waren ihr nur Greg und Denise begegnet.

„Marcus war einmal kurz da, auf dem Weg von der Arbeit. Aber allein. Freddie habe ich noch nicht gesehen."

„Was ist mit Anthony?"

„Er ist auf Geschäftsreise."

Becca verkniff sich die Bemerkung, die ihr auf der Zunge lag, nämlich dass sich Sams Brüder nicht gerade Mühe gaben, ihn im Krankenhaus zu besuchen. Sie konnte das nicht verstehen. Nachdem sie zwölf Monate lang neben Sam in seinem komatösen Zustand gesessen und mit ihm geredet hatte, ohne dass er auch nur den Hauch einer Reaktion gezeigt hatte, war es jetzt eine Freude, mit ihm zu reden, seine Antworten zu hören und sein Lächeln zu sehen. Seine Stimme wurde von Tag zu Tag kräftiger. Er hatte mit der Physiotherapie begonnen, die ihm helfen sollte, seine Kraft zurückzugewinnen.

Es war zwar noch früh, und Dr. Kirtlington hatte davor gewarnt, zu viel zu erwarten. Es könne Rückschläge geben oder „Holpersteine auf dem Weg", wie er es nannte. Der Chefarzt sprach gern in Metaphern. „Ein langer Weg" war einer seiner Favoriten, dicht gefolgt von „ein Schritt nach dem anderen".

Aber zum ersten Mal seit langem sah die Zukunft positiv aus.

„Und was hast du heute so gemacht?" Das war die Frage, die Sam ihr immer stellte, hungrig nach Informationen über die Welt außerhalb des Krankenhauses, vielleicht um seine eigenen leeren Tage durch Beccas vermeintlich ereignisreiche zu ersetzen. Es musste hart sein, nach einem Jahr aufzuwachen und sich zu fragen, was man alles verpasst hatte. Welche Weltereignisse waren an einem vorbeigezogen, was hatte der Partner währenddessen gemacht? Aber als Becca auf die vergangenen zwölf Monate zurückblickte, stellte sie fest, dass auch sie kaum etwas anderes getan hatte, als zu arbeiten und an Sams Seite zu sitzen. Auch an ihr war die Welt vorbeigezogen.

„Ich war heute in Pickering."

„Pickering ist nett."

„Ich war nicht im schönsten Teil. Verbrechen passieren scheinbar immer in den schäbigen Gegenden der Stadt."

Sam lächelte. „Kriminelle sollten einen besseren Geschmack haben. Wenn ich jemals ein Verbrechen begehe, dann in einem schicken Viertel. Dann haben es die Detectives wenigstens nett bei den Ermittlungen."

Becca lachte. Es tat gut, Sam wieder scherzen zu hören. Früher hatte er es immer geschafft, sie aufzuheitern. Das war eine der Eigenschaften, die sie an ihm am meisten liebte.

„Also", fragte er, „arbeitest du momentan für DI Dinsdale?"

Dinsdale war Beccas anderer Chef, dem sie normalerweise Bericht erstattete, wenn sie nicht Raven zugeteilt war.

„Ich arbeite im Moment allein. Anscheinend brauche ich gar keinen Chef. Wer hätte das gedacht?"

Er grinste sie an.

„Dinsdale ist im Urlaub, Gott sei Dank", fuhr sie fort, „zwei Wochen Pause in der Wintersonne."

„Hättest du mir das gesagt, hätte ich mir ein Ticket gekauft und wäre mitgeflogen. Ich hab ja gerade nichts vor."

Doch diesmal konnte sein Scherz ihre Laune nicht heben. Becca und Sam hatten schon oft über gemeinsame Reisen gesprochen. Vor dem Unfall hatten sie sogar erwogen, ihre Jobs zu kündigen und eine Weltreise zu machen. Alles sehen, solange sie noch jung waren. Jetzt konnte Sam nicht einmal das Krankenhaus verlassen. Vielleicht hätten sie es wirklich tun sollen, als sie noch die Chance dazu hatten.

Als er merkte, dass ihre Stimmung kippte, wechselte er schnell das Thema. „Was ist mit Raven? Erzähl mir alles über ihn."

„Da gibt es nicht viel zu erzählen. Ich kenne ihn noch nicht so lange." Aus irgendeinem Grund widerstrebte es

Becca, über ihren neuen Chef zu sprechen.

„Und wie ist es, für ihn zu arbeiten? Über Dinsdale hast du dich immer beschwert."

„Jeder beschwert sich über Dinsdale."

„Aber Raven ist ganz anders. Als er mich befragt hat, wirkte er … ich weiß nicht … konzentriert? Als ob ihn das, was ich ihm erzählte, persönlich betroffen hätte."

Becca fragte sich, wie viel sie über Ravens Vergangenheit preisgeben sollte. „Ich denke, es ist etwas Persönliches. Ravens Mutter wurde bei einem Unfall mit Fahrerflucht getötet, als er noch ein Teenager war. Ich denke, das hat ihn schwer getroffen." *Und dazu gebracht, Scarborough zu verlassen und über dreißig Jahre lang nicht mehr zurückzukehren.* Aber Becca hielt es nicht für fair, das zu verraten, nicht einmal Sam gegenüber. Raven war ein so verschlossener Mensch. Er gab sich so viel Mühe, sein Privatleben geheim zu halten, dass selbst die wenigen Fakten, die sie über ihn wusste, wie eine Verletzung seiner Privatsphäre wirkten.

Der DCI war an einem verregneten Oktobertag in Beccas Leben getreten, gekleidet in einen schwarzen Anzug, eine schwarze Krawatte und einen schwarzen Mantel, direkt von der Beerdigung seines Vaters kommend. Sein pechschwarzes Haar und seine dunklen Augen hatten seine abweisende Erscheinung vervollständigt. Er hatte nicht gesagt, was er in Scarborough tat, nur dass er zuvor in London für die Met gearbeitet hatte. Sie hatte selbst herausgefunden, dass er nach einer Verletzung aus der Armee ausgeschieden war und das Conspicuous Gallantry Cross für seine Tapferkeit erhalten hatte. Er hatte ihr nicht einmal verraten, dass er in einem heruntergekommenen Haus unten am Hafen in der Quay Street wohnte – das hatte Liam herausgefunden. Ihr Bruder war ständig auf der Suche nach renovierungsbedürftigen Immobilien, um sie zu kaufen und in Ferienunterkünfte umzuwandeln. Aber Raven zeigte kein Interesse daran, sein Haus zu verkaufen oder nach London zurückzukehren. Er schien bleiben zu wollen.

„Hast du ihm deshalb erzählt, was mir passiert ist?“, fragte Sam. „Wegen seiner Mutter?“

„Nein. Ich habe ihn gebeten, mit dir zu sprechen, weil ich ihm vertraue. Wenn jemand der Sache auf den Grund gehen kann, dann ist es Raven.“

„Ich hoffe, du hast recht. Ich habe ihm alles erzählt, woran ich mich erinnere.“

„Ich weiß“, sagte Becca. „Aber etwas beschäftigt mich: Erinnerst du dich an irgendetwas von dem, was ich dir gesagt habe, während du im Koma lagst? Dr. Kirtlington hat mich ermutigt, möglichst viel mit dir zu sprechen. Er sagte, du könntest meine Worte vielleicht hören, auch wenn du nicht antworten kannst.“

Sams Miene verfinsterte sich. „Nicht wirklich. Tut mir leid. Ich erinnere mich zwar an Stimmen, aber ich weiß nicht mehr, was gesagt wurde. Vielleicht warst du es, oder es waren Träume.“

Becca verspürte einen Anflug von Enttäuschung. All die Worte, die sie ausgesprochen hatte, all ihre Hoffnungen, Ängste, Sehnsüchte ... Sam hatte nichts davon gehört. Es kam ihr wie eine kolossale Verschwendung vor, abgesehen davon, dass er am Ende doch noch zu sich gekommen war.

„Ist nicht schlimm. Du bist aufgewacht, das ist alles, was zählt.“

Die leichte Stimmung von vorhin schien verflogen und einer Melancholie gewichen zu sein.

Sams Stimme wurde ernst. „Es gab einen Traum, den ich immer wieder hatte ... wieder und wieder. Damals war er sehr lebendig, aber seit ich wieder bei Bewusstsein bin, kann ich mich einfach an nichts mehr erinnern. Aber es fühlt sich wichtig an, als wäre es eine Erinnerung an etwas, das wirklich passiert ist, nicht nur Einbildung.“

„Vielleicht etwas, das in der Nacht der Party passiert ist?“

„Ich weiß es nicht.“ Sam kniff die Augen zusammen. „Es hat keinen Zweck, ich kann mich einfach nicht daran erinnern.“ Er sank zurück in sein Kissen und ließ Beccas Hand los. Er sah erschöpft aus, und sie befürchtete, ihn mit all ihren Fragen und ihrem Geplapper über Sues Weihnachtspläne überfordert zu haben.

Er war noch sehr schwach, und sie musste vorsichtiger sein. Dr. Kirtlington hatte davor gewarnt, dass jede Überanstrengung Sams Genesung verzögern oder sogar verhindern könnte, dass er wieder ganz gesund wurde.

Sie beobachtete ihn noch einen Moment, wie er da lag, die Augen geschlossen, die Brust hob und senkte sich langsam. Dann beugte sie sich vor und küsste ihn sanft auf die Wange. „Ich komme morgen wieder, Sam.“

Aber er schlief bereits fest.

KAPITEL 9

Es ist eine kalte, dunkle Nacht Ende November. Becca sitzt in ihrem Auto und wünscht sich, sie könnte den Motor laufen lassen und die Heizung aufdrehen. Aber sie soll inkognito bleiben, um keine Aufmerksamkeit auf sich zu lenken, für den unwahrscheinlichen Fall, dass an dem Hinweis doch etwas dran ist, dass die Bande, der sie seit fast drei Monaten auf der Spur sind, tatsächlich aus einer Garage in dieser Seitenstraße hinter dem alten Dean-Road-Friedhof operiert.

Sie schaut auf ihre Uhr. Dinsdale sollte längst da sein, um sie abzulösen, damit sie sich mit Sam treffen kann, wenn er von der Party in der Brauerei kommt. Becca wäre gerne selbst zu dieser Feier gegangen, aber so ist das nun mal im Polizeidienst. Unsoziale Arbeitszeiten, ungeplante Überstunden, gestrichener Urlaub. Nicht, dass sie jemals mitbekommen hätte, dass Dinsdale einen Urlaub stornieren musste. Sie trommelt mit den Fingern auf dem Armaturenbrett und hofft, dass etwas passiert. Entweder die Bande, die im Verdacht steht, gefälschte Waren aus Übersee zu importieren, oder Dinsdale. Sie muss wirklich bald los, wenn sie sich rechtzeitig mit Sam treffen will.

Vor ihr bewegt sich etwas, und sie blickt angestrengt in die

Dunkelheit, um etwas zu erkennen. Ein junger Mann schlendert die Gasse entlang, die Hände in den Taschen, die Kapuze gegen die Kälte tief ins Gesicht gezogen, und gibt sich alle Mühe, unauffällig zu wirken. Nun, das gelingt ihm nicht sonderlich gut. Er ist Becca sofort aufgefallen.

Sie beobachtet, wie er sich der Garage nähert. Geh rein, drängt sie ihn. Mach die Tür auf.

Aber er geht weiter, pfeift beiläufig vor sich hin, biegt in die nächste Straße ein und verschwindet so schnell, wie er gekommen ist.

Verdammt. Sieht so aus, als würde niemand mehr auftauchen, vielleicht nicht einmal Dinsdale. Becca will noch eine halbe Stunde warten, bevor sie losfährt. Das Wetter wird immer schlechter und es sieht so aus, als würde der Sturm nun endgültig losbrechen. Tatsächlich beginnt es, gegen die Windschutzscheibe zu prasseln, und schon bald gießt es in Strömen. Der Regen peitscht auf die Motorhaube, der Wind rüttelt am Auto. Der Jazz ist so klein, dass er abheben könnte, wenn der Wind noch stärker wird.

Wo zum Teufel bleibt Dinsdale? Becca will ihn gerade anrufen, als ihr Telefon klingelt. Wahrscheinlich ist er das mit irgendeiner lahmen Ausrede, aber nein, es ist Sams Vater.

Sie nimmt den Hörer ab. „Hi, Greg, wie läuft die Party?“

Er sagt es ihr, aber seine Worte ergeben keinen Sinn.

Sam in einen Unfall verwickelt. Wurde ins Krankenhaus eingeliefert. Kritischer Zustand.

Sie hört es, kann aber nicht begreifen, was er ihr erzählt. Nichts davon kann wahr sein.

Seine Stimme ertönt wieder aus dem Telefon. „Becca? Bist du noch da?“

Gedanken wirbeln in ihrem Kopf herum und weigern sich, ein klares Muster zu bilden. Sie muss ihren Verstand in Gang bringen, etwas unternehmen, aber die Zeit steht still.

Endlich bringt sie ein paar Worte hervor. „Ich bin sofort da, Greg. Ich bin schon auf dem Weg.“

Ein Auto taucht am anderen Ende der Gasse auf und rollt auf sie zu. Dinsdale, endlich. Seine Tür öffnet sich, er steigt aus, kämpft mit einem Regenschirm und nähert sich ihrem

Auto, sicher um ihr zu sagen, was ihn aufgehalten hat, aber Becca interessiert das nicht mehr. Sie lässt den Motor an, legt den Rückwärtsgang ein, fährt davon und lässt ihn mit steinerner Miene und triefend nass zurück.

Fünf Minuten später ist sie im Krankenhaus, und ihre Welt bricht zusammen.

⋆

Barry hatte sein Versprechen gehalten. Die alten Küchenmöbel lagen nun auf dem Müllcontainer vor Ravens Haus, zurück blieben nur vier kahle Wände und einige traurig aussehende Rohre, die aus dem Boden ragten. Eine dünne Staubschicht bedeckte alle Oberflächen im Haus, selbst in Ravens Schlafzimmer. Das Badezimmer im Erdgeschoss neben der Küche war noch funktionsfähig, aber Raven wusste, dass es als Nächstes auf der Liste des Bauunternehmers stand und sein Haus schon bald fast unbewohnbar sein würde. Er hätte sich Gedanken darüber machen sollen, wie er ohne Kochgelegenheit zurechtkommen würde, aber er hatte den Gedanken verdrängt und sich stattdessen an die Vision einer perfekten Küche in ferner Zukunft geklammert. Eine Küche wie die von Marcus Earnshaw vielleicht, wenn auch in weitaus kleinerem Maßstab.

Raven, der früh aufgestanden war, um einer Begegnung mit Barry und seinem unaufhörlichen Geplänkel aus dem Weg zu gehen, schlich sich noch vor Tagesanbruch aus dem Haus und machte sich auf den Weg zu dem Café am Hafen, das für die Dauer der Bauarbeiten wohl zu seinem Stammlokal werden würde.

Der Wind der vergangenen Tage hatte sich gelegt, und die See war ruhig. Ein warmes Licht am Horizont kündigte den Beginn eines besseren Tages an. Die Fischer versammelten sich bereits am Hafenufer, bereiteten ihre Netze vor und beluden ihre Boote. Möwen schwebten tief über ihren Köpfen, ebenfalls bereit für einen Tag Fischfang.

Raven verschwand im Café und nahm am Fenster Platz. In London hatte er sich unter Lisas Regime streng an ein kontinentales Frühstück halten müssen. Müsli, Joghurt und Croissants, bestrichen mit Honig oder Marmelade, mit etwas Glück auch eine hauchdünne Scheibe Prosciutto. Jetzt konnte er seinen wahren Vorlieben frönen und das Frühstück genießen, das seine Mutter ihm als Kind zubereitet hatte. Eine Schüssel Haferbrei. Eier, Speck und gebratenes Brot. Am Wochenende Würstchen. Raven sah sich die Speisekarte einen Moment lang an, bevor er sich entschied, alles zu bestellen.

Die Tatsache, dass sein Vater an einem Herzinfarkt gestorben war, während er auf demselben Bürgersteig nach Hause torkelte, auf dem Raven gerade entlang geschlendert war, konnte ihn nicht davon abhalten. Es waren nicht die Würstchen, die seinen Vater umgebracht hatten, und er war ziemlich zuversichtlich, dass sein Verzicht auf Alkohol die schlechten Auswirkungen eines englischen Frühstücks mehr als ausgleichen würde.

Als er fertig war, war die Sonne aufgegangen und die ersten Boote verließen den Hafen, gefolgt von Möwen. Raven ging zurück zur Quay Street, holte sein Auto und fuhr die kurze Strecke zum Polizeirevier am Northway durch leere Straßen. Er wusste, dass er der Erste sein würde – abgesehen von Gillian vielleicht –, aber er hatte noch etwas zu erledigen.

*

Als alle bei der Arbeit ankamen, hatte Raven ein leeres Büro als privaten Einsatzraum in Beschlag genommen. Es war zwar nicht ideal, da es recht klein war, aber wenigstens konnten er und sein Team die Ermittlungen vertraulich weiterführen, ohne befürchten zu müssen, dass Becca ihre Gespräche belauschte oder ihre Ergebnisse durchforstete.

Sobald Jess und Tony hereinkamen, trommelte er sie zusammen und ließ Becca an ihrem Schreibtisch im

Hauptraum sitzen, wo sie ziemlich verzweifelt aussah. Er hoffte, bald etwas mit ihr teilen zu können.

Als alle versammelt waren, wandte sich Raven zuerst an Jess. „Wie ist es bei der Taxifirma gelaufen?"

Jess war wie immer voller Enthusiasmus und schien ihren Bericht unbedingt abgeben zu wollen. „Gut. Ich habe mit dem Fahrer, Ricky Potts, gesprochen. Er bestätigte alles, was wir bereits wussten. Aber er hatte einige zusätzliche Informationen, die er der Polizei damals nicht mitgeteilt hatte. Er sagte, dass er auf dem Weg zur Brauerei war, um Sam abzuholen, als er einen weißen Lieferwagen bemerkte, der mit hoher Geschwindigkeit in die entgegengesetzte Richtung fuhr. Der Scheinwerfer auf der Beifahrerseite des Lieferwagens war ausgefallen. Ich glaube, er erinnerte sich erst hinterher daran und wollte es der Polizei melden, aber Sie wissen ja, wie das ist, er kam nicht dazu und hat es dann einfach vergessen. Es kann natürlich sein, dass es nicht relevant ist. Vielleicht hat der Lieferwagen nichts mit Sams Unfall zu tun."

„Trotzdem", sagte Raven, „Sam sagte mir, dass das Fahrzeug, das ihn angefahren hat, ein Lieferwagen war. Er war sich nicht sicher, was die Farbe betrifft, da es im Schein der Straßenlaternen orange erschien. Aber genau so würde ein weißer Lieferwagen in diesem Licht aussehen, und das ist der erste Hinweis auf ein verdächtiges Fahrzeug in der Gegend in dieser Nacht. Tony, könnten Sie eine Liste aller weißen Lieferwagen in Scarborough besorgen?"

„Das wird eine lange Liste, Sir", sagte Tony ohne jede Spur von Sarkasmus. „Aber ich werde sehen, was ich tun kann."

„Gut. Haben Sie es geschafft, den Bericht des Gerichtsmediziners über Jeremy Greens Tod ausfindig zu machen?"

„Ich habe ihn hier", sagte Tony und hielt eine Mappe hoch. Er öffnete sie. „Es ist ein ziemlich eindeutiger Bericht. Jeremy wanderte entlang der Klippen von Flamborough Head. Es war ein Spaziergang, den er anscheinend regelmäßig machte. Da es Winter war, war niemand in der Nähe, der den Vorfall hätte beobachten können. Die Obduktion ergab keine Anzeichen für ein Verbrechen. Seine Verletzungen waren eindeutig auf einen Sturz aus großer Höhe zurückzuführen. Und am Tatort wurde nichts gefunden, das darauf hindeuten hätte können, dass noch jemand bei ihm gewesen war, als er stürzte. Da es keine gegenteiligen Beweise gab, kam der Gerichtsmediziner zu dem Schluss, dass es sich um einen Unfalltod handelte."

„Das klingt nach einem eher unwahrscheinlichen Unfall", bemerkte Raven. „Und in Anbetracht dessen, was Sam passiert ist, erscheint es noch unwahrscheinlicher. Wie sagte Oscar Wilde doch über Firmenchefs? Einen zu verlieren, mag als Unglück angesehen werden, zwei zu verlieren, sieht nach Nachlässigkeit aus."

„So in etwa, Sir." Tony verzog höflich den Mund zu einem Lächeln, als Antwort auf Ravens schwachen Witz. „Aber trotzdem, Zufälle gibt es. Und am Flamborough Head hat es im Laufe der Jahre eine Reihe ähnlicher Todesfälle gegeben."

Obwohl es Tony gewesen war, der Raven zuerst auf den Tod des ehemaligen Finanzdirektors aufmerksam gemacht hatte, schien er nicht gewillt zu sein, das Urteil des Gerichtsmediziners anzuzweifeln, angesichts eines Verfahrens, das anscheinend nach Vorschrift abgelaufen war. Tony war Ravens Mann, wenn es darum ging, Berge von Papierkram zu durchforsten, um ein Detail zu finden, das anderen vielleicht entgangen war, aber er war auch ein Verfechter von Regeln und Vorschriften.

„Trotzdem", sagte Jess. „Wie wahrscheinlich ist es, dass ein vernünftiger Wanderer bei einem Spaziergang entlang der Klippen in den Tod stürzt?"

Das entsprach eher Ravens Denkweise. Alles hinterfragen, nichts unversucht lassen, sich auf der Grundlage der Fakten eine eigene Meinung bilden. „Ich glaube, es gibt nur einen Weg, das herauszufinden."

„Haben Sie Lust auf einen Spaziergang, Sir?"

Raven nahm die Mappe, die Tony ihm gegeben hatte. „Ziehen Sie Ihren Mantel an“, sagte er zu Jess. „Wir machen einen Ausflug.“

KAPITEL 10

Becca beobachtete durch das Fenster des Polizeireviers, wie Raven und Jess zu Ravens Auto gingen. Sie fragte sich, wo sie hinwollten und ob sie bei den Ermittlungen Fortschritte machten. Raven hatte wie immer einen strengen Gesichtsausdruck, der nichts verriet, aber Jess sah ziemlich aufgeregt aus, als ob sich die beiden auf ein Abenteuer begäben. Sie sah, wie sie in Ravens Auto stiegen und losfuhren. Was auch immer sie vorhatten, Becca wünschte sich, sie könnte mitkommen, auch wenn das bedeutete, in Ravens BMW mit halsbrecherischer Geschwindigkeit durch die Gegend gefahren zu werden.

Doch dazu würde es nicht kommen. Stattdessen widmete sie sich wieder der ihr zugewiesenen Aufgabe, der Untersuchung des Laptopdiebstahls aus dem Lagerhaus in Pickering, und wünschte sich, sie hätte Tonys Geduld für solche banalen Arbeiten. Ihre Gedanken kreisten um Mr. Owens, den Besitzer des Lagerhauses, der seine Hoffnungen in ihre Fähigkeit gesetzt hatte, den Fall zu lösen. Sie war es ihm schuldig, ihr Bestes zu geben, so sehr sie auch von Sams Gesundheitszustand und den

Gedanken daran, wer versucht hatte, ihn zu töten, abgelenkt sein mochte.

Da sie nach ihrem Besuch in Pickering keine wirklichen Anhaltspunkte hatte, beschloss sie, ähnliche Diebstähle in der Gegend zu überprüfen, die in den letzten zwei Jahren verübt worden waren. Es dauerte nicht lange, bis sie mehrere ungeklärte Einbrüche fand, die deutliche Parallelen zum von ihr untersuchten Fall aufwiesen.

Einer der Einbrüche betraf ein Lagerhaus in einem Gewerbepark in der Nähe von Whitby, aus dem eine größere Menge Mobiltelefone gestohlen worden war. Ein anderer ereignete sich in Eastfield, südlich von Scarborough, wo der Dieb mit einem Dutzend brandneuer Fernseher aus einem Elektronikgeschäft verschwand. Im ersten Fall war die Tür des Lagerhauses mit einem Brecheisen aufgebrochen worden. Im anderen hatte man ein Vorhängeschloss mit einem Bolzenschneider entfernt.

Auf dem Überwachungsvideo war im ersten Fall zum Zeitpunkt des Einbruchs ein weißer Lieferwagen zu sehen, allerdings nicht gut genug, um ihn identifizieren zu können. Im Fall des Fernsehdiebstahls hatte ein Augenzeuge jedoch berichtet, in der Nähe einen Lieferwagen mit der Nummer 12 auf dem Nummernschild gesehen zu haben, was auf eine Zulassung zwischen März und August 2012 hindeutete.

Becca erinnerte sich an das weiße Fahrzeug, das sie auf der Überwachungskamera des Lagerhauses in Pickering gesehen hatte. Konnte es sich in allen drei Fällen um dasselbe Fahrzeug handeln?

Ihr Handy vibrierte mit einer eingehenden Nachricht. Sie überprüfte es, erfreut, Sams Namen auf dem Display zu sehen. Er hatte ihr ein Selfie geschickt, das er nach seiner morgendlichen Physiotherapie-Sitzung aufgenommen hatte, mit dem Kommentar: „*Melde mich für den Yorkshire-Marathon an!*“ Becca lächelte über den Scherz, aber es brach ihr auch das Herz. Sam arbeitete hart daran, die Kraft in seinen geschwächten Muskeln wiederzuerlangen, aber er konnte immer noch kaum ohne

Hilfe gehen, geschweige denn einen Marathon laufen. Das Beste, worauf sie hoffen konnte, war, dass er stark genug sein würde, um Weihnachten mit ihrer Familie zu verbringen. Sie antwortete, dass sie ihn später am Abend sehen würde, und fügte ein Smiley und eine Reihe von Küssen hinzu. Dann konzentrierte sie sich wieder auf ihren Computer, fest entschlossen, noch vor dem Mittagessen echte Fortschritte zu machen.

*

Flamborough Head lag rund vierzig Autominuten von Scarborough entfernt, oder dreißig, wenn man so fuhr wie Raven. Er hasste es, langsam zu fahren. Welchen Sinn hatte das? Wenn man irgendwohin wollte, dann doch bitte schnell. Und außerdem machte schnelles Fahren einfach mehr Spaß.

Auch Jess schien die Fahrt zu genießen. Zumindest erhob sie keine Einwände gegen seinen Fahrstil, was Raven als stilles Einverständnis deutete.

Sie passierten die Ortschaften Osgodby, Cayton Bay, Gristhorpe und Flamborough, bevor sie ihr Ziel erreichten. Seit dem Morgen hatte sich das Wetter verschlechtert, es war bewölkt und stürmisch, und Ravens Gedanken wanderten zu den Fischern, die er beim Auslaufen beobachtet hatte. Wenn sie klug waren, waren sie inzwischen wieder im Hafen.

Die letzte Zufahrtsstraße zum Flamborough Head war schmal und schnurgerade, und als Raven sich dem Ende näherte, ragte der Leuchtturm, der die Klippen bewachte, vor ihm auf. Der Leuchtturm war noch in Betrieb und hatte einen viel älteren Kalksteinbau ersetzt, der heute nicht mehr genutzt wurde. Raven hatte das Licht des Leuchtturms oft nachts von Scarborough aus blinken sehen, wenn es den Schiffen auf See sein unverwechselbares Warnsignal gab. Vier weiße Blitze alle fünfzehn Sekunden.

Er parkte auf dem Parkplatz am Ende der Straße neben

einem Café mit angeschlossenem Restaurant, das trotz der Jahreszeit geöffnet hatte. Als er ausstieg, blickte er zu dem weißen Turm hinauf, der sauber und makellos wirkte. Das knapp dreißig Meter hohe, zylindrische Gebäude wurde von zwei umlaufenden Balkonen und einer verglasten Kuppel gekrönt, in der sich das elektrische Licht und die rotierende Linse befanden. Für Fischer wie Ravens Vater und Großvater war das Leuchtfeuer ein Lebensretter gewesen.

Die Landzunge Flamborough Head ragte wie ein trotziger, gebogener Ellbogen in die Nordsee hinein, ein stummes Zeichen der Widerstandskraft gegenüber den Elementen. Im Norden lag Filey und im Süden Bridlington, zwei ruhige Küstenstädte mit langen, sanft geschwungenen, goldenen Sandstränden. Hier konnten sich Familien am Strand entspannen, im Meer planschen oder auf der Promenade flanieren. Die Kreidefelsen waren jedoch hoch und tückisch, die Küstenlinie aggressiv zerklüftet und Spaziergänge auf den Klippen nur für ernsthafte Wanderer und Vogelbeobachter wirklich geeignet. Im Nachhinein betrachtet war es leichtsinnig gewesen, damals eine Horde pubertierender Schüler hierherzubringen.

Nachdem sie den Leuchtturm hinter sich gelassen hatten, gingen Raven und Jess zu Fuß weiter und folgten einem Pfad, der sich durch das Gestrüpp zur Spitze der Landzunge schlängelte. Der Ort war noch düsterer und trostloser, als er ihn von seinem damaligen Schulausflug in Erinnerung hatte. Zumindest war dieser Ausflug im Mai gewesen, auch wenn das Wetter damals ebenfalls mies gewesen war.

Jetzt erinnerte er sich auch wieder an den Zweck des Ausflugs: Vögel beobachten. Im Frühjahr und Sommer waren die Klippen um Flamborough voller Seevögel – Sturmtaucher, Möwen, Dreizehenmöwen, Trottellummen und Papageientaucher – und Vogelbeobachter und Touristen strömten dorthin, um sie beim Nisten auf den Klippen zu beobachten. Jetzt, Anfang Dezember, hing der

Himmel mit tiefdunklen Wolken schwer und bedrohlich über ihnen. Das Meer war bleigrau, ein scharfer Ostwind zerrte an Ravens Mantel und Haaren, und weit und breit war keine Menschenseele zu sehen.

Jess ging zügig voran, und Raven hatte Mühe, mit seiner jüngeren und wesentlich fitteren Kollegin mitzuhalten. Mit hochgezogener Kapuze und festen Wanderstiefeln wirkte sie hier draußen in der Wildnis ganz in ihrem Element. Raven schlug den Kragen hoch und zog die Schultern hoch. Sein rechtes Bein protestierte gegen die Anstrengung, die ihm abverlangt wurde, während er mit gesenktem Kopf gegen den Wind ankämpfte.

Der Pfad führte sie bis zur Nebelhornstation nahe der äußersten Spitze der Landzunge. Die Station bestand aus zwei gedrungenen Gebäuden zwischen zwei Metallmasten. Tony hatte auf einer Karte die Stelle markiert, an der Jeremy Green zu Tode gestürzt war. Raven studierte sie, kämpfte mit dem Wind, der sein Bestes tat, um ihm das Papier aus den Händen zu reißen, und versuchte herauszufinden, wo genau sie hinmussten.

„Hier entlang, Sir“, rief Jess gegen das Heulen des Windes. Sie wies nach Süden und machte sich auf den Weg über einen von unzähligen Wanderern und Vogelbeobachtern ausgetretenen Grasweg. Raven verzog das Gesicht und folgte ihr.

Jess blieb stehen, offenbar sicher, den richtigen Ort gefunden zu haben. „Es war genau hier. Beim trinkenden Dinosaurier.“

Raven blickte auf das Meer hinaus und sah, worauf sie zeigte.

Eine schmale Landzunge, über Jahrhunderte hinweg von den Elementen geformt, ragte aus der Küste heraus und endete in einem Meeresbogen. Es war leicht zu erkennen, wie der Felsvorsprung zu seinem Spitznamen gekommen war. Der schmale Grat, der ihn mit der Küste verband, war der Schwanz des Dinosauriers. Die ansteigende Landmasse in der Mitte ähnelte dem Körper des Tieres, während der elegante Bogen wie der lange Hals eines Brontosaurus aussah. Der runde Felsklumpen am anderen Ende des Bogens war der Kopf des Dinosauriers. Eine eindrucksvolle Formation – genau das Richtige für Touristen.

Das Gras am Rand der Klippe fiel steil ab. Raven trat näher an den Abgrund und spähte zu den Felsen hinunter. Die Flut war hereingekommen, krachte gegen das Ufer, tobte wütend um die Füße des Dinosauriers und nagte unaufhörlich am Fuß der steilen weißen Klippen. Die Küstenlinie von East Riding in Yorkshire wurde ständig vom Meer angegriffen. Seit der Römerzeit waren mehr als ein Dutzend Dörfer vom Wasser verschlungen worden, ihre Existenz war nur noch in alten Urkunden und Straßennamen verzeichnet, die einst zu ihnen führten. In tausend Jahren konnten auch diese Klippen und die Halbinsel, die sich trotzig in die brodelnde See streckte, längst verschwunden sein.

„Seien Sie vorsichtig, Sir“, rief Jess. Ihre Stimme klang fern, vom Wind davongetragen.

Raven trat noch näher heran, die Ledersohlen seiner Schuhe rutschten auf dem feuchten Untergrund. Er griff nach einem Grasbüschel, um sich festzuhalten, und lehnte sich so weit hinaus, wie er sich traute. Rund dreißig Meter unter ihm wirbelte das Wasser, warf sich gegen die Kreidefelsen, zog sich mit jedem Wellengang zurück, nur um gleich darauf wieder vorzustoßen. Weiße Gischtfetzen stiegen aus dem Strudel auf und brachten den Geschmack von Salz mit sich.

Eine plötzliche Böe brachte ihn aus dem Gleichgewicht, und seine Füße rutschten weg.

Jess schrie auf. „O mein Gott. Sir!“

Raven drehte sich um und klammerte sich an das robuste Grasbüschel. Wenn es jetzt nachgab, war er verloren. Aber das Gras war hart im Nehmen. Das musste es auch sein, um unter diesen Bedingungen zu überleben. Er zog sich vom Abgrund weg und kletterte den Hang hinauf zu Jess, die erleichtert wirkte.

„Keine Sorge“, beruhigte er sie. „Ich bin noch nicht an

der Reihe. Noch nicht.“

Er würde wohl eines Tages so enden, da war er sich sicher. Er konnte sich nicht vorstellen, alt zu werden wie sein Vater und mit fünfundsiebzig eines natürlichen Todes zu sterben. Ebenso wenig konnte er sich vorstellen, wie DI Dinsdale zu werden, der sich zweifellos bald zur Ruhe setzen und ein ruhiges Leben führen würde – etwas Gartenarbeit, Zeitunglesen, Reisen in der Nebensaison an die Algarve oder was auch immer Dinsdale zu tun gedachte, sobald er seine Karriere hinter sich hatte. Zweifellos würde der pensionierte Detective ein hohes Alter erreichen und eines Tages friedlich in seinem Bett sterben.

Nein. Wenn Ravens Zeit gekommen war, würde er im Dienst sterben, bei der Ausübung seiner Pflicht oder bei irgendeiner verrückten, leichtsinnigen Aktion wie dieser hier. Er wusste nicht, wie, wo oder wann. Aber er spürte, dass es sich näherte, wie ein dunkler Punkt am Horizont.

„Was meinen Sie?“, fragte er Jess. „Wie leicht wäre es, von der Klippe zu stürzen?“

„Sehr leicht, wenn man so dumm ist, das zu tun, was Sie gerade getan haben, Sir.“

Ihm gefiel, wie sie das „Sir“ an ihre Zurechtweisung anhängte, sodass es eher wie das klang, was eine untergebene Beamtin zu ihrem Vorgesetzten sagen würde. Er grinste sie an, erfreut über die Röte in ihrem Gesicht, das fast so leuchtete wie ihre Jacke.

„Aber wenn man vernünftig wäre. Ein erfahrener Wanderer. Würden Sie so nah an den Rand gehen?“

„Auf keinen Fall. Ich würde Abstand halten. Besonders an einem Tag wie heute.“

Der Wind fuhr wieder durch Ravens Haare, auf dem Meer bildeten sich weiße Schaumkronen. Er fragte sich, was ihn zu dieser leichtsinnigen Aktion getrieben hatte – so nah an den Abgrund zu gehen. Irgendetwas trieb ihn an, drängte ihn vorwärts, und es war nicht nur sein Versprechen an Becca, herauszufinden, wer versucht hatte, Sam zu töten. War es zu simpel zu sagen, dass er mit seiner Suche nach demjenigen, der Sam unter den Lieferwagen gestoßen hatte, den Tod seiner eigenen Mutter sühnen wollte?

Wahrscheinlich. Aber es erklärte einiges.

Er ging zurück in Richtung Nebelhornstation. „Laut Obduktionsbericht war Jeremy ein erfahrener Wanderer. Er hätte keine unnötigen Risiken auf sich genommen."

„Dann halten Sie das Ergebnis Unfalltod also für falsch", sagte Jess. „Sie glauben, Jeremy wurde ermordet? Von derselben Person, die versucht hat, Sam zu töten?"

„Ich halte das für plausibel, Sie nicht?"

„Die Obduktion ergab jedoch keine Auffälligkeiten. ‚Verletzungen, die mit einem Sturz aus großer Höhe vereinbar sind.'"

Raven grinste. „Genau wie die Verletzungen, die ich mir vor einer Minute fast zugezogen hätte." Aber Raven konnte nicht glauben, dass sich ein Finanzdirektor mittleren Alters so aufführen würde, wie er es gerade getan hatte. „Das war kein Unfall. Jeremy wurde geschubst. Er wurde überrumpelt und konnte sich nicht wehren. Das bedeutet, dass der Mörder jemand war, den er kannte und dem er vertraute."

Schweigend stapften sie zum Auto zurück. Nach all der Zeit würde es schwierig sein, das zu beweisen. Aber der Gedanke, dass Jeremy Green ermordet worden war, schien sehr wahrscheinlich.

„Es gibt natürlich noch eine andere Erklärung", sagte Raven und lehnte sich ans Auto.

„Welche, Sir?"

„Selbstmord."

KAPITEL 11

Den Rest des Vormittags verbrachte Becca damit, die Zeugenaussagen zu sichten. Es war eine mühsame Arbeit, aber sie musste getan werden.

DI Dinsdale war für die Ermittlungen in zwei der Einbrüche verantwortlich gewesen, die sie als ähnlich zum Fall in Pickering eingestuft hatte. In beiden Fällen waren keine Verdächtigen vernommen oder gar verhaftet worden. Keine Überraschung. Erstaunlich war lediglich, dass Dinsdale keinen Sündenbock gefunden hatte, dem er die Taten anhängen konnte.

Becca fand mehrere weitere ungelöste Einbrüche in der Gegend, bei denen Elektronikartikel aus Lagerhäusern, Geschäften und ähnlichen Betrieben gestohlen worden waren. In mehreren dieser Fälle war ein weißer Lieferwagen gemeldet oder auf Überwachungskameras erfasst worden. Daran war natürlich nichts Ungewöhnliches. Die meisten Lieferwagen waren weiß, aus einem Grund, den Becca nie verstanden hatte. Dadurch sahen sie alle gleich aus, und bisher hatte sie keine Zeugenaussagen oder Aufnahmen gefunden, die Aufschluss über die Marke oder das Modell des gesuchten

Fahrzeugs gaben.

Doch schließlich stieß sie auf eine Aussage zu einem Einbruch, der sich vor etwas mehr als einem Jahr in einem kleinen, familiengeführten Elektrogeschäft in Scarborough ereignet hatte. Dabei waren ein Dutzend Sony PlayStations gestohlen worden, und ein weißer Ford Transit Connect war gesehen worden, wie er mit hoher Geschwindigkeit das Gebiet verließ. Gesichtet hatte ihn ein schlafloser Hundebesitzer bei seinem nächtlichen Spaziergang.

Becca liebte Hundebesitzer, die spätabends oder frühmorgens unterwegs waren. Sie waren die besten Freunde eines Polizeibeamten.

Wo war noch gleich die Aussage des Zeugen, der einen Lieferwagen mit einem Kennzeichen aus dem Jahr 2012 gesehen hatte? Sie wühlte sich durch die Papierstapel auf ihrem Schreibtisch und zog schließlich das entsprechende Dokument heraus.

Sie legte beide Aussagen nebeneinander und las beide noch einmal durch.

Zwei separate Einbrüche an zwei verschiedenen Tagen in zwei benachbarten Städten. In einem Fall war ein Ford Transit vom Tatort geflüchtet. Im anderen hatte jemand das Jahr des Kennzeichens bemerkt. Zwei verschiedene Fahrzeuge oder ein und dasselbe?

Eine Hand stellte eine Tasse Tee auf den Schreibtisch vor ihr und sie zuckte zusammen. „Verdammt, Tony, du hast mich erschreckt!“

„Sorry.“ Tony trat einen Schritt zurück und sah verlegen aus. „Ich dachte nur, du brauchst vielleicht eine Tasse Tee. Du hast dich den ganzen Morgen nicht vom Schreibtisch entfernt.“

„Nun, danke.“ Becca wusste Tonys freundliche Geste zu schätzen. Sie war nicht die Einzige, die zurückgeblieben war, als Raven und Jess aufgebrochen waren. „Woran arbeitest du gerade?“

Tony sah unbehaglich drein. „Ich darf eigentlich nichts sagen. Raven hat gesagt, ich soll es für mich behalten.“

Natürlich arbeitete er an den Ermittlungen zum versuchten Mord an Sam. Becca war froh, dass Tony an dem Fall arbeitete, auch wenn sie wusste, dass er ihr die Einzelheiten nicht mitteilen konnte. „Schon gut. Tut mir leid, dass ich gefragt habe."

Aber Tony schien sich über eine Gelegenheit zum Plaudern zu freuen. Vielleicht war er frustriert darüber, dass er zurückgelassen worden war. „Ich versuche, eine Liste aller weißen Lieferwagen im Bezirk Scarborough zusammenzustellen. Eine Heidenarbeit. Ich glaube, Raven hat keine Ahnung, wie viele Transporter es gibt. Es sind mehr als zweitausend!"

„Weiße Lieferwagen? Lustig, dass du das sagst. Ich versuche gerade, einen weißen Transporter zu identifizieren, der möglicherweise in eine Reihe von Einbrüchen verwickelt war."

„Vielleicht kann ich dir helfen. Was weißt du über das Fahrzeug?"

„Modell und Baujahr. Ein Ford Transit Connect, zugelassen im Jahr 2012."

„Warte, ich hole meine Liste." Tony verschwand im Besprechungsraum, der als Einsatzraum diente, und kam mit einem Stapel Ausdrucke zurück. Er blätterte die Seiten durch und fuhr mit dem Finger die rechte Spalte entlang. „Glück gehabt. 2012 ist ziemlich alt für einen Lieferwagen, der noch auf der Straße unterwegs ist. Es gibt nur ein einziges Fahrzeug, das auf diese Beschreibung passt und in der Gegend von Scarborough zugelassen ist. Hier." Er gab ihr das Kennzeichen.

„Das ist großartig, Tony, danke." Genau das war es, was Becca an ihrem Job am meisten liebte – Teamarbeit. „Und warum lässt Raven dich weiße Vans überprüfen? Glaubst du, dass es ein weißer Lieferwagen war, der Sam angefahren hat?" Sam hatte ihr von dem Lieferwagen erzählt, der ihn erwischt hatte, aber er war sich nicht sicher gewesen, welche Farbe er hatte. Aber es war ziemlich wahrscheinlich, dass es ein weißer war.

„Es ist eine Möglichkeit", räumte Tony ein. „Nach

dem, was der Taxifahrer gesagt hat."

„Was hat er gesagt?"

„Er hat auf dem Weg zur Brauerei, um Sam abzuholen, einen weißen Transporter mit nur einem funktionierenden Scheinwerfer gesehen."

„Moment." Becca begann, die verschiedenen Akten und Berichte, die sie auf ihrem Schreibtisch verstreut hatte, zu durchforsten. „Hier!" Sie hielt die Akte über den Diebstahl der Playstations hoch. „Dieser Einbruch fand in derselben Nacht statt, in der Sam überfahren wurde. Am achtzehnten November letzten Jahres."

Sie sah Tony an – und sie wussten beide, was der andere dachte: Der Transporter, der mit den Einbrüchen in Verbindung stand, war derselbe, der Sam überfahren hatte.

„Dann lass uns nach dem Lieferwagen suchen", sagte er. „Mal sehen, wem er gehört."

Becca gab das Kennzeichen in die Polizeidatenbank ein. Der Halter war eine Firma für Sanitärbedarf. Die Adresse der Firma ließ Becca einen Schauer über den Rücken laufen. „Das ist doch gleich um die Ecke von der Brauerei!"

„Heilige Scheiße", sagte Tony. „Glaubst du …"

Becca richtete sich auf. „Ja, das glaube ich."

„Vielleicht sollten wir warten, bis Raven zurückkommt."

„Ich warte nicht eine Sekunde." Becca schnappte sich ihren Mantel und die Autoschlüssel. „Zieh deinen Mantel an, Tony. Wir sehen uns Sanitär- und Küchenausstattung an."

KAPITEL 12

Als Raven die Hauptstraße erreichte, die zurück nach Scarborough führte, trat er aufs Gas und war froh, wieder in die Zivilisation zurückzukehren. Der Besuch am Flamborough Head war zwar nützlich, aber auch anstrengend gewesen. Während die Heizung des BMW sein gefrorenes Gesicht auftaute, überlegte er, wie es weitergehen sollte.

„Ich werde mich mit Greg und Denise unterhalten", sagte er zu Jess. „Mal sehen, was ich über Jeremy herausfinden kann. Wenn er und Greg beste Freunde waren, wird Greg am besten wissen, in welcher Verfassung er war, als er ums Leben kam."

„Was soll ich tun, Sir?"

„Warum gehen Sie nicht zu Ellie Earnshaw? Sie ist Sams Cousine und hat im letzten Jahr seinen Job in der Brauerei übernommen."

„Sehr gerne, Sir."

Nachdem Raven Jess an der Wache abgesetzt hatte, fuhr er direkt zum Haus der Familie Earnshaw. Das Anwesen in der Scalby Mills Road überblickte den North Cliff Golf Club. Es war ein stattliches Einfamilienhaus aus den 1970er-Jahren mit einem großen Flachdachanbau. Aber obwohl es groß war, wirkte es in keiner Weise protzig, sondern neben einigen seiner weiß getünchten Nachbarn etwas in die Jahre gekommen. Allerdings bot es einen fabelhaften Blick über die Bucht bis zum Scarborough Castle auf der Landzunge.

Salz und Burg. Die Lage schien passend.

Raven klingelte, und die Tür wurde von einer hochgewachsenen Frau geöffnet, die leger in ein langärmeliges Oberteil und Hose gekleidet war. Mit ihrem langen Hals, den markanten grünen Augen und der schlanken Statur strahlte Denise Earnshaw eine natürliche Eleganz aus, wenngleich die Strapazen des vergangenen Jahres ihr eindeutig zugesetzt hatten. Ihr schulterlanges Haar war silbern geworden, und auf ihrer Stirn zeichneten sich Sorgenfalten ab, das Gesicht einer Frau, die zu lange in einem Zustand ständiger Anspannung gefangen gewesen war.

„Hallo. Kann ich Ihnen helfen?“

„Ich bin DCI Raven, ich möchte zu Ihrem Mann.“

„Ah ja, kommen Sie rein. Greg ist gleich hier drüben.“

Denise führte ihn durch einen breiten Flur in den dahinter liegenden Raum. Im Gegensatz zu Marcus’ Haus, das von seiner Designerküche dominiert wurde, war das Herzstück von Gregs und Denises Haus ein großes, offenes Wohnzimmer, das sich über zwei Etagen erstreckte. In der unteren Etage gruppierten sich Sessel und Sofas um einen riesigen, an der Wand befestigten Fernsehbildschirm. Einige Stufen führten hinauf zu einer erhöhten Fläche mit bodentiefen Fenstern, die in den Garten blickten.

Greg saß in einem Lehnstuhl im oberen Stockwerk und hatte einen Laptop auf dem Schoß. Er schaute auf. „Raven, ich habe Sie nicht erwartet.“

„Sie brauchen nicht aufzustehen“, sagte Raven, als Greg sich erheben wollte.

„Unfug. Es gehört sich, einen Gast willkommen zu heißen. Möchten Sie einen Tee oder Kaffee?“

„Wenn es keine Umstände macht.“

„Natürlich nicht“, sagte Denise. „Was möchten Sie denn?“

„Kaffee, bitte. Schwarz, ohne Zucker.“

„Ich bringe ihn Ihnen gleich.“ Sie verschwand durch eine zweite Tür in die Küche.

Greg stellte seinen Laptop auf einen Beistelltisch und trat an den Treppenabsatz.

„Sie holen zu Hause etwas Arbeit nach?“, fragte Raven.

„Nachholen?“ Greg gluckste. „Wenn man sein eigenes Unternehmen führt, hört die Arbeit nie auf. Sie wird zu deinem Leben.“

„Ich dachte, Sie treten langsam kürzer, Marcus und Anthony können Ihnen doch sicher einiges abnehmen.“

„Und Ellie“, sagte Greg. „Sie war ein Geschenk des Himmels, weil sie für Sam eingesprungen ist, während er im Krankenhaus lag. Aber ich bin immer noch der Chef. Ich muss den Überblick behalten. Ich kann es mir nicht leisten, dass mir etwas entgleitet.“

„Die Chancen dafür stehen schlecht“, sagte Denise, die mit einer Tasse Kaffee zurückkam und sie Raven reichte. „Ich sage ihm immer wieder, dass es an der Zeit ist, kürzerzutreten und es ruhiger angehen zu lassen. Greg hat sich in seinem Leben kaum einen Tag freigenommen.“

„Ich höre auf, wenn die Zeit reif ist“, beharrte Greg. „Außerdem, was sollte ich sonst mit mir anfangen?“

„Der Golfclub ist gleich gegenüber. Du spielst doch gern Golf.“

Greg schnaubte. „Zum Entspannen, ja. Aber ich kann doch nicht den Rest meines Lebens mit Golfspielen verbringen!“

Offensichtlich war Gregs Ruhestand ein Dauerbrenner im Hause Earnshaw.

Greg schlug einen versöhnlicheren Ton gegenüber seiner Frau an. „Eines Tages höre ich wirklich auf, Schatz. Versprochen. Sobald ich sicher sein kann, dass alles geregelt ist.“ Er ging zu einer Anrichte und nahm ein Foto in einem silbernen Rahmen in die Hand. Darauf war ein kleiner Junge zu sehen, den Raven als Freddie, Marcus' Sohn, erkannte. Greg betrachtete es versonnen. „Letzten Endes geht es doch darum, nicht wahr? Etwas zu haben, das man weitergeben kann."

Fotos von Gregs und Denises Söhnen – Marcus, Anthony und Sam – in verschiedenen Altersstufen zierten den Kaminsims und die Regale. Dies war eindeutig ein Zuhause, in dem die Kinder in einer liebevollen Umgebung aufgewachsen waren, in der sie von beiden Eltern geliebt und umsorgt wurden. Der Kontrast zu Ravens eigener Kindheit war frappierend. Seine Mutter hatte zwar ihr Bestes getan, um ihm ein gutes Zuhause zu bieten, aber ihre Bemühungen waren durch den Alkoholkonsum und die Gewalttätigkeit seines Vaters zunichtegemacht worden. Ein einziger Schlag reichte aus, um das Gefühl der Sicherheit eines Kindes für immer zu zerstören. Raven hatte das mehr als einmal erlebt.

Greg kam die Stufen herunter, die die beiden Etagen des Raumes miteinander verbanden, und bot Raven einen Platz auf dem Sofa an. Er und Denise setzten sich ihm gegenüber. „Genug vom Thema Ruhestand, was kann ich für Sie tun?"

„Eigentlich wollte ich mit Ihnen über Jeremy Green sprechen."

Greg hob fragend eine Augenbraue. „Was ist mit ihm?"

„Ich habe gehört, dass er vor ein paar Jahren bei einem Unfall ums Leben gekommen ist."

„Das ist richtig. Drüben am Flamborough Head."

„Stimmt es, dass er von Anfang an für Sie gearbeitet hat?"

„Von Anfang an", sagte Greg. „Ich, Jeremy und Gavin, mein Braumeister. Wir waren Schulfreunde. Als ich die Idee mit der Brauerei hatte, fanden sie das großartig. Jeremy kannte sich mit Finanzen aus, Gavin wusste eine Menge über Bier, und ich wusste, wie man verkauft – zumindest dachte ich, ich wüsste es. Wenn ich zurückblicke, wundert es mich manchmal, dass wir es geschafft haben. Die Chancen standen schlecht für uns.

Wussten Sie, dass ein Drittel aller Neugründungen innerhalb der ersten drei Jahre scheitert? Und zwei Drittel scheitern in den ersten zehn. Wir hatten keine Ahnung, wie wenig wir über die Gründung einer Brauerei wussten." Er lächelte bei der Erinnerung daran. „Aber wir haben unsere Unerfahrenheit mit harter Arbeit und Hartnäckigkeit wettgemacht. In der Anfangszeit war ich viel unterwegs, um unseren Kundenstamm aufzubauen, während Jeremy vor Ort alles am Laufen hielt. Er war der Fels in der Brandung, auf den ich mich verlassen konnte. Ohne ihn hätte ich es nicht geschafft."

„Sein Tod muss ein großer Verlust gewesen sein."

„Das war es", stimmte Greg zu. „Ich habe einen engen Kollegen und meinen besten Freund verloren." Denise, die neben ihm auf dem Sofa saß, drückte seine Hand. „Aber zum Glück für das Unternehmen hatte Marcus mit ihm zusammengearbeitet und kannte sich bestens aus."

„Mir ist klar, dass das ein heikles Thema ist", sagte Raven, „aber ich muss zu Jeremy einige Fragen stellen."

„Schon gut."

„Wussten Sie von irgendwelchen persönlichen Problemen in seinem Leben?"

„Gar keine. Er war sehr zufrieden, soweit ich weiß."

„Keine finanziellen Probleme?"

„Ganz sicher nicht."

„Und die Familie?"

Gregs Miene wurde ernst. „Jeremy hatte keine Familie."

Es war Denise, die erklärte. „Jeremy hat seine Frau in sehr jungem Alter an Krebs verloren. Sie hatten keine Kinder und er hat nie wieder geheiratet."

„Verstehe", sagte Raven. „Er lebte also allein? Wie war Jeremys Gemütszustand vor seinem Tod?"

Greg zog die Augenbrauen zusammen. „Sie meinen, er könnte sich das Leben genommen haben? Der Gerichtsmediziner hat Unfalltod festgestellt."

„Aber was meinen Sie?"

Greg überlegte einen Moment, bevor er antwortete.

„Ich sehe keinen Grund, warum er sich hätte umbringen wollen. Er war glücklich, und sein Tod war eine Tragödie. Jeremy war mein bester Freund, und es gibt keinen einzigen Tag, an dem ich nicht an ihn denke."

Denise nickte, Tränen glänzten in ihren Augen. „Wir beide vermissen ihn schrecklich. Er war mehr als ein Freund, er war wie ein Familienmitglied."

„Aber wie Sie sagen", sagte Raven, „es war ein Glücksfall, dass Marcus die Nachfolge antreten konnte."

Greg runzelte die Stirn. „Stimmt genau. Und eines Tages werde ich die Zügel ganz aus der Hand geben. Aber ich bin noch nicht bereit zu gehen."

„Ich habe gehört", sagte Raven, „dass es Gerüchte über eine Übernahme gibt."

„Ich glaube, Sie meinen eine Fusion."

„Gibt es einen Unterschied?"

„Eine Fusion ist eine einvernehmliche Entscheidung zweier Unternehmen, sich zusammenzuschließen. Eine Übernahme kann hingegen feindlich sein."

„In diesem Fall gibt es also keine Feindseligkeit?"

„Überhaupt nicht. Aber es gibt unterschiedliche Meinungen im Vorstand darüber, wie man vorgehen soll."

„Als ich mit Marcus sprach, schien er sehr interessiert."

„Aye, Marcus ist die treibende Kraft hinter der Fusion, und Anthony unterstützt ihn."

„Aber Sie nicht?"

Greg seufzte. „Sie müssen verstehen, Raven, dass ich dieses Unternehmen mit meinen eigenen Händen aufgebaut habe. Ich habe auf dem Weg dorthin Opfer gebracht." Er warf einen Seitenblick auf seine Frau, die den Blick auf ihren Schoß senkte. „Es war immer ein Familienunternehmen, und so sollte es auch bleiben. Ich möchte nicht, dass alles in einer anonymen Organisation verschwindet."

Raven vermutete, dass genau das hinter Gregs Weigerung steckte, sich zur Ruhe zu setzen. Die Angst, dass sein Lebenswerk im Moloch eines Konzerns untergehen könnte. Er könnte dann nicht mehr auf sich selbst zeigen und sagen: „Das habe ich geschaffen!"

„Und wie stand Jeremy zu dieser Angelegenheit?"

„Jeremy war ein alter Hase wie ich", sagte Greg. „Er hätte gewollt, dass wir unabhängig bleiben."

„Und Sam empfindet das Gleiche?"

„Sam muss noch viel lernen, wenn es um das Geschäft geht, aber er versteht, wie wichtig es ist, unsere Unabhängigkeit zu bewahren."

„Sam kommt ganz nach dir, nicht wahr?", sagte Denise.

Greg brummte zustimmend. „Sehen Sie, Raven, ich möchte sicherstellen, dass das Unternehmen auch nach meinem Tod weiterbesteht." Sein Blick wanderte durch den Raum und blieb auf den vielen Fotos seiner Söhne und seines Enkels liegen. „Wenn man sein eigenes Unternehmen aufbaut, denkt man, es ginge nur um einen selbst – und das tut es anfangs auch –, aber auf lange Sicht wird einem klar, dass es das Wichtigste ist, was man an die nächste Generation weitergeben kann."

Sein Blick kehrte zu Ravens Gesicht zurück und schien sich vor Entschlossenheit zu verhärten. „Vermächtnis. Das ist es, worum es wirklich geht."

KAPITEL 13

Coleman's Plumbing Supplies schien gute Geschäfte zu machen. Mehrere Transporter – allesamt weiß – kamen und gingen oder wurden gerade mit Badewannen, Duschwannen und Kupferrohren beladen. Eines konnte man den Leuten in Scarborough nicht absprechen: Sie legten offenbar großen Wert auf Hygiene. Becca zwängte ihren Honda Jazz in eine enge Parklücke zwischen zwei Lieferwagen und stieg aus.

„Ich sehe unseren Wagen nicht", sagte Tony, während er auf dem Weg ins Gebäude die Nummernschilder prüfte.

„Vielleicht ist er gerade auf Auslieferung", entgegnete Becca. „Oder er steht hinten." Sie fragte einen vorbeigehenden Mitarbeiter, ob der Chef in der Nähe sei, und er zeigte auf einen glatzköpfigen Mann mittleren Alters, der aufgebracht durchs Lager stolzierte, das Handy am Ohr, und sich lautstark über eine verspätete Lieferung von Spülkästen beschwerte. Sobald er das Gespräch mit der Drohung beendet hatte, nie wieder mit dem Lieferanten Geschäfte zu machen, ging Becca auf ihn zu.

„Mr. Coleman?"

„Ja?" Der Mann war sichtlich schlecht gelaunt. Er warf

Becca und Tony einen verächtlichen Blick zu. „Wir bedienen hier keine Privatkundschaft, Liebes. Das hier ist nur für Gewerbekunden. Versuchen Sie es mal im Stadtzentrum."

Becca hielt ihm ihren Dienstausweis vor die Nase. „Wir sind keine Kunden."

Coleman verzog das Gesicht noch mehr, als hätte er sich lieber mit Armaturen fürs Badezimmer beschäftigt. „Worum geht es denn diesmal? Wenn sich jemand beschwert hat, dass ich meine Rechnungen nicht bezahle, sollte er die Geschäftsbedingungen lesen. Zahlung nach sechzig Tagen. Das steht da schwarz auf weiß." Er fuchtelte mit einem Stapel Papieren herum, als wolle er damit seinen Standpunkt untermauern.

„Es geht nicht um offene Rechnungen, Mr. Coleman. Wir sind wegen eines Ihrer Fahrzeuge hier."

„Auch da werden Sie keine Probleme finden. TÜV, Versicherung, alles in Ordnung." Er wandte sich von ihr ab, um seinen Lieferschein zu kontrollieren.

„Wir gehen dem Verdacht nach, dass einer Ihrer Lieferwagen in eine Reihe von Diebstählen in der Gegend verwickelt war."

Coleman hob das Kinn und sah sie herausfordernd an. „Haben Sie Beweise dafür?"

„Vielleicht könnten wir das in Ihrem Büro besprechen?"

Der Manager sah aus, als wollte er sich weigern, doch Becca trat einen Schritt näher und machte ihm klar, dass er keine andere Wahl hatte. Tony rückte ebenfalls näher, schweigend, aber bestimmt.

Nach einem Moment lenkte Coleman ein. „Na schön. Aber machen Sie's kurz. Ich habe hier ein Geschäft zu führen. Wie Sie sehen können, gibt's eine Menge zu tun."

Becca folgte ihm in sein Büro, wo er hinter einem Schreibtisch Platz nahm, der mit Bestellformularen und Quittungen übersät war. Sie fühlte sich an das Büro im Lagerhaus in Pickering erinnert. Wie konnte man ein Unternehmen mit solch einem Chaos führen?

„Mr. Coleman, gehört dieses Fahrzeug Ihnen?“ Tony zeigte dem Manager einen Ausdruck mit den Daten des Lieferwagens.

Coleman starrte ihn wütend an, sagte aber nichts.

„Wir wissen bereits, dass es Ihnen gehört“, sagte Becca. „Wofür wird es genutzt?“

„Lieferungen abholen und ausliefern.“

„Wer hat das Fahrzeug am achtzehnten November letzten Jahres gefahren?“

Er warf entnervt die Arme in die Luft. „Wollen Sie mich verarschen? Ich habe zwölf Leute, die für mich arbeiten, das kann jeder gewesen sein. Hören Sie, warum glauben Sie eigentlich, dass der Van benutzt wurde, um Sachen zu stehlen?“

Becca ignorierte seine Frage. „Führen Sie keine ordentlichen Aufzeichnungen?“ Ihr Blick glitt erneut über das Chaos auf dem Schreibtisch. „Wenn Sie uns nicht sagen können, wer den Lieferwagen an diesem Tag gefahren hat, nehmen wir den ganzen Kram hier mit aufs Revier, zusammen mit allen elektronischen Unterlagen.“

Coleman stieß einen lauten Seufzer aus und drehte sich zu seinem Computer. „Na schön, geben Sie mir eine Minute.“ Er tippte auf der Tastatur herum. „Achtzehnter November, das war Billy Buxton.“

Becca blickte in ihre Notizen. „Was ist mit dem zehnten August dieses Jahres?“

Coleman hämmerte erneut auf die Tasten. „Wieder Billy.“

„Und dem sechzehnten September?“

„Billy.“ Colemans Stimme klang weiterhin trotzig, doch selbst der streitlustige Manager schien Zweifel an der Unschuld seines Fahrers zu bekommen.

Tony räusperte sich. „Nachdem Billy den Lieferwagen am achtzehnten November benutzt hatte, gab es da irgendwelche Schäden am Fahrzeug?“

„Aye. Ein neuer Scheinwerfer war fällig. Billy meinte, er hätte ein Reh angefahren.“

Becca brauchte keine weiteren Beweise. Sie wusste

instinktiv, dass sie den Verantwortlichen für die Diebstähle in Pickering und anderswo gefunden hatte – und damit auch den Fahrer, der Sam ins Koma befördert hatte.

Als sie sprach, war ihr Mund trocken. „Wo ist dieser Billy jetzt?“

Draußen fuhr ein Lieferwagen vor, der durch das Bürofenster deutlich zu sehen war und dessen Motor laut ratterte. Ein weißer Ford Transit Connect. Becca brauchte das Nummernschild nicht zu sehen, um zu wissen, dass es die Zahl „12“ enthielt.

„Das ist Billy“, sagte Coleman. Er legte die Hände an den Kopf, in einer Geste der Niederlage. „Was hat der verdammte Trottel denn jetzt wieder angestellt?“

KAPITEL 14

Als Jess unangemeldet in der Brauerei auftauchte, wurde sie von Sandra, der Sekretärin, mit einem Lächeln begrüßt. „Wieder da, meine Liebe! Soll ich Wasser aufsetzen?"

„Danke", sagte Jess. Sandra schien offensichtlich zu glauben, dass ihre Rolle in der Brauerei mindestens zur Hälfte darin bestand, das Personal und die Besucher zu bemuttern. „Zu einer Tasse Tee sage ich nicht nein. Und ist Ellie hier? Ich hatte gehofft, mit ihr sprechen zu können."

„Ja, heute sind nur sie und ich da", sagte Sandra. „Die Männer haben sich alle aus dem Staub gemacht."

Jess schaute quer durch das Büro zu einer jungen Frau, die an einem Schreibtisch am Fenster saß und eifrig auf ihrem Laptop tippte.

„Gehen Sie ruhig rüber und stellen Sie sich vor", sagte Sandra. „Ich bringe den Tee und die Kekse rüber."

Ellie sah auf, als Jess auf sie zukam. Sie war ein paar Jahre älter als Jess, vielleicht fünfundzwanzig oder sechsundzwanzig, und trug einen Pixie-Haarschnitt mit lila Strähnchen. Sie streckte Jess die Hand entgegen. „Hi,

Sie müssen von der Polizei sein."

„Das ist richtig. DC Jess Barraclough."

„Freut mich, Jess. Nehmen Sie doch Platz."

Jess rollte einen freien Stuhl heran und stellte fest, dass Ellies Schreibtisch im Gegensatz zu Sandras sauber und aufgeräumt war und dass die junge Frau entspannt zu sein schien. Sie setzte sich. „Ich bin nur hier, um Ihnen ein paar Fragen über Sam zu stellen. Ist das in Ordnung?"

„Klar", sagte Ellie. „Greg meinte schon, dass die Polizei mich befragen will."

„Ich habe gehört, dass Sie den Job machen, den Sam früher gemacht hat, ist das richtig?"

„Ja. Ich bin jetzt Account Director, Gott sei mir gnädig!" Ellie schüttelte den Kopf, als könne sie selbst kaum glauben, wie sie in diese Rolle geraten war.

„Sie haben nicht damit gerechnet, dass man Ihnen die Stelle anbietet?"

„Ich habe nicht einmal für die Brauerei gearbeitet, als Sam überfahren wurde."

„Wie sind Sie dann hier gelandet?"

„Onkel Greg kam zu mir, nachdem Sam ins Krankenhaus gebracht worden war. Er brauchte jemanden, der einspringen und die Arbeit übernehmen konnte. Ich hatte zu der Zeit gerade keinen Job und dachte mir, warum nicht? Es wird wahrscheinlich nur für ein paar Wochen sein, vielleicht drei Monate oder so, bis Sam wieder gesund ist. Aber das ist jetzt ein Jahr her, und hier bin ich." Sie deutete auf die ordentlich gestapelten Unterlagen auf ihrem Schreibtisch.

Onkel Greg. Jess wurde wieder bewusst, wie familiär alles in der Brauerei war. Jeder einzelne der Direktoren war ein direkter Verwandter von Greg Earnshaw. Als ihm die Söhne ausgegangen waren, hatte er sich an seine Nichte gewandt.

Sandra kam mit zwei Tassen dampfendem Tee und einem Teller mit Keksen zurück. Sie stellte alles auf Ellies Schreibtisch ab. „Sagen Sie mir Bescheid, wenn Sie noch etwas brauchen." Dann kehrte sie an ihren Schreibtisch zurück.

Ellie schob Jess den Teller mit den Keksen hin. „Die rühre ich besser nicht an. Ich schwöre, ich habe zwei Kleidergrößen zugelegt, seit ich hier arbeite, und das liegt nicht nur am Bier."

Jess war nach einem Morgen, den sie mit Raven auf dem Flamborough Head verbracht hatte, ausgehungert. Sie griff nach einem Shortbread-Keks.

„Ihr Vater ist also Gregs Bruder, stimmt das?"

„Ja, Dad ist sein jüngerer Bruder. Das macht mich zu Sams Cousine."

„Und wie heißt Ihr Vater?"

„Keith Earnshaw. Er betreibt ein Restaurant im Zentrum von Scarborough."

Jess notierte sich den Namen. „Er muss sich für Sie gefreut haben, als Sie in das Familienunternehmen eingestiegen sind."

Ellie verzog das Gesicht. „Nicht wirklich."

„Nicht?"

Sie senkte ihre Stimme, damit Sandra sie nicht hören konnte. „Eigentlich hat Dad mir davon abgeraten, den Job anzunehmen. Er wollte das überhaupt nicht."

„Warum nicht?"

„Er hat diese Grundregel, dass man Familie und Geschäft nicht vermischt. Ich glaube, es ist etwas Persönliches zwischen ihm und Greg."

„Verstehen sich die beiden Brüder nicht?"

„Sie hatten vor Jahren mal Streit, aber ich weiß nicht, worum es ging. Es ist eines dieser Tabuthemen, über die beim Abendessen nie gesprochen wird. Dad führt nicht einmal Onkel Gregs Bier in seinem Restaurant. Sie können sich vorstellen, dass Onkel Greg das als Verrat empfindet. Für ihn dreht sich alles um die Familie. Er hat Dad sogar einen Rabatt angeboten, aber Dad hat trotzdem abgelehnt." Ellie konnte sich nur mit Mühe davon abhalten, vor Verzweiflung über die Sturheit ihres Vaters mit den Augen zu rollen.

„Aber Sie haben den Job trotzdem angenommen?"

Ellie grinste. „Warum nicht? Ich dachte, das ist eine tolle Chance. Ich arbeite gern mit Menschen und tue Onkel Greg damit einen Gefallen. Ich habe nichts gegen ihn. Außerdem mochte ich Sam schon immer. Ich habe es hauptsächlich ihm zuliebe getan. Ich hoffe, dass er eines Tages hierherkommt und ich ihm zeigen kann, wie gut ich mich um seine Kunden gekümmert habe."

„Glauben Sie, dass er wieder arbeiten wird?"

„Ich hoffe es."

„Und was passiert dann mit Ihnen?"

Ellie zuckte mit den Schultern. „Ich finde schon etwas. Vielleicht bleibe ich bei der Brauerei, vielleicht suche ich mir auch etwas Neues. Ich bin ja noch jung. Ich habe noch genug Zeit, um rauszufinden, was ich mit dem Rest meines Lebens anfangen will."

Jess lächelte. Sie hatte Ellie und ihre fröhliche, unbekümmerte Art schnell ins Herz geschlossen. Die junge Frau bemühte sich sichtlich, die Rolle, die das Leben ihr zugedacht hatte, so gut wie möglich auszufüllen, war aber auch bereit, sie wieder abzugeben, wenn – oder falls – die Zeit gekommen war.

„Sie haben gesagt, dass Sie zum Zeitpunkt von Sams Unfall nicht für die Brauerei gearbeitet haben", sagte Jess. „Heißt das, Sie waren an dem Abend gar nicht hier?"

„Doch, war ich. Onkel Greg war immer sehr nett zu mir, obwohl er und Dad nicht miteinander sprechen. Er hat mich eingeladen, und da ich gerade meinen Job verloren hatte und ziemlich niedergeschlagen war, dachte ich mir, ich geh einfach mit. Außerdem ... Freibier, wie hätte ich da Nein sagen können?" Ihr Mund verzog sich zu einem Grinsen, dann wurde sie wieder ernst, als sie sich daran erinnerte, was passiert war.

„Ihr Vater war nicht dabei?"

„Nein. Aber ich erinnere mich an ein Gespräch mit Sam an diesem Abend. Er schien wirklich glücklich zu sein, als hätte er keine Sorgen. Er hatte vor, sich später mit seiner Freundin zu treffen."

„Becca", half Jess nach.

„Ja, aber dann …“ Ellie verstummte. „Ich kann nicht glauben, dass jemand ihm etwas antun wollte.“

Offensichtlich hatte Ellie – von Greg oder einem anderen Eingeweihten – erfahren, warum die Polizei ihre Ermittlungen in dem Fall wieder aufgenommen hatte.

„Haben Sie eine Ahnung, warum jemand Sam geschubst haben könnte?“, fragte Jess.

Ellie schüttelte den Kopf. „Nein.“

„Haben Sie gesehen, wie er sich mit jemandem gestritten hat?“

„Nein.“

„Und haben Sie beobachtet, ob jemand, kurz nachdem Sam gegangen ist, ebenfalls nach draußen gegangen ist?“

„Nein, ich habe ihn nicht einmal gehen sehen.“

Jess klappte ihr Notizbuch zu und hatte das Gefühl, dass ihr Treffen mit Ellie reine Zeitverschwendung gewesen war. Abgesehen von Tee und Keksen sowie einem freundlichen Plausch hatte ihr der Besuch in der Brauerei nichts gebracht. „Gibt es sonst noch irgendetwas, das helfen könnte zu verstehen, was mit Sam passiert ist?“

Ellie zögerte und schaute zu Sandra hinüber, die vertieft in ihre Arbeit tippte. Sie senkte erneut ihre Stimme, sodass Jess sich anstrengen musste, um ihre Worte zu verstehen. „Das Einzige, was ich sagen kann, ist, dass sich die drei Brüder nie verstanden haben.“

„Sam, Marcus und Anthony?“

Ellie nickte. „Ich weiß nicht, was zwischen ihnen vorgefallen ist, aber ich bin mir ziemlich sicher, dass sie sich alle gehasst haben.“

*

Dr. Kirtlington stand am Fußende von Sams Bett und studierte seine Akte. Wie immer blieb sein Gesichtsausdruck unergründlich. Sam konnte nie erkennen, ob der Arzt über seine Fortschritte erfreut oder ernsthaft besorgt war.

„Was meinen Sie, Doktor?“

Der Arzt las seine Notizen zu Ende, bevor er antwortete, offensichtlich war er nicht in Eile, seine Meinung zu äußern. „Ich denke, Sie machen sich in Anbetracht der Umstände gut, Sam. Die Physiotherapeutin ist mit Ihren bisherigen Fortschritten zufrieden. Ihre Kräfte kehren allmählich zurück, die Anzeichen sind positiv, aber …"

„Aber was?"

Dr. Kirtlington setzte ein professionelles Lächeln auf. „Sie stehen ganz am Anfang Ihrer Genesung, Sam. Es liegt noch ein langer Weg vor Ihnen. Die vollständige Rehabilitation nach einem Koma kann Monate oder Jahre dauern und verläuft in der Regel in Phasen. Oft geht es zwei Schritte vorwärts und einen zurück."

Sam war die Plattitüden des Arztes langsam leid. Er wollte endlich konkrete Informationen und so schnell wie möglich wieder auf die Beine kommen. Er sehnte sich danach, die stickige Atmosphäre des Krankenhauses zu verlassen und zur Normalität zurückzukehren. Er würde alles dafür geben, wieder in seinem eigenen Bett zu schlafen und das Essen seiner Mutter zu genießen. „Wann, denken Sie, bin ich fit genug, um nach Hause zu gehen?"

„Das werden wir sehen, wenn es so weit ist, einverstanden?"

Sam schüttelte den Kopf. „Ich wäre zu Hause wirklich viel glücklicher, Doktor. In meinem eigenen Bett würde ich besser schlafen. Hier ist es immer so laut."

Dr. Kirtlington seufzte und betrachtete seinen Patienten mit kaum verhohlener Frustration. „Ich denke, dass Sie hier vorerst sicherer sind."

„Sicherer?"

„Es ist komfortabler. Kann ich Ihnen sonst etwas bringen?"

„Nein. Ich glaube, ich werde einfach ein Nickerchen machen."

Der Arzt schien damit zufrieden. „Gute Idee. Sie müssen sich so viel wie möglich ausruhen."

Sam schloss die Augen, als der Arzt die Tür hinter sich

schloss. Der Aufenthalt im Krankenhaus war für ihn das Anstrengendste überhaupt. Der endlose Reigen aus Ärzten, Krankenschwestern, Physiotherapeuten, Reinigungskräften und dem Personal, das ihm das Essen brachte … Er wollte einfach nur mit Becca allein sein.

Er fragte sich, was sie jetzt tat. Zweifellos jagte sie Kriminelle in Pickering. Sie war offensichtlich genauso frustriert von ihrer Situation wie er. Er wusste, wie sehr sie sich wünschte, denjenigen zu finden, der ihn vor den Lieferwagen gestoßen hatte.

Seine Augen weiteten sich.

Er konnte den Van plötzlich ganz deutlich sehen. Der orangefarbene Schein der Straßenlaternen, der sich auf der Straße spiegelte … der kalte Regen, der ihm ins Gesicht stach … der Wind, der an seinem Golfschirm zerrte.

Der Regenschirm.

Warum hatte er den Regenschirm vergessen?

Es war das erste Mal, dass er sich an dieses Detail erinnerte, aber nun sah er es gestochen scharf vor sich. Riesig, mit grün-weißen Streifen. Er hatte ihn mitgenommen, um auf das Taxi zu warten. Er hatte mit ihm im Wind gerungen, und der Schirm war davongeweht, nachdem er gestoßen worden war.

War es das, woran er sich so lange hatte erinnern wollen?

Der Schirm gehörte ihm nicht. Er hatte ihn mitgenommen, bevor er die Brauerei verließ. Er hatte es eilig gehabt, wegzukommen, und das nicht nur, weil er Becca sehen wollte. Es hatte einen Grund gegeben, warum er sich beeilt hatte.

Warum hatte er ausgerechnet diesen Schirm genommen? Die Antwort wollte ihm gerade nicht in den Sinn kommen.

Und dann fiel es ihm ein. Der Regenschirm gehörte Marcus.

Aber warum war das wichtig?

KAPITEL 15

Becca ging aus dem Büro von Coleman's Plumbing Supplies voran, dicht gefolgt von Tony.

Am Steuer eines schmutzigen weißen Transit-Vans saß ein junger Mann mit kurzen dunklen Haaren und Tätowierungen im Nacken. Er stieß die Fahrertür mit dem Fuß auf und sprang heraus: Schlabberlook, verblichene Jeansjacke, eine nicht-angezündete Zigarette im Mundwinkel.

Becca kontrollierte das Kennzeichen des Fahrzeugs. „Das ist er", sagte sie zu Tony.

Sie näherte sich dem Mann am Lieferwagen, der nun damit beschäftigt war, seine Zigarette anzuzünden, indem er mit dem Feuerzeug herumhantierte und eine Hand schützend gegen den Wind hielt. „Billy? Können wir Sie kurz sprechen? Wir sind von der Polizei von North Yorkshire, Revier Scarborough." Sie hielt ihren Dienstausweis hoch.

Ihre Worte wirkten wie ein Stromschlag auf Billy.

Er warf einen Blick auf den Ausweis, ließ Zigarette und Feuerzeug fallen und rannte los, als ginge es um sein Leben, direkt in Richtung Straße. Dabei verfehlte er nur knapp einen heranfahrenden Lieferwagen, der scharf ausweichen musste und mit einem langen Hupen reagierte.

„Scheiße." Becca setzte ihm sofort nach, doch der Van, der gerade auf den Hof gefahren war, versperrte ihr die Sicht, sodass sie nicht erkennen konnte, in welche Richtung Billy gelaufen war. Frustriert wich sie ihm aus. Als sie die Straße erreichte, sah sie nach links und rechts und erhaschte einen Blick auf eine verblichene Jeansjacke, die davonlief, als wäre der Teufel hinter ihr her. Sie rannte weiter, Tony hinter ihr.

Sie passierte die Brauerei zu ihrer Rechten und hielt mit dem Flüchtenden Schritt. Becca war nicht so fit, wie sie es gerne gewesen wäre – das viele englische Frühstück hatte sich auf die Hüften gesetzt –, aber auch Billy war keine Sportskanone. Zu viele Zigaretten, zu viele Stunden hinter dem Steuer. Er schnaufte und keuchte und drehte immer wieder den Kopf, um zu sehen, ob sie ihm noch folgte.

Das tat sie. Sie würde ihn auf keinen Fall entkommen lassen.

Er rannte aus dem Gewerbegebiet, in dem sich die Brauerei und der Sanitärhandel befanden, auf die Hauptstraße in Richtung Stadtzentrum. Ohne auf den Gegenverkehr zu achten, überquerte er die Straße, sodass ein Auto quietschend zum Stehen kam. Becca folgte ihm, achtete jedoch auf den Verkehr, bevor sie die Straße überquerte.

Ein Bus hielt an, und mehrere Fahrgäste stiegen aus – ein Jugendlicher mit Kopfhörern, völlig abgeschottet von der Welt; eine alte Dame mit kariertem Einkaufstrolley; eine junge Mutter mit Kinderwagen und einem quengeligen Kleinkind, das sich weigerte, darin Platz zu nehmen. Billy schlängelte sich an ihnen vorbei, die alte Dame schüttelte missbilligend den Kopf.

„Polizei! Stehen bleiben!", rief Becca. Die alte Dame zog ihren Trolley erschrocken zur Seite, und die Mutter schaffte es gerade noch, ihren Sohn in den Wagen zu bugsieren. Nur der Kopfhörer-Typ trottete weiter vor sich hin, völlig unbeeindruckt vom Geschehen. Billy stieß ihn grob zur Seite und bog in eine Seitenstraße ein.

Becca legte einen Zahn zu, ein fieses Seitenstechen durchzuckte sie. Sie musste dringend ein paar Pfunde loswerden und wieder ins Fitnessstudio gehen. Im letzten Jahr hatte sie keine Zeit gehabt, weil sie jede freie Minute an Sams Krankenbett verbracht hatte.

„Verdammt", fluchte der Kopfhörer-Typ, als Becca an ihm vorbeischoss.

Sie befanden sich jetzt in einer schmalen Straße, die von roten Backsteinhäusern gesäumt war. Blaue und grüne Mülltonnen säumten die Gehwege wie eine Hommage an den Abfall. In einem der beengten Vorgärten bellte ein Hund wütend wegen des Tumults. Das half natürlich nichts. Ein paar Hundezähne in Billys Wade wären da viel nützlicher gewesen.

Billy war fast am Ende der Straße angelangt und legte an Tempo zu. Becca wusste nicht, wie lange sie das noch durchhalten würde. Ihr Herz pochte, als wolle es aus ihrer Brust springen. Ihr Atem ging stoßweise, der Schmerz ließ sie sich beinahe zusammenkrümmen. Sie hätte Verstärkung rufen sollen, bevor sie die Verfolgung aufnahm. Aber sie wollte den Fahrer, der Sam ins Koma geschickt hatte, unbedingt selbst schnappen.

„Ich … kann nicht …", keuchte sie.

In diesem Moment setzte ein Müllwagen mit lautem Piepen in die Straße zurück. Männer in orangen Overalls tauchten auf und begannen, die Mülltonnen in den Laster zu entleeren. Billys Fluchtweg war versperrt. Er drehte sich um und griff in Panik nach der nächstgelegenen Tonne. Er warf sie in Beccas Weg. Es war ein letzter verzweifelter Versuch, seine Festnahme zu vereiteln, doch mehr als ein paar Sekunden Verzögerung brachte das nicht.

Die Mülltonne kippte auf die Seite und verschüttete ihren Inhalt aus Glas, Pappe und Kunststoffen auf die Straße, was Billy einen Hagel von Beschimpfungen der Müllmänner einbrachte.

„Hey", rief Becca. „Halt! Polizei!"

Die Müllmänner hielten bei ihrer Arbeit inne, um das Spektakel zu beobachten. Billy sah sich verzweifelt um, wie ein gefangenes Tier. Aber er hatte keine Fluchtmöglichkeit mehr. Die Müllmänner kamen von hinten auf ihn zu und packten ihn an den Armen.

„Lasst mich los!", schrie Billy, aber seine Fänger machten keine Anstalten, ihn freizulassen.

Als Becca ankam, sah sie in den Augen des Mannes, dass er wusste, dass es vorbei war. Sie legte ihm Handschellen um die Handgelenke und fixierte seine Arme auf dem Rücken. „Billy Buxton, ich verhafte Sie wegen des Verdachts auf Einbruch, Widerstand gegen die Staatsgewalt, schwerer Körperverletzung durch gefährliches Fahren und Fahrerflucht." Sie holte tief Luft und las ihm seine Rechte vor, auch wenn sie ihn am liebsten in die Mülltonne geworfen hätte, zusammen mit dem restlichen Müll.

Die Müllmänner applaudierten und jubelten. „Gut gemacht, Liebes", sagte einer von ihnen. „Sperrt den Kerl für lange Zeit weg."

KAPITEL 16

Greg hatte Raven versichert, dass die Person, mit der er als Nächstes sprechen wollte, in Kürze von einer Geschäftsreise nach Edinburgh zurückkehren würde. Also fuhr er nach dem Besuch bei der Familie Earnshaw in Scalby die gut zwei Meilen quer durch Scarborough bis zur Esplanade, wo Gregs mittlerer Sohn Anthony und seine Frau Naomi eine Wohnung besaßen. Die Esplanade zählte zu den besseren Adressen der Stadt, erbaut über den Klippen der South Bay, in unmittelbarer Nähe zu den Italian Gardens und dem Kurhaus, mit Blick auf den Hafen und die alten Straßen, in denen Raven lebte. Denise zufolge bot die Wohnung einen spektakulären Blick auf die South Bay. Doch heute war das Meer eine unansehnliche graue Schlammmasse, der Himmel sah auch nicht besser aus, und die Burg auf der Landzunge schimmerte geisterhaft durch den vom Wasser aufsteigenden Nebel. Der Strand selbst war leer, bis auf ein Paar mittleren Alters, das stoisch über den Sand stapfte.

Es war halb vier und schon fast dunkel.

Dezember in Scarborough. Kaum sieben Stunden

Tageslicht. Raven versuchte immer noch zu begreifen, wie viel weiter nördlich sein neues Zuhause lag als London. Manchmal kam ihm Yorkshire wie ein anderes Land vor.

Er ließ sein Auto in einer Seitenstraße stehen und ging die kurze Strecke zu der Adresse, die Greg ihm gegeben hatte – eine Reihe fünfstöckiger weißer Stadthäuser mit weißem Putz und schmiedeeisernen Balkonen im ersten und zweiten Stock.

Als er sich dem Eingang näherte, öffnete sich das Tor, und eine vertraute Gestalt trat auf den Bürgersteig. Ihre Begegnung war unvermeidlich.

„Guten Tag, Marcus."

Anthonys älterer Bruder trug einen Anzug, nicht das legere Outfit, das er an diesem Morgen bei Ravens Besuch angehabt hatte. Vielleicht war er auf dem Weg ins Büro oder kam gerade von dort. Er warf Raven einen überraschten Blick zu. „Chief Inspector! Was machen Sie denn hier?"

„Ich hatte gehofft, mit Anthony sprechen zu können. Ist er da?"

„Noch nicht. Er steckt im Stau. Baustelle bei Newcastle. Er sollte jeden Moment zurück sein." Marcus schaute auf die Uhr und schien es eilig zu haben. Er entfernte sich bereits von Raven und holte seine Autoschlüssel aus der Tasche.

„Wollen Sie nicht auf ihn warten?", fragte Raven. „Er ist ja gleich da."

„Was?" Marcus schien von dem Vorschlag irritiert. „Nicht nötig. Ich bin nur vorbeigekommen, um, äh, die Abrechnungen vorbeizubringen. Naomi lässt Sie sicher rein. Auf Wiedersehen." Er eilte die Straße hinunter wie ein Mann, der einen Zug erwischen musste.

Oder wie einer, der hoffte, nicht selbst erwischt zu werden.

Raven läutete an der Klingel mit der Aufschrift *Earnshaw* und wartete darauf, dass die Sprechanlage zum Leben erwachte. „Hallo, hier ist DCI Raven, Kripo Scarborough. Ich bin hier, um Anthony Earnshaw zu sprechen."

Es folgte eine kurze Stille.

„Darf ich reinkommen?", fragte Raven.

Eine Frauenstimme antwortete. „Hier ist Naomi Earnshaw. Anthony ist nicht da." Ihr Tonfall war nicht gerade herzlich.

„Macht es Ihnen etwas aus, wenn ich reinkomme und warte?"

Es folgte eine Pause, in der er schon fast damit rechnete, weggeschickt zu werden. Dann ertönte ein Summer, und die Tür öffnete sich. Er betrat das Gebäude und begann, die Treppe hinaufzusteigen.

Treppen, dachte er, während er sein Bein in den zweiten Stock schleppte. Warum mussten es immer Treppen sein?

Auf dem Treppenabsatz wurde er von einer eleganten Brünetten empfangen. Naomi Earnshaw war ganz anders als Marcus' Frau Olivia. Sie hatte weder an Lippenstift noch an Lidschatten gespart, und von Mum-Jeans keine Spur. Langes, gewelltes Haar fiel ihr über die Schultern, und ihre Haut war makellos. Sie trug eine lockere Seidenbluse über einer hautengen Hose.

„Entschuldigen Sie die Störung." Raven zückte seinen Dienstausweis, aber Naomi hatte sich bereits abgewandt. Er folgte ihr in die Wohnung.

„Anthony sollte bald zurück sein." Sie deutete auf das Wohnzimmer. „Sie können hier warten."

Das Zimmer war groß, modern und minimalistisch eingerichtet und auffallend kinderlos. Drei hohe Fenster führten auf einen Balkon hinaus. In der Ferne funkelten bereits Lichter im Hafen. Naomi trat ans Fenster und zog die Vorhänge zu, um die Dunkelheit auszusperren.

„Möchten Sie einen Kaffee?" Das Angebot kam zögerlich, doch Raven nahm es trotzdem an. Er lehnte eine Tasse Kaffee nur selten ab – und wenn er schon warten musste, dann wenigstens entspannt.

Während Naomi in der Küche verschwand, legte Raven seinen Mantel ordentlich über das cremefarbene Sofa, ließ sich nieder und ruhte sein Bein nach dem

Treppensteigen aus, während sein Blick durch den Raum schweifte. Alles, von den Möbeln über die Vorhänge bis hin zu den Wänden und dem Boden, war in verschiedenen Schattierungen von Weiß gehalten. Raven vermutete, dass die Farben schicke Namen wie Jasmin, Elfenbein und Alabaster hatten. Ein paar schwarze Akzente sorgten für Kontrast. Es waren keine Bücher und auch keine Familienfotos zu sehen, abgesehen von einem, das Naomi mit ihrem Mann an ihrem Hochzeitstag zeigte.

Sie kam mit einer Tasse schwarzen Kaffees zurück, reichte sie ihm kommentarlos und schaute auf die Uhr an ihrem schlanken Handgelenk.

„Ich wollte ohnehin mit Ihnen sprechen", sagte er, bevor sie sich verabschieden konnte.

Seiner widerwilligen Gastgeberin blieb nichts anderes übrig, als sich ihm gegenüberzusetzen. Mit einem Seufzer streifte sie ihre High Heels ab, schlug die langen Beine übereinander und wartete, dass er das Gespräch begann.

„Wir untersuchen den Vorfall, der sich letztes Jahr ereignet hat, als Sam von einem Auto angefahren wurde."

„Ja, ich weiß." Naomis Tonfall verriet nichts. „Marcus hat es erwähnt."

Marcus. War er deshalb hier gewesen? Wollte er Naomi warnen, dass die Polizei wahrscheinlich auftauchen würde? Oder hatte sein Besuch andere Gründe gehabt?

„Wir sprechen mit allen, die damals an dem Abend dabei waren."

„Verstehe." Sie klang, als könne sie sich nichts Langweiligeres vorstellen.

„Waren Sie an diesem Abend dort? Auf der Party?"

„Ja. Alle waren da."

„Und was haben Sie gemacht?"

„Gemacht? Nicht viel. Ich habe den ganzen Abend mit Olivia – das ist die Frau von Marcus – und Denise, meiner Schwiegermutter, verbracht. Es gab nicht einmal etwas zu trinken."

Raven hob verwundert eine Augenbraue.

„Außer Bier."

Er unterdrückte ein Lächeln. „Ich nehme an, Sie sind kein großer Bierfan.“ Nach Naomis Beschreibung hatte sie sich zu Tode gelangweilt. „Und was hat Ihr Mann gemacht?“

„Soweit ich weiß, Bier getrunken und sich mit seinen Gästen unterhalten. Geburtspläne diskutieren oder Fläschchen versus Stillen – das ist nicht so sein Thema.“ Es war offensichtlich, dass auch Naomi kein Interesse an diesen Gesprächsthemen hatte. Schwer vorstellbar, dass sie und die bodenständige Olivia viel gemeinsam hatten, außer dass sie beide in dieselbe Familie eingeheiratet hatten. „Wir Frauen haben unsere Ehemänner den ganzen Abend kaum gesehen.“

Raven war bereit zu wetten, dass Anthony anschließend eine gehörige Standpauke bekommen hatte. Er nippte an seinem Kaffee. Nicht schlecht, aber nicht ganz so gut wie Olivias. Die Qualität hing immer von der Frische der Bohnen ab. „Ist Anthony beruflich viel unterwegs?“

„Ja, es ist seine Aufgabe, Bier an neue Kunden zu verkaufen. Er reist durch das ganze Land. In den letzten Tagen war er in Edinburgh.“

Lange genug für Marcus, um mehr als einmal vorbeizuschauen, dachte sich Raven, vor allem, da die ahnungslose Olivia mit dem Baby zu Hause festsaß. Er erinnerte sich an die Art und Weise, wie der ältere Bruder nach dem Verlassen des Gebäudes davongehuscht war. „Und wie finden Sie das? Dass Anthony so oft weg ist, meine ich.“

„Ich? Ich bin durchaus in der Lage, das Leben ohne die ständige Anwesenheit meines Mannes zu genießen.“

„Davon bin ich überzeugt. Macht es Anthony Spaß, für das Familienunternehmen zu arbeiten? Stört es ihn nicht, dass Berufliches und Privates so eng miteinander verwoben sind?“

Naomi zuckte mit den Schultern, als könne sie mit der Frage nichts anfangen.

„Zum Beispiel Marcus – gerade eben hat er noch die Abrechnungen vorbeigebracht. So etwas passiert doch sicher öfter.“ Er hielt inne. „Vielleicht sogar, wenn Anthony nicht da ist.“

Naomis Augen blitzten vor Wut. „Wenn Sie damit andeuten wollen, dass Marcus aus einem anderen Grund hier war …“ Sie deutete in Richtung Küche. „Die Unterlagen liegen dort. Sehen Sie ruhig nach, wenn Sie mir nicht glauben.“

„Das ist nicht nötig. Mich interessiert nur, wie Anthony selbst das Arrangement empfindet.“ Raven wartete höflich und ließ offen, welches Arrangement er genau meinte.

Naomi öffnete den Mund, um etwas zu sagen, aber bevor sie antworten konnte, hörte man, wie sich ein Schlüssel im Schloss drehte. Sichtlich erleichtert sprang sie auf. „Sie können Anthony selbst fragen, wie er dazu steht. Das ist er bestimmt.“

KAPITEL 17

Billy Buxton hatte sein Recht auf einen kostenlosen Rechtsbeistand mit der Begründung abgelehnt, dass er keinen brauche, da er „nix gemacht“ habe und „keinen Bock habe, hier rumzuhängen“, bis ein Anwalt auftauche. Das war Becca nur recht. Auch sie wollte keine Zeit verlieren. Sie wusste, wenn sie zu lange wartete, würde Raven zurückkommen und sofort das Ruder übernehmen. Im Moment war es ihr Fall, und sie hatte vor, das Verhör selbst zu führen. Die Vorstellung, gleich den Idioten zu befragen, der Sam überfahren und zum Sterben auf der Straße liegen gelassen hatte, versetzte ihr einen solchen Adrenalinschub, dass sie kaum stillsitzen konnte. Sobald sie den Anruf des Sergeants erhielt, der ihr mitteilte, dass der Verdächtige vernehmungsbereit war, begaben sie und Tony sich in den Verhörraum.

Billy saß bereits dort, sichtlich nervös, und spielte an den ausgefransten Ärmeln seiner Jeansjacke herum. Als Becca den Stuhl zurückschob und sich ihm direkt gegenüber setzte, duckte er den Kopf. Sie nahm sich einen Moment, um ihn genauer zu mustern: das zerzauste Haar, die gebeugte, defensive Haltung, das nervöse Kratzen an den Tattoos am Hals.

Verstohlen. Das wäre ein gutes Wort, um sein Aussehen zu beschreiben. *Schuldig*. Ein noch besseres.

Sie öffnete ihre Akte und überflog noch einmal die Zusammenfassung, die Tony für sie vorbereitet hatte.

Billy Buxton, einundzwanzig Jahre alt, geboren in Scarborough. Mit sechzehn hatte er die Schule verlassen, um am örtlichen Berufskolleg eine Klempnerausbildung zu machen, bevor er einen Job bei Coleman's Plumbing Supplies annahm. Nach bestandener Führerscheinprüfung wurde er dort zum Auslieferungsfahrer. Keine Vorstrafen.

Aber das lag nur daran, dass er bisher Glück gehabt hatte.

Heute hatte ihn das Glück verlassen.

Tony schaltete das Aufnahmegerät ein, begann mit den formalen Einleitungen des Verhörs und verlas die Rechte des Beschuldigten. Als er fertig war, blickte Billy nervös zu Becca. „Kann ich 'ne Kippe haben?"

„Nein. Fangen wir an." Sie sah in ihre Notizen. „Der Wagen, den Sie für Ihre Arbeit benutzen, ist ein weißer Ford Transit Connect. Ist das richtig?"

„Ja", sagte Billy.

„Das Fahrzeug, das Sie heute gefahren haben – ist das der Van, den Sie immer fahren?"

„Ja."

„Können Sie mir sagen, was genau Sie beruflich machen?"

Billy kratzte sich an der Nase und überlegte, als wäre ihm diese Frage noch nie gestellt worden. „Ich pack Kundenbestellungen zusammen. Und manchmal fahr ich raus, hol was ab oder liefer's aus."

„Wie weit fahren Sie bei Ihrer Arbeit?"

„Ganz North Yorkshire."

„Verstehe. Können Sie mir sagen, wo Sie am Abend des sechsundzwanzigsten Novembers waren?"

Billy zuckte mit den Schultern. „Mit Kumpels unterwegs?"

„Ist das eine Vermutung oder eine Tatsache?"

„Weiß nicht. Kann mich nicht erinnern, was ich da gemacht hab."

„Lassen Sie mich sehen, ob ich Ihr Gedächtnis auffrischen kann." Becca holte zwei Bilder aus ihrer Akte, Aufnahmen von den Überwachungskameras, die Mr. Owens aus Pickering freundlicherweise zur Verfügung gestellt hatte. Das eine zeigte eine mit einem dunklen Kapuzenpulli und einer Baseballmütze bekleidete Gestalt, die einen mit Kartons beladenen Rollwagen aus einem Lagerhaus schob. Das andere Bild zeigte dieselbe Szene etwas später. Die Ecke eines weißen Fahrzeugs war gerade noch am Bildrand zu erkennen. „Sind Sie das? Ist das Ihr Lieferwagen?"

„Nein", sagte Billy, ohne einen Blick auf die Fotos zu werfen.

„Schauen Sie genauer hin." Becca schob sie über den Tisch, bis sie direkt vor seiner Nase lagen. „Diese Aufnahmen zeigen den Diebstahl von fünfzig brandneuen Laptops aus einem Elektronikgroßhandel in Pickering."

Billy warf einen kurzen Blick darauf und drehte die Fotos hin und her, bevor er sie genauer betrachtete. Ein Hoffnungsschimmer trat in seine Augen. Vielleicht dachte er, dass dies alles war, was sie gegen ihn in der Hand hatten. „Schwer zu sagen. Könnte jeder sein, wirklich. Könnte jeder Van sein."

Becca nahm ihm die beiden Bilder wieder weg. „Und wo waren Sie am Abend des zehnten Augusts?"

Ein Grinsen erschien auf Billys Gesicht. „Wieder mit meinen Kumpels unterwegs?"

Becca zeigte ihm ein weiteres Foto, eine verschwommene Aufnahme eines weißen Lieferwagens vor einem anderen Lagerhaus. Es handelte sich um das Gewerbegebiet in Whitby, wo eine Reihe von Mobiltelefonen gestohlen worden war. „Ist das Ihr Fahrzeug?"

Billy wurde immer selbstbewusster. „Glaub nicht. Weiß nicht einmal, wo das ist."

„Wirklich?" Becca nahm das Foto zurück. „Wo waren

Sie am Abend des sechzehnten Septembers?"

Billy konnte nicht anders, als unverhohlen zu grinsen. „Schon wieder Kumpels?"

Becca hätte ihn am liebsten geohrfeigt. „Das glaube ich nicht, Billy, denn in dieser Nacht wurde in ein Elektronikgeschäft in Eastfield eingebrochen. Mit einem Bolzenschneider wurde das Vorhängeschloss entfernt und ein Dutzend nagelneuer Fernsehgeräte gestohlen. Ein Augenzeuge berichtete, er habe einen weißen Lieferwagen mit der Nummer ‚12' auf dem Nummernschild gesehen, der den Tatort verließ. Genau das Baujahr des Vans, den Sie für Ihren Job benutzen."

Billy setzte sich ein wenig aufrechter hin, die lässige Haltung wich langsam. Sein Plastikstuhl knarrte. „Das war ich nicht." Sein Blick huschte von Becca zu Tony und wieder zurück. „Gibt viele weiße Lieferwagen in der Gegend."

„Nicht so viele", sagte Tony. „Wissen Sie eigentlich, wie viele weiße Ford Transit Connects mit 12er-Kennzeichen es im Bezirk Scarborough gibt?"

„Nein."

„Einen."

Das Wort hing wie Blei in der Luft, während Billy die Tragweite zu begreifen schien. „Beweist trotzdem nix", sagte er, aber ohne echte Überzeugung.

„Wissen Sie, was all diese Einbrüche noch gemeinsam haben?", fragte Becca. „In allen Fällen wurden die Gebäude mit einem Bolzenschneider oder einem Brecheisen aufgebrochen. Besitzen Sie eines dieser Werkzeuge?"

„Ich weiß nicht, ich …"

„Wir haben einen Bolzenschneider und ein Brecheisen in Ihrem Wagen gefunden", sagte Tony.

Becca beugte sich vor. „Wo waren Sie in der Nacht des achtzehnten Novembers letzten Jahres?"

Billy zögerte und überlegte, welche Antwort ihm aus der Patsche helfen würde. Keine Ausreden mehr von wegen Kumpels. „Das ist ewig her", jammerte er.

„Etwas mehr als ein Jahr. Aber in dieser Nacht wurde in ein familiengeführtes Elektrogeschäft in der Stadt eingebrochen. Es wurden ein Dutzend PlayStations entwendet, und am Tatort wurde ein weißer Ford Transit Connect gesichtet."

„Ich weiß echt nicht, was ich da gemacht hab", sagte Billy kläglich. „Wer merkt sich denn sowas?"

„Ihr Arbeitgeber hat bestätigt, dass Sie den Wagen an diesem Tag benutzt haben", sagte Tony. „Wie auch an allen anderen genannten Tagen."

„Tja, das ist halt mein Job." Billy zupfte an seinem Hemd und kratzte sich die Handrücken. Ein leichter Schweißfilm glänzte auf seiner Stirn. Vielleicht wünschte er sich langsam, er hätte den angebotenen Rechtsbeistand angenommen.

Becca nutzte ihren Vorteil. „Später in derselben Nacht ereignete sich ein Unfall mit Fahrerflucht vor der Salt Castle-Brauerei, die sich im selben Gewerbegebiet befindet wie das Sanitärgeschäft, in dem Sie arbeiten. Das Opfer gab an, von einem weißen Lieferwagen angefahren worden zu sein."

„Das war ich nicht!" Jetzt stand die Angst ihm ins Gesicht geschrieben. Der Blick eines Tiers, das spürte, dass sich der Jäger näherte, um zu töten.

Beccas Herz klopfte so laut in ihrer Brust, dass sie sich wunderte, warum er dessen rhythmischen Trommelschlag nicht hören konnte. Langsam zog sie das letzte Foto aus ihrer Mappe. Ein Foto von Sam, aufgenommen, nachdem er ins Krankenhaus gebracht worden war. Die Wunde an seinem Kopf war deutlich zu sehen, die Blutergüsse in seinem Gesicht drückten sich wie lila Finger in seine Haut. Sie ertrug es nicht, es selbst anzuschauen, sondern schob es über den Tisch zu Billy. „Erkennen Sie diesen Mann?"

Billy konnte das Foto genauso wenig ansehen. Er schob es weg, als wäre es kochend heiß. „Ich habe den noch nie gesehen!"

„Ein glaubwürdiger Zeuge hat berichtet, dass er einen weißen Lieferwagen mit einem defekten Scheinwerfer gesehen hat, der sich vom Unfallort entfernt hat. Ihr Arbeitgeber teilte uns mit, dass Sie am nächsten Tag einen defekten Scheinwerfer an Ihrem Fahrzeug gemeldet haben."

„Ich hab ein Reh erwischt!"

„Sehe ich aus, als würde ich so eine dumme Geschichte glauben?" Becca beugte sich vor und war zufrieden, als Billy sich instinktiv zurückzog. Er sah aus, als wolle er sich am liebsten in ein Loch verkriechen. „Sie wurden bereits wegen des Verdachts auf eine Reihe schwerer Anschuldigungen verhaftet. Möchten Sie dieser Liste noch versuchten Mord hinzufügen?"

Die Farbe wich vollständig aus Billys Gesicht. „Ich habe nicht … Ich meine, es war nicht … Ich weiß nicht …" Er stammelte unverständlich vor sich hin.

Becca musterte ihn ohne jegliches Mitleid. Normalerweise war es DI Dinsdale, der bei Verhören den Part des bösen Cops übernahm. Dieses Mal war sie es.

Sie schien auch ziemlich gut darin zu sein. Vielleicht hatte Dinsdale ihr ja doch das eine oder andere beigebracht.

„Es gibt jetzt nur einen Ausweg für Sie, Billy. Glauben Sie ja nicht, dass Sie für die Einbrüche, die Sie begangen haben, ungeschoren davonkommen, keine Chance. Die Beweislage reicht locker für eine Verurteilung. Sie können mit Sozialstunden oder sogar einer Gefängnisstrafe rechnen. Aber im Fall der Fahrerflucht …"

„Ja?" In diesem einen Wort lag all seine verzweifelte Hoffnung.

Becca zerschmetterte sie. „Die Beweislage ist auch hier erdrückend. Sie haben einen Mann überfahren und auf der Straße liegen lassen. Dafür werden Sie ins Gefängnis gehen. Aber die Anklage wegen versuchten Mordes … Das ist eine schwere Sache. Darauf steht im Höchstfall eine lebenslange Freiheitsstrafe." Sie hielt einen Moment inne, damit er das sacken lassen konnte. „Erzählen Sie uns, was in dieser Nacht passiert ist, vielleicht haben die Geschworenen ja Mitleid mit Ihnen."

Sie ließ ihn über die Situation nachdenken und beobachtete, wie seine Hände zitterten und sein Mund tonlose Worte formte. Ein Anwalt hätte ihm gesagt, dass die Beweise nur Indizien waren, dass er den Mund halten oder „keinen Kommentar" abgeben sollte. Aber Billy hatte auf anwaltlichen Beistand verzichtet. Er war mit seinem Elend allein.

Schließlich sackte er auf dem Tisch zusammen, den Kopf in den Händen. „Okay, okay!"

Becca wartete, bis er sich gesammelt hatte. Als er den Kopf hob, waren seine Augen rot. Er wischte sich die Nase am Ärmel seiner Jacke ab. „Okay. Ich geb's zu. Ich hab in der Nacht jemanden angefahren. Aber ich war nicht schuld."

„Erzählen Sie uns genau, wie es passiert ist, Billy. Lassen Sie sich Zeit." Da sie wusste, dass sie ihn gebrochen hatte, wurde Beccas Stimme weicher, fast sanft. Sie wollte keine Rache, nur Antworten.

„Es war nicht meine Schuld", wiederholte er. „Jemand hat ihn vor den Wagen gestoßen. Ich hab's mit eigenen Augen gesehen."

„Was haben Sie gesehen? Wer hat ihn geschubst?"

Billy zuckte wieder mit den Schultern. „Keine Ahnung. Der Kerl, den ich erwischt hab, hatte einen riesigen Schirm dabei, ich konnte nix sehen. Aber er ist nicht einfach vor mir auf die Straße gelaufen. Jemand hat ihn gestoßen. Der ist schuld an dem Unfall. Den sollten Sie suchen." Ein selbstmitleidiges Wimmern hatte sich in seine Stimme geschlichen, als er versuchte, die Schuld auf jemand anderen abzuwälzen.

„Wer hat ihn geschubst, Billy? Ein Mann? Eine Frau? Können Sie es uns beschreiben?"

Aber Billy konnte nichts beitragen. „Es war dunkel. Es hat geregnet. Ich hab nix erkannt! Es war nicht meine Schuld!"

Becca wusste, dass sie in einer Sackgasse gelandet war. Aus Billy Buxton würde sie nichts mehr herausbekommen. Er war einer der nutzlosesten Zeugen, die sie je befragt hatte.

Aber zumindest hatte sie den Fahrer gefasst, der Sam ins Krankenhaus gebracht hatte. Nach Billys Geständnis würde er für den Schaden, den er angerichtet hatte, büßen. Und sie konnte heute Abend zu Sam gehen und ihm sagen, dass sich seine Version der Ereignisse bestätigt hatte. Weder Dr. Kirtlington noch sonst jemand konnte seine Geschichte weiter anzweifeln.

Sie hatte getan, was in ihrer Macht stand. Jetzt war es an Raven und dem Team, die Wahrheit ans Licht zu bringen.

KAPITEL 18

Anthony Earnshaw war eine glatt rasierte, schlankere und sportlichere Version seines älteren Bruders, stammte aber unverkennbar aus demselben Genpool. Beschwingt kam er durch den Flur, einen Koffer hinter sich herziehend und einen Kleidersack über dem Arm, und gab seiner Frau einen Kuss.

„Endlich bist du wieder da, mein Schatz", sagte Naomi. „War es eine anstrengende Reise?"

„Furchtbar. Ich bin froh, zu Hause zu sein."

Raven erhob sich. „Entschuldigen Sie die Störung, Mr. Earnshaw, aber Ihr Vater sagte, ich würde Sie hier antreffen. DCI Raven, North Yorkshire Police."

Anthony ließ den Kleidersack über die Armlehne des Sofas gleiten und trat mit ausgestreckter Hand in den Raum. „Freut mich, Sie kennenzulernen." Er ergriff Ravens Hand und schüttelte sie so herzlich, wie es nur ein professioneller Verkäufer oder ein Politiker konnte. „Wie kann ich Ihnen helfen? Ist etwas passiert?"

„DCI Raven ist hier, um einige Fragen über Sam zu stellen", erklärte Naomi.

Anthony sah verwirrt aus. „Sam? Ich dachte, die

polizeilichen Ermittlungen in dieser Sache wären längst abgeschlossen."

„Wir haben sie aufgrund neuer Informationen wieder aufgenommen", erklärte Raven.

„Verstehe", sagte Anthony. „Nun, ich helfe Ihnen natürlich gerne, soweit ich kann." Mit einem Blick auf Ravens leere Kaffeetasse fügte er hinzu: „Ich sehe, dass Naomi sich um Sie gekümmert hat, aber darf ich Ihnen einen richtigen Drink anbieten? Ich könnte jedenfalls einen gebrauchen."

„Nicht während der Arbeit."

„Nun, dann haben Sie bestimmt nichts dagegen, wenn ich mir einen einschenke." Anthony öffnete eine Glasvitrine und holte ein Kristallglas und eine Flasche Whisky heraus.

Kein Bier.

Vielleicht hatte er auf seiner Verkaufsreise genug vom hauseigenen Produkt konsumiert, vielleicht war Anthony aber auch, wie seine Frau, von Natur aus kein Fan des Produkts, das er verkaufte.

Oder er brauchte im Moment vielleicht einfach etwas Stärkeres.

Er schenkte sich großzügig ein. „Baustellen in Newcastle – was für ein Albtraum! Und dann der übliche Stau bei Middlesbrough." Er schüttelte sich.

„Fahren Sie die Strecke regelmäßig?", erkundigte sich Raven.

„Ich reise regelmäßig überall hin", sagte Anthony mit einem Grinsen. „Bin ständig unterwegs." Er wandte sich an Naomi. „Stimmt's nicht, Liebling? Ich weiß gar nicht, wie du es aushältst, dass ich so viel unterwegs bin."

Raven vermutete, dass er sehr wohl wusste, wie Naomi mit der Abwesenheit ihres Mannes zurechtkam. Obwohl Anthony schlanker und fitter war als Marcus und weniger Jahre auf dem Buckel hatte, hatte Marcus einen entscheidenden Vorteil: Er war verfügbar. An kalten, einsamen Dezemberabenden war das eine nicht zu unterschätzende Eigenschaft.

Naomi holte eine Sporttasche aus dem Flur. „Ich gehe ins Fitnessstudio, Darling. Ich habe bereits mit DCI Raven gesprochen."

Anthony sah sie überrascht an. „Du gehst?" Er schien enttäuscht, dass seine Frau gleich wieder verschwand, kaum dass er von seiner Reise zurückgekehrt war. „Sehen wir uns später?"

„Natürlich. Ich bin in einer Stunde oder so wieder da." Sie küsste ihn noch einmal und verschwand im Flur.

Anthony bedeutete Raven, sich zu setzen, und nahm ihm gegenüber auf dem Sofa Platz. Er ließ seine Autoschlüssel – mit Porsche-Logo – auf den Beistelltisch fallen, schlug lässig ein Bein über das andere und nippte an seinem Whisky. „Gott, genau das habe ich gebraucht!"

„Sie hatten eine anstrengende Reise", bemerkte Raven, „aber eine erfolgreiche, hoffe ich?"

„Absolut, danke der Nachfrage. Es ist mir gelungen, zwei neue Verträge abzuschließen und einen weiteren Kunden davon zu überzeugen, seine Bestellung zu verdoppeln." Er nahm einen zweiten Schluck Whisky, lehnte sich zurück und legte einen Arm lässig über die Rückenlehne des Sofas.

Die Wohnungstür fiel ins Schloss. Naomi war gegangen.

„Ihre Frau", sagte Raven, „ist sie auch im Unternehmen tätig?"

„Naomi arbeitet von zu Hause aus als freiberufliche PR-Agentin. Sie hat einige Projekte für die Brauerei gemacht, aber sie hat auch viele andere Kunden. Sie ist sehr gut in ihrem Job." Anthonys Blick wanderte zu dem Hochzeitsfoto auf dem Beistelltisch. „Wir sind seit sieben Jahren verheiratet. Keine Kinder, wie Sie sehen" – er wies auf das makellos aufgeräumte Zimmer – „und das soll auch so bleiben. Wir hängen beide sehr an unseren Karrieren."

„Arbeiten Sie gerne für Ihren Vater?"

Anthony wechselte die Beinstellung. „Es ist gut, Dad in der Nähe zu haben. Er hat das Geschäft von Grund auf aufgebaut, er weiß also genau, wie alles funktioniert. Tatsächlich hat er früher meinen Job gemacht. Wer weiß, vielleicht sitze ich ja eines Tages auf seinem Stuhl."

„An der Spitze des Unternehmens?"

„Warum nicht? Entweder ich oder Marcus. Und Marcus fehlt … das gewisse Etwas. Er ist Wirtschaftsprüfer. Gut in seinem Job, aber er hat nicht die Vision, die Firma auf die nächste Stufe zu bringen."

Raven nickte bedeutungsvoll.

Es schien jedoch klar zu sein, dass es Marcus an Visionen nicht mangelte, wenn es um sein Liebesleben ging, und dass er es bereits auf die nächste Stufe gebracht hatte. Bemerkenswert, dass Anthony davon nichts ahnte. Andererseits hatte Raven auch nicht mitbekommen, dass Lisa sich hinter seinem Rücken mit einem Rivalen vergnügte. Im Übrigen war Lisas Neuer ebenfalls Buchhalter. Raven musste aufpassen, sich davon nicht seine Meinung über Marcus beeinflussen zu lassen. Der Typ mochte ein erstklassiges Arschloch sein, aber das machte ihn noch lange nicht zum Mörder.

Nicht zwangsläufig.

„Wie kommen Sie mit Ihrem Bruder aus?"

„Großartig. Das ist das Schöne an der Arbeit in einem Familienunternehmen. Wir kennen uns durch und durch. Vertrauen ist nie ein Thema."

Raven konnte sich nur mit Mühe davon abhalten, Anthony zu erzählen, was sich direkt vor seiner Nase abspielte.

„Sind Sie immer einer Meinung?"

Anthony lächelte. „Natürlich nicht. Welche Brüder sind das schon? Aber wenn wir uns nicht einig sind, finden wir immer eine Lösung."

„Ich habe gehört, dass eine Fusion geplant ist."

„Richtig, ja." Anthony stellte seinen Whisky beiseite, setzte sich aufrechter hin und wurde lebhafter, als er seine Ansichten zu diesem Thema erläuterte. „Es wäre gut für die Brauerei, Teil von etwas Größerem zu sein. Wir hätten ein breiteres Vertriebsnetz" – er breitete die Arme aus –

„und mehr Möglichkeiten, zu wachsen und zu investieren.“

Anthonys Meinung klang bemerkenswert ähnlich wie die Argumente, die Marcus für die Fusion vorgebracht hatte. Wer von beiden trieb das Thema wirklich voran – und wer lief nur mit? Beide schienen davon überzeugt zu sein, der designierte Nachfolger zu sein, und waren bereit, in die Fußstapfen ihres Vaters zu treten.

Aber es war nur Platz für einen an der Spitze.

„Ihr Vater ist anderer Meinung.“

Anthony zuckte abwehrend mit den Schultern. „Dad wird sich schon wieder einkriegen. Er muss an die Zukunft denken. Er kann nicht ewig so weitermachen wie bisher. Marcus steht hinter mir – als Finanzdirektor kann er sehen, dass die Zahlen stimmen.“

„Und was ist mit Sam?“

Bei der Erwähnung seines jüngeren Bruders geriet Anthonys überschwängliche Art ins Wanken. „Nun, Sam war vorsichtiger. Er musste noch überzeugt werden.“

„Haben Sie mit ihm gesprochen, seit er wieder bei Bewusstsein ist?“

„Ich muss noch vorbeischauen. Ich war ja unterwegs.“

„Natürlich. Sagen Sie mir, wie passt Sam Ihrer Meinung nach in die Zukunft des Unternehmens?“

Anthony machte eine unbestimmte Handbewegung. „Er ist immer noch im Krankenhaus. Ellie macht jetzt seinen Job, und zwar sehr gut.“

„Aber Sam ist Ihr Bruder. Greg wird doch sicher wollen, dass er wieder einsteigt? Sicherlich wird Sam seinen alten Job zurückhaben wollen?“

„Das wird er sicher, sobald er wieder auf den Beinen ist.“

„Und was, wenn er sich weiterhin gegen die Fusion stellt?“

Anthony schwenkte den restlichen Whisky im Glas und leerte es in einem Zug. Der freundliche Verkäufer, der sich bemüht hatte, einen guten Eindruck zu hinterlassen, war verschwunden. Seine nächsten Worte waren von unverkennbarer Feindseligkeit geprägt. „Ich weiß nicht so recht, worauf Sie hinauswollen, Chief Inspector. Ich dachte, Sie wären hier, um über Sams Unfall zu sprechen. Sie scheinen sich nur dafür zu interessieren, ob es Unstimmigkeiten innerhalb der Familie gibt."

Es war an der Zeit für Raven, die Karten auf den Tisch zu legen und zu sehen, wie Anthony reagierte. „Sie und Marcus wurden an dem Tag, als Sam von einem Auto angefahren wurde, bei einem Streit mit Sam gesehen. Vielleicht ist Ihnen das nicht bewusst, aber die Fahrerflucht war kein Unfall."

„Wie meinen Sie das?"

„Sam wurde auf die Straße gestoßen."

Anthony fixierte Raven mit prüfendem Blick. „Das ist absurd! Niemand würde Sam töten wollen. Ich kann nicht glauben, was Sie da sagen."

„Trotzdem", sagte Raven, „ist genau das passiert."

Anthony stand auf, das leere Glas in der Hand. „Wenn Sie damit andeuten wollen, dass Marcus und ich versucht haben, Sam zu töten, weil er in einer geschäftlichen Angelegenheit anderer Meinung war, ist das völlig lächerlich."

„Haben Sie denn eine andere Idee, wer ihn aus dem Weg haben wollte?"

„Natürlich nicht." Anthony begann, im Zimmer auf und ab zu gehen, umrundete das Sofa und trat ans Fenster.

Raven wartete, bis er etwas von seiner Energie abgebaut hatte, bevor er das Gespräch fortsetzte. „Ich möchte Sie etwas zum Abend der Party fragen. Haben Sie an diesem Abend mit Sam gesprochen?"

Anthony ging mit dem leeren Glas zur Vitrine und schenkte sich eine weitere großzügige Portion Whisky ein. Er kehrte zum Sofa zurück, doch seine Haltung war jetzt nicht mehr entspannt. Er beugte sich zu Raven, das Kristall in seinen Händen brach das Licht, der Whisky schimmerte wie flüssiger Bernstein. „Sicher habe ich das. Aber nicht über die Arbeit oder so. Ich glaube, wir haben über Fußball gesprochen."

„Mit wem hat Sam noch gesprochen?"

„Mit allen. Sam kann gut mit Leuten umgehen. Er hat mit allen Angestellten geplaudert. Aber er musste früh gehen, um seine Freundin zu treffen."

„Als Sam gegangen ist", sagte Raven, „haben Sie da noch jemanden gesehen, der auch rausgegangen ist?"

Anthony dachte einen Moment nach und nahm einen großen Schluck von seinem Drink. „Ich habe niemanden rausgehen sehen …"

„Aber?"

Er schüttelte den Kopf. „Das ist absurd. Es hat nichts zu bedeuten." Er hob erneut das Glas.

„Was bedeutet nichts?"

Anthony erstarrte, das Glas schwebte unter seinen Lippen. „Marcus. Er muss im Laufe des Abends irgendwann nach draußen gegangen sein, denn ich erinnere mich, dass sein Haar nass war. Aber er würde Sam nie etwas antun. Sie sind Brüder."

„Manchmal", sagte Raven, „sind diejenigen, die uns am meisten verletzen, diejenigen, die uns am nächsten stehen." Er stand auf, um zu signalisieren, dass das Gespräch beendet war. „Ach ja, übrigens. Wo wir gerade von Marcus sprechen, er war vorhin hier. Während Sie weg waren."

„Was?" Anthony schüttelte kurz den Kopf. „Was wollte er denn?"

War das Verärgerung? Wut? Offenes Leugnen? Oder einfach nur Resignation? Es war schwer zu beurteilen.

„Er hat die Abrechnungen vorbeigebracht", sagte Raven gelassen.

„Aber Marcus hat mir die Unterlagen bereits per E-Mail geschickt. Es gab keinen Grund, persönlich vorbeizukommen."

Raven zuckte mit den Schultern. „Ich nehme an, er wollte nur helfen. Wie auch immer, danke für Ihre Zeit. Und bitte danken Sie Ihrer Frau für den Kaffee. Bleiben Sie ruhig sitzen, ich finde allein hinaus."

Er verließ die Wohnung, froh, keine eigenen Brüder

oder sonstige Familie zu haben, und machte sich bereit, den Kampf mit der Treppe wieder aufzunehmen.

Aus irgendeinem Grund war der Weg nach unten immer doppelt so schwer wie der nach oben.

KAPITEL 19

Als Jess auf die Wache zurückkehrte, fand sie den Einsatzraum dunkel und verlassen vor. Raven war noch nicht zurück, und auch von Tony fehlte jede Spur. Auch Beccas Schreibtisch im Hauptbüro war leer, und Jess konnte es ihr nicht verübeln, dass sie sich an einem Freitagabend etwas früher aus dem Staub gemacht hatte. Becca hatte schon unzählige Überstunden gemacht, und es musste so frustrierend sein, sich mit Einbruchsfällen beschäftigen zu müssen, wo sie doch offensichtlich dem Rest des Teams helfen wollte, herauszufinden, was Sam zugestoßen war.

Andererseits musste Jess sich eingestehen, dass Beccas Ausfall für sie selbst ein Gewinn war. Da Becca von den Ermittlungen ausgeschlossen war, ergaben sich für Jess mehr Gelegenheiten, sich einzubringen. Sie war begeistert gewesen, als Raven sie gebeten hatte, ihn zum Flamborough Head zu begleiten – trotz der rasant holprigen Fahrt dorthin und dem Herzstillstand-Moment, als ihr Chef beinahe die Klippe hinuntergestürzt wäre.

Man wusste nie, was einen erwartete, wenn man mit Raven unterwegs war.

Jess konnte es kaum erwarten, Scott zu treffen und ihm alles zu erzählen. Er hatte ihr einmal gestanden, ein heimlicher Bewunderer von Raven zu sein. *Mutig*, hatte er ihn genannt. *Furchtlos*.

Nun, ja. Aber er war auch ein bisschen verrückt.

Sie schaltete das Licht ein, schloss die Tür hinter sich und nutzte die Gelegenheit, Scott anzurufen. Er nahm nach dem dritten Klingeln ab. „Hey, Jess."

„Hi, was machst du gerade? Schon Feierabend?"

„Ich mache noch ein paar Sachen für Holly fertig. Ich kann nicht gehen, bevor das erledigt ist." Holly Chang war die Leiterin des CSI-Teams und Scotts Chefin. Es war nie eine gute Idee, es sich mit ihr zu verscherzen.

„Ich muss nur noch meine Notizen von heute Nachmittag abtippen, dann mache ich für heute Schluss. Wollen wir uns danach treffen?" Jess achtete darauf, ganz beiläufig zu klingen, um Scott nicht unnötig unter Druck zu setzen. Er konnte wie ein aufgeschrecktes Eichhörnchen in Deckung gehen, wenn er sich auch nur im Geringsten bedroht fühlte. Langsam und bedächtig, das war der richtige Weg, mit Scott umzugehen.

„Auf einen Drink?" Scott war, genau wie Jess, von Natur aus gerne im Freien. Keiner von beiden mochte laute Bars, aber in Scarborough gab es ein paar gute, traditionelle Pubs, und zu dieser Jahreszeit konnte man dort angenehme Stunden vor einem knisternden Kaminfeuer verbringen. Ihr Lieblingslokal war das Old Scalby Mills. Der Weg dorthin war zwar etwas beschwerlich, da es am äußersten Ende der North Bay lag, aber genau das machte einen Teil des Reizes aus. Sie konnten dort im Warmen sitzen, die Aussicht auf die Landzunge mit der Burg genießen und einen ausgedehnten Spaziergang für das Wochenende planen.

Und vielleicht würden sie auch das eine oder andere Pint aus dem Sortiment von Salt Castle probieren. Das konnten sie als Recherche verbuchen. Vielleicht ließ sich das sogar als Spesen absetzen.

„Klar, okay. In einer halben Stunde?"

„Perfekt.“

Sie beendete das Gespräch und lächelte. Scott war manchmal kompliziert, aber sie fand ihn trotzdem bezaubernd.

Gerade als sie ihren Parka anzog, klingelte Ravens Telefon. Seufzend ging sie zu seinem Schreibtisch und nahm ab.

Es war der diensthabende Sergeant. „Ist DCI Raven da? Hier ist ein Besucher, der ihn sprechen möchte.“

„Er ist im Moment nicht da. Ich komme runter und kümmere mich darum.“ Jess machte sich auf den Weg nach unten und hoffte, dass diese Unterbrechung ihren Abend nicht ruinieren würde.

An der Rezeption wartete eine gepflegte Blondine. Anfang vierzig vielleicht, mit makellosem Make-up, das alle Falten wegzauberte. Sie trug einen kamelfarbenen Wollmantel, dazu einen Kaschmirschal und schwarze Stiefel, die bis zum Knie reichten. Über ihrer Schulter trug sie eine elegante Handtasche.

„Kann ich Ihnen helfen?“, fragte Jess.

Hochmütige blaue Augen musterten sie im Bruchteil einer Sekunde. „Ich bin hier, um Tom zu sehen. Tom Raven.“ Die Stimme der Frau war kristallklar und klang, als käme sie direkt aus dem vornehmen Süden Englands.

„Ich fürchte, DCI Raven ist im Moment nicht hier. Aber wenn Sie mir Ihren Namen und Ihre Kontaktdaten geben …“

Die Frau seufzte. „Ich habe es schon auf seinem Handy versucht, aber er geht nicht ran.“

„Ich nehme an, er ist gerade beschäftigt“, sagte Jess zu Ravens Verteidigung. Wer um alles in der Welt war diese Frau, die hier einfach ins Revier spazierte und erwartete, dass ein leitender Beamter alles stehen und liegen ließ? Aus dem Augenwinkel sah Jess, wie der diensthabende Sergeant sich ein Grinsen verkniff.

„Wenn Sie ihn sehen“, sagte die Frau, „könnten Sie ihm bitte ausrichten, dass Lisa hier ist? Ich habe mich in einem Hotel an der Esplanade eingemietet. Ich werde ein paar Tage bleiben."

„Welchen Nachnamen darf ich weitergeben?"

„Raven", fauchte die Frau, als wäre das völlig offensichtlich. „Ich bin seine Frau."

*

Becca fuhr direkt ins Krankenhaus, fest entschlossen, Sam als Erstem die Neuigkeiten mitzuteilen. Nicht einmal Raven hatte sie von Billy Buxtons Verhaftung erzählt. Sie hatte versucht, ihn anzurufen, aber nur seine Mailbox erreicht. Typisch. Nun gut, wenn ihr Chef keine Lust hatte, ihren Anruf entgegenzunehmen, musste er eben warten.

Sie eilte die allzu vertrauten Flure entlang, lächelte und nickte den Krankenschwestern zu, deren Gesichter ihr mittlerweile wie die alter Freundinnen vorkamen. Als sie in Sams Zimmer ankam, saß er aufrecht im Bett und aß sein Abendbrot von einem Plastiktablett – irgendein undefinierbarer Nudelbrei. Wenn sie nachgedacht hätte, hätte sie ihm zur Feier des Tages etwas vom Imbiss mitbringen können. Aber sie war zu aufgeregt gewesen, um daran zu denken.

Er lächelte sie an, als sie in sein Zimmer stürmte. Er sah stärker aus als je zuvor, seit er aus dem Koma erwacht war. „Du siehst aus, als hättest du gerade im Lotto gewonnen", sagte er.

„Besser als das." Sie umarmte ihn kurz, gab ihm einen Kuss, zog einen Stuhl heran und setzte sich.

„Na los, spann mich nicht auf die Folter."

„Ich habe einen Durchbruch erzielt!"

Sams Mund stand offen, während sie ihm die Geschichte erzählte, wie sie den Fahrer des Lieferwagens ausfindig gemacht hatte, wie er versucht hatte zu fliehen und schließlich festgenommen worden war, und vor allem, dass er zugegeben hatte, am Steuer des flüchtigen Fahrzeugs gesessen zu haben.

„Du hast ihn also geschnappt", sagte Sam, als sie

geendet hatte. „Und er wurde verhaftet?“

„Er wird mit Sicherheit eine Gefängnisstrafe bekommen.“

„Und er hat bestätigt, dass mich jemand gestoßen hat?“

Becca nickte und wusste, dass dies für Sam die vielleicht wichtigste Nachricht war. Jetzt, da ein unabhängiger Zeuge seine Version der Ereignisse bestätigt hatte, konnten sich Dr. Kirtlington und die Zweifler zum Teufel scheren. Sam hatte die ganze Zeit recht gehabt.

Sie hielt seine Hand fest. „Ich weiß, es ist schrecklich zu denken, dass jemand deinen Tod wollte, aber jetzt können Ravens Ermittlungen weitergehen, ohne dass die Gefahr besteht, dass sie eingestellt werden. Das ist ein echter Beweis.“

„Ich habe die wunderbarste Freundin der Welt.“ Er küsste ihre Hand. „Aber ich habe auch Neuigkeiten für dich. Ich habe mich endlich an das erinnert, was mich die ganze Zeit gequält hat. Heute Nachmittag ist es mir wieder eingefallen. Ich habe gewartet, um es dir zu sagen.“

„Du hast dich erinnert?“ Becca konnte kaum glauben, dass so kurz nach ihrem eigenen Durchbruch schon der nächste folgte. „Was?“

„Der Regenschirm war der Schlüssel. Ich erinnerte mich daran, dass ich ihn in der Hand hielt, kurz bevor ich überfahren wurde.“

Becca nickte aufmunternd. Bislang waren die Ereignisse des Abends für Sam wie ausgelöscht gewesen. Er konnte zwar den Zusammenstoß selbst beschreiben, aber nicht, was davor passiert war. „Billy sagte, du hattest einen großen Schirm dabei. Der hat die Sicht auf den Angreifer verdeckt.“

„Es war der Golfschirm von Marcus. Sobald ich mich daran erinnerte, fielen mir noch andere Dinge ein. Ereignisse, die auf der Party passiert waren.“ Ein Schatten glitt über sein Gesicht, und Becca spürte, wie sich eine kalte Hand um ihr Herz legte. Welches neue Grauen wollte er ihr offenbaren?

„Sag schon“, flüsterte sie.

Er begann zu sprechen, als wüsste er selbst nicht, wie er es ausdrücken sollte. „Der Grund, warum ich im Regen nach draußen gegangen bin, um auf das Taxi zu warten, war, dass ich gerade etwas gesehen hatte, das ich nicht hätte sehen sollen."

„Was?"

Er schloss die Augen, als würde er die Szene noch einmal vor seinem inneren Auge sehen. „Nachdem Sandra mir ein Taxi gerufen hatte, machte ich mich auf die Suche nach einem Regenschirm. Ich bin nach oben ins Büro gegangen, um mir den von Marcus zu leihen. Das Büro hätte leer sein müssen. Alle waren unten in der Bar. Aber unter der Tür von Dads Büro schimmerte ein Licht. Ich wusste nicht, was ich tun sollte. Ich war mir sicher, Dad unten gesehen zu haben. Ich hatte Angst, dass sich jemand Zutritt verschafft hatte und sich vertrauliche Akten oder so etwas ansah. Aber es war nichts dergleichen."

Er erzählte ihr, was er gesehen hatte.

„O mein Gott", sagte Becca und griff nach ihrem Handy. „Ich muss es Raven sagen."

KAPITEL 20

Zu seiner Linken spiegelten sich die Neonreklamen der Spielhallen in den nassen Gehwegen. Zu seiner Rechten erstreckte sich das schwarze und endlose Meer, und die Brise trug Gischt über das Geländer der Promenade.

Raven fuhr an der Strandpromenade entlang und dachte über das nach, was er erfahren hatte.

Marcus. Ein Ehebrecher. Ein Lügner. Ein Mörder?

Sein eigener Bruder hatte ihn mit nassen Haaren gesehen – ein Beweis dafür, dass er in der Nacht, in der Sams Angreifer zugeschlagen hatte, draußen im Regen gewesen war. Doch auf Nachfrage hatte Marcus kategorisch abgestritten, draußen gewesen zu sein.

Die Beweise reichten nicht für eine Verhaftung, aber Raven war sich ziemlich sicher, dass der älteste Bruder am nächsten Morgen erneut Besuch von der Polizei bekommen würde, um die Ungereimtheiten genauer zu besprechen. Vielleicht würde Raven ihn auch gleich zu einer offiziellen Befragung auf die Wache einladen. Es war an der Zeit, die Schrauben anzuziehen und zu sehen, ob der kühle Buchhalter unter Druck zusammenbrechen würde.

Während Raven mit Naomi und Anthony gesprochen hatte, hatte er sein Telefon auf lautlos gestellt und erst nach dem Verlassen ihrer Wohnung nachgesehen. Neben einem verpassten Anruf von Becca hatte er zu seiner Verärgerung auch ein halbes Dutzend Anrufe von Lisa gefunden. Sie hatte keine Voicemail hinterlassen, da sie offensichtlich davon ausging, dass er ans Telefon ging, wenn es ihr passte. Er hatte keine Ahnung, was sie wollte, aber er hatte nicht die Absicht, sie zurückzurufen, bevor er zu Hause war, sich umgezogen hatte und etwas Warmes gegessen hatte. Erst mit etwas im Magen wäre er bereit, sich mit seiner getrennt lebenden Frau auseinanderzusetzen.

Je näher er der Quay Street kam, desto mehr fragte er sich beklommen, was Barry während seiner Abwesenheit wohl angestellt hatte. Ein ganzer Tag mit einem Vorschlaghammer und einem Brecheisen, da konnte alles Mögliche passiert sein. Hatte Raven überhaupt ein Bett, in dem er schlafen konnte?

Er parkte sein Auto am Ende der Straße und ging zu seinem Haus. Drinnen brannte kein Licht, und der Lieferwagen des Bauunternehmers war nicht zu sehen. So blieben ihm wenigstens ein paar blöde Sprüche und ein Bericht über den Verfall des Gebäudes erspart.

Er wollte gerade den Schlüssel ins Schloss stecken, als sein Telefon erneut klingelte. Wenn das Lisa war, würde er sie warten lassen müssen. Aber es war Becca. Er ging sofort ran.

„Hallo, was gibt's?“

Sie klang atemlos. „Neuigkeiten. Ich habe den Fahrer des Lieferwagens verhaftet, der Sam angefahren hat.“

„Wirklich?“ Jetzt bereute Raven, dass er ihren Anruf zuvor nicht beantwortet hatte. Er sollte sich wirklich öfter bei seinem Team melden. Dann fiel ihm ein, dass Becca offiziell gar nicht zu seinem Team gehörte und sich vom Fahrer des Lieferwagens eigentlich hätte fernhalten sollen. Aber es erschien ihm kleinlich, das jetzt zu erwähnen.

„Ja, ja." Sie klang ungeduldig, als wäre das nur ein unwichtiges Detail. „Der Fahrer hat zugegeben, Sam angefahren zu haben und er hat bestätigt, dass Sam definitiv vor das Fahrzeug gestoßen wurde. Aber das Wichtigste ist, dass Sam sich daran erinnert, was in der Nacht der Party passiert ist." Sie atmete schwer, offenbar lief sie gerade irgendwohin. Er hörte das Piepen einer Autofernbedienung und dann das Zuschlagen einer Autotür.

„Sagen Sie mir, woran er sich erinnert."

„Es ist Marcus. Er hat eine Affäre mit Anthonys Frau."

„Ich weiß."

„Wirklich? Aber die Sache ist die: Sam hat die beiden auf der Party erwischt. Sie hatten Sex auf dem Schreibtisch in Gregs Büro."

„Stilvoll." Es gab wirklich seltsame Vorlieben. Sex mit der Frau des Bruders im Büro des Chefs. Aber Raven hatte schon Schlimmeres gehört.

„Und Marcus hat Sam gesehen, also hatte er ein Motiv, ihn zum Schweigen zu bringen." Becca hielt inne, um Luft zu holen. „Verstehen Sie, was ich meine?"

„Ja, absolut. Und Marcus hatte noch ein weiteres Motiv – Sam war gegen eine Firmenfusion, die Marcus unbedingt durchsetzen wollte. Das sind also zwei Gründe, warum er Sam aus dem Weg haben wollte." Raven machte bereits kehrt und lief zurück zu seinem Auto. „Ich bin schon auf dem Weg zu seinem Haus."

*

Klack, klick. Raven lenkte den BMW aus der Quay Street zurück auf die Sandside und fuhr denselben Weg zurück, den er gerade gekommen war.

Diesmal lag das Meer zu seiner Linken, das Nachtleben zu seiner Rechten. Am Westpier überfuhr er eine gelbe Ampel und bog scharf in die Eastborough ein, vorbei an Souvenirläden, Scherzartikelläden und einem Laden, der Scarborough-Steine verkaufte – ZEHN STÜCK FÜR

EIN PFUND. Ein Tritt auf die Bremse, ein Ruck am Lenkrad, und schon raste er den Hügel hinauf in die Stadt. Jetzt kamen ein Piercing- und ein Tattoo-Studio. Die alte Stadt zeigte gern, was sie zu bieten hatte.

Ein Stück weiter wurde das Viertel vornehmer. Eine Austernbar, eine Kunstgalerie und ein Laden, der Fossilien, Kristalle und Mineralien verkaufte. Dann die üblichen Bars und Pubs. Menschenmassen strömten auf die Straße, sodass Raven hupen und langsamer fahren musste. Doch schon bald war er auf der Newborough, wo es nur noch Modegeschäfte und Banken gab. Die Steigung flachte ab, die Straße wurde breiter und die Menschenmassen lichteten sich. Er folgte der Straße bis zur St. Thomas Street mit ihrer eklektischen Mischung aus Möbelgeschäften, Cafés und Taxifirmen. Dann gelangte er in die Dean Street, wo sich das alte Armenhaus, das Gefängnis und der Friedhof befanden. Eine breite, gerade Straße, auf der er richtig Gas geben konnte.

Nur sechs Minuten, nachdem er losgefahren war, erreichte er den Woodland Ravine – vielleicht hatte er die Verkehrsregeln etwas missachtet – und sah Beccas Honda Jazz bereits vor Marcus' Haus parken. Sie war schneller hier gewesen, als er erwartet hatte. Wenn sie aber nach ihrem Gespräch mit Sam direkt vom Krankenhaus hierher gefahren war, war es ja nicht weit.

Sie sprang aus ihrem Auto und lief ihm entgegen.

„Sie sollten wirklich nicht hier sein", sagte er zu ihr.

„Tja, bin ich aber."

Streiten war zwecklos, das wussten sie beide. „Okay, aber überlassen Sie mir das Reden."

Ein warmes Licht glomm hinter den Vorhängen des Wohnzimmers im Erdgeschoss, ansonsten lag das Haus im Dunkeln. Die Eingangsveranda war ein schwarzer Schatten, und die Kletterrose, die sie umrahmte, warf kantige Muster auf das Mauerwerk.

Ein Bewegungsmelder sprang an, als sie sich näherten, und Raven drückte mit dem Daumen auf die Klingel.

Olivia öffnete die Tür. Sie trug ein legeres Oberteil,

eine weite Jogginghose und flauschige Hausschuhe. Bequeme Kleidung zum Entspannen.

Der Kontrast zu Anthonys Frau war deutlicher denn je. Raven war bereit zu wetten, dass Naomi keine flauschigen Hausschuhe besaß. Oder Jogginghosen.

„Hallo?“ Olivia schien sichtlich überrascht, Raven und Becca so spät am Abend vor ihrer Tür zu sehen.

„Entschuldigen Sie die Störung, aber ist Marcus da? Wir müssen mit ihm sprechen.“

„Er ist nicht hier. Er ist in die Brauerei gegangen, um eine Arbeit zu beenden.“

„Um diese Zeit?“, fragte Raven.

Olivia zuckte mit den Schultern und lächelte traurig. „Manchmal kommt er erst viel später zurück. Er sagte, ich soll nicht auf ihn warten.“

„Verstehe“, sagte Raven. „Danke.“

Die schmutzige Wahrheit darüber, wo Marcus seine späten Abende wirklich verbrachte, würde bald ans Licht kommen und sich kaum vor Olivia geheim halten lassen. Außerdem hatte sie ein Recht darauf, zu erfahren, was ihr Mann tat, wenn er angeblich bis spät in die Nacht arbeitete und sein Bruder auf Geschäftsreise war.

So schmerzhaft diese Erkenntnis auch sein mochte.

Raven erinnerte sich an den Schmerz, als Lisa ihn verlassen hatte. Der Schmerz hatte tief gesessen, war aber schnell Fragen und dem Wunsch, zu verstehen, gewichen. Und in Bezug auf ihre Ehre war Lisa offen und ehrlich zu ihm gewesen. *Du bist nie hier, Tom. Du arbeitest zu den unmöglichsten Zeiten. Wenigstens kommt Graham abends nach Hause.*

So einfach war das. Er konnte niemandem außer sich selbst die Schuld geben.

Er ging zurück zum Auto. „Was denken Sie?“, fragte er Becca. „Ist Marcus wirklich in der Brauerei?“

„Es ist einen Versuch wert. Wenn er nicht dort ist, weiß ich nicht, wo wir ihn suchen sollen.“

Raven nickte und stieg wieder in sein Auto. Es hatte keinen Sinn, Becca zu sagen, sie solle ihm nicht folgen. Sie würde es sowieso tun.

*

Als Raven die Brauerei erreichte, lag das Gebäude im Dunkeln. Wenn Marcus heute Abend hier gearbeitet hatte, war er jetzt sicher fertig.

Und doch stand da ein Lexus-SUV mit ausgeschalteten Scheinwerfern auf dem Parkplatz.

Becca hielt hinter ihm und stieg aus. Sie zeigte auf den Lexus. „Das ist der Wagen von Marcus. Was macht der denn noch hier?"

„Gute Frage", sagte Raven, während er sich ein Paar blaue Nitrilhandschuhe anzog. Er überprüfte die Türen des Autos, doch es war verschlossen und leer.

War Marcus vielleicht zu Fuß irgendwohin gegangen oder war er immer noch in dem dunklen Gebäude?

Raven hatte ein ungutes Gefühl, das sich noch verstärkte, als er die Tür zur Brauerei öffnete und sie unverschlossen vorfand.

Er schaltete seine Taschenlampe ein und ging hinein.

Im Inneren des Gebäudes brannte kein Licht, aber die Instrumententafeln der Brauanlage tauchten den Raum in ein schwaches Glimmen. Die Edelstahltanks blitzten kurz auf, als Ravens Taschenlampe darüber hinwegstrich, nur um gleich wieder von der Dunkelheit verschluckt zu werden. Er überprüfte die Tür zum Schankraum, doch sie war verschlossen.

Eine dezente, in die Treppenstufen eingelassene Sicherheitsbeleuchtung wies den Weg hinauf zum Büro.

Raven bedeutete Becca, ihm zu folgen.

Die Treppe schlängelte sich an der Wand entlang und machte eine Biegung, bevor sie die Büroetage erreichte. Die Glastür am oberen Ende zeigte keine Anzeichen von Licht dahinter.

Raven stieg langsam die Stufen hinauf, eine nach der anderen. Kein Grund, seinem Bein mehr zuzumuten als nötig.

Oben angekommen, versuchte er, die Tür zu öffnen, und stellte fest, dass sie nicht verschlossen war.

Das größere der beiden Büros war leer. Ein Computer auf einem der Schreibtische war noch eingeschaltet und summte leise vor sich hin, ein kleines weißes Licht flackerte auf der Vorderseite.

Raven ging zu Gregs Privatbüro und drückte die Klinke. Die Tür schwang auf, aber auch hier war niemand. Als Ravens Taschenlampe über die Oberfläche des Schreibtisches strich, blitzte vor seinem inneren Auge ein Bild von zwei Körpern auf, die im Rausch der Leidenschaft ineinander verschlungen waren. Er verdrängte diesen Gedanken schnell.

„Hier ist niemand", sagte Becca.

Sie gingen weiter in die Brauhalle.

„Marcus?" Ravens Stimme hallte durch den höhlenartigen Raum. Die einzige Antwort war das Blubbern und Glucksen der Kessel, die wie lebende, atmende Tiere klangen. Er schwenkte seine Taschenlampe, und der Lichtstrahl wurde von den Stahltanks reflektiert und vertiefte die langen Schatten an der gegenüberliegenden Wand. Er hob die Taschenlampe in Richtung des Metallstegs nahe der Decke, doch das Licht durchdrang die Dunkelheit nicht.

Sie begannen, die Halle zu umrunden, ihre Schritte hallten auf dem Betonboden. Raven leuchtete mit seiner Taschenlampe in die pechschwarzen Zwischenräume zwischen den Tanks, hinter die Stahlrohre und entlang der Drehknöpfe und Hebel, mit denen die Maschinen gesteuert wurden. Aus der Nähe strahlten die Maschinen Wärme aus. Der intensive, hefige Geruch von gärendem Malz war fast überwältigend.

„Was ist das?", flüsterte Becca. Sie umklammerte seinen Arm und zeigte auf den schmalen Raum zwischen zwei Stahlzylindern.

Als Raven mit der Taschenlampe hinüberleuchtete, erkannte er eine dunkle Masse auf dem Boden.

Auf den ersten Blick hätte es ein Hopfensack sein

können, aber Raven wusste, dass es keiner war.

Vorsichtig näherte er sich, bis es keinen Zweifel mehr gab. Eine Leiche lag auf dem Boden der Brauhalle, ein Bein ausgestreckt, ein Arm in einem unmöglichen Winkel angewinkelt. Das Licht der Taschenlampe glitt an der Leiche entlang zu dem nach oben gewandten Gesicht, doch Ravens Bauchgefühl sagte ihm bereits, was er sehen würde.

Marcus Earnshaw, Sams ältester Bruder und Finanzdirektor der Salt Castle Brewery. Seine Augen starrten blind ins Leere.

Raven kniete sich neben ihn und hielt ihm zwei Finger an den Hals, um seinen Puls zu fühlen. Doch es gab kein Lebenszeichen. Der untreue Ehemann, Vater und Liebhaber war tot.

KAPITEL 21

Raven fuhr am nächsten Morgen deutlich gemächlicher zur Brauerei als am Abend zuvor. Nach dem Fund von Marcus' Leiche war er bis spät in die Nacht dortgeblieben, hatte mit Beccas Hilfe den Tatort gesichert und verschiedene Maßnahmen in die Wege geleitet – die Familie informieren, das CSI-Team hinzuziehen, die Gerichtsmedizin benachrichtigen und Gillian mitteilen, dass er nicht mehr wegen eines versuchten, sondern eines tatsächlichen Mordes ermittelte. Sie war nicht gerade begeistert gewesen, das zu hören, aber wenigstens konnte sie jetzt nicht mehr damit drohen, ihn vom Fall abzuziehen.

Als er schließlich nach Hause gekommen war, war er so müde gewesen, dass er nicht einmal mehr die Kraft gehabt hatte, sich über die Verwüstung zu empören, die Barry angerichtet hatte. Die Küche war komplett verschwunden und das Badezimmer bestand nur noch aus einer Toilette und einem provisorischen Wasserhahn in der Wand, unter dem ein Eimer stand. Auch die Hälfte der Dielenbretter fehlte, sodass das Erdgeschoss kaum mehr als eine Hülle war. Er hatte schon gemütlichere Rohbauten gesehen.

Ernsthaft, er konnte dort unmöglich weiter wohnen.

Er war so erschöpft gewesen, dass er sich nur noch die Treppe hinaufschleppen und aufs Bett fallen lassen konnte, immer noch in dem Hemd, das er den ganzen Tag getragen hatte. Und doch war sein Schlaf unruhig gewesen, unterbrochen, voller Bruchstücke von Träumen. Im Morgengrauen war er aufgewacht, hatte sich hochgequält, ein frisches Hemd und eine Krawatte angezogen und war losgefahren – nicht imstande, sich der Ankunft seines Bauunternehmers oder einem weiteren Blick auf das angerichtete Chaos zu stellen.

Dann doch lieber ein Tatort als noch eine Minute in dem, was von seinem Zuhause übrig war.

Die Wolkendecke vom Vortag hatte sich gelichtet und den Nebel mit sich genommen, sodass auf den kalten Bürgersteigen nur noch ein Hauch von Tau glitzerte. Raven schleppte sich bis zum Café, hielt dort aber nur kurz an, um sich ein Bacon-Sandwich und einen Kaffee im Styroporbecher zu holen. Er konnte genauso gut im Auto essen – der Sitz war bequemer.

Er stellte sein Getränk in den Becherhalter, nahm einen Bissen vom Sandwich und legte den Gang ein.

Gerade als er vor der Brauerei ankam, klingelte sein Handy. Er warf einen Blick aufs Display, um zu entscheiden, ob er rangehen wollte. Wollte er nicht.

Lisa. Schon wieder. Wenn sie eines war, dann hartnäckig.

Er überlegte, den Anruf auf die Mailbox zu leiten, aber dann würde sie es den ganzen Tag über weiter versuchen. Ewig konnte er sich nicht vor ihr verstecken. Was auch immer sie wollte – es war besser, es gleich hinter sich zu bringen, dann konnte er sie wieder aus dem Kopf verbannen.

Zögernd nahm er das Gespräch an.

„Lisa."

„Tom, endlich! Du bist mir aus dem Weg gegangen."

Er versuchte, ihren Tonfall einzuordnen. Gespielte

Verärgerung. Ein unterschwellig verspielter Ton. Sie wollte etwas von ihm.

„Du weißt doch, wie das ist. Arbeit."

„Arbeit." Sie ließ das Wort auf der Zunge zergehen, als wäre es ein Witz. „War ja klar. Du hast dich kein bisschen verändert, Tom. Immer dieselbe Ausrede."

Ausrede? Er musste sich vor ihr nicht mehr rechtfertigen. Es war einfach eine Begründung. „Nun, ich bin gerade an einem Tatort, wenn du also etwas willst …"

„Ich will nur reden, Tom. Ist das zu viel verlangt? Ich bin schließlich extra den ganzen Weg hierher in die Wildnis von North Yorkshire gefahren, um dich zu sehen!"

Vor Schreck wäre ihm beinahe das Telefon aus der Hand gefallen. „Du hast was getan?"

„Ich dachte, du wüsstest es schon. Hat dir deine Kollegin nicht gesagt, dass ich in Scarborough bin? Blond, schlank, ganz hübsch. Sieht sportlich aus. Nach ihrem Akzent zu urteilen, kommt sie aus der Gegend." Lisa konnte sich die Herablassung in ihrer Stimme nicht verkneifen, obwohl sie es versuchte. Sie hatte sich immer über Ravens nordenglische Wurzeln lustig gemacht.

„Du hast mit Jess gesprochen? Sag mir nicht, dass du auf der Wache warst, um mich zu suchen."

„Wo hätte ich dich denn sonst finden sollen? Du hast mir ja keine Adresse hinterlassen."

Aus gutem Grund.

„Nun, ich kann jetzt nicht reden."

Vor der Brauerei standen zwei uniformierte Polizisten, daneben parkten die Einsatzwagen der Spurensicherung. Einer der Ermittler war gerade im Begriff, das Gebäude zu betreten, in einem weißen Overall und mit einer Metallkiste voller Utensilien unter dem Arm. Holly Chang, die Leiterin der Spurensicherung, war bestimmt schon drin – und Raven wollte sie nicht warten lassen. Zweifellos würde sie sich darüber beschweren, dass sie wegen ihm den Schwimmwettbewerb ihrer Kinder verpasst hatte, und würde Raven persönlich für das ruinierte Wochenende verantwortlich machen. Er brauchte nicht auch noch einen Yorkshire-Terrier, der ihm in die Fersen biss.

„Ich muss dich sehen, Tom. Wann können wir uns treffen?“ Das war so typisch für Lisa – sie wollte wissen, *wann* sie sich sehen würden, nicht *ob*.

Er wusste, dass sie London nicht verlassen und Hunderte von Meilen in einen Teil der Welt gereist war, den sie verabscheute – den Norden –, nur weil sie ihn vermisste. War irgendetwas passiert? Plötzlich kreisten seine Gedanken um seine Tochter. „Es geht doch nicht um Hannah, oder? Geht es ihr gut?“

„Hannah geht es gut, keine Panik. Nein, es geht nur um uns.“

Uns. Wunderbar.

Nur dass es kein „uns“ mehr gab, sondern nur noch „er“ und „sie“.

Vielleicht war das jetzt der Moment, den er schon eine Weile erwartet hatte. Die Ankündigung der Scheidung. Nun gut – je schneller, desto besser. Dann könnte er Lisa hinter sich lassen und weitermachen. Warum sie nicht einfach einen Anwalt damit beauftragt hatte, sich um den ganzen Papierkram zu kümmern, verstand er allerdings nicht. Wollte sie den Prozess wirklich in die Länge ziehen?

„Wir könnten zusammen zu Abend essen“, bot er an. „Tagsüber bin ich komplett eingespannt.“

„Abendessen klingt gut. Ich vertreibe mir dann wohl die Zeit mit einem schönen Spaziergang an der Promenade.“ Sie ließ es wie eine Strafe klingen. „Obwohl das Wetter ein bisschen – wie sagt man in Yorkshire? – *frisch um die Ohren ist?* Ich reserviere einen Tisch in meinem Hotel.“

„Nein.“ Raven war fest entschlossen, Lisa nicht alles zu überlassen. Es würde ihr guttun, zur Abwechslung mal nach seiner Pfeife zu tanzen. „Ich treffe dich um sieben in der Quay Street.“ Er gab ihr die Hausnummer. „Jetzt muss ich wirklich los.“

*

Als Raven das Telefon wieder in seine Jackentasche schob, bog ein klappriger alter Land Rover, der eher auf einen Feldweg gepasst hätte, in den Parkplatz ein und kam neben Ravens BMW stotternd zum Stehen. Der M6 mochte siebzehn Jahre alt sein, aber der Land Rover war noch deutlich betagter. Jess sprang heraus und schlug die Tür mit einem ordentlichen Knall hinter sich zu. „Sir."

Wie immer war sie gut gelaunt und energiegeladen, obwohl sie an einem Samstagmorgen unerwartet zur Arbeit beordert worden war.

„Morgen, Jess. Nett von Ihnen, das Wochenende zu opfern. Ich hoffe, Sie hatten noch nichts vor?"

„Nichts Wichtiges, Sir. Nur einen ausgedehnten Spaziergang mit einem Freund." Ihr Blick fiel auf die Reihe der CSI-Wagen, die vor der Brauerei parkten. „Ich wollte sowieso mit Ihnen sprechen. Gestern Abend war eine Frau auf der Wache und hat nach Ihnen gefragt." Ein rosiger Schimmer färbte die Wangen der jungen Ermittlerin. „Es war … Ich meine, Ihre Frau, Sir. Sie sagte …"

„Schon gut", sagte Raven und ersparte ihr weitere Peinlichkeiten in dieser Angelegenheit. „Ich habe mich bereits darum gekümmert."

„Okay, gut."

Damit hätte das Gespräch eigentlich beendet sein müssen, doch Jess wartete, und ihre Haltung ließ auf mehr als nur flüchtiges Interesse an der Ankunft der geheimnisvollen Fremden aus dem Süden schließen. Ganz zu schweigen von ihrer offensichtlichen Neugier in Bezug auf Ravens Beziehungsstatus.

Aber daraus würde nichts werden. Raven hatte genug von Gesprächen über Lisa.

Ein weiteres Fahrzeug fuhr auf den Parkplatz. Ein blauer Ford Focus, mit Tony am Steuer. Er parkte ordentlich hinter dem Land Rover und stieg aus.

„Guten Morgen, Sir."

Raven nickte zur Begrüßung. Nun war sein Team

vollzählig. Es war an der Zeit, hineinzugehen und mit der Arbeit zu beginnen. Die drei Detectives zogen ihre Tatort-Overalls an und betraten die Brauerei.

Drinnen herrschte reger Betrieb. Die Leute von der Spurensicherung arbeiteten sich durch das Erdgeschoss und über den schmalen Steg im oberen Bereich. Holly Chang stand bei der Leiche, und Raven beschloss, zuerst mit ihr zu sprechen. Er hatte heute Morgen schon mit seiner Frau fertigwerden müssen. Wie viel schlimmer konnte eine Begegnung mit der zierlichen Leiterin der CSI schon sein?

Sehr schlimm, wenn man nach früheren Erfahrungen ging. Obwohl Holly in ihrem einteiligen Schutzanzug kaum 1,50 m groß war, hatte sie eine Schlagkraft, die weit über ihre Körpergröße hinausging.

Er stellte sich innerlich auf bissigen Sarkasmus oder eine Litanei von Beschwerden ein.

Sie sah auf, als er sich näherte. „Ah, DCI Raven. Guten Morgen. Oder besser gesagt: Es wäre einer gewesen, wenn das hier nicht passiert wäre.“ Sie deutete auf die Leiche von Marcus Earnshaw, die immer noch dort lag, wo Raven sie gefunden hatte. Fotografiert, durchsucht und untersucht, aber ansonsten unangetastet. „Hat mir jedenfalls den gemütlichen Wochenend-Morgenschlaf versaut.“

„Nun“, parierte Raven, „ich bin sicher, er hat den schlechteren Tag.“

„Bis jetzt“, erwiderte Holly düster hinter ihrer Gesichtsmaske.

Raven kniete sich neben die Leiche. Wie er bereits in der vergangenen Nacht festgestellt hatte, war Marcus offenbar von dem Metallsteg gestürzt, der die obere Etage der Brauerei überspannte. Ein Teil des Sicherheitsgeländers hatte sich gelöst und lag unter der Leiche. Ein Wirrwarr aus Stahl und Fleisch.

„Sieht aus, als hätte er hier ein echtes Jackson-Pollock-Gemälde hinterlassen, was?“, bemerkte Holly. „Ich beneide den armen Kerl nicht, der nachher den Boden schrubben muss."

Der Betonboden um die Leiche herum war dunkelrot gefärbt, und an der Stelle, an der der Schädel gebrochen war, liefen winzige Rinnsale in die Löcher und Risse des Bodens. Ganz zu schweigen von den Flecken und Spritzern, die sich im Umkreis von mehreren Metern wie ein Heiligenschein ausbreiteten.

„Wasserstoffperoxid und ein guter, harter Schrubber", sagte Holly. „Aber das letzte bisschen rauszukriegen, wird eine ziemliche Plackerei."

Raven beschloss, den Putz-Tipp als Geste der Versöhnung anzunehmen. „Was haben Sie bis jetzt gefunden?", fragte er.

„Handy, Brieftasche, Autoschlüssel. Reichlich Bargeld in der Brieftasche, sieht also nicht nach Raub aus, aber ich nehme an, das haben Sie sich bestimmt schon gedacht."

Raven deutete auf den Metallsteg über ihnen. „Was haben Sie da oben gefunden? Irgendwelche Anzeichen eines Kampfes?"

„Ich zeige es Ihnen."

Raven ließ sich von Holly die Treppe hinauf und auf die Plattform führen. Der Steg war kaum einen Meter breit, gerade genug, dass sie nebeneinander gehen konnten. Die Plastiküberzüge an Ravens Schuhen dämpften seine Schritte, aber dennoch hallte das Metall, als er hinaufstieg. Von oben konnte er die Brauerei bis zu einem Fenster in den gegenüberliegenden Büros überblicken. Helles Sonnenlicht strömte durch die Glasscheiben im Dach.

Er legte die Hände auf das Metallgeländer, das den Gang an beiden Seiten säumte. Es reichte selbst bei ihm bis zur Taille und wirkte stabil. Es wäre nicht leicht gewesen, es zu lösen.

Doch als sie die Stelle erreichten, von der Marcus gestürzt war, wurde schnell klar, dass die Sicherheitsbarriere über eine Länge von mehreren Metern vollständig entfernt worden war, sodass ein ungeschützter Absturz auf den Boden darunter drohte.

„Jemand hat absichtlich die Schrauben entfernt, mit denen es befestigt war", sagte Holly. „Wenn man sich auch nur leicht dagegenlehnt, fällt man direkt in die Tiefe."

Raven blickte auf den blutverschmierten Boden unter sich.

„Wir haben das Geländer natürlich auf Fingerabdrücke untersucht", sagte Holly.

„Aber wenn sich jemand die Mühe gemacht hat, die Schrauben zu entfernen, bevor er Marcus hierher gelockt hat", überlegte Raven, „dann war er wahrscheinlich so vernünftig, dabei Handschuhe zu tragen."

„Nun, Sie sind ein Mensch, bei dem das Glas immer halb leer ist, stimmt's?"

War das etwa so etwas wie widerwillige Zustimmung aus dem Mund der CSI-Chefin? Hinter ihrer Gesichtsmaske war das unmöglich zu erkennen. Aber Raven spürte, dass sich die Stimmung zwischen ihnen langsam besserte. Vielleicht war sie doch nicht ganz der Drache, für den er sie zuerst gehalten hatte.

„Sonst noch etwas?", erkundigte er sich.

Holly zeigte auf das gegenüberliegende Innenfenster. „Mein Techniker Scott ist gerade im Büro und durchforstet das Videomaterial. Wer weiß – vielleicht hat der Mörder ja vor der Tat noch ein Selfie gemacht."

Raven grinste. „Wer weiß."

Am Tatort selbst gab es für ihn anscheinend nicht mehr viel zu tun. Er ließ seinen Blick ein letztes Mal über die glänzenden Metallrohre und -zylinder sowie die Anzeigen und Messgeräte schweifen, die die Abläufe hier überwachten. Das System lief weiter, unbeeindruckt von den dramatischen Ereignissen, die sich hier abgespielt hatten. Der Finanzdirektor der Brauerei mochte tot sein, aber das Bier wurde weiter gebraut.

*

Raven fand Scott in Begleitung von Jess. Scott saß auf einem der Bürostühle, Jess beugte sich über ihn, und eine

Strähne ihres langen, goldenen Haares streifte seine Wange. Die beiden fuhren erschrocken auseinander, als Raven den Raum betrat, und stellten das unsichtbare Kraftfeld zwischen sich wieder her. Raven blieb in der Tür stehen. „Ich störe doch nicht, oder?"

„Nein, Sir." Jess errötete wieder auf ihre bezaubernde Art, und die Röte stieg ihr bis in den Nacken. „Scott hat mir gerade gezeigt, was er auf den Überwachungskameras gefunden hat."

„Ach ja?" Raven war dem ruhigen CSI-Techniker schon einmal begegnet, hatte aber noch nie ein Wort mit ihm gewechselt. Zugegeben, bei Holly kam man selten zu Wort, wenn sie einmal loslegte, aber Scott schien dennoch besonders schweigsam zu sein.

Umso besser. Das war Raven ganz recht.

Er sah sich den jungen Mann genauer an und beurteilte ihn im Licht dessen, was er gerade beobachtet hatte, neu. Scotts Gesicht war unter der weißen Tatortkleidung nicht zu erkennen, aber er war groß, bewegte sich geschmeidig und jugendlich, und unter seiner Kapuze kringelten sich blonde Haarsträhnen hervor.

„Also, was haben Sie für uns, Scott?"

„Nichts, fürchte ich."

„Nichts? Auf Kameras ist immer etwas zu sehen, auch wenn es noch so unbedeutend ist."

„Nicht in diesem Fall, Sir", sagte Jess. „Scott hat es mir gerade erklärt, als Sie hereinkamen. Das Filmmaterial wurde gelöscht."

„Jemand hat es absichtlich gelöscht?"

„Genau", sagte Scott. „Alle Dateien sind weg. Wer auch immer das getan hat, kannte das Passwort. Wir haben die Tastatur auf Fingerabdrücke untersucht, aber auch die wurde gründlich gereinigt."

„Und Sie können nichts tun, um die Daten wiederherzustellen?"

„Tut mir leid, nein."

Raven hatte sich von den Aufnahmen ohnehin nicht viel versprochen. Wer auch immer Marcus von der Galerie gestoßen hatte, kannte sich in der Brauerei offensichtlich aus und wusste, wo die Kameras hingen und wie man ihnen aus dem Weg ging. Trotzdem enttäuschte es ihn, dass wirklich gar nichts übrig war. „Also hat der Täter die Aufnahmen gelöscht, die Tastatur gereinigt und auch das Geländer gesäubert. Sieht so aus, als hätte er seine Spuren gründlich verwischt. Holly meint, er habe überhaupt keine Spuren hinterlassen."

„Es sei denn", schlug Jess vor, „bei der Obduktion wird etwas an der Leiche selbst gefunden."

„Gute Idee. Warum rufen Sie nicht die Pathologin an und bitten darum, die Obduktion zu priorisieren." An einem Samstag nicht besonders wahrscheinlich – zumal die örtliche Pathologin Raven seit einem früheren Fall nicht besonders mochte.

Aber man wusste ja nie. Vielleicht war das Glas ausnahmsweise halb voll.

Einer der CSI-Junioren betrat das Büro. „DCI Raven? Da ist jemand, der Sie draußen sprechen möchte."

„Ich komme gleich."

Im Gebäude gab es für Raven nichts mehr zu tun. Bislang waren all seine Hoffnungen auf eine brauchbare Spur enttäuscht worden. Vielleicht brachte dieser Besucher ja etwas Neues.

*

„Ich möchte ihn sehen. Lassen Sie mich meinen Sohn sehen." Greg Earnshaws dröhnende Stimme war deutlich zu hören, als Raven sich dem Ausgang der Brauerei näherte.

Zwei uniformierte Polizisten hielten den trauernden Vater zurück. „Bitte beruhigen Sie sich, Sir. Der leitende Ermittler ist gleich bei Ihnen."

Als Raven vor die Tür trat, gab Greg seinen Widerstand auf. Er sah Raven direkt an. „Stimmt es, was man mir erzählt hat? Ist Marcus tot?"

Raven gab den Polizisten ein Zeichen, ihn loszulassen.

„Ich fürchte, ja. Kommen Sie bitte mit. Wir suchen uns einen ruhigeren Ort."

Doch Greg blieb stehen wie ein Fels. „Ich will ihn sehen, Raven. Ich habe das Recht, meinen Sohn zu sehen."

„Sie werden die Leiche identifizieren müssen, aber erst, wenn sie in der Gerichtsmedizin ist."

„Nein! Ich will ihn jetzt sehen." Greg zögerte. „Ich muss. Ich muss wissen, dass er es ist. Verstehen Sie das denn nicht?"

Raven senkte die Stimme. „Ich verstehe es sehr gut. Aber das hier ist jetzt ein Tatort, und wir müssen uns an bestimmte Abläufe halten. Solange die Spurensicherung noch arbeitet, kann ich Sie nicht hineinlassen. Der Leichenwagen müsste jeden Moment eintreffen. Ich lasse Sie von einem unserer Beamten ins Krankenhaus fahren. Dort können Sie ihn sehen. Glauben Sie mir, das ist besser so."

Greg schluckte ein Schluchzen hinunter. „Ich kann es nicht fassen. Nicht nach dem, was mit Sam passiert ist." Er sah aus wie ein gebrochener Mann. „Sie können sich nicht vorstellen, was das mit meiner armen Frau gemacht hat. Denise wird sich davon nie erholen." Er presste Daumen und Zeigefinger in die Augenhöhlen und versuchte, seinen atemlosen, stoßweisen Atem unter Kontrolle zu bringen.

Als er sich wieder gefasst hatte, nahm Raven ihn sanft am Arm und führte ihn vom Eingang weg. Greg folgte ihm widerstandslos, alle Wut war verflogen.

Gemeinsam gingen sie den Rand des Parkplatzes entlang. „Greg, wir müssen herausfinden, was hier gestern Abend passiert ist. Warum war Marcus so spät noch in der Brauerei?"

„Das war gar nicht so ungewöhnlich. Marcus arbeitete die meiste Zeit von zu Hause aus, kam aber oft zu Besprechungen oder um etwas zu erledigen in die Brauerei."

„Haben Sie ihn gestern Abend selbst gesehen?"

„Ja, ich war hier, als er kam, am späten Nachmittag. Er

war mit den Jahresabschlüssen beschäftigt. Wir wollten eine Vorstandssitzung abhalten, um sie zu besprechen. Das muss jetzt wohl verschoben werden."

„Und wer war gestern Nachmittag noch im Büro?"

„Nun, Sandra natürlich, und Ellie." Seine Stirn verfinsterte sich. „Und Anthony kam später auch noch vorbei."

Das musste gewesen sein, nachdem Raven ihn befragt hatte. „Hatten Sie mit seinem Erscheinen gerechnet?"

„Nicht wirklich. Er war gerade erst von seiner Reise nach Edinburgh zurückgekommen."

Und er hatte mindestens zwei Whiskys zu viel intus, als er auftauchte. „Wie hat er gewirkt?"

Greg blieb stehen und drehte sich zu Raven um. „Warum fragen Sie nach Anthony?"

„Ich muss wissen, was passiert ist, Greg. Schritt für Schritt. Wer anwesend war, was sie getan haben. Nur so können wir der Sache auf den Grund gehen und herausfinden, wer Ihren Sohn getötet hat."

Greg nickte verständnisvoll. Er holte tief Luft, bevor er fortfuhr. „Anthony war völlig neben der Spur. Ich habe ihn schon von meinem Büro aus gehört und bin rausgegangen, um nachzusehen."

„Und was war los?"

„Es war die Hölle los."

„Ich denke, Sie sollten das besser erklären."

Greg hatte sichtlich Mühe, seine Gefühle wieder in den Griff zu bekommen. „Anthony hatte eindeutig getrunken. Ich konnte es an seinem Verhalten erkennen. Verdammt, ich konnte es sogar in seinem Atem riechen. Er sagte mir, er sei gekommen, um Marcus zu sehen. Unbedingt. Draußen. Er wollte nicht sagen, worum es ging. Ich lehnte ab und sagte ihm, er solle weggehen und sich beruhigen, aber Marcus bestand darauf, mit ihm rauszugehen. Sie gingen also nach draußen und hatten einen heftigen Streit. Es war verdammt peinlich, das kann ich Ihnen sagen, und jeder, der vorbeikam, konnte es mit ansehen."

„Worum ging es bei dem Streit?"

Greg wich Ravens Blick aus, konnte oder wollte ihn nicht halten. „Keine Ahnung. Ich lausche nicht."

„Ging es vielleicht um Naomi?"

Greg drehte sich um und warf ihm einen prüfenden Blick zu. „Ich sehe, Sie haben Ihre Quellen, Raven." Er richtete seinen Blick auf den fernen Gipfel des Oliver's Mount, suchte etwas – in der Ferne oder in sich selbst. „Ich sage das nicht gern über mein eigenes Fleisch und Blut, aber als Ältester hatte Marcus immer ein Gefühl des Anspruchs, als ob er dachte, er könne alles haben, was er wollte."

„In diesem Fall: die Frau seines Bruders."

Greg seufzte. „Ich dachte, die prügeln sich gleich. Beide sind starke Männer. Ich war kurz davor, dazwischenzugehen. Aber als Anthony seinen Standpunkt klargemacht hatte, ist er abgezogen. Ellie ist nach Hause gegangen, und ich auch. Marcus bestand darauf, zu bleiben. Er sagte, er würde abschließen. Das war das Letzte, was ich von ihm gesehen habe."

Als sie ihr Gespräch beendeten, war ein Leichenwagen mit schwarzer Livree eingetroffen, in den Marcus' Leiche eingeladen wurde. Raven rief einen der Constables herbei. „Bringen Sie Mr. Earnshaw bitte ins Krankenhaus. Er muss bei seinem Sohn sein."

KAPITEL 22

Obwohl Raven sich über die Gegensprechanlage angekündigt hatte, öffnete Naomi die Tür zu Anthonys Wohnung zunächst nur einen Spalt breit und zog die Kette erst zurück, als sie sich vergewissert hatte, dass es tatsächlich Raven war und er allein war.

„Ich hatte Angst, es könnte Anthony sein", murmelte sie, als er die Wohnung betrat.

Offensichtlich hatte sie schon von Marcus' Tod erfahren und fürchtete, was ihr Ehemann ihr antun könnte.

Naomi wirkte völlig verändert, seit Raven sie am Nachmittag zuvor kennengelernt hatte. Schock und Trauer hatten sie ihrer Schönheit beraubt. Ohne Make-up wirkte sie viel unscheinbarer und verletzlicher. Ihr Haar war zerzaust, die Haut fahl. Die dunklen Ringe unter ihren Augen verrieten, dass sie eine schlaflose Nacht hinter sich hatte. Sie trug eine lange, locker fallende Strickjacke und hatte die Ärmel tief über die Hände gezogen.

„Kommen Sie rein", sagte sie mit matter Stimme, als sei alle Kraft aus ihr gewichen. Sie ließ sich auf einem der Sofas nieder, zog die Beine an und schlang die Strickjacke um ihren dünnen Körper.

„Wo ist Anthony?“, fragte Raven und setzte sich auf das Sofa gegenüber.

Naomi schüttelte den Kopf. „Ich weiß es nicht. Er ist letzte Nacht nicht nach Hause gekommen.“ Sie zupfte nervös an einem losen Faden an ihrem Ärmel. „Gegen zehn hat mich Denise angerufen und mir gesagt, dass Marcus … dass Marcus tot aufgefunden wurde.“ Sie presste die Faust gegen den Mund, ihre Schultern zitterten. „Gott, tut mir leid, es ist so schrecklich. Ich kann es nicht begreifen.“ Sie griff nach einer Packung Taschentücher neben sich.

Raven wartete geduldig, während sie sich die Augen trocknete und die Nase putzte. „Wann haben Sie ihn zuletzt gesehen?“, fragte er, als sie sich wieder gefasst hatte.

„Als ich zum Fitnessstudio gegangen bin. Als ich zurückkam, war er weg. Seitdem habe ich ihn nicht mehr gesehen.“

„Haben Sie versucht, ihn anzurufen?“

Sie schüttelte den Kopf. „Ich … ich habe nicht …“ Mit tränenverschmierten Augen sah sie Raven an. „Ich habe ihm nichts mehr zu sagen.“

„Wissen Sie, wo er hingegangen sein könnte?“

„Nein. Es gibt genug Hotels in Scarborough. Vielleicht ist er auch längst meilenweit weg. Er hat sein Auto mitgenommen und ist es gewohnt, zu reisen.“

Raven würde Tony anrufen und bitten müssen, die Häfen und Flughäfen zu alarmieren, damit sie nach Anthony Ausschau hielten. Auch das ANPR-System – das automatische Nummernschilderkennungssystem – müsste aktiviert werden, um sein Fahrzeug zu orten, falls er noch unterwegs war. Und dann mussten sie auch noch sämtliche Hotels und Pensionen in der Umgebung abklappern. Eine Herkulesaufgabe. Er musste mit Gillian sprechen und um mehr Ressourcen bitten.

Aber im Moment saß er einer trauernden Frau gegenüber, die zugleich eine wichtige Zeugin war. „Erzählen Sie mir von Ihnen und Marcus. Wie lange lief die Affäre schon?“

Naomi stieß einen tiefen Seufzer aus. „Ein paar Jahre. Ich wollte das alles nie. Ich liebe meinen Mann oder ich habe ihn zumindest geliebt.“

Raven schwieg. Er wusste: Wenn man lange genug nichts sagte, redeten Menschen oft von selbst weiter. Und tatsächlich sprach Naomi nach einer Weile wieder, ganz wie er es erwartet hatte.

„Anthony war ständig auf Geschäftsreise. Ich war hier einsam und allein. Gott, das klingt erbärmlich, oder? Aber ich bin ehrlich zu Ihnen. Ich wollte, dass er sich einen Job sucht, bei dem er nicht so viel reisen muss, aber er hat sich seiner Rolle im *Familienunternehmen* verschrieben.“ Die letzten beiden Worte sprach sie mit Leidenschaft. „Es war, als wäre sein Job wichtiger als unsere Ehe. Aber Marcus war verständnisvoll. Und er hatte auch seine eigenen Probleme.“

„Zum Beispiel?“

„Sie haben seine Frau Olivia kennengelernt? Alles, was sie je wollte, waren Kinder. Für sie war Marcus nur ein Mittel zum Zweck. Das perfekte Haus, die perfekte Familie … All sein Geld floss in die Hypothek für ihr großes Haus, in die neuesten Küchengeräte, in Babyzeug. Aber Marcus wollte eigentlich gar keine Kinder und schon gar nicht wollte er, dass seine Frau sich in eine Mutti verwandelt, die sich mehr für pürierte Karotten als für ihn interessiert. Ich glaube, sie hat ihn sogar reingelegt, um schwanger zu werden. Seit Freddies Geburt hatten sie keinen Sex mehr.“

Raven hörte sich ihre Beschwerden und Rechtfertigungen für ihr Verhalten emotionslos an. Er kannte solches Selbstmitleid nur zu gut aus seiner Kindheit mit einem alkoholkranken Vater. Die ganze Welt war Alan Ravens Feind gewesen – alle waren schuld, nur er selbst nicht. Auch Naomi sah sich und Marcus offenbar als zwei verlorene Seelen, missverstanden, einsam, gefangen in lieblosen Ehen. Sie würde wahrscheinlich alles sagen, um ihr Verhalten zu entschuldigen. Doch von Anfang an musste ihr klar gewesen sein, welchen Schmerz die Affäre verursachen würde, wenn sie ans Licht käme, was unvermeidlich war. Ihre jetzigen Proteste waren nur ein Vorwand, um sich selbst genauso zu täuschen wie ihn.

„Vor einem Jahr, auf der Party“, sagte Raven, „hat Sam Sie und Marcus zusammen gesehen.“

Naomi senkte schuldbewusst den Blick. „Das war ein Fehler. Es hätte nie passieren dürfen. Bis dahin waren wir so vorsichtig gewesen. Aber an dem Abend … Na ja, wir hatten beide zu viel getrunken.“

„Als ich Sie zuletzt nach der Party gefragt habe, haben Sie mir gesagt, Sie hätten den ganzen Abend mit Olivia und Denise verbracht.“

„Ich habe den *Großteil* des Abends mit ihnen verbracht“, erwiderte sie trotzig. „Aber ich brauchte eine Pause, und da bin ich Marcus über den Weg gelaufen, und … er hat mich einfach ins Büro gezogen, um mich kurz zu küssen.“

„Es war mehr als ein kurzer Kuss, soweit ich weiß.“

Sie wand sich unter seinem Blick, ohne ein Wort zu sagen.

„Sie müssen gewusst haben, dass Sam Sie gesehen hat.“

Ihre blassen Wangen erröteten. „Natürlich. Ich zog mich wieder an und ging nach unten. Marcus machte sich auf die Suche nach Sam. Er wollte es erklären, die Dinge richtigstellen. Aber er konnte ihn nirgends finden. Er wusste nicht, dass Sam nach draußen in den Regen gegangen war.“

„Anthony sagte mir, dass Marcus nach draußen gegangen war. Er sagte, er habe ihn mit nassen Haaren gesehen.“

Naomi sah schockiert aus. „Anthony hat das gesagt? Aber nein, es war Anthony, der nach draußen ging. Ich habe ihn durch die Tür kommen sehen. Er dachte, niemand hätte es bemerkt.“

„Wann war das?“

„Einige Zeit bevor der Taxifahrer mit der Nachricht

über Sam kam."

Raven starrte sie an und versuchte herauszufinden, wer die Wahrheit sagte: Naomi oder Anthony. War es Marcus, ihr Liebhaber, der in jener Nacht nach draußen gegangen war, oder Anthony, ihr Ehemann? Welches Motiv könnte sie haben, Marcus zu schützen, jetzt, da er tot war? Es schien wahrscheinlicher, dass Anthony gelogen hatte – dass er versucht hatte, den Verdacht auf seinen Bruder zu lenken.

„Jedenfalls war es nicht Sam, um den Sie sich Sorgen machen mussten, oder?", fragte Raven. „Es war Anthony. Wann hat er von der Affäre erfahren?"

„Auch in der Nacht der Party. Ich weiß nicht, ob er uns gesehen hat oder ob Sam etwas zu ihm gesagt hat, bevor er verschwand, aber ... Anthony hat es in dieser Nacht herausgefunden."

„Wie hat er reagiert?"

„Was denken Sie? Wir hatten einen Riesenkrach, als wir nach Hause kamen. Ich habe versprochen, mich nicht mehr mit Marcus zu treffen, und das habe ich auch eine Zeit lang durchgehalten ... Aber nach Freddies Geburt fing es wieder an."

„Weiß Olivia von der Affäre?"

Naomi sah erschrocken drein. „Nein! Sie lebt in ihrer eigenen Babywelt, kriegt kaum mit, was um sie herum vor sich geht. Sie werden es ihr nicht sagen, oder? Was würde es bringen, jetzt, wo Marcus tot ist? Olivia ist ein guter Mensch – ich wollte ihr nie wehtun."

Raven machte keine Versprechungen, was er Olivia erzählen würde. In Mordermittlungen kamen die Dinge oft ganz von allein ans Licht. Geheimnisse hatten selten Bestand. Er hielt einen Moment inne, bevor er die nächste Frage stellte. „Ist Anthony Ihrer Meinung nach fähig, Marcus zu töten?"

Nachdenklich presste Naomi die Lippen zusammen. Die Tatsache, dass sie nicht sofort mit einem Nein antwortete, und die Angst, die ihr bei seiner Ankunft deutlich anzumerken gewesen war, sprachen Bände. „Man will so etwas nicht von seinem Ehemann glauben, aber …" Den Satz beendete sie nicht. „Sie werden ihn finden, nicht wahr? Ich … ich habe Angst, was er tun könnte, wenn er zurückkommt."

Er konnte die Angst in ihren Augen sehen. Auch wenn sie nicht in der Lage war, es laut auszusprechen, glaubte sie eindeutig, dass Anthony Marcus getötet hatte. Jetzt fürchtete sie um ihr eigenes Leben.

„Gibt es jemanden, bei dem Sie unterkommen können, bis wir ihn finden?"

Sie schüttelte den Kopf. „Nein, ich komme schon zurecht. Ich bleibe hier, schließe die Tür ab und verlasse das Haus nicht. Wenn Anthony auftaucht, werde ich ihn nicht hereinlassen. Ich rufe Sie an."

*

Kaum hatte Raven Naomis Wohnung verlassen, rief er Tony an. „Tony, schnappen Sie sich einen Stift und schreiben Sie mit. Wir müssen sofort eine Fahndung nach Anthony Earnshaw einleiten."

„Sir, ich wollte Sie gerade anrufen. Ich habe Neuigkeiten."

„Gleich, Tony. Hören Sie zu, benachrichtigen Sie zuerst die Häfen und Flughäfen, für den Fall, dass er versucht, ins Ausland zu reisen, und dann …"

„Sir? Das ist nicht nötig. Ich weiß, wo Anthony ist."

Raven blieb stehen und vergaß seine Aufgabenliste. „Was? Wo?"

„Ich habe gerade einen Anruf von Gavin Thompson, dem Braumeister, erhalten. Anthony liegt gerade auf seinem Sofa und schläft seinen Rausch aus."

Nun, das war einfach. Ravens Glas war doch noch halb voll. „Schicken Sie mir die Adresse", sagte er zu Tony. „Ich treffe Sie dann dort. Und wenn Sie schon dabei sind, sorgen Sie dafür, dass auch ein paar Uniformierte dorthin kommen. Wir nehmen Anthony zum Verhör mit."

Er steckte das Telefon wieder in seine Jackentasche und

ging zu seinem Auto zurück. Die Sonne war inzwischen voll aufgegangen und der Tag versprach, herrlich zu werden. Der Himmel war blau, die See ruhig, und die Wellen schlugen sanft gegen das Ufer. Das Sonnenlicht streichelte den leeren Strand und verwandelte den matten Sand in Gold.

Vielleicht war heute der Tag, an dem sich das Blatt endlich für ihn wenden würde.

Die Adresse, die Tony ihm geschickt hatte, befand sich in der Longwestgate, auf halber Höhe des steilen Hangs, der vom Hafen hinauf zur St. Mary's Church nahe der Burg führte. Raven näherte sich von oben und bog in die steile Straße Tollergate ein. Die gepflasterte Straße war etwa so breit wie sein Auto und er betete, dass ihm kein anderes Fahrzeug entgegenkam. Er holperte bis zur Kreuzung mit der Longwestgate und bog dann mit dem langen Radstand des M6 um die Neunzig-Grad-Kurve, wobei er mit dem Lack fast die Backsteine des Eckhauses streifte. Diese alten Straßen waren ein Albtraum zum Fahren und zum Parken erst recht, selbst außerhalb der Saison.

Es gelang ihm, den Wagen in eine enge Lücke zwischen zwei anderen Fahrzeugen zu quetschen, bevor er ausstieg und zu Fuß weiterging. In Momenten wie diesen konnte er Beccas Wunsch nach einem Kleinwagen wie dem Honda Jazz fast verstehen.

Fast.

Wie der Name schon sagte, war die Longwestgate tatsächlich sehr lang. Raven kam an einer Reihe charmanter – wenn auch teils baufälliger – Fischerhäuschen vorbei, zwischen denen sich gelegentlich ein Blick auf das Meer bot. Gavin Thompson wohnte jedoch nicht in einem Cottage, sondern in einer Erdgeschosswohnung eines vierstöckigen Wohnblocks, der etwas von der Straße zurückgesetzt und natürlich über eine Treppe zu erreichen war.

Raven machte kurz Pause, ehe er langsam die Stufen hinaufstieg und dabei darauf achtete, sein kaputtes Bein nicht übermäßig zu belasten. Der Streifenwagen war diskret unten an der Straße geparkt und sein DC wartete bereits vor der Wohnungstür auf ihn.

„Gute Arbeit, Tony. Waren Sie schon drin?"

„Nur kurz, um zu sehen, ob er noch da ist. Er schläft immer noch."

„Muss ein höllischer Kater sein. Kommen Sie, lassen Sie uns erst mit dem Braumeister reden." Raven bedeutete den uniformierten Beamten, vor dem Eingang der Wohnung zu warten, dann folgte er Tony hinein.

Es schien, als würden nicht alle, die in der Brauerei arbeiteten, die lukrativen Vergütungen erhalten, von denen Greg, Anthony und bis vor kurzem auch Marcus profitiert hatten. Gavins Wohnung war klein, kaum groß genug für eine Person, geschweige denn für zwei. Sie wirkte abgewohnt und hätte einen neuen Anstrich vertragen können, ganz zu schweigen von ein paar neuen Teppichen. Aber wie alle so oft sagten, ging es in diesem Unternehmen um die Familie. Gavin Thompson war zwar von Anfang an dabei gewesen, aber eben kein Blutsverwandter.

Raven war ohnehin nicht in der Position, über abgeplatzte Farbe oder Flecken im Teppich zu urteilen. Wenigstens fehlte in Gavins Wohnung nicht der halbe Fußboden.

Er fand den Braumeister in der winzigen Küche im hinteren Teil der Wohnung, wo er an einem Tisch mit Resopalplatte saß, eine Tasse Kaffee in den großen Händen hielt und eine Zigarette rauchte. Mit seinen breiten Schultern, dem kahlen Schädel und der großen Nase, die mindestens einmal gebrochen gewesen sein musste, wirkte er in dem kleinen Raum deplatziert. An diesem Morgen war er unrasiert und trug ein schlabberiges graues T-Shirt und schwarze Jogginghosen. Der Slogan auf seiner Tasse lautete: „Scheiß drauf. Ich trinke lieber Bier." Er blickte auf, als Raven eintrat. „Kaffee?"

„Gerne." In Gavins Küche gab es keine Hightech-Kaffeemaschine. Stattdessen schaltete er den

Wasserkocher ein und löffelte Instantkaffee in eine Leeds-United-Tasse, während Raven Platz nahm.

„Wie trinken Sie ihn?“

„Schwarz, ohne Zucker.“ Raven wartete, bis der Wasserkocher zu brodeln begann und sich von selbst abschaltete, während Tony von der Küchentür aus zusah.

Gavin füllte die Tasse, brachte sie herüber und setzte sich wieder an den kleinen Tisch. Er aschte in einen altmodischen Glasaschenbecher, der aussah, als hätte man ihn aus einem Pub mitgenommen. Damals, als Rauchen in Kneipen noch erlaubt war.

Raven sog den Geruch ein, der scharfe Qualm erinnerte ihn an das Laster, das er sich vor langer Zeit abgewöhnt hatte. Ob er den beißenden Geruch vermisste oder verabscheute, wusste er selbst nicht. Vielleicht beides. Jedenfalls war er froh, davon los zu sein. „Also“, sagte er, „können Sie mir sagen, wie Anthony hier gelandet ist?“

Gavin zog an der Zigarette, sodass die Spitze orange glühte. Er pustete den Rauch an die Decke. „Ich bin auf dem Weg zum Pub mit ihm zusammengestoßen. Oder, genauer gesagt, er hat mich angerempelt. Er hatte schon ein paar intus. Um ehrlich zu sein, war ich überrascht, ihn in dieser Ecke der Stadt zu sehen. Hierher kommt er üblicherweise nicht, runter ans Hafenufer. Aber er bot mir an, ein Bier zu spendieren, und so kamen wir ins Plaudern.“

„Wann war das?“

„Gegen zehn. Ich war nur kurz auf ein Bierchen vor dem Schlafengehen.“

„Sie leben allein, oder?“

„Ja, ich lebe allein.“ Obwohl die Küche abgenutzt war, war sie sauber und aufgeräumt. Alles war an seinem Platz, was Raven sehr gefiel.

„Worüber haben Sie beide gesprochen?“

Gavin klopfte die Asche in den Aschenbecher und nahm einen Schluck Kaffee. „Ich habe ihn nach seiner Reise nach Edinburgh gefragt und er hat mir erzählt, wie es war. Aber dann fing er an, über Privates zu reden. Mir war es etwas unangenehm, aber da ich Anthony schon seit seiner Kindheit kenne, nehme ich an, dass er mir vertraut. Wie auch immer, als er einmal angefangen hatte, war er nicht mehr zu bremsen. Er erzählte mir, dass seine Frau eine Affäre mit Marcus hatte." Gavin nahm einen letzten Zug von seiner Zigarette und drückte sie im Aschenbecher aus. „Natürlich wusste ich von dem Streit zwischen den beiden Brüdern gestern in der Brauerei. Eine sehr öffentliche Art, Dampf abzulassen. Aber verständlich, nehme ich an, wenn dein Bruder mit deiner Frau schläft. Anthony war immer noch sehr aufgewühlt – in der einen Minute wütend, in der nächsten aufgelöst in Tränen. Er sagte mir, er hätte gedacht, die Affäre sei vorbei, aber er habe gerade herausgefunden, dass sie immer noch andauert."

Raven nickte mürrisch, denn er wusste, dass er es war, der Anthony verraten hatte, was zwischen Marcus und Naomi vor sich ging.

„Hat er Ihnen gesagt, was er seit dem Streit mit Marcus gemacht hat?"

„Sich betrunken." Gavin starrte in seine Kaffeetasse. „Ich habe versucht, ihn zur Vernunft zu bringen, aber er schien darauf aus zu sein, sich bewusstlos zu saufen. Er war wütend, stinksauer auf Marcus. Er sagte immer wieder: ‚Der ist ein toter Mann!' Ich sagte ihm, er solle sich beruhigen, aber er wiederholte es immer wieder. Erst habe ich mir nichts dabei gedacht. Das ist doch nur eine Redensart, oder? Aber als Greg mich heute Morgen anrief und mir von Marcus erzählte, begann ich mich zu fragen, ob da mehr dahintersteckt. Da habe ich beschlossen, dass ich besser die Polizei rufe."

„Das war die richtige Entscheidung", sagte Raven. „Wie ist Anthony hier gelandet?"

„Als der Pub schloss, war er nicht mehr in der Verfassung, irgendwohin zu gehen. Ich hätte ihm ein Taxi rufen können, aber es war offensichtlich, dass er nicht zu seiner Frau nach Hause wollte. Also habe ich ihn mitgenommen, damit er seinen Rausch ausschlafen kann.

Seitdem schläft er wie ein Stein."

Raven nahm einen Schluck von seinem Kaffee. Er schmeckte abgestanden und muffig, kein Vergleich zu dem, was Olivia oder Naomi ihm serviert hatten. Aber er war heiß und schwarz, und ein Mann ohne eigene Küche durfte da nicht wählerisch sein. „Sie haben von Anfang an mit Greg zusammengearbeitet, nicht wahr?"

Gavin schien sich über ein neues Gesprächsthema zu freuen. „Aye. Die guten alten Zeiten. Damals gab es nur mich, Greg und Jeremy. Und Sandra, natürlich. Sandra war von Anfang an dabei."

„Und Sie kennen die Familie Earnshaw gut?"

Gavin lächelte. „Ich, Greg und Jeremy sind zusammen zur Schule gegangen. Wir haben immer gesagt, dass wir mal etwas zusammen machen würden. Ich hätte nie gedacht, dass wir das tatsächlich tun würden. Das war alles Gregs Idee, wirklich. Er war immer der Boss, schon als wir Kinder waren. Also, ja, ich würde sagen, ich kenne Greg und Denise ziemlich gut, und die Jungs kenne ich seit ihrer Geburt."

„Gab es irgendwelche Spannungen zwischen Anthony und Jeremy?"

Gavin umfasste die inzwischen leere Kaffeetasse mit den Fingern und runzelte die Stirn. „Warum fragen Sie mich jetzt nach Jeremy?"

Raven antwortete ihm nicht direkt. „Als ich mit Marcus über Jeremy sprach, sagte er mir, dass wenn jemand einen Grund hätte, Jeremy tot sehen zu wollen, dann wäre es … Er hat den Satz aber nie beendet."

„Ich weiß nicht, wen er gemeint hat."

Raven blieb hartnäckig. „Sie kennen Jeremy und Anthony schon lange und haben auch mit ihnen gearbeitet. Vielleicht hatten sie einen Streit? Oder es gab Gerüchte über Unstimmigkeiten bei der Arbeit?"

„Ich weiß nicht, worauf Sie hinauswollen, aber ich hatte schon lange den Verdacht, dass es zwischen den beiden böses Blut gab. Geld, war meine Vermutung."

„Hat das etwas mit der geplanten Fusion zu tun?"

„Nein. Jeremy ist gestorben, lange bevor die Idee einer Fusion aufkam. Aber wie auch immer, ich mische mich nicht in geschäftliche Angelegenheiten ein. Ich mache nur das Bier."

Am Ende des Flurs öffnete sich knarrend eine Tür, und Anthony kam mit verquollenen Augen heraus. Er taumelte in den Flur, eine Hand an den Kopf gepresst. Er trug noch immer die Kleidung, die er bei Ravens Befragung am Vortag getragen hatte, aber der gepflegte und charmante Vertriebsleiter war nur noch ein Schatten seiner selbst. „Hey, Gavin, hast du Paracetamol?"

Er taumelte den Flur entlang, eine Hand tastete nach der Wand, die andere schirmte seine blutunterlaufenen Augen gegen das Morgenlicht ab. Er konnte sich kaum aufrecht halten und schien die beiden Polizeibeamten in der Küche nicht bemerkt zu haben.

Raven trat vor, um ihn abzufangen. „Anthony Earnshaw, ich verhafte Sie wegen des Verdachts auf …"

Er kam nicht weiter, denn Anthony stürzte in die Toilette am Ende des Flurs. Es folgten heftige Würgegeräusche, während er sich die Seele aus dem Leib kotzte. Er sank auf den Linoleumboden und würgte, wobei er das meiste in die Toilettenschüssel bekam.

Raven lehnte sich mit verschränkten Armen zurück und wartete, bis es vorbei war. Als Kind hatte er die gleiche Szene schon hundertmal erlebt, wenn er zusah, wie sein Vater den Alkohol der vergangenen Nacht erbrach, manchmal voller Reue über sein Verhalten, manchmal bereit für mehr.

Raven hatte kein Mitgefühl mit Betrunkenen. Wie sollte er auch? Er hatte gesehen, wozu sie fähig waren.

Als alles vorbei war, konnten selbst die Toilettenspülung und der laufende Wasserhahn im Bad den Gestank von Galle und Erbrochenem nicht überdecken. Die beiden Uniformierten traten behutsam vor und packten Anthony an den Armen.

„Bringen Sie ihn auf die Wache und geben Sie ihm etwas, um seinen Magen zu beruhigen", sagte Raven, während sie den Verhafteten auf die Beine zogen. „Wir werden ihn befragen, sobald er wieder nüchtern ist."

Er beobachtete, wie Anthony abgeführt wurde.

„Verdammte Scheiße", sagte Gavin und erhob sich von seinem Stuhl. „Das ist der Dank, den man bekommt, wenn man Betrunkene nach Hause bringt." Er hob eine fleischige Hand zum Abschiedsgruß an Raven. „Ich wette, Sie sind froh, dass er nicht in Ihrem Auto mitfährt."

KAPITEL 23

Es hätte ein Tag zum Feiern sein sollen. Becca hatte sich so lange darauf gefreut, sich die strahlenden Gesichter vorgestellt, den herzlichen Abschied vom Pflegepersonal und den Moment, in dem Sam neben ihr im Auto sitzen würde. Er durfte endlich nach Hause, zurück in sein Elternhaus, nach mehr als einem Jahr.

Dr. Kirtlington hatte alles versucht, um ihn davon abzubringen, aber Sam blieb bei seiner Entscheidung, und schließlich hatte sogar der Arzt vernünftigerweise eingelenkt. Sam musste zwar regelmäßig zur Physiotherapie ins Krankenhaus zurückkehren, wurde aber nun offiziell als Patient entlassen.

Bevor er Sam gehen ließ, hatte der Arzt Becca zur Seite genommen. „Sie verstehen, dass dies gegen meinen medizinischen Rat geschieht. Ich hätte es vorgezogen, wenn Sam noch etwas länger im Krankenhaus geblieben wäre, um die nötige Betreuung zu bekommen. Wenn er nach Hause geht, braucht er engmaschige Überwachung und viel Unterstützung."

„Ich verstehe, Doktor, aber zu Hause ist er am besten aufgehoben, bei Menschen, die sich um ihn kümmern."

Doch noch während Becca die Worte sprach, spürte sie ein schweres Gewicht auf sich lasten. Jemand hatte versucht, Sam zu töten, und der Tag, der eigentlich ein Tag der Freude hätte sein sollen, war von dem schockierenden Fund von Marcus' Leiche in der Brauereihalle überschattet worden. Da draußen lief ein Mörder herum und vielleicht wäre es tatsächlich besser gewesen, Sam in der sicheren Umgebung des Krankenhauses zu behalten.

Doch ein Blick in sein Gesicht verriet ihr, dass er unbedingt gehen wollte, und sie wollte ihm nicht im Weg stehen.

Sie setzte ein tapferes Lächeln auf, als sie sich bei den Krankenschwestern für alles bedankte, was sie getan hatten. Einige waren sichtlich gerührt von seinem Abschied. Sam war eindeutig zu einem Liebling geworden. Es gab Umarmungen und Küsse und wieder einmal Witze über den Yorkshire-Marathon. Und dann waren sie nur noch zu zweit, und Becca schob Sam durch die Flure, die ihr inzwischen so vertraut waren wie ihr eigenes Zuhause.

Draußen war es kalt, aber sonnig, und das Licht hatte eine kristallklare Schärfe, die alles deutlicher wirken ließ. Becca wusste, dass sie sich an diesen Tag für den Rest ihres Lebens erinnern würde.

Sie hatte den Jazz so nah wie möglich am Eingang des Krankenhauses geparkt. Sogar geputzt und aufgeräumt hatte sie ihn und die Rückbank umgeklappt, damit der zusammengefaltete Rollstuhl Platz hatte, auf den Sam noch angewiesen war, bis er seine Kraft wieder vollständig zurückgewonnen hatte.

Sie half ihm auf den Beifahrersitz, klappte den Rollstuhl zusammen und verstaute ihn im Kofferraum, dann setzte sie sich neben ihn. Erst da wandte sie sich ihm zu und sagte: „Es tut mir so leid wegen Marcus." Sie nahm seine Hand.

Einen Moment lang saßen sie einfach nur da, ohne ein Wort zu sagen.

Was hätte man auch sagen sollen? Sams Bruder war tot. Wie sollte man nach so einem Verlust weitermachen?

Ein Tag nach dem anderen. Genau so hatte Becca seit jener Nacht durchgehalten. War es im Laufe der Zeit leichter geworden? Nicht wirklich – nur routinierter.

Schließlich fragte Sam: „Weißt du, wie er gestürzt ist? Hat ihn jemand gestoßen?"

Bislang behandelte die Polizei den Todesfall als verdächtig. Aber Becca hatte den Tatort mit eigenen Augen gesehen. Es war mehr als verdächtig. Es war Mord.

„Raven leitet die Ermittlungen", erklärte sie und flüchtete sich in die förmliche Polizeisprache. „Wir müssen die Ergebnisse der Obduktion und der Forensik abwarten."

Sie konnte an seinem Gesicht ablesen, dass sie sich unpassend ausgedrückt hatte. „Ich bin nicht irgendwer, Becs. Marcus war mein Bruder."

Sie nickte und wusste, dass er mehr verdient hatte. „Die Wahrheit ist, dass wir noch nichts mit Sicherheit sagen können, aber für mich sah es so aus, als hätte ihn jemand gestoßen."

„So, wie mich jemand geschubst hat."

Er hatte genau das ausgesprochen, was Becca seit dem Fund der Leiche ständig im Kopf herumging. Aber wer würde so etwas tun und warum?

„Weißt du", sagte Sam, „ich hab dir doch gesagt, dass ich Marcus' Regenschirm bei mir hatte, als ich auf die Straße gestoßen wurde. Ich stand mit dem Rücken zur Brauerei und habe das Gesicht meines Angreifers nicht gesehen, und er hat meines auch nicht gesehen. Bei Dunkelheit und Regen hätte man mich leicht mit Marcus verwechseln können."

Auch dieser Gedanke ließ Becca nicht mehr los, seit Sam ihr erzählt hatte, woran er sich erinnerte. „Glaubst du, Marcus war von Anfang an das eigentliche Ziel?"

„Du nicht?"

Es hatte keinen Sinn, es zu leugnen. Die Fakten lagen offen vor ihnen. Zwei Angriffe auf zwei Brüder, von denen einer leicht mit dem anderen hätte verwechselt werden können. Und jetzt war einer von ihnen tot.

In gewisser Weise war der Gedanke tröstlich. Wenn Marcus das eigentliche Ziel gewesen war, dann war Sam nicht mehr in Gefahr. Oder?

„Anthony ist verhaftet worden“, sagte Sam. „Stimmt’s? Versuch nicht, mir etwas vorzumachen.“

„Es tut mir leid“, sagte Becca. „Wirklich.“ Sie wusste, wie sehr Sam seine Brüder liebte. Der Gedanke, dass der eine nun durch die Hand des anderen gestorben war und Sam von eben diesem Bruder vor ein rasendes Auto gestoßen worden war, war kaum zu ertragen. Sie drehte den Schlüssel im Zündschloss. „Komm, ich bringe dich nach Hause.“

*

Es dauerte eine Weile, bis ein Betrunkener wieder nüchtern war, aber am Nachmittag kam Raven zu dem Schluss, dass Anthony in der Lage war, befragt zu werden. Er schickte Tony in die Arrestzelle und veranlasste, dass der Anwalt benachrichtigt werden sollte.

Die Verzögerung hatte ihm Zeit gegeben, einige organisatorische Dinge zu erledigen. Als Erstes hatte er Naomi angerufen und ihr versichert, dass Anthony in Gewahrsam und sie in Sicherheit war. Greg hatte bestätigt, dass die Leiche in der Gerichtsmedizin tatsächlich die seines ältesten Sohnes war, und Raven hatte Jess ins Krankenhaus geschickt. Er hoffte, bald von ihr zu erfahren, wann die Obduktion stattfinden würde. Zwar deutete alles darauf hin, dass Marcus von der Galerie gestoßen worden war, aber es wäre gut, das auch offiziell bestätigt zu wissen.

Während Raven auf die Ankunft von Anthonys Anwalt wartete, klingelte das Telefon auf seinem Schreibtisch. „Raven.“

Eine strenge Frauenstimme erteilte ihm eine ordentliche Standpauke. Raven erkannte den eisigen Tonfall von Dr. Felicity Wainwright, der leitenden Pathologin am Scarborough Hospital. „DCI Raven, wie ich höre, haben Sie eine Obduktion mit höchster

Dringlichkeit angefordert."

„Ja, das ist richtig." Bei einer früheren Begegnung mit der menschenfeindlichen Pathologin hatte Raven ordentlich einstecken müssen und er wappnete sich innerlich für eine weitere heftige Auseinandersetzung.

„An einem Samstag. Ist Ihnen der Begriff ‚Arbeitstag' eigentlich geläufig?"

Raven schnitt eine Grimasse. Er war versucht, zu bemerken, dass auch er seinen freien Tag am Schreibtisch verbrachte – was die Pathologin wohl wusste, immerhin hatte sie seine Dienstnummer gewählt –, aber er biss sich auf die Zunge. Eine Konfrontation würde nichts bringen. Stattdessen wählte er einen versöhnlicheren Ton. „Ich weiß, dass es sehr kurzfristig ist, aber –"

„Sparen Sie sich das Katzbuckeln", fuhr Dr. Wainwright ihn an. „Ich hasse es, wenn Männer zu Kreuze kriechen. Außerdem habe ich es ohnehin bereits erledigt."

Ravens Mund klappte erstaunt auf. „Sie haben …?"

„Ein Todesfall in einer Brauerei. So etwas hatte ich noch nie. Ich war neugierig. Schade nur, dass die Leiche nicht kopfüber in einem Fass Malvasierwein gefunden wurde."

Raven verstand die Anspielung nicht. „Wie bitte?"

„Der Herzog von Clarence", sagte Dr. Wainwright spöttisch. „Des Hochverrats beschuldigt, weil er gegen seinen Bruder, König Edward, konspiriert haben soll. Haben Sie in der Schule nie Shakespeare gelesen? *Richard III*. ‚Nun ist der Winter unserer Unzufriedenheit.'"

„Diese Lektion muss ich wohl verpasst haben", sagte Raven. Zum Glück waren Kenntnisse der englischen Literatur keine Voraussetzung für den Eintritt in die Armee. Im Übrigen auch nicht für die Polizei.

„Jedenfalls ist unser Mann nicht in einem Weinfass ertrunken. Er fand ein weitaus banaleres Ende. Ich habe das alles der Kollegin vor Ort erklärt."

Das musste Jess gewesen sein. „Ich habe noch nicht mit ihr gesprochen", sagte Raven. „Wäre es möglich, dass Sie

Ihre Erkenntnisse für mich zusammenfassen?“

Nach ihrem kurzen Anfall von Redseligkeit kehrte Dr. Wainwright zu ihrer gewohnt scharfen, einsilbigen Ausdrucksweise zurück. „Steht alles in meinem Bericht.“

„Und wann wird der fertig sein?“

„In zwei Arbeitstagen.“

Raven verzog erneut das Gesicht. Warum hatte sich die Pathologin die Mühe gemacht, ihn anzurufen, wenn sie ihm nichts Nützliches zu sagen hatte? Ging es ihr nur darum, mit ihrer überlegenen Bildung zu prahlen? Oder hatte sie einfach Spaß daran, ihn zu quälen? Er tippte stark auf Letzteres. „Ich stehe kurz vor einer Vernehmung mit einem Verdächtigen. Wären Sie so freundlich, mir vorab die wichtigsten Punkte zu nennen?“

„Meinetwegen.“ Raven spürte ein widerwilliges Entgegenkommen. „Die Leiche weist Verletzungen auf, die auf einen Sturz aus großer Höhe hindeuten. Eine Fraktur der Brustwirbelsäule entlang der thorakolumbalen Verbindung. Aber das war nicht tödlich. Auch nicht die inneren Blutungen, obwohl sie es mit der Zeit wohl gewesen wären. Nein, es war das stumpfe Schädeltrauma, das ihn getötet hat. Er ist mit dem Kopf auf dem Betonboden aufgeschlagen.“

Die Todesursache entsprach genau dem, was Raven bereits vermutet hatte. Marcus war von der Galerie gestürzt und an den Folgen gestorben. „Ich hatte besonders gehofft, dass es Hinweise auf den Täter geben könnte. DNA-Spuren unter den Fingernägeln zum Beispiel?“

„Sie glauben, er wurde gestoßen?“ Dr. Wainwrights Interesse war geweckt. „Tut mir leid, aber dafür gibt es keine Anhaltspunkte.“

Eine weitere Sackgasse. Und angesichts der akribischen Sorgfalt, mit der Marcus’ Mörder sämtliche physischen Spuren und Videoaufnahmen beseitigt hatte, die zu einer Identifizierung hätten führen können, überraschte das Raven nicht einmal mehr.

„Gibt es sonst noch etwas, womit ich Ihnen helfen

kann?“ War das ein Anflug von morbider Neugier in der Stimme der Pathologin? Dr. Wainwright mochte eine gewaltige Verachtung für die Lebenden an den Tag legen, aber ihr Interesse an den Toten war übermäßig stark.

„Da ist tatsächlich etwas“, sagte Raven. „Haben Sie die Obduktion von Jeremy Green durchgeführt?“

„Der Wanderer, der von einer Klippe gestürzt ist. Daran erinnere ich mich gut. Haben Sie etwas an meinen Schlussfolgerungen auszusetzen?“

„Nein, ganz und gar nicht“, sagte Raven rasch, um Dr. Wainwright nicht zu verärgern, jetzt, wo sie Anzeichen von Kooperationsbereitschaft zeigte. „Ich wollte lediglich Ihre Einschätzung zum Urteil des Gerichtsmediziners hören.“

„Unfalltod. Der Gerichtsmediziner hatte keine andere Option. Es gab keine Beweise für etwas anderes.“

Genau das, was ihm alle immer wieder sagten. „Okay, aber hat Sie das überrascht?“

Dr. Wainwright schnaubte abweisend. „DCI Raven, in meinem Beruf überrascht mich *nichts*. Der Tod ist, wie Sie sicher inzwischen wissen, unvermeidlich.“

„Es hat Sie also nicht gestört, dass der Tod eines erfahrenen Wanderers, der auf einer ihm vertrauten Strecke in den Tod stürzte, als Unfall gewertet wurde?“

Als die Pathologin ihre letzte Antwort gab, war der Spott in ihrer Stimme wieder voll da. „Chief Inspector, Sie haben mir nicht richtig zugehört. Ich habe gesagt, dass der Gerichtsmediziner *keine andere Option hatte*, als Unfalltod zu diagnostizieren. Ich habe nicht einen Moment lang angedeutet, dass ich mit dem Urteil einverstanden bin.“

KAPITEL 24

Trotz seines zerknitterten Hemdes, seines unrasierten Gesichts und seiner blutunterlaufenen Augen sah der Vertriebs- und Marketingleiter der Salt Castle Brewery deutlich menschlicher aus als am Morgen, als er auf der Suche nach einer Toilette, in die er seinen Kopf stecken konnte, aus Gavin Thompsons Wohnzimmer getorkelt war. Doch trotz der Bemühungen des Beamten in der Gewahrsamszelle hielt sich der Geruch von abgestandenem Alkohol und Erbrochenem hartnäckig und streckte seine widerlichen Finger in jeden Winkel des Verhörraums aus.

Tony stellte eine frische Tasse schwarzen Kaffee vor ihn hin und nahm neben Raven Platz.

Auf der gegenüberliegenden Seite des Tisches beobachtete Anthonys Anwalt das Geschehen mit Argusaugen. Ein kleiner Mann, adrett gekleidet mit einer schlichten marineblauen Krawatte. Kein kleinstädtischer Billig-Anwalt. Die Familie Earnshaw hatte Geld und überließ nichts dem Zufall.

Raven begann das Gespräch mit einem breiten Lächeln und einem lockeren Einstieg. „Wie geht es Ihrem Kopf,

Anthony? Fühlen Sie sich besser?“

Polizei-Verhörtechnik, Lektion 1. Beziehung aufbauen. Mit lockerer Konversation den Verdächtigen zum Reden bringen.

Anthony pustete auf seinen Kaffee und nahm einen zaghaften Schluck. „Ein bisschen.“

„Gut. Freut mich zu hören.“

Der Anwalt räusperte sich genervt. „DCI Raven, ich habe meinem Mandanten geraten, keine Fragen zu beantworten, die nicht unmittelbar mit dem Sachverhalt zu tun haben.“

Ja, läuft ja super.

„Sie hatten Glück, dass Sie gestern Abend auf Gavin gestoßen sind. Er hat sich gut um Sie gekümmert.“

Der Anwalt warf seinem Mandanten einen scharfen Blick zu, woraufhin Anthony schwieg, weiter an seinem Kaffee nippte und nichts sagte.

So viel zu dieser Taktik. Zeit für einen anderen Ansatz.

Raven stützte die Ellbogen auf den Tisch und beugte sich vor. „Gut, dann kommen wir jetzt zu den *sachdienlichen* Fragen. Fangen wir damit an, was vor zwölf Monaten auf der Firmenparty passiert ist.“

Dieser Schachzug überraschte Anthony und warf ihn aus der Bahn, genau wie Raven es beabsichtigt hatte. „Was? Das haben Sie mich doch gestern schon gefragt.“

„Und jetzt frage ich Sie noch einmal.“

Aber der Anwalt ließ sich nicht darauf ein. „DCI Raven, was hat das mit den Ereignissen der letzten Nacht zu tun?“

Raven lächelte geheimnisvoll, wandte sich dann wieder Anthony zu, als wären sie allein im Raum und würden sich locker unterhalten. „Gestern haben Sie mir erzählt, dass Sie und Marcus sich sehr gut verstanden und sich vollkommen vertrauten. Aber das stimmte nicht, oder?“

„Ich habe mich gut mit ihm verstanden“, sagte Anthony.

„Und Sie haben ihm vertraut?“

Schweigen.

Raven ließ die Pause wirken, aber Anthony ließ sich nicht aus der Reserve locken.

„Ich will es mal ganz klar sagen“, sagte Raven, „nur damit kein Zweifel daran besteht, warum das relevant ist. Am Abend der Party haben Sie erfahren, dass Marcus eine Affäre mit Ihrer Frau hatte. Richtig?“

„Nein, ich habe es erst gestern erfahren.“

„Es hat keinen Sinn zu lügen, Anthony. Naomi hat uns selbst gesagt, dass Sie es vor einem Jahr entdeckt haben. Können Sie das bestätigen?“

Anthony grunzte.

„Bitte antworten Sie klar und deutlich für die Aufnahme.“

„Ja.“

„Sie haben herausgefunden, dass sie miteinander geschlafen haben?“

„Ja.“

„Wie haben Sie sich dabei gefühlt?“

Der Anwalt neigte den Kopf. „DCI Raven, die Gefühle meines Mandanten sind für die Sachlage nicht relevant.“

Raven schenkte ihm ein weiteres Lächeln, bevor er sich wieder Anthony zuwandte. „Also ich, ich hätte mich ziemlich mies gefühlt. Verraten, verwirrt, wütend. Das wären ganz normale Reaktionen. Jeder hätte so empfunden.“

Es waren genau die Gefühle, die Raven überkommen hatten, als er erfuhr, dass Lisa mit einem anderen Mann schlief. Er hatte eine ganze Weile gebraucht, um sie zu verarbeiten und hinter sich zu lassen, damit er sein Leben weiterleben konnte.

Wem wollte er etwas vormachen? Die Gefühle der Verwirrung und des Verrats waren nie verschwunden.

„Haben Sie sich verraten gefühlt, Anthony?“

Nichts.

„Verwirrt?“

„Kein Kommentar.“

„Wütend? Ich wäre es gewesen.“

„Kein Kommentar.“

Dieser Anwalt war sein Geld definitiv wert.

„Tony?“ Raven wartete, bis Tony das erste Foto hervorholte. Der DC schob ein Bild von Sam auf den Tisch. Sam – mit all seinen Verletzungen, in gnadenloser Nahaufnahme.

Anthony und sein Anwalt betrachteten das Bild einen Moment lang. Anthony war der Erste, der den Blick abwandte, doch es war sein Anwalt, der das Wort ergriff. „DCI Raven, ich bezweifle die Relevanz dieses Bildes für den vorliegenden Fall.“

„Es wäre völlig nachvollziehbar gewesen, wenn Sie an jenem Abend ein wenig Dampf abgelassen hätten, Anthony. Ich billige Gewalt nicht, aber die Leute hätten es verstanden, wenn Sie mit Marcus aneinandergeraten wären und vielleicht sogar Ihre Fäuste hätten sprechen lassen.“ Raven senkte seinen Blick auf das Foto. „Und doch war es Ihr jüngerer Bruder Sam, der so endete.“

„DCI Raven, ich möchte Sie noch einmal bitten, die Relevanz dieser Fragestellung zu erläutern.“

„Tony?“

Auf sein Stichwort hin griff Tony nach einem zweiten Foto und legte es für alle sichtbar auf den Tisch.

Der Anwalt betrachtete das grün-weiß gestreifte Beweisstück stirnrunzelnd. „Ein Regenschirm?“

„Erkennen Sie ihn?“ Raven schob das Foto näher, bis es direkt unter Anthonys Nase lag.

„Der Schirm gehörte Marcus.“

„Richtig. Aber Marcus hatte ihn in der Nacht des Unfalls nicht bei sich. Sam hatte ihn mit nach draußen genommen, um auf das Taxi zu warten. Von hinten und im Dunkeln hätte er leicht wie sein älterer Bruder aussehen können.“

In Anthonys Kopf begannen sich die Zahnräder zu drehen und ineinander zu greifen. „Nein, ich …“

Doch der Anwalt war ihm bereits einen Schritt voraus. „DCI Raven, wenn Sie damit andeuten wollen, mein Mandant habe diesen Mann mit seinem älteren Bruder verwechselt und ihn auf die Straße gestoßen, dann –“

„Haben Sie das, Anthony? Denn genau danach sieht es langsam aus. Sie haben versucht, Marcus zu töten, als Sie von der Affäre erfahren haben, und als Sie gestern herausfanden, dass die Affäre noch immer andauerte, haben Sie es zu Ende gebracht."

Anthony schüttelte energisch den Kopf. „Nein. Das hätte ich niemals getan. Ich hätte niemals versucht, Marcus zu töten. Er war mein Bruder."

„Er hat mit Ihrer Frau geschlafen."

„Ich sagte Nein!" Anthonys Faust krachte auf den Tisch.

Wieder herrschte Schweigen.

Raven hatte keine Eile, es zu brechen. Er ließ es so lange andauern, bis Anthony es nicht mehr aushielt.

„Also gut, hören Sie zu. Es stimmt, dass ich in jener Nacht von der Affäre erfahren habe. Naomi und ich hatten deswegen einen heftigen Streit. Sie versprach mir, es würde aufhören."

„Und Sie haben ihr geglaubt?"

„Ja! Ist es nicht das, was Ehepaare tun sollten? Einander vertrauen?" Er sah Raven flehend an. „Ich dachte, es sei vorbei. Aber als ich gestern Nachmittag nach Hause kam, fand ich heraus, dass Marcus bei Naomi gewesen war, während ich weg war. Ich wusste, dass es nicht das erste Mal gewesen war. Sie hatten hinter meinem Rücken weitergemacht."

Raven empfand Mitleid mit dem Mann, dessen Vertrauen von seiner Frau und seinem älteren Bruder so schwer missbraucht worden war. Er selbst hatte sich ausgemalt, wie er sich an Lisa und diesem Buchhalter Graham auf alle möglichen Arten rächen würde. Der Unterschied war: Er hatte nie tatsächlich jemanden vor ein fahrendes Auto oder von einem Steg gestoßen.

„Sagen Sie mir, wo Sie hingegangen sind, nachdem ich gestern Ihre Wohnung verlassen habe."

Anthony vergrub das Gesicht in seinen Händen. „O Gott, ich weiß, wie das aussieht. Ich war in der Brauerei und habe Marcus zur Rede gestellt."

„Zeugenaussagen zufolge haben Sie sich vor dem Gebäude mit ihm gestritten."

„Ja. Ich habe ihm gesagt, was für ein wertloser, lügnerischer Betrüger er ist. Ich habe gedroht, es Olivia zu erzählen. Er hat nichts bestritten. Wie hätte er auch?"

„Und was dann?"

„Und dann bin ich gegangen. Ich ging in die Stadt und fing an zu trinken."

„Und was dann?"

„Ich habe einfach weitergemacht. Irgendwann traf ich Gavin, der mich mit zu sich nach Hause nahm. Ich konnte nicht nach Hause und Naomi gegenübertreten. Ich konnte es einfach nicht."

Raven betrachtete ihn eine Weile und ließ ihn sich selbst bemitleiden.

„Aber bevor Sie Gavin begegnet sind und noch nüchtern genug waren, um klar zu denken, sind Sie in die Brauerei zurückgekehrt. Alle waren nach Hause gegangen, bis auf Marcus. Vielleicht haben Sie gewartet, bis die anderen gegangen waren, weil Sie und er noch eine Rechnung offen hatten. Eine Rechnung, die seit einem Jahr offen war."

„Nein, das stimmt nicht. Ich habe Marcus nach unserem Streit auf dem Parkplatz nicht mehr gesehen."

„Sie kehrten in die Brauerei zurück", wiederholte Raven. „Sie gingen hinein, stießen Marcus in den Tod und löschten dann die Überwachungsvideos, um alle Beweise für Ihre Tat zu beseitigen. Dann sind Sie zurück in die Stadt gefahren, was nicht Ihr üblicher Ort ist, um trinken zu gehen, und trafen scheinbar zufällig auf Gavin, was Ihnen ein Alibi verschaffte."

„Nein, ich schwöre, ich habe nie …"

„Nur jemand, der mit den Sicherheitsvorkehrungen in der Brauerei vertraut war, hätte die Aufzeichnungen löschen können. Nur jemand, der vor einem Jahr auf der Party war, hätte Sam auf die Straße stoßen können. Nur Sie hatten ein Motiv, Ihren Bruder zu töten."

„DCI Raven", warf der Anwalt ein, „das ist alles

Spekulation und wilde Fantasie. Sie haben keine Beweise dafür, dass mein Mandant vor zwölf Monaten versucht hat, jemanden zu töten, oder dass er es gestern getan hat. Es gibt keine stichhaltigen Beweise dafür, dass er zum Zeitpunkt des Todes seines Bruders in der Brauerei war, und nichts deutet darauf hin, dass er die Videoüberwachung manipuliert hat."

Raven wusste, dass er in diesem Punkt so weit gegangen war, wie er konnte. Nachdem er seine Anschuldigungen vorgebracht und Anthony gründlich verunsichert hatte, änderte er seine Taktik. „Tatsächlich ist dies nicht der erste verdächtige Todesfall, der mit der Brauerei in Verbindung steht."

Jetzt sah Anthony verwirrt aus. „Was meinen Sie?"

„Ich spreche von Jeremy Green, dem ehemaligen Finanzdirektor der Salt Castle Brewery."

„Aber das war ein Unfall", protestierte Anthony. „Der Gerichtsmediziner hat Unfalltod festgestellt. Das war offiziell."

„Nur, weil es nicht genug Beweise für ein rechtswidriges Tötungsdelikt gab."

„DCI Raven." Die Stimme des Anwalts klang jetzt noch entschlossener. „Ich würde sagen, dass es nicht genügend Beweise für ein Tötungsdelikt gab, weil es sich um einen Unfalltod handelte."

Anthony nickte zustimmend. „Die Klippen am Flamborough Head sind verdammt gefährlich."

„Nicht für einen erfahrenen Wanderer wie Jeremy. Sehen wir uns doch mal die Fakten an. Die Beweise am Tatort belegen, dass Marcus in der Brauerei zu Tode gestoßen wurde. Ein Augenzeugenbericht bestätigt, dass Sam vor ein fahrendes Auto gestoßen wurde. Ist es wirklich abwegig, zu glauben, dass Jeremy von der Klippe gestoßen wurde?"

Zumal nur ein Vollidiot so nah an den Rand gehen würde.

Aber der Anwalt wollte von Ravens Fantasien nichts wissen. „Das ist eine völlig unbegründete Behauptung, DCI Raven. Sie widerspricht den Tatsachen!"

Wieder ignorierte Raven seine Proteste und konzentrierte sich auf Anthony, der jetzt, da Jeremys Ableben ins Spiel gebracht worden war, noch unbehaglicher aussah als zuvor.

Interessant.

„Ich habe gehört, dass es zwischen Ihnen und Jeremy ‚böses Blut' gab?"

„Wer hat das gesagt?"

„Ein zuverlässiger Zeuge."

Anthony erbleichte.

Raven warf sein Netz aus, in der Hoffnung, einen Fisch zu fangen. „Es ging um eine finanzielle Angelegenheit."

Anthony öffnete den Mund, um etwas zu sagen, aber sein Anwalt schnitt ihm das Wort ab. „Das reicht jetzt. Der Tod von Jeremy Green wurde als Unfall eingestuft und hat nichts mit meinem Mandanten zu tun. Mir scheint klar, dass Sie keinerlei Beweise haben, die meinen Mandanten mit dem Mord an Marcus Earnshaw oder dem versuchten Mord an Sam Earnshaw in Verbindung bringen, und dass Sie lediglich auf gut Glück nach Informationen fischen. Ich denke, wir sind hier fertig."

Raven musterte den Anzug und die Krawatte des Anwalts und beschloss, dass es an der Zeit war, sich geschlagen zu geben, zumindest vorläufig. Der Anwalt hatte recht. So gern Raven Anthony alle drei Vorfälle angehängt hätte, er hatte noch nicht genügend Beweise. Die Staatsanwaltschaft würde auf keinen Fall eine Anklage gegen ihn in Betracht ziehen.

Aber es blieb noch Zeit. Er konnte Anthony vierundzwanzig Stunden lang ohne Anklage festhalten. Zeit genug für die Forensik, vielleicht doch noch einen Beweis zu finden. Zeit genug, um weitere Zeugen zu befragen. Zeit genug für einen Glückstreffer.

„Wir vertagen die Sitzung", schlug er vor, „und versuchen es später noch einmal."

Der Anwalt schaute verärgert auf seine Uhr. Raven wusste nicht, warum – die Samstagsraten waren doch sicher doppelt so hoch? Vielleicht musste der Mann zu einer Dinnerparty. Raven war froh, dass er zu dieser fröhlichen Runde nicht eingeladen worden war.

Nachdem Anthony in die Zelle zurückgebracht worden und der Anwalt gegangen war, um das zu tun, was Anwälte eben so taten, wenn sie nicht gerade nervten, wandte sich Raven an Tony. „Wir brauchen handfeste Beweise, die Anthony mit dem Mord an Marcus in Verbindung bringen. Können Sie sein Alibi überprüfen? Wann ist er im Pub eingetroffen, und war er den ganzen Abend dort? Überprüfen Sie die ANPR, um die Bewegungen seines Wagens festzustellen. Und setzen Sie sich mit dem Forensik-Team in Verbindung. Sagen Sie ihnen, dass die Zeit gegen uns arbeitet."

„Ich kümmere mich darum, Sir", sagte Tony. „Und Sie?"

„Ich fahre noch einmal zu Naomi. Ich will mehr darüber herausfinden, was zwischen Anthony und Jeremy vorgefallen ist. Wenn wir die Geschworenen davon überzeugen wollen, dass Anthony ihn von einer Klippe gestoßen hat, brauchen wir ein glasklares Motiv."

KAPITEL 25

Als Raven den klaustrophobisch engen Verhörraum verließ, brannte ihm der Gestank nach Schweiß, Erbrochenem und Alkohol noch immer in der Nase. Auf dem Flur erwartete ihn ein Constable. „Sir? Mr. und Mrs. Earnshaw sind hier, um Sie zu sehen. Sie wollen wissen, was mit ihrem Sohn los ist."

„Okay, ich komme gleich und kümmere mich darum."

Raven fragte sich, um welchen Sohn sie sich am meisten Sorgen machten. Den, der gerade ermordet worden war, oder den, der wegen des Verbrechens verhaftet worden war. Ein Alptraum für jede Familie.

Er ging direkt in den Raum, in dem Greg und Denise warteten. Zu seiner Erleichterung hatte der Constable dafür gesorgt, dass sie ein wenig Privatsphäre bekamen – fern vom Chaos des Samstagsbetriebs am Empfang. Sogar Tee und Kaffee hatte er ihnen gebracht, wenn auch nur die wässrige Brühe aus dem Automaten im Flur.

Greg erhob sich, als Raven den Raum betrat. Sein Stuhl kratzte über den Boden, als er ihn hastig zurückschob. „Raven, was zum Teufel ist hier los? Man hat uns gesagt, Anthony sei verhaftet worden. Stimmt das?" Seine Stimme war kaum leiser als ein Brüllen.

Raven blieb ruhig. „Ich fürchte, das stimmt leider.“

„Aber warum?“ Denise hatte rote Augen vom Weinen, aber der Blick, den sie Raven zuwarf, war hart und verbittert. Ihre Freude darüber, dass ihr jüngster Sohn aus dem Koma erwacht war, war grausam von einer neuen Tragödie überschattet worden, die sie in eine noch schwärzere Finsternis gestürzt hatte. Keine Mutter sollte so viel Leid in so kurzer Zeit ertragen müssen. Raven fragte sich, wie viel sie noch aushalten konnte.

Greg wirkte, als wolle er am liebsten jemanden schlagen, und Raven wusste, dass er die trauernden Eltern auf keinen Fall mit Plattitüden abspeisen durfte. Sie mussten die Wahrheit erfahren. Wie schwer es auch sein mochte, damit umzugehen.

„Vielleicht möchten Sie sich setzen“, sagte er zu Greg und versuchte, die Situation etwas zu beruhigen. Er würde nichts erreichen, wenn die konfrontative Atmosphäre anhielt. Er setzte sich an den Tisch und forderte Greg auf, es ihm gleichzutun. „Wir haben Anthony heute Morgen verhaftet. Ich habe ihn gerade verhört.“

Gregs Blick verhärtete sich. „Und?“

„Und wir werden ihn über Nacht festhalten, während die Ermittlungen weiterlaufen.“

„Sie glauben, er hat Marcus ermordet?“

Raven zögerte, wusste aber, dass Greg und Denise sich mit nichts weniger als völliger Offenheit zufriedengeben würden. „Das ist unsere derzeitige Arbeitshypothese.“

„Aber warum?“, stieß Denise hervor. „Sein eigener Bruder!“

„Das würde er nie tun“, sagte Greg, jedes Wort feindseliger als das vorherige.

Raven betrachtete die trauernden Eltern voller Mitgefühl. Es schien, als ließen sie ihm keine andere Wahl. Er würde Salz in die Wunde streuen müssen. „Ich habe heute Morgen auch mit Naomi gesprochen. Sie hat zugegeben, hinter Anthonys Rücken eine Affäre mit Marcus gehabt zu haben.“

Denise kamen erneut die Tränen. „Das hätte er nie getan.“

„Ich fürchte, das hat er, und zwar über ein Jahr lang. Anthony hat bestätigt, dass er von der Beziehung wusste. Er dachte, sie sei vorbei, bis er gestern herausfand, dass die Affäre weiterging. Deshalb ist er zur Brauerei gefahren und hat sich mit Marcus gestritten.“

Dass Raven den Zusammenhang bereits geahnt hatte, als Marcus kurz vor der Rückkehr seines Bruders fluchtartig Naomis Wohnung verließ, war kein Trost. Indem er Anthony den Hinweis auf Marcus' Besuch gab, hatte er möglicherweise unwissentlich eine Kette von Ereignissen in Gang gesetzt, die mit dem Tod des einen Bruders und der Inhaftierung des anderen endete.

Greg wich dem Blick seiner Frau aus. Offenbar war die Affäre für sie ein Schock. Ob er selbst davon gewusst hatte, ließ sich schwer sagen.

„Ich weiß, dass das alles schwer zu verkraften ist“, sagte Raven. „Nach allem, was passiert ist. Aber ich kann Ihnen versichern, dass wir die Angelegenheit mit allen uns zur Verfügung stehenden Mitteln untersuchen und einer Reihe von möglichen Spuren nachgehen.“

Greg warf ihm einen verächtlichen Blick zu, sichtlich unbeeindruckt. Denise schien zu aufgewühlt, um etwas zu sagen.

Eine Reihe von Spuren. Das war etwas übertrieben, denn in Wahrheit gab es nur einen einzigen Verdächtigen. Dennoch gab es mehrere Ermittlungsansätze, nicht zuletzt den Mordversuch an Sam und den verdächtigen Tod von Jeremy Green am Flamborough Head.

„Da Sie schon einmal hier sind“, sagte Raven, „möchte ich Sie fragen, ob Sie von etwaigen Meinungsverschiedenheiten zwischen Anthony und den anderen Vorstandsmitgliedern wussten. Insbesondere mit Jeremy Green.“

Greg runzelte die Stirn. „Jeremy? Was für Meinungsverschiedenheiten? Ich weiß von nichts.“

„Es kann sich um eine geschäftliche oder eine

persönliche Angelegenheit gehandelt haben.“ Raven sah zu Denise, die den Kopf schüttelte.

Die beiden tauschten Blicke.

„Sie wissen von nichts?“, fragte Raven. „Nicht das Geringste?“

Doch Greg und Denise schwiegen.

Die Familie schloss die Reihen.

⋆

Als Jess von der Pathologie zurückkehrte, war es bereits viel zu spät für die dreistündige Wanderung, die sie und Scott auf dem Cleveland Way bis zum alten Schmugglerversteck Robin Hood’s Bay geplant hatten. Die Abenddämmerung brach bereits herein, und Jess hatte nicht die Absicht, im Dunkeln über einen zerklüfteten Küstenweg an steilen Klippen entlangzustolpern.

Solche leichtsinnigen Unternehmungen überließ sie lieber Raven.

Schade war es dennoch, denn es war ein strahlend sonniger Tag gewesen. Aber bei einem Mordfall gab es für sie und Scott keine Freizeit, und so ärgerlich es auch sein mochte, eine Wanderung zu verpassen, so war es doch nichts im Vergleich zu dem Leid, das der Familie Earnshaw widerfahren war. Nach allem, was sie mit Sams Koma durchgemacht hatten, war es furchtbar, dass die Tragödie erneut zuschlug.

Sie traf sich mit Scott in einem ruhigen Pub in der Stadt, nachdem er seine Arbeit am Tatort beendet hatte.

„Hi! Ich hab dir ein Bier bestellt. Salt Castle, natürlich.“

Er setzte sich neben sie. „Natürlich. Man entkommt dem Ort einfach nicht.“ Er nahm einen Schluck und leckte sich den Schaum von der Oberlippe. „Schmeckt aber gut.“

„Ja.“ Jess beugte sich vor und nahm seine Hand. „Wie peinlich war das, als Raven ins Büro kam und uns zusammen beim Durchsehen der Aufnahmen erwischt hat!“

„Glaubst du, er hat erraten, dass wir ein Paar sind?"

„O ja. Das hat er ganz sicher."

Dabei hatten Jess und Scott nichts Unangemessenes getan. Sie hatten einfach eine neue Stufe der Intimität erreicht, teilten den persönlichen Raum des anderen, berührten sich, ohne darüber nachzudenken. Scotts Schutzmauern begannen zu bröckeln und brachten den Mann dahinter zum Vorschein. Sie freute sich darauf, ihn in den kommenden Monaten noch viel besser kennenzulernen. Was sie daran erinnerte …

„Was machst du eigentlich an Weihnachten?", fragte sie beiläufig. „Irgendwelche Pläne?"

„Eigentlich nicht. Warum?"

„Ich habe mich gefragt, ob du nicht Lust hättest, mit mir nach Rosedale Abbey zu kommen?" Sie flocht die Frage locker ins Gespräch ein, als wäre es keine große Sache. Als ob Jess' Mutter nicht darauf brennen würde, ihn kennenzulernen. Als ob ihr Vater nicht in höchster Alarmbereitschaft wäre und ihn als potenziellen Schwiegersohn unter die Lupe nehmen würde. Als ob das Haus nicht voller Tanten, Onkeln, Cousins und Großeltern sein würde, die ihn ausquetschen würden.

Als ob es überhaupt keinen Druck gäbe.

Seine schnelle Antwort überraschte sie. „Ja, gern. Danke."

Wow. Hätte sie gewusst, dass er so bereitwillig zustimmen würde, hätte sie nicht so lange gezögert, ihn zu fragen.

„Aber kommst du im Gegenzug mit mir auch wohin?", fragte er. „Morgen."

„Sicher, wohin denn?"

Scott nahm noch einen Schluck Bier. „Das will ich nicht sagen. Kann ich dich einfach hinbringen?"

Sie zögerte. „Nun …"

„Es ist nur so, dass du es vielleicht komisch findest, wenn ich dir sage, wohin wir gehen."

„Scott, jetzt machst du mir Sorgen."

„Es ist völlig ungefährlich, ehrlich. Nur ein bisschen

seltsam. Ich möchte es dir sagen, aber es ist … persönlich. Es ist einfacher, wenn ich es dir zeige.“

Jess nahm ebenfalls einen Schluck und betrachtete Scotts ernstes Gesicht. Als sie sich auf eine Beziehung mit ihm eingelassen hatte, war ihr klar gewesen, dass Scott nicht ganz so war wie andere Männer. Es sollte sie also nicht weiter überraschen, wenn er sich seltsam benahm. Er hatte ohne zu zögern zugestimmt, zu ihr nach Hause zu kommen, also fühlte sie sich verpflichtet, sich zu revanchieren. Sie würde ihm einfach vertrauen müssen.

„Okay“, sagte sie. „Dann machen wir es. Gehen wir morgen hin.“

*

Anthonys Eltern waren vielleicht nicht bereit, ein schlechtes Wort über ihren mittleren Sohn zu verlieren, aber Raven ahnte, dass er jemanden kannte, dem solche Skrupel fremd waren. Naomi Earnshaw hatte ihrem Mann gegenüber nicht gerade viel Zuneigung gezeigt, als er von seiner Verkaufsreise nach Schottland zurückgekehrt war, und bei der Nachricht von Marcus’ Tod war sie völlig außer sich gewesen. Jetzt, nach einem ganzen Tag allein mit dem Gedanken, dass ihr Mann ihren Geliebten getötet hatte, war sie womöglich eher bereit, sich zu öffnen.

Als Raven an ihrer Wohnung an der Esplanade ankam, war die Sicherheitskette noch immer an der Tür, aber Naomi wirkte deutlich ruhiger als am Morgen, als sie noch Angst gehabt hatte, ihr Mann könnte kommen, um sich zu rächen. „Ist Anthony noch in Gewahrsam?“, fragte sie, sobald sie ihn hereingelassen hatte.

„Ja.“

„Und hat er gestanden? Hat er zugegeben, Marcus getötet zu haben?“

An der Dringlichkeit in ihrer Stimme erkannte Raven, dass sie sich bereits ein Urteil über die Schuld ihres Mannes gebildet hatte. „Noch nicht. Wir haben nicht genügend Beweise, um ihn anzuklagen, und wir können ihn nur vierundzwanzig Stunden lang ohne Anklage festhalten."

Naomi presste die Hand auf den Mund und ihre Augen weiteten sich. „Sie meinen, er könnte freigelassen werden?"

„Deshalb muss ich mit Ihnen sprechen. Können wir uns setzen?"

Sie führte ihn ins Wohnzimmer, wo er seinen üblichen Platz auf dem cremefarbenen Sofa einnahm. Naomi saß ihm gegenüber, ihre Augen aufgerissen wie die eines aufgeschreckten Rehs, die Hände in ihrem Schoß nervös ineinander verschränkt. „Was wird jetzt passieren?"

Raven war noch nicht bereit, ihr weitere Informationen zu geben. Sollte sie sich lieber Sorgen machen. Er brauchte ihre schlimmsten Fantasien, um ihr Gewissen in Gang zu setzen. „Wir sind immer noch dabei, die Ereignisse der letzten Nacht zu verarbeiten. Und die davor."

„Davor?"

„Ich möchte, dass Sie mir alles erzählen, was Sie über Jeremy Green, den ehemaligen Finanzdirektor der Brauerei, wissen."

„Jeremy?" Naomis Blick huschte nervös zur Seite. Draußen war es dunkel, und die Fenster, die zum Meer hinausgingen, waren schwarz und spiegelten nur den Raum selbst wider. Ein geisterhaftes Abbild von Raven und Naomi saß auf cremefarbenen Sofas vor einem stilvollen Hintergrund in Weißtönen. Sie stand auf und ging zu ihrem blassen Zwilling hinüber, um die Vorhänge zuzuziehen.

„Ich habe gehört, dass es einen Streit zwischen ihm und Ihrem Mann gab", sagte Raven.

Naomi setzte sich wieder auf ihren Platz, doch ihre Finger wanden sich weiter unruhig umeinander wie Würmer. „Davon weiß ich nichts. Anthony kannte Jeremy sein ganzes Leben lang. Er sagte, er sei wie ein Onkel für ihn gewesen. Sie haben sich sehr gut verstanden." Sie zog ihre Strickjacke enger um sich und verschränkte die Arme, um Raven auszuschließen, so wie das Spiegelbild im

Fenster.

„Naomi, wenn ich Anthony anklagen will, muss ich alle Fakten kennen. Bis jetzt habe ich einen bestätigten Mord und einen Mordversuch. Wenn ich also erfahre, dass Anthony im Streit mit einem anderen Direktor der Salt Castle Brewery gesehen wurde, kurz bevor dieser starb, muss ich dem nachgehen."

Sie sah auf, ihr Gesicht war so blass wie die Wände des Raumes. „Aber Sie glauben doch nicht, dass Anthony etwas mit Jeremys Tod zu tun hatte. Das war ein Unfall!"

„War es das?"

Ihre Hände fuhren zu ihren Lippen und zitterten wie Schmetterlinge. Neue Angst erfüllte ihre Augen. „O mein Gott!"

Raven ließ ihr Unbehagen wachsen. Sollte sie sich ruhig fürchten, wenn es half, ihre Zunge zu lockern. Wenn es ihn der Aufklärung von Jeremys Tod einen Schritt näherbrachte.

„Nun." Immer noch zögerlich. „Es gibt da etwas, das Sie wissen sollten."

Na endlich. Aber sie schien immer noch nicht bereit, es auszusprechen. Welches Geheimnis sie auch immer verbarg, es musste gewaltig sein.

„Ja?"

Naomi biss sich auf die Unterlippe, bevor sie schließlich den Schritt wagte. Ihre Worte kamen flach und schnell, als würde leises Sprechen sie weniger Kraft kosten. „Greg hat sich von Anfang an um Vertrieb und Marketing der Brauerei gekümmert. Aber er meinte, er sei zu alt, um so viel zu reisen. Er wollte, dass einer seiner Söhne diese Aufgabe übernahm, und da Marcus sich mit Finanzen auskannte und Sam noch zu jung war, war es klar, dass Anthony für diese Aufgabe bestimmt war. Nachdem er also ein Jahr lang an der Seite von Greg gearbeitet hatte, übernahm Anthony den Vertrieb. Er war auch wirklich gut darin, brachte eine Menge neuer Kunden. Das Geschäft florierte." Sie hielt inne und warf einen Blick zu Raven, bevor sie fortfuhr. „Aber dann entdeckte Jeremy einige …

finanzielle Unregelmäßigkeiten."

„Welche Art von Unregelmäßigkeiten?"

„Es war kompliziert. Im Grunde hatte Anthony damit begonnen, sich etwas Geld abzuzwacken. Er war der Meinung, dass er die ganze Arbeit leistete, durch das ganze Land fuhr, Verhandlungen führte, Hände schüttelte und Geschäfte abschloss. Und weil er so viel zusätzlichen Umsatz brachte, fand er, er habe einen kleinen Bonus verdient, vor allem, da Marcus einen so großen Teil der Unternehmensgewinne einstrich." Ihr Blick glitt unbewusst durch das luxuriöse Apartment mit den abgestimmten Möbeln und dem modernen Kristallleuchter an der Decke. Es war kein großes Geheimnis, wofür Anthony sein „Bonus"-Geld ausgegeben hatte. „Konkret lief es so: Wenn er einen neuen Kunden an Land zog, stellte er die erste Rechnung außerhalb der Bücher – das Geld ging auf ein spezielles Konto, das er eingerichtet hatte. Danach lief alles regulär über die Firma. Aber diese erste Zahlung ging immer an ihn. Er hatte nicht geglaubt, dass Jeremy etwas bemerken würde."

„Und keinem Kunden kam das seltsam vor?"

Sie zuckte mit den Schultern. „Anthony hatte eine plausible Erklärung dafür, warum es so gemacht werden musste. Er ist gut darin, Leute zu überzeugen, das macht ihn zu einem so guten Verkäufer. Und es hat sich nie jemand beschwert."

„Aber Jeremy hat es herausgefunden."

„Er war eben doch nicht so naiv, wie Anthony angenommen hatte."

„Was tat Jeremy dann?"

„Eigentlich war er ziemlich anständig. Er sagte, wenn Anthony das Geld zurückzahlt, würde er die Buchhaltung in Ordnung bringen und Greg müsste nichts davon erfahren. Es sollte nur zwischen ihnen beiden bleiben."

„Über wie viel Geld reden wir?"

Ihre Finger bewegten sich wieder unruhig, wanden sich verlegen umeinander, und sie wich Ravens Blick konsequent aus.

„Wie viel, Naomi?“

„Ein paar zehntausend. Vielleicht sogar fünfzig.“

Fünfzigtausend Pfund. Kein Pappenstiel. „Also, was ist passiert? Hat Anthony es zurückgezahlt?“

Sie schüttelte den Kopf. „So einfach war das nicht. Wir hatten eine beträchtliche Anzahlung für diese Wohnung geleistet. Anthony hatte sich ein schickes Auto für seine vielen Reisen gekauft. Ich hatte mir Schmuck und Kleidung gekauft. Wir mussten die Hypothek abbezahlen, wir hatten Kreditkartenschulden … Wir konnten nicht einfach so viel Geld auftreiben.“

Irgendwann im Laufe von Naomis Geständnis war aus Anthonys Taten ein „wir“ geworden. Raven fragte sich, ob der Betrug von Anfang an ihre Idee gewesen war. „Was haben Sie also getan?“

„Anthony hatte Angst, dass Jeremy es Greg erzählen und er gefeuert werden würde. Er flehte Jeremy an, die Schulden in Raten zurückzahlen zu dürfen. Aber Jeremy sagte Nein, das könne er nicht akzeptieren. Wir überlegten, das Auto zu verkaufen oder sogar aus der Wohnung auszuziehen, aber dann …“

„Was?“

Sie hob den Blick, während sie den letzten Teil ihrer traurigen Geschichte erzählte. „Dann starb Jeremy. Er ist von der Klippe gestürzt.“

„Wusste Marcus nichts von dem fehlenden Geld?“

Naomi schüttelte den Kopf. „Wir haben uns gefragt, ob er es herausfinden würde, aber nein. Offenbar hatte Jeremy keine schriftlichen Notizen hinterlassen und mit niemandem gesprochen. Marcus hat nie etwas bemerkt.“ Scheinbar war der älteste Bruder also doch nicht so brillant, wie er behauptete. Ein erheblicher Betrug hatte sich direkt vor seiner Nase abgespielt. „Aber Anthony hätte niemals … Er hätte niemals jemanden umgebracht …“ Naomis Stimme versagte.

„Glauben Sie das wirklich noch?“, fragte Raven.

Ihr Schweigen war Antwort genug.

KAPITEL 26

Es war schon spät, als Raven in die Quay Street zurückkehrte. Eigentlich hätte er jetzt dringend einen ruhigen Abend gebraucht – Fish and Chips aus dem Pappkarton, dazu laute Musik auf den Kopfhörern. Gothic Rock war seine Droge der Wahl: The Cure, The Sisters of Mercy, Joy Division. Inmitten eines unerbittlichen Schlagzeugbeats und kreischender Banshee-Gitarren konnte er sich einem Fest der Düsternis hingeben, gewürzt mit einer ordentlichen Portion Schmerz und einer Prise Melancholie. Tröstlich. Kathartisch. Fast so wohltuend wie ein heißes Bad oder der Lieblingssessel.

Doch zurück in der Realität zog ihn das verworrene, chaotische Leben der Earnshaws runter. Oberflächlich betrachtet schienen sie alles zu haben – ein florierendes Unternehmen, schöne Häuser, attraktive Ehepartner und einen starken familiären Zusammenhalt. Doch sie mussten alles ruinieren, indem sie einander bestahlen und Affären hatten. Und nun war auch noch der älteste Sohn tot.

Eine Tragödie aus dem wirklichen Leben, weit weniger tröstlich als die imaginäre Version, die seine Songtexte heraufbeschworen.

Er schlug die Autotür zu und stapfte die Straße hinunter zu seinem Haus. Nachdem er sich mit der Familie Earnshaw herumgeschlagen hatte, war das Letzte, was er jetzt gebrauchen konnte, eine Konfrontation mit seiner Frau, aber wie am Morgen vereinbart, wartete Lisa auf dem Bürgersteig neben dem überquellenden Container, der mit Schutt und verrotteten Holzbalken beladen war. Ihr blondes Haar wurde von der Straßenlaterne in goldenes Licht getaucht.

Nun, er konnte die Begegnung nicht länger hinauszögern. Besser, er brachte es hinter sich. Die Scheidung war wie eine bittere Pille, die er einfach schlucken musste. Dann konnte er endlich sein Leben weiterleben.

Allein.

Lisa sah nicht gerade erfreut darüber aus, dass er sie hatte warten lassen. „Ich habe mich schon gefragt, ob ich die richtige Adresse habe“, sagte sie mit jenem vertrauten Tonfall voller versteckter Kritik an seinen Unzulänglichkeiten. Sie blickte zum alten Haus hinauf, das im gelblichen Schein der Straßenlaternen wie aus einem Dickens-Roman wirkte. „Das hier also?“

Raven grunzte. Wenn Lisa die Außenfassade des Hauses schon nicht gefiel, würde sie beim Anblick des Inneren erst recht einen Schock bekommen. „Komm rein.“ Er entriegelte die Tür und stieß sie auf. „Aber tritt nicht in das Loch im Boden.“

Sie trat über die Schwelle und schnappte nach Luft. „Meine Güte, Tom, dieses Haus ist kaum bewohnbar. Es ist ein Wunder, dass die Gemeinde es noch nicht abgerissen hat.“

Angesichts des derzeitigen Stands der Bauarbeiten, oder besser gesagt Abrissarbeiten, war das eine berechtigte Bemerkung. Dennoch sah sich Raven gezwungen, sein Zuhause zu verteidigen. „Es wird schön, wenn es fertig ist. Warst du nicht schon immer begeistert vom Heimwerken?“

Lisa balancierte über die Holzplanke, die den

Eingangsbereich überspannte, und ging auf Zehenspitzen ins Wohnzimmer. Sie schlang den Mantel um die Beine, damit er nicht mit den staubigen Wänden in Berührung kam.

„Warte hier", sagte Raven. „Ich bin gleich wieder da."

Er mühte sich die Treppe hinauf und stellte fest, dass Barry eine neue Runde der Zerstörung losgetreten hatte. Die Neigung des Bauunternehmers, Chaos und Unordnung zu stiften, hatte sich auf fast jeden Raum des Hauses ausgebreitet. Sockelleisten waren abgerissen, Dielenbretter hochgezogen und abblätternder Putz von den Wänden geschlagen worden. Tag für Tag kamen die nackten Grundmauern des Hauses mehr zum Vorschein.

Er zog sich ein frisches Hemd an und sprühte sich kurz mit Deo ein. Zum Duschen war keine Zeit. Und ein Bad hatte er sowieso nicht mehr. Dafür musste er eine vorübergehende Lösung finden – vielleicht morgens vor der Arbeit ins Schwimmbad gehen. Er freute sich auf den hoffentlich nicht mehr allzu fernen Tag, an dem er jeden Morgen mit einer heißen Dusche beginnen und dann Hemd und Krawatte aus dem Einbauschrank auswählen konnte. Er machte sich nicht viel aus Luxus, aber er legte Wert auf sein Äußeres. War es Eitelkeit? Nein, es war einfach die Art, wie seine Mutter ihn erzogen hatte.

Als er wieder herunterkam, inspizierte Lisa den Raum, der einst seine Küche gewesen war. „Ich nehme an, du hattest nicht vor, heute Abend zu kochen, Tom?"

Er erwiderte ihr schiefes Grinsen. „Vielleicht wäre es besser, wenn wir auswärts essen. Unter den gegebenen Umständen."

„Kochen war eh nie deine Stärke, oder?"

Er versuchte nicht, es zu leugnen.

Auf dem Weg in die Stadt kamen sie am Parkplatz am Ende der Straße vorbei. Lisa warf einen Blick auf Ravens Auto. „Du hast also immer noch den BMW? Der muss fast so alt sein wie du."

„So alt ist er nun auch wieder nicht, vielen Dank auch." Ihre Bemerkungen über das Haus mochten berechtigt sein, aber er war nicht bereit, Kritik an seinem BMW zu akzeptieren. „Er fährt noch wie am ersten Tag."

„Genau wie du, was, Tom?" Sie strich sich das Haar aus dem Gesicht und drehte sich zu ihm um, um sein Profil zu betrachten. „Du siehst gut aus, wirklich. Vielleicht liegt es an der Seeluft."

„Die Luft ist hier definitiv frischer als in London."

Oder es lag schlicht daran, dass er nicht mehr mit Lisa unter einem Dach lebte.

Sie schlenderten zu einem ruhigen italienischen Restaurant in der Nähe des Stadtzentrums und wurden an einen Ecktisch mit Kerzen geführt. Der Kellner hielt sie wohl für ein Paar, das einen romantischen Abend verbringen wollte.

Schweigend studierten sie die Speisekarte. Als der Kellner kam, um ihre Bestellungen aufzunehmen, entschied sich Lisa für Tagliatelle mit Meeresfrüchten und Raven für Lasagne. Er rechnete mit einer abfälligen Bemerkung von ihr über seine vorhersehbare Wahl, aber sie schwieg. Vielleicht sparte sie sich ihre Sticheleien für später auf, wenn sie das Thema Scheidung ansprechen würde. Was sie unweigerlich tun musste – vielleicht nach dem Dessert.

Kein Grund, das gute Essen zu ruinieren, oder?

Nachdem der Kellner ihr ein großes Glas Sauvignon Blanc und ihm ein Mineralwasser gebracht hatte, beugte sie sich mit den Ellbogen auf dem Tisch vor. „So, da wären wir also, Tom. Du und ich."

„Du und ich."

Das Kerzenlicht ließ ihre blauen Augen sanft leuchten und ein Lächeln umspielte ihre Lippen. „Wir geben noch immer ein gutaussehendes Paar ab, findest du nicht?"

Ein Grinsen huschte über sein Gesicht. „Doch, das würde ich sagen."

Er meinte es ernst. Lisa war schon immer eine sehr attraktive Frau gewesen und war es immer noch mit ihrem blonden, schulterlangen Haar, der schmeichelhaften Frisur, dem geschmackvoll aufgetragenen Make-up und ihrem ausgeprägten Sinn für Mode. Als sie sich das erste Mal getroffen hatten, hatte er sich sofort in sie verliebt. Und die ersten Jahre ihrer Ehe waren gut gewesen. Sie hatten Spaß miteinander gehabt. Sich ein Zuhause geschaffen. Eine Tochter großgezogen.

Und sich langsam auseinandergelebt.

Letztendlich wusste er, dass er ihren Erwartungen an einen Ehemann nicht gerecht geworden war. Seine Arbeitszeiten waren nur insofern vorhersehbar, als sie lang und unregelmäßig waren; er zeigte wenig Begeisterung für ihre ständig wechselnden Einrichtungswünsche und er bestand darauf, sein unpraktisches Auto zu fahren.

Aber sein größter Fehler war gewesen, die Arbeit über die Familie zu stellen. Es war allein seine Schuld, dass sie ihn verlassen und sich einen anderen Mann gesucht hatte.

„Wie geht es Graham?“ Am besten brachte er das heikle Thema gleich hinter sich. Dann konnten sie vielleicht klären, was sie hier in Scarborough tat und was sie von ihm wollte.

Lisas Lächeln erstarb. „Wir haben uns getrennt.“

Nun, das war nicht gerade das, was er erwartet hatte.

Sie hob ihr Weinglas an die Lippen, nahm einen nervösen Schluck, beobachtete ihn aufmerksam und wartete auf seine Reaktion.

Aber was hätte er sagen sollen? Tut mir leid? Geschieht ihm recht? Schon jemand anderen gefunden?

Tränen glänzten in ihren Augen, doch sie wischte sie fort. „Nun, du könntest wenigstens *etwas* sagen, Tom. Ich bin gerade hunderte Meilen gefahren, um dir das zu sagen. Du könntest so tun, als würde es dich interessieren.“

„Tut mir leid.“

„Das ist nett von dir. Aber meinst du das wirklich? Oder bist du eigentlich ganz froh? An deiner Stelle wäre ich vermutlich ziemlich schadenfroh.“

„Na ja“, gab er zu, „vielleicht ein bisschen.“ Doch ehrlich gesagt hatte er die Trümmer seiner Ehe hinter sich gelassen. Die Affäre hatte vor einem Jahr begonnen, und er hatte seit Monaten davon gewusst. Jetzt war er in eine andere Stadt gezogen und hatte sich hier in Yorkshire ein neues Leben aufgebaut. Was spielte es für eine Rolle, dass Lisas Affäre zu Ende war? Der Schaden war angerichtet.

„Graham hat Schluss gemacht“, fuhr sie fort und schien das Bedürfnis zu haben, sich zu erklären. „Er meinte, ich sei zu *flatterhaft*. Er wolle jemanden, der zuverlässiger ist. Ich habe ihm gesagt, dass er das hätte bedenken sollen, bevor er eine Affäre mit einer verheirateten Frau anfing.“

Raven unterdrückte ein Grinsen. „Ich hoffe, du hast ihm gesagt, was für ein absoluter Scheißkerl er ist.“ Worte, die er selbst gerne ausgesprochen hätte.

„Das habe ich. Ich habe ihn noch viel schlimmer beschimpft. Aber ich weiß, dass eigentlich alles meine Schuld war. Das ist mir jetzt klar. Ich hätte dich nie so behandeln dürfen. Ich habe alles ruiniert. Es tut mir leid.“

„Danke.“ Raven spürte, wie viel es sie gekostet haben musste, zuzugeben, dass ihre Affäre ein Fehler gewesen war.

Der Kellner kam mit Tellern und Schüsseln voller Essen und führte eine aufwendige Darbietung vor, bei der er schwarzen Pfeffer aus einer überdimensionalen Mühle servierte. Als er wieder verschwand, streckte Lisa die Hand aus und ergriff Ravens.

„Es tut mir wirklich leid, Tom. Wenn ich alles rückgängig machen könnte, würde ich es tun. Aber ich weiß, dass ich das nicht kann. Also bitte ich dich um Verzeihung und will dir beweisen, dass ich es ernst meine.“

„Warte, was sagst du da, Lisa?“ Er befreite sich sanft aus ihrem Griff. „Was willst du mir beweisen?“

„Meine Reue.“

„Das verstehe ich nicht.“

„Ich will es wiedergutmachen. Damit du mich zurücknimmst.“

Er schüttelte traurig den Kopf. „Deshalb bist du also nach Scarborough gekommen. Um mich um Vergebung zu bitten. Dafür ist es zu spät, Lisa.“

Wenn sie durch seine Zurückweisung verletzt war, ließ

sie es sich nicht anmerken. „Sag nicht gleich Nein, Tom. Nicht, ohne uns eine Chance zu geben. Ich möchte, dass wir es noch einmal versuchen. Das letzte Jahr hinter uns lassen. Wir könnten doch mit einem Familienweihnachten beginnen – du, ich und Hannah."

„Hannah?" Lisa musste wissen, dass sie ihre Trumpfkarte ausspielte. Raven hatte sich danach gesehnt, seine Tochter häufiger zu sehen, seit er London verlassen hatte. Er wusste, dass sein größter Fehler darin bestand, nicht mehr Zeit mit Hannah verbracht zu haben, als sie noch jung war. „Ich habe sie bereits für Weihnachten nach Scarborough eingeladen", sagte er.

Lisa lachte, aber nicht gehässig. Ihr Amüsement über seine Dummheit schien echt zu sein. „Tom, du kannst doch nicht erwarten, dass sie bei dir auf der Baustelle wohnt. Wie willst du kochen? Wo soll sie schlafen?"

Raven wusste, dass sie recht hatte. Die Hoffnung, dass sein Haus in den nächsten Wochen bewohnbar sein würde, war eine Illusion.

Lisa spürte, wie seine Entschlossenheit ins Wanken geriet. „Eine Freundin hat mir ein wirklich hübsches Hotel im Zentrum von York empfohlen. Ich könnte mit Hannah im Zug kommen. Wir könnten ein paar Tage bleiben, den Weihnachtsmarkt besuchen, im Dom Weihnachtslieder singen und eine Stadtrundfahrt machen. Was hältst du davon, Tom?"

Die Aufregung stand ihr ins Gesicht geschrieben, war in ihren Augen und ihrer Stimme zu erkennen. Sie war wie die Lisa von einst, die Frau, die sein Herz gestohlen hatte. Ihr Wunsch nach Versöhnung schien aufrichtig zu sein. Und Weihnachten mit seiner Frau und seiner Tochter zu verbringen … Wäre das nicht ein wahr gewordener Traum?

Doch Raven war schon einmal enttäuscht worden. Würde er das Risiko ein zweites Mal eingehen?

„Ich muss darüber nachdenken, Lisa. Gib mir Zeit. Ich gebe dir Bescheid, wenn wir uns morgen Abend sehen."

*

Tony stieß die Tür des Pubs auf und trat ein. Eine Welle warmer Luft schlug ihm entgegen und ließ seine Brille sofort beschlagen. Ein Ärgernis, das die Kurzsichtigkeit mit sich brachte, besonders wenn man an einem kalten Winterabend gerne ein Glas Bier trank. Er wartete, bis sich der Nebel so weit gelichtet hatte, dass er wieder sehen konnte, und ging dann zur Bar hinüber.

Am Samstagabend war der Laden brechend voll, es gab nur noch Stehplätze. Aber das kam ihm gelegen. Tony war hier, um Leute zu treffen, so viele wie möglich. Erstmal aber konnte er einen Drink gebrauchen. Er erkannte das vertraute Salt-Castle-Design, das zwei der Zapfanlagen zierte, und traf seine Wahl. „Ein India Pale Ale, bitte."

Er wartete, während die bernsteinfarbene Flüssigkeit ins Glas floss, bezahlte und nahm den ersten Schluck. Zufrieden leckte er sich die Lippen. Genau die richtige Mischung aus malziger Süße und bitterem Hopfen. Aromatisch, erfrischend und sehr geschmacksintensiv. Eines war sicher – Gavin Thompson wusste definitiv, wie man gutes Bier braute.

Mit der freien Hand griff Tony nach dem Foto, das er mitgebracht hatte. Raven hatte ihn gebeten, Anthonys Bewegungen vom Vorabend zu rekonstruieren, und da der Verkaufsleiter behauptet hatte, die Hälfte der Pubs in Scarborough abgeklappert zu haben, würde das wohl eine lange Nacht werden. Immerhin gab es Trost in flüssiger Form. Er nahm einen weiteren Schluck und begann seine Arbeit.

„Entschuldigen Sie bitte. Polizei North Yorkshire. Erkennen Sie diesen Mann? War er gestern Abend hier oder in einem der anderen Lokale? Schauen Sie genau hin, es besteht keine Eile."

KAPITEL 27

Sonntagmorgen, aufwachen. Der Tag beginnt früh, wenn ein kleines Kind dein Leben bestimmt. Hannah stürmt ins Schlafzimmer und zerrt an Ravens Arm. „Daddy, wach auf!" Er dreht sich um und öffnet die Augen, um sie anzuschauen. In diesem Alter ist sie ganz Lisa – funkelnde Augen, glänzendes Haar, ein bezauberndes Kichern. Ravens Züge werden sich erst später herauskristallisieren, weniger im Äußeren, vielmehr als unterschwellige Traurigkeit – ein Schatten in den Augen, ein Zögern im Lachen. Im Moment könnte sie nicht glücklicher sein. „Daddy, es ist Zeit aufzustehen, ich will in den Park!" Widerstand ist zwecklos. „Okay, okay." Raven stupst Lisa an und gemeinsam beginnen sie mit dem morgendlichen Ritual: Duschen, Anziehen, Frühstücken, begleitet vom ständigen Geplapper und den Fragen ihrer kleinen Tochter. Sie nehmen sie mit auf einen frühen Spaziergang durch den Park. Für diese Uhrzeit ist erstaunlich viel los – Hundebesitzer, Jogger und andere Familien mit kleinen Kindern, die wie Verrückte über die verschlungenen Wege rennen. Die Bäume stehen da wie kahle Skelette, aber ein dichter Teppich aus gelben Blättern liegt über dem Gras. Hannah schwingt zwischen Lisa und Raven, eine kleine Hand in Lisas Hand, eine in seiner. „Ich will fliegen!" Sie heben sie über eine Pfütze, ihre winzigen rosa Stiefel streifen knapp das schlammige Wasser. Lisa trägt einen langen grünen Regenmantel, Raven wie immer Schwarz. „Wird es an Weihnachten schneien?", fragt Hannah. „Das werden wir sehen", sagt Lisa. „Aber an Weihnachten schneit es doch immer!" Hannah ist auf dem Höhepunkt ihrer Vorfreude auf das bevorstehende Fest, alt genug, um genau zu wissen, was sie erwartet, aber immer noch jung genug, um nicht zu ahnen, dass die ganze Sache mit dem Weihnachtsmann nichts weiter als ein ausgeklügelter Schwindel sein könnte, Teil einer größeren Verschwörung von Elfen, Zahnfeen und Kobolden. „Platsch!", ruft sie, während sie mit den Stiefeln in Pfützen springt und Matsch auf Ravens Hose spritzt. Sein Telefon klingelt, und er holt es aus den Tiefen seiner Jackentasche. Lisa blickt finster drein. „Muss das sein, Tom? An einem Sonntag?" Aber er nimmt den Anruf trotzdem an. „Es ist etwas dazwischen gekommen", sagt er zu ihr. „Ich muss zur Arbeit." Sie wendet sich ab, und in Ravens Welt tut sich ein winziger Riss auf, der sich eines Tages zu einem gewaltigen Abgrund ausweiten und alles verschlingen wird, was er liebt …

Das Handy klingelte immer noch. Ravens Hand schob sich unter der Bettdecke hervor und tastete in der Dunkelheit unbeholfen danach. „Hallo?"

„Entschuldigen Sie, dass ich Sie an einem Sonntagmorgen störe, Sir."

„Schon gut, Tony. Was gibt's?" Raven setzte sich auf und schaltete die Nachttischlampe ein. Es war acht Uhr, draußen war es noch stockfinster, aber die Möwen waren bereits in der Luft und kreischten so laut, dass es jeder mitbekam.

„Es geht um Anthonys Alibi. Es ist, gelinde gesagt, wackelig."

„Sagen Sie mir, was Sie herausgefunden haben."

„Ich habe gestern Abend eine Tour durch die Pubs gemacht, wie Sie gesagt haben, habe mit den Wirten und Stammgästen gesprochen und ihnen Anthonys Foto gezeigt. Niemand konnte mit Sicherheit bestätigen, dass er dort war. Zumindest nicht, bis er mit Gavin in der Kneipe landete. Davor kann man nicht sagen, wo er gewesen ist."

„Er hätte also leicht zur Brauerei zurückgehen und seinen Bruder töten können. Danke, Tony."

Ein Fortschritt bei den Ermittlungen gegen Anthony, aber noch nicht genug für eine Anklage wegen Mordes. Er musste eine Verlängerung beantragen, um ihn weitere vierundzwanzig Stunden festzuhalten, und dafür brauchte er die Zustimmung seiner Vorgesetzten. Ob Gillian sich über einen Besuch von ihm an einem Sonntagmorgen freuen würde? Wahrscheinlich nicht, aber es ließ sich nicht vermeiden.

Er zog sich an und ging zu seinem Auto, die Hände tief in den Taschen vergraben, um sich gegen die Kälte zu schützen. Es war knapp über dem Gefrierpunkt, und der stählerne Himmel versprach Schnee.

Das alte Schwimmbad neben dem Peasholm Park, in dem er schwimmen gelernt hatte, war inzwischen geschlossen und durch ein neues, modernes Sportzentrum weiter außerhalb ersetzt worden. Er fuhr dorthin und meldete sich an der Rezeption, wobei er sich in seinem schwarzen Mantel völlig deplatziert fühlte. Der warme Innenraum war hell beleuchtet und voll mit bunten Plakaten für Schwimmkurse, Fitnessprogramme und Cardio-Training.

„Schwimmbad, Gym oder Kursraum?", fragte das motivierte junge Ding am Empfang in Shorts und T-Shirt.

Raven schaute sich verlegen in der hallenden Eingangshalle um. „Eigentlich möchte ich nur duschen."

Das Mädchen war sichtlich verwirrt. „Ich könnte Ihnen eine Schwimmkarte anbieten."

„Das wird reichen."

„Tageskarte oder Mitgliedschaft?"

Raven dachte an den derzeitigen Zustand seines Badezimmers. Ein ausgehöhlter Raum mit nackten Backsteinen. Keine Heizung, kein Fußboden, keine Hoffnung. „Die Mitgliedschaft, bitte."

Nachdem er geduscht und sich rasiert hatte, kehrte er

zu seinem Auto zurück und fuhr nach Norden. Detective Superintendent Gillian Ellis wohnte im selben Stadtteil wie Greg und Denise Earnshaw, allerdings etwas weiter im Landesinneren, abseits von Meer und Burg. Von hier aus hatte man einen Blick auf gepflegte Rasenflächen, gestutzte Hecken und in peniblen Rechtecken angelegte Tennisplätze, alles ordentlich und adrett. Gillians Einfamilienhaus mit seiner edwardianischen Backsteinfassade, der Veranda und den hohen Schornsteinen war das genaue Gegenteil von Ravens bescheidener Behausung im Herzen der überfüllten Altstadt. Er läutete und wartete.

Sie öffnete die Tür und ein Anflug von Missmut huschte über ihr Gesicht, als sie sah, wer gekommen war. „Tom, was führt Sie so früh am Sonntagmorgen hierher?“

„Verzeihen Sie die Störung, Ma’am, aber ich würde gerne kurz mit Ihnen über Anthony Earnshaw sprechen.“

Sie nickte und führte ihn in ein geräumiges Wohnzimmer, in dem klassische Musik in hoher Lautstärke aus Deckenlautsprechern erklang. Für Ravens ungeschultes Ohr klang die Musik schrill und unharmonisch. Zweifellos modern, von einem Komponisten, von dem er garantiert noch nie etwas gehört hatte. Gillian drehte die Lautstärke herunter, sodass nur noch ein leiser, atonaler Klang zu hören war – gerade laut genug, um Ravens Nerven zu strapazieren.

Anders als in der Wohnung von Anthony und Olivia gab es in diesem Zimmer keine dezenten Weißtöne. Die Wände waren strahlend weiß, perfekt, um die großformatigen, farbenfrohen Gemälde zur Geltung zu bringen. Gillians Geschmack in Sachen Inneneinrichtung – wie in allen anderen Angelegenheiten – war ausgeprägt und kühn, ohne jeden Selbstzweifel.

Sie ließ sich in einem Ledersessel neben einem gläsernen Couchtisch nieder, auf dem eine Auswahl seriöser Sonntagszeitungen lag, und lud ihn ein, ihr gegenüber Platz zu nehmen. Tee oder Kaffee wurden nicht angeboten. Offensichtlich rechnete sie mit einem kurzen Besuch. „Also, was kann ich für Sie tun, Tom?"

„Ich möchte eine Verlängerung der Untersuchungshaft für Anthony Earnshaw um weitere vierundzwanzig Stunden beantragen."

An ihrem finsteren Gesichtsausdruck erkannte er, dass sein Anliegen schlecht angekommen war. „Und der Grund für diese Verlängerung?"

„Er hat ein Motiv für den Mord an seinem Bruder Marcus, ebenso wie für den Anschlag auf Sam. Zudem hat er ein starkes Motiv für den Mord an Jeremy Green, dem ehemaligen Finanzdirektor der Brauerei."

Gillians Stirn legte sich noch tiefer in Falten. „Mir war nicht bewusst, dass Sie in zwei Mordfällen ermitteln."

Raven legte seine Argumente dar, schilderte den Finanzbetrug, den Naomi beschrieben hatte, und erklärte, wie Jeremy von Anthony verlangt hatte, das Geld an die Firma zurückzuzahlen und wie auffällig günstig der Zeitpunkt von Jeremys Tod für Anthony gewesen war.

„Dr. Felicity Wainwright hält es ebenfalls für möglich, dass Jeremy Green ermordet wurde", schloss er. „Aber ich brauche mehr Zeit, um weiter zu ermitteln. Bisher haben wir Zeugen, die bestätigen, dass Anthony sich nur wenige Stunden vor dem Fund von Marcus' Leiche mit ihm in der Brauerei gestritten hat. Wir konnten sein Alibi zur Tatzeit nicht bestätigen. Und wir wissen, dass Marcus von jemandem getötet wurde, der mit der Brauerei zu tun hatte – jemand, der wusste, wie man die Aufnahmen der Überwachungskameras löscht. Was uns noch fehlt, ist ein klarer Beweis, dass Anthony zur Tatzeit am Tatort war."

Becken schepperten, eine stakkatoartige Tonfolge ertönte aus den verdeckten Lautsprechern. Gillian legte nachdenklich die Fingerspitzen aneinander. „Es tut mir leid, Tom, aber das kommt mir alles ziemlich weit hergeholt vor. Der Gerichtsmediziner hat den Tod von Jeremy Green als Unfall eingestuft. Ich finde in den aktuellen Ermittlungen nichts, was eine Wiederaufnahme des Falles rechtfertigen würde."

Die Enttäuschung in seinem Gesicht musste offensichtlich gewesen sein, denn Gillian fügte hinzu: „Ich gebe zu, dass ich anfangs skeptisch war, ob Sam wirklich vor das Auto gestoßen wurde. Jetzt muss ich zugeben, dass Sie damit recht hatten. Aber ich kann Ihre Theorie nicht akzeptieren, dass Anthony eine Art mörderisches Superhirn ist. Das ist mir zu konstruiert. Sie müssen sich an die Fakten halten. Wenn Sie keine forensischen Beweise oder einen Augenzeugenbericht haben, die Anthony zur Zeit und am Ort des Verbrechens verorten, dann haben Sie keine Grundlage, ihn weiter festzuhalten."

„Das heißt, mein Antrag auf Haftverlängerung …"

„Wird abgelehnt. Sonst noch etwas?"

Raven erhob sich. „Nein, Ma'am. Ich lasse Sie dann in Ruhe Ihren Sonntag genießen."

*

Frustriert kehrte Raven von seinem Besuch bei Gillian zurück. Sie würden Anthony gehen lassen müssen. Er würde Tony anrufen und ihm Bescheid geben. Er wünschte, er hätte überzeugendere Argumente für eine weitere Inhaftierung vorbringen können. Ihm war klar, dass er keine Beweise für seine Theorie hatte, aber er war mehr denn je davon überzeugt, dass Jeremys Tod kein Unfall gewesen war. Nicht nach allem, was sich in der Brauerei zugetragen hatte. Zwei Direktoren tot, einer vor einen Van gestoßen. Und doch sah es so aus, als hätte Anthony jedes Mal seine Spuren verwischt.

Sein Telefon klingelte und riss ihn aus seinen Gedanken.

Als er sah, dass Hannah anrief, machte sein Herz einen Sprung.

„Hey, Dad, wie geht's?"

„Gut", sagte Raven und übernahm automatisch den fröhlichen Ton seiner Tochter. Kein Grund, ihr zu erzählen, dass sein Haus eine Baustelle war und seine Chefin gerade all seine Hoffnungen auf einen

Ermittlungserfolg zerschlagen hatte. Lieber auf das Positive konzentrieren. „Wie läuft's bei dir? Wie ist die Uni?"

„Großartig. Sehr viel zu tun. Sorry, dass ich mich so selten melde."

„Mach dir keinen Kopf. Ich nehme an, du bist zu sehr mit Lernen und Spaßhaben beschäftigt."

„Ja, so ungefähr. Hör zu, ich habe von Mum gehört. Sie sagt, sie ist in Scarborough."

„Stimmt. Sie hat mich mit einem unangekündigten Besuch überrascht."

„Also, was ist da los? Ich habe gehört, sie und Graham haben sich getrennt."

„Das hat sie mir auch gesagt." Aber was genau da los war, das war eine sehr gute Frage. „Was würdest du davon halten, wenn wir Weihnachten als Familie verbringen? Wir drei zusammen. Vielleicht in York?"

„Ich dachte, du wolltest, dass ich dich in Scarborough besuche."

Wieder tauchte vor seinem inneren Auge das Bild von freiliegendem Mauerwerk, kahlem Putz, fehlenden Dielenböden und einem gänzlich fehlenden Badezimmer auf. Es war wie eine Szene aus einem Horrorfilm, die sich weigerte zu verschwinden. „Mein Haus ist vielleicht nicht rechtzeitig fertig."

„Okay, ich hätte Lust. Aber wenn es wirklich darum geht, dass du und Mum wieder zusammenkommt, dann ist das eure Sache. Zieht mich da nicht rein."

Raven seufzte. Er wusste, dass Lisas Vorschlag, Weihnachten als Familie zu verbringen, eigentlich nur ein Codewort dafür war, wieder dauerhaft zusammenzukommen. Eine Wiedervereinigung auf Probe vor einer endgültigen Versöhnung. Aber war das wirklich, was er wollte?

Wenn er auf Hilfe von Hannah gehofft hatte, hielt sie sich wohlweislich heraus.

„Okay, Liebling. Dann denken wir einfach alle mal drüber nach. Es gibt keinen Grund zur Eile. Überhaupt keine Eile.“

Immerhin waren es noch drei Wochen bis Weihnachten.

KAPITEL 28

Es war abzusehen, dass es eine steife Angelegenheit werden würde – vielleicht eines der unangenehmsten Familientreffen aller Zeiten. Aber Becca hatte kaum eine Wahl, ob sie hingehen wollte oder nicht. Sie musste, Sam zuliebe.

Die Zusammenkunft war organisiert worden, um seine Rückkehr nach Hause zu feiern – nach über einem Jahr im Krankenhaus. Becca hatte sich gefragt, ob Denise angesichts der jüngsten Ereignisse das Ganze nicht doch absagen oder verschieben würde. Doch wenn überhaupt, dann hatte Marcus' Tod ihren Entschluss nur bestärkt, ein möglichst perfektes Beisammensein zu veranstalten. Es schien, als wäre sie fest entschlossen, das Leben des einen Sohnes zu feiern, während sie um den Verlust des anderen trauerte.

„Aber ich weiß nicht, was ich sagen soll." Becca war schon vor den anderen Gästen im Haus angekommen, um sich um Sam zu kümmern, und saß mit ihm in der unteren Hälfte des Wohnzimmers. Er hatte es sich in einem großen Sessel gemütlich gemacht, während sie auf einem Hocker Platz genommen hatte.

Er schenkte ihr ein aufmunterndes Lächeln. „Mach dir keine Sorgen. Du schaffst das schon. Sei einfach du selbst.“ Er streckte die Hand aus und drückte ihre fest.

Leicht gesagt, dachte Becca. Für ihn war das hier sein Zuhause, seine Familie – nicht ihre. „Wie hast du geschlafen letzte Nacht?“

„Wie ein Stein. Es war schön, wieder im eigenen Bett zu liegen. Krankenhäuser sind einfach furchtbar laut.“

Becca lächelte milde. Sam hatte ein ganzes Jahr lang geschlafen, ohne sich zu rühren, egal, wie viel Lärm sie oder die Ärzte und Krankenschwestern gemacht hatten.

Das Haus in der Scalby Mills Road war riesig. Beccas Großeltern wohnten nicht weit entfernt, aber ihr Zuhause war viel bescheidener. Überall standen Stühle für die Gäste bereit, und Greg war damit beschäftigt, Untersetzer zu verteilen, Stühle zu verrücken und zwischen Wohnzimmer, Flur und Esszimmer hin und her zu laufen. Er trug einen dunklen Anzug mit Krawatte, als wäre er auf einer Trauerfeier. Becca fragte sich, ob sie mit ihrer weiten Hose und dem Rollkragenpullover vielleicht zu leger gekleidet war. „Wie viele Leute hat deine Mutter eingeladen?“, flüsterte sie Sam zu.

„Nur Familie und enge Freunde.“

Sie war kurz davor zu fragen, wie groß Sams Familie war, konnte sich aber gerade noch rechtzeitig bremsen. *Ein Sohn tot, ein anderer in Polizeigewahrsam.* Sie würde auf jedes ihrer Worte achten müssen, um keinen schrecklichen Fauxpas zu begehen.

Sie zog ihre Hand aus seiner und legte beide Hände auf ihren Schoß. Normalerweise konnte sie sich in Sams Gesellschaft völlig entspannen, aber aus irgendeinem Grund fühlte sie sich heute im Gespräch mit ihm verkrampft. Sie stand auf, weil sie das Bedürfnis verspürte, sich zu bewegen und etwas Sinnvolles zu tun. „Ich helfe deiner Mutter in der Küche.“

Er lächelte sie an. „Das wird sie bestimmt zu schätzen wissen.“

Sie ging in die Küche im hinteren Teil des Hauses. Wie

alle Räume war auch dieser riesig – endlose Arbeitsplatten aus Granit, die sich in alle Richtungen erstreckten, in der Mitte eine große Kochinsel. Denise stand vor der Insel und trug eine Kochschürze über einem dunklen Samtkleid, sodass Becca mehr denn je davon überzeugt war, dass sie etwas Formelleres hätte tragen sollen. Aber Denise schien ihre Ankunft nicht zu bemerken. Sie war zu sehr damit beschäftigt, ihre widersprüchlichen Gefühle unter Kontrolle zu halten, indem sie sich dem Berg von Speisen widmete – Sandwiches, Mini-Quiches, Würstchen im Teigmantel, Hähnchenschenkel, Samosas, Salate und Dips.

Becca blieb im Türrahmen stehen und begann zu bereuen, dass sie Sam allein gelassen hatte. Sie und Denise hatten sich in der Zeit vor Sams Genesung heftig gestritten. Es war Denise gewesen – und auch Greg, auf Dr. Kirtlingtons Anraten hin –, die sich dafür eingesetzt hatten, die lebenserhaltenden Maßnahmen zu beenden. Becca hatte sie wieder und wieder angefleht, ihre Meinung zu ändern, doch Denise war hart geblieben.

Seit Sam aus dem Koma erwacht war, hatten sie nicht mehr darüber gesprochen.

Denise blickte von ihrer Arbeit auf, und Becca sah sofort, dass ihre Augen rot und geschwollen waren. Sie hatte ihr Gesicht mit Make-up bedeckt, um zu verbergen, dass sie geweint hatte, aber ihr Kummer drängte sich durch die Schichten von Foundation und Concealer unaufhaltsam an die Oberfläche.

Mitgefühl durchfuhr Beccas Herz, und sie wusste: Was auch immer zwischen ihnen vorgefallen war – Denise war Sams Mutter. Und Becca musste einen Weg finden, die alten Streitereien hinter sich zu lassen. „Hi“, sagte sie betont freundlich und zwang sich zu einem Lächeln. „Wie kann ich helfen?“

Ein trauriges Lächeln huschte über Denises Gesicht. „Oh, das ist so nett, Becca. Könntest du diese Karotten und Selleriestangen schneiden?“ Sie deutete auf ein hölzernes Schneidebrett, auf dem sich ein Haufen geputztes Gemüse befand.

„Kein Problem." Becca nahm ein Küchenmesser mit langer Klinge und machte sich an die Arbeit. Die Klinge war scharf und schnitt durch die Möhren und den Sellerie wie durch Butter.

Denise ließ den Blick über die vollen Teller, Schüsseln und Platten wandern. „Meinst du, es reicht für alle?"

Becca war sich sicher, dass man mit dem Buffet locker eine ganze Kleinstadt hätte versorgen können. „Ganz bestimmt. Und es kommen doch nur Familie und Freunde, oder?"

„Ja. Menschen, die wir schon lange kennen. Und eine Person, die wir ewig nicht gesehen haben …" Denise sprach den Satz nicht zu Ende, und Becca fragte sich sofort, wen sie damit meinte.

„Jemand, den ich kenne?", fragte sie unschuldig. Trotz der Umstände konnte sie ihren Spürsinn nicht ganz ausschalten. War das eine Berufskrankheit oder war sie schon immer so neugierig gewesen?

Denise schaute aus dem Fenster, ihr Blick war auf das ferne Grau des Meeres gerichtet. „Es ist schon so lange her. Ich hoffe, es war eine gute Idee, ihn einzuladen. Aber unter diesen Umständen dachte ich …"

„Ja?", sagte Becca, nun noch gespannter. Sie wartete auf Details, aber bevor Denise mehr sagen konnte, läutete es an der Tür.

„Oh, das ist die Tür. Ich gehe lieber mal aufmachen." Denise streifte ihre Schürze ab und eilte auf den Flur hinaus. Becca hatte ihre Chance verpasst, die Identität des mysteriösen Gastes zu erfahren, aber mit etwas Glück würde sie es bald herausfinden.

Kurz darauf drangen Stimmen aus dem Flur – Begrüßungen, Beileidsbekundungen. Die Party aus der Hölle hatte begonnen.

*

Die A169 westlich von Scarborough zog sich schnurgerade

durch sanftes Weideland. Es gab nicht viel zu sehen, nur Baumreihen und weiße Punkte von Schafen auf grünem Grund. Das Land stieg allmählich an, als wolle es dem Himmel entgegenwachsen.

„Fahr einfach weiter auf dieser Straße. Es ist nicht mehr weit."

Jess hatte sich bereit erklärt, den Land Rover zu fahren, während Scott ihr den Weg wies. Noch immer verhielt er sich geheimnisvoll und weigerte sich, ihr zu sagen, wohin sie fuhren. „Es macht mehr Spaß, wenn's eine Überraschung ist", hatte er gesagt.

„Fahren wir ins Moor?", fragte sie.

„So ungefähr. Okay, bieg hier ab. Wir halten auf dem Parkplatz."

Sie lenkte den Land Rover auf etwas, das kaum mehr als eine Haltebucht am Straßenrand war. „Wir sind mitten im Nirgendwo."

„Ja". Er öffnete die Tür und stieg aus. Jess sprang heraus und gesellte sich zu ihm.

Ein Schild wies den Ort als Saltergate Car Park aus, obwohl weit und breit kein Dorf oder Haus zu sehen war. Sie überquerten die Straße, und nach kurzer Zeit fiel das Gelände plötzlich ab und gab den Blick auf eine große Senke frei. Jess trat an den Rand und schaute hinunter.

Eingebettet in die Moorlandschaft lag ein gewaltiges natürliches Amphitheater, das sich über mehr als eine Meile erstreckte. Im Spätsommer oder Herbst musste es spektakulär aussehen – ein Meer aus lila Heidekraut. Jetzt, da die Blüten längst verblüht waren, bildete die Mulde ein Mosaik aus Braun-, Grün- und Goldtönen.

„Man nennt es das Loch von Horcum", erklärte Scott.

„Es ist wunderschön. Ist es das, was du mir zeigen wolltest?"

„Nein, komm mit."

Er führte sie zurück über die Straße und einen Weg entlang, der nach Osten führte. „Sie nennen ihn Old Wife's Way." Sie folgten dem Pfad etwas mehr als eine Meile, bis er sich gabelte. Sie nahmen die linke

Abzweigung. „Siehst du es?“

Jess brauchte nicht zu fragen, was er meinte. Vor ihnen erhob sich ein gedrungener, kegelförmiger Hügel mit einer nahezu perfekten, regelmäßigen Form.

„Sein Name ist Blakey Topping“, sagte Scott. „Es ist ein heiliger Hügel. Manche Leute glauben, dass Hügel wie dieser als Vorbild für prähistorische Grabhügel gedient haben. Die Gegend hier ist voller alter Relikte – Steinhügel und stehende Steine.“

„Kann man da hinaufsteigen?“

„Sicher.“

Der Aufstieg war für Jess nicht sonderlich schwer, aber er war steil und an manchen Stellen rutschig. Als sie oben ankam, schnaufte und keuchte sie. Aber die Aussicht war die Anstrengung wert. Von hier aus konnte sie kilometerweit über das raue Moorland blicken. Sie setzte sich ins nasse Gras und zog die Knie an.

Scott hockte sich neben sie. „Eine alte Legende besagt, dass der Riese Wade eines Tages einen Streit mit seiner Frau hatte. Er packte einen großen Erdklumpen und warf ihn nach ihr. Zum Glück zielte er schlecht und verfehlte sie, aber das Loch von Horcum markiert die Stelle, an der er die Erde herausriss, und Blakey Topping ist die Stelle, an der sie landete.“

„Und Old Wife’s Way ist dann wohl der Pfad, auf dem sie geflüchtet ist.“

Das Moor war voller solcher Mythen und Legenden. Von Hexen, vom Feenvolk, aber vor allem von Wade und seiner Old Wife Bell.

„Siehst du die Steine da?“ Scott zeigte auf vier verwitterte, aufrecht stehende Steine am Fuß des Hügels. „Manche Leute glauben, sie waren Teil eines Steinkreises. Andere sagen, sie waren Teil einer Linie. Dahinter liegt ein Erdwall mit weiteren Steinen, und noch weiter entfernt findet man ein Steinhaufenfeld und Hügelgräber.“

„Dieser Ort bedeutet dir viel.“

„Meine Mutter hat mich manchmal hierhergebracht. Wir gingen den Weg, den wir gerade gekommen sind, und saßen hier auf der Hügelkuppe. Sie erzählte mir Geschichten von Riesen und Hexen."

Jess nahm Scotts Hand in ihre. „Du vermisst sie sehr, nicht wahr?" Scotts Mutter war ermordet worden, als er erst vierzehn Jahre alt war, und er war in ein Kinderheim gekommen.

„Ja. Heute wäre ihr Geburtstag gewesen. Ich komme jedes Jahr an diesem Tag hierher, um mich an sie zu erinnern. Weißt du, hier haben wir ihre Asche verstreut."

Ein Schauder lief Jess über den Rücken. Sie blickte über den kahlen Hügelhang, als könnte jeden Moment graue Asche um sie herum aufsteigen. Doch natürlich war da nichts. Die Luft war vollkommen klar.

„Weißt du", sagte Scott, „da ich an Weihnachten ja deine Familie kennenlerne, wollte ich, dass du auch meine kennenlernst. Ergibt das Sinn?"

„Ich denke schon." Jess wurde klar, dass er sie, indem er sie an diesem besonderen Tag hierhergebracht hatte, in sein Leben ließ, sich ihr öffnete und ihr zeigte, was ihm wichtig war.

„Meine Mutter sagte immer, dass der Dezember zwar das Ende des Jahres markiere, aber kein Grund sei, traurig zu sein. Es sei vielmehr ein Grund zum Feiern, denn von nun an würde jeder Monat ein wenig heller werden. Die antiken Völker, die diese Steine hier aufgestellt haben, versammelten sich zur Sonnenwende, um die Rückkehr der Sonne zu begrüßen. Und ich komme her, weil ich sie immer noch spüren kann, obwohl sie nicht mehr da ist" – er legte die Hand auf seine Brust – „und weil ein Teil von ihr weiterlebt, obwohl sie tot ist. Ich wollte dich herbringen, um dich ihr zu zeigen. Denn seit du in meinem Leben bist, fühlt es sich an, als würde mich das Licht nie wieder verlassen."

⋆

Becca hatte den Sellerie fast fertig geschnitten, als ihr das Messer plötzlich abrutschte. Die Klinge war so scharf, dass sie ihr direkt in die Haut schnitt. „Verdammt!“ Sie hielt ihre Hand unter den Wasserhahn, spülte die Wunde aus und tupfte sie anschließend mit einem Papiertuch trocken.

Aus der Stelle, an der das Messer sie geschnitten hatte, quoll weiterhin Blut. Sie suchte in der Küche nach einem Pflaster und fand schließlich eines in einer Schublade unter der Arbeitsplatte. Der Schnitt war nicht tief und ein einziges Pflaster reichte aus, um die Blutung zu stoppen. Zum Glück war kein Blut auf das Essen geraten.

Sie legte Schneidebrett und Messer neben die Spüle und begann dann, Schüsseln mit Essen ins Esszimmer zu tragen, wo ein langer Tisch mit Tellern, Gläsern und Besteck gedeckt war.

„Ich helfe dir.“ Eine junge Frau mit einem kurzen, stacheligen Haarschnitt und lila Strähnen betrat den Raum. Wenn Becca sich Sorgen gemacht hatte, zu leger gekleidet zu sein, waren diese nun verflogen. Der Neuankömmling war sogar noch legerer angezogen als sie, gestreiftes Oberteil und eine Jeans-Latzhose. „Mensch, sieh dir nur all das Essen an. Tante Denise muss wohl halb Scarborough eingeladen haben. Ich bin übrigens Ellie, Sams Cousine. Du bist sicher Becca, seine Freundin?“

„Genau. Freut mich, dich kennenzulernen.“ Becca schüttelte ihr über ein Tablett mit Hühnerpasteten hinweg die Hand.

„Sam hätte uns früher vorstellen sollen. Aber manchmal braucht es eine Hochzeit oder eine Beerdigung, um Menschen zusammenzubringen.“ Ellie hielt sich verlegen die Hand vor den Mund. „Ich hätte das nicht sagen sollen. Ich meine, das ist doch keine Beerdigung, oder? Obwohl, eigentlich weiß ich gar nicht, was es ist.“

Becca nickte, erleichtert, dass sie nicht die Einzige war, die sich bei dieser Veranstaltung fehl am Platz fühlte. Sie mochte Ellie auf Anhieb, und gemeinsam trugen sie Teller mit Sandwiches und Quiches ins Esszimmer. „Du machst doch gerade Sams Job in der Brauerei, oder?“, fragte Becca.

„Ich bin für ihn eingesprungen. Anfangs dachte ich, es

wäre nur für ein paar Wochen. Aber na ja, wie du siehst, bin ich immer noch da."

„Glaubst du, du bleibst?"

„Das hängt von Sam ab." Ellie rückte näher an Becca heran und senkte die Stimme. „Was denkst du? Hat er vor, wieder zu arbeiten? Will er seinen alten Job zurück?"

„Ich weiß es ehrlich gesagt nicht. Sam hat noch einen langen Weg vor sich. Der Arzt sagt, er muss einen Schritt nach dem anderen machen." Becca war sich bewusst, dass sie sich der Plattitüden bediente, die Dr. Kirtlington so gerne verwendete. „Und was ist mit dir? Was willst du?"

Ellies Gesicht hellte sich auf. „Ich arbeite wirklich gerne in der Brauerei. Ich hätte nicht gedacht, dass es so viel Spaß machen würde, aber ich mag es total, mit Kunden zu arbeiten und sie zufriedenzustellen."

„Dann solltest du mit Greg sprechen und ihm sagen, was du empfindest. Vielleicht gibt es in der Brauerei Platz für dich und Sam. Besonders jetzt, wo …" Becca brach ab und ließ den Satz unvollendet.

Besonders jetzt, wo Marcus tot ist.

Es war wirklich ein emotionales Minenfeld heute. Zum Glück schien Ellie recht entspannt. „Du hast recht. Ich spreche mit Onkel Greg. Sag mal, was machst du morgen? Wir sollten zusammen Mittag essen. Nur wir zwei. Uns ein bisschen besser kennenlernen."

„Klar, warum nicht? Das wäre schön." Es war lange her, dass Becca etwas mit einer Freundin unternommen hatte, und obwohl sie und Ellie sich gerade erst kennengelernt hatten, war Becca sicher, dass sie einiges gemeinsam hatten.

Sie brachten die letzten Speisen ins Esszimmer. Inzwischen waren mehr Gäste eingetroffen, darunter auch Marcus' Witwe Olivia. Denise kümmerte sich um ihren Enkel Freddie, der auf Olivias Schoß saß. Becca hatte sich gefragt, ob Olivia so kurz nach dem Tod ihres Mannes überhaupt kommen würde. Doch es war offensichtlich, dass Denise und ihre Schwiegertochter Trost in der gemeinsamen Trauer fanden. Vielleicht war das der wahre

Sinn dieser seltsamen Feier – diejenigen zusammenzubringen, die so viel verloren hatten, und gemeinsam einen Weg zu finden, damit umzugehen.

Im Türrahmen stand ein Mann, der unbehaglich und fehl am Platz wirkte. Becca hatte ihn noch nie gesehen, aber seine Ähnlichkeit mit Greg war frappierend.

„Kennst du meinen Dad?", fragte Ellie Becca. „Ich stelle euch vor. Dad, das ist Becca, Sams Freundin."

Der Mann, der Greg so ähnlich sah, dass sie Zwillinge hätten sein können, drehte sich in Beccas Richtung und reichte ihr die Hand. „Keith Earnshaw. Freut mich, dich kennenzulernen."

„Gleichfalls", erwiderte Becca. Vielleicht war dies der geheimnisvolle Gast, den Denise vorhin erwähnt hatte. Seit sie Sam kannte, hatte niemand jemals Keiths Namen erwähnt. Sie fragte sich, was wohl zwischen den beiden Brüdern vorgefallen war.

Keith blickte nervös über seine Schulter. „Ist Greg hier irgendwo?"

„Da kommt er gerade", sagte Ellie.

Greg stürmte den Flur entlang, in einer Hand eine Bierflasche, in der anderen ein Glas. Wenige Schritte vor Keith blieb er stehen, seine Augen glühten vor Wut. „Was machst du hier? Ausgerechnet heute."

Keith trat einen Schritt zurück. „Ich bin gekommen, weil Denise mich eingeladen hat. Aber wenn du möchtest, dass ich gehe …"

„Nein, geh nicht, Keith!" Denise trat vor und stellte sich zwischen die beiden Männer. Sie wandte sich an ihren Mann. „Greg, ich habe Keith eingeladen, weil ich finde, dass die ganze Familie zusammenkommen muss. Wenn so etwas passiert, wird einem klar, dass das Leben zu kostbar ist, um es mit belanglosen Streitereien zu vergeuden. Was auch immer in der Vergangenheit geschehen ist, es ist an der Zeit, dass ihr beide eure Differenzen beiseitelegt. Bitte, Marcus zuliebe."

Gregs Gesicht war finster wie ein Gewitterhimmel, aber nach einem Moment schien sich die Wolke zu verziehen und ein Lichtstrahl brach durch. Seine Stimme zitterte, als er auf seinen Bruder zuging und ihn umarmte. „Keith."

„Greg." Die beiden Männer schlossen sich unbeholfen in die Arme – eine seltsame, rührende Umarmung mitten im Raum.

Ellie beugte sich vor und flüsterte in Beccas Ohr. „Heilige Scheiße. Ich hätte nie gedacht, dass ich das noch erlebe. Sie haben seit Jahren kein Wort miteinander gesprochen."

„Was hat den Bruch verursacht?", fragte Becca, neugierig, wie viel ihre neue Freundin wohl preisgeben würde. Aber Ellie zuckte nur mit den Schultern.

Nachdem die beiden Männer ihr emotionales Wiedersehen beendet hatten und Keith ein Glas Bier bekommen hatte, klopfte Ellie ihm auf die Schulter. „Dad, Becca und ich kommen morgen zum Mittagessen. Kannst du einen Tisch für uns freihalten?"

„Sicher", sagte Keith.

„Dad hat ein Restaurant in der Stadt", erklärte Ellie. „Ist es okay, wenn wir dorthin gehen?"

„Klingt super", sagte Becca.

Es klingelte erneut an der Tür. Da Denise zum Baby zurückgekehrt und Greg in der Küche verschwunden war, ging Becca zur Tür.

Auf der Türschwelle standen ein Mann und eine Frau mittleren Alters. „Oh, hallo." Die Frau trat ohne Umschweife ein und umarmte Becca unerwartet herzlich. „Lassen Sie mich raten. Sie müssen Sams Freundin sein?"

„Becca, genau."

„Sam hat mir viel von Ihnen erzählt. Sie wissen schon – bevor er seinen Unfall hatte. Und ich habe gehört, wie Sie ihm die ganze Zeit, als er im Krankenhaus lag, beigestanden haben. Nicht viele Freundinnen würden das tun, das kann ich Ihnen sagen." Die Frau musterte Becca anerkennend. „Oh, ich bin übrigens Sandra, Gregs Sekretärin aus der Brauerei, und das ist Gavin, unser Braumeister."

Der Braumeister, ein großer, stämmiger Mann, der

sich offenbar schon vor Jahren von seinem letzten Haar verabschiedet hatte, neigte seinen glänzenden Kopf, sagte aber kein Wort. Vielleicht war er es gewohnt, in Sandras Gesellschaft nicht zu Wort zu kommen.

Becca fragte sich, ob die beiden ein Paar waren oder ob es reiner Zufall war, dass sie zusammen angekommen waren. „Schön, Sie kennenzulernen."

„Na los jetzt", sagte Sandra, packte Gavin an der Hand und zog ihn über die Schwelle. „Lunger nicht draußen herum. Lass uns gehen und Greg und Denise suchen."

Becca trat beiseite, um sie vorbeizulassen. Sandra schien der Typ Mensch zu sein, der jede Party in Schwung bringen konnte, egal ob Hochzeit oder Beerdigung. Gut so, denn niemand schien genau zu wissen, was für eine Art Veranstaltung das hier überhaupt war.

Becca kehrte ins Esszimmer zurück und stellte zwei Teller mit Essen für sich und Sam zusammen. Die Feier war inzwischen in vollem Gange, alle tranken Bier oder Wein, ließen sich Denises Häppchen schmecken und brachten Greg und Denise eine Mischung aus Beileidsbekundungen und Glückwünschen entgegen. Sandra machte eine Runde durch den Raum, umarmte und küsste jeden, der ihr über den Weg lief.

Becca ging ins Wohnzimmer, wo Sam etwas verloren auf seinem Platz saß, und reichte ihm den Teller. „Scheint gut zu laufen. Ganz schön viele Leute." Becca hatte die Haustür angelehnt gelassen, damit spätere Gäste hereinkommen konnten. Verschiedene Freunde und Nachbarn kamen vorbei, sodass die Zahl der Gäste beträchtlich anstieg. Es sah so aus, als wäre halb Scarborough hier, und nicht nur enge Freunde und Familie.

Sam stocherte mit der Gabel in seinem Essen herum. „Keine Spur von Anthony. Meinst du, sie haben ihn angeklagt?"

„Ich weiß es nicht." Becca hatte seit seiner Festnahme nichts mehr von Anthony gehört und wusste nicht, wie der aktuelle Stand war. Selbst wenn er freigelassen worden war – hätte er überhaupt den Mut gehabt, hier zu erscheinen, nachdem man ihn beschuldigt hatte, seinen Bruder ermordet zu haben? Die andere Person, die durch ihre Abwesenheit auffiel, war Naomi, Anthonys Frau. Es war schwer vorstellbar, dass sie jemals wieder in den Schoß der Familie aufgenommen werden würde, nachdem sie ihre eigene Ehe und die von Marcus zerstört und eine Reihe von Ereignissen in Gang gesetzt hatte, die mit dem Tod eines Sohnes und der Verhaftung des anderen endeten.

Es läutete erneut an der Tür. Offensichtlich hatte einer der letzten Gäste die Tür hinter sich geschlossen. „Ich gehe nachsehen“, sagte Becca. Sie öffnete die Haustür und unterdrückte ein Keuchen.

Naomi Earnshaw, die sprichwörtliche Femme fatale, stand in einem Kunstpelzmantel über einem kurzen schwarzen Kleid selbstbewusst auf der Schwelle. Ihre Augen blitzten Becca an, dann schritt sie durch die offene Tür, ohne sich die Mühe zu machen, Hallo zu sagen.

Becca folgte ihr ins Esszimmer.

Naomi blieb in der Mitte des Raums stehen. Nach und nach verstummten die Gespräche, während sich alle Blicke auf sie richteten. Becca fragte sich, wie viele der Anwesenden wohl von der Affäre zwischen Naomi und Marcus wussten. Nach der allgemeinen Reaktion auf ihre Ankunft zu urteilen, wahrscheinlich die meisten. Ein solcher Klatsch verbreitete sich bei einem solchen Anlass wie ein Lauffeuer.

Die Stille dehnte sich aus, bis sie unangenehm wurde, und dann marschierte Naomi auf Denise zu, warf ihre Arme um ihre Schwiegermutter und sagte mit tränenerstickter Stimme: „Es tut mir so leid, Denise.“

Ob sie damit ihre Trauer über Marcus' Tod ausdrücken oder sich für die Affäre entschuldigen wollte, war unklar, doch die Tränen, die ihr über die Wangen liefen, waren nicht zu übersehen.

Denise stand steif da und erwiderte die Umarmung nur widerwillig. Doch dann überkamen sie ihre eigenen

Gefühle, sie brach ebenfalls in Tränen aus und hielt Naomi fest an sich gedrückt. Die beiden Frauen verharrten einen Moment in dieser Umarmung, dann lösten sie sich voneinander.

Becca beobachtete Naomis Auftritt mit einer gewissen Bewunderung. So machte man also ein Comeback, allen Widrigkeiten zum Trotz.

Die Spannung im Raum löste sich langsam und die Gespräche wurden wieder aufgenommen. Nur Olivias Gesicht blieb wie versteinert, ihre Augen verfolgten jede Bewegung ihrer Rivalin wie die eines Raubvogels.

Gegen vier Uhr begannen die Gäste, sich zu zerstreuen. Becca ging durch den Raum und räumte Teller und Gläser ab. Als sie mit einem Arm voll Geschirr in Richtung Küche ging, hörte sie laute Stimmen und blieb stehen.

„Du hast wirklich Nerven, dich hier blicken zu lassen!" Es war Olivia. Becca hatte die sonst so sanfte Mutter noch nie so aufgebracht erlebt. „Wie kannst du es wagen, dich in diesem Haus blicken zu lassen? Deinetwegen ist mein Mann tot, und Freddie hat keinen Vater mehr. Ich hoffe, du genießt dein Leben als Frau eines Mörders!"

„Schieb mir nicht die ganze Schuld in die Schuhe!", konterte Naomi. „Wenn du dich besser um deinen Mann gekümmert hättest, hätte er sich nie mir zugewandt. Du wolltest doch nur ein Kind, aber Marcus selbst wolltest du gar nicht."

„Du Schlampe!"

„Und erzähl mir nicht, dass du von der Affäre nichts gewusst hast. Du wusstest davon, als du uns am Abend der Party zusammen gesehen hast – aber du hast trotzdem schön die brave Ehefrau gespielt und nichts unternommen."

Olivia sah aus, als hätte man ihr ins Gesicht geschlagen. „Marcus hat mich geliebt. Ich dachte, eure dreckige Affäre würde bald im Sande verlaufen. Ich dachte, das Baby würde uns einander wieder näherbringen."

„Na, hat ja super geklappt." Naomi starrte Olivia an. Als sie weitersprach, schwankte ihre Stimme leicht. „Weißt du, am Ende hat sich Marcus für dich entschieden. Als ich ihn am Freitag gesehen habe, hat er gesagt, dass es vorbei ist mit uns."

„Du lügst!"

„Es ist wahr", sagte Naomi. „Obwohl ich ihn angefleht habe, dich zu verlassen, hat er sich letztendlich für dich und nicht für mich entschieden. Du hattest also sowieso gewonnen. Ich war diejenige, die er im Stich gelassen hat."

Becca schlich auf Zehenspitzen aus der Küche, gerade als Naomi hinausstürmte. Als sie Becca sah, hielt sie inne, um ihr noch einen Rat mit auf den Weg zu geben: „Halte dich von dieser Familie fern, wenn du weißt, was gut für dich ist. Die bringen nur Unglück." Und mit diesen Worten war sie verschwunden.

Becca überlegte, ob sie zu Olivia gehen und sie trösten sollte, beschloss dann aber, dass es das Beste war, Abstand zu halten. Außerdem musste sie erst einmal verarbeiten, was sie gerade gehört hatte.

Ich war diejenige, die er im Stich gelassen hat.

Olivia war von ihrem Mann betrogen worden, aber auch Naomi, die Geliebte, war von ihrem Liebhaber verschmäht worden. Wer von ihnen hatte das stärkere Motiv, Marcus tot sehen zu wollen?

Die Hölle kennt keine Wut.

Becca kehrte ins Wohnzimmer zurück. Sam saß noch immer auf seinem Sessel, an genau derselben Stelle. Er wirkte niedergeschlagen, und Becca wurde bewusst, dass sie ihm heute nicht genug Aufmerksamkeit geschenkt hatte. Sie würde es wieder gutmachen. Aber vorher musste sie noch etwas erledigen. Sie zog ihr Handy hervor und begann zu tippen.

„Was machst du da?", fragte Sam.

„Ich schicke Raven nur eine Nachricht."

„Warum?"

„Nur wegen etwas, das ich gerade zufällig gehört habe."

„Um Himmels willen, Becca, hörst du denn nie auf?"

Sie sah ihn überrascht an. „Was meinst du?"

„Du hast den ganzen Tag kaum mit mir gesprochen. Das hier sollte eine private Familienzusammenkunft sein. Und du nutzt es als Gelegenheit, um an Türen zu lauschen und deinem Chef Bericht zu erstatten."

Becca hörte auf zu tippen, verblüfft über den Groll in seiner Stimme. Sam hatte noch nie so mit ihr gesprochen. „Ich dachte, du wolltest, dass ich die Wahrheit herausfinde", sagte sie abwehrend.

„Das habe ich auch gedacht. Aber die Wahrheit ist ein stumpfes Instrument, nicht wahr? Ihr ist egal, wen sie verletzt. Erst stirbt Marcus, dann wird Anthony verhaftet. Und jetzt bespitzelst du den Rest meiner Familie."

„Aber …"

Er wandte sein Gesicht von ihr ab. „Geh und erzähl deinem Chef, was du herausgefunden hast. Deswegen bist du heute doch gekommen, oder?"

„Sam …"

„Geh einfach!"

KAPITEL 29

Raven hatte sich mit Lisa nach dem Mittagessen in ihrem Hotel verabredet. Sie hatte sich eine wirklich feine Unterkunft ausgesucht – ein elegantes Hotel oberhalb der Südküste, nicht gerade günstig, aber mit einem beeindruckenden Blick über die South Bay und das Kurhaus. Das Hotel verfügte über einen kleinen Terrassengarten mit Tischen und Stühlen, doch heute lud das Wetter nicht dazu ein, draußen zu sitzen. Es war ein Tag, der „die Spinnweben wegbläst", wie Ravens Mutter zu sagen pflegte. Wolken zogen über den weiten Himmel, Möwen kreischten und stürzten sich in den böigen Wind. Schaumkronen galoppierten über die geschwungene Bucht, ehe sie sich in einer Gischtorgie am Ufer zerschlugen.

Die Landschaft war voller Leben. Es war unmöglich, sich an einem Tag wie diesem nicht lebendig zu fühlen.

Lisa hatte sich gut gegen die Elemente geschützt und trug einen Mantel mit Pelzkapuze. Raven schlug den Kragen seines Mantels hoch. Gemeinsam machten sie sich zu Fuß auf den Weg in Richtung Stadt.

„Von hier oben hat man wirklich eine großartige

Aussicht", sagte Raven und deutete auf die Bucht. Er zeigte auf das Kurhaus unten am Hang, den Hafen in der nördlichen Bucht und die graue Burg, die sich über der Landzunge erhob. „Siehst du die Kirche dort oben? Das ist St. Mary's. Anne Brontë liegt auf dem Friedhof begraben." Er dachte, dieses literarische Detail könnte Lisa gefallen.

Sie nahm seinen Arm und passte sich seinem Tempo an. „Und wann hast du zuletzt ein Buch von Anne Brontë gelesen, Tom?", neckte sie ihn.

„Noch nie." Trotzdem verspürte er das Bedürfnis, ihr zu beweisen, dass diese *„nördliche* Küstenstadt" – wie Lisa sie einmal abfällig genannt hatte – mehr zu bieten hatte als windgepeitschte Strände und Spielhallen. Sie gingen bis zum Birdcage Walk und hielten kurz vor der Fußgängerbrücke, die die Valley Road überspannte. Vor ihnen ragte das imposante Grand Hotel auf, das Wahrzeichen von Scarborough.

„Meine Mutter hat damals als Zimmermädchen in diesem Hotel gearbeitet." Raven hatte in ihrer Londoner Zeit selten über seine Eltern gesprochen. Jean und Alan Raven waren ihm wie ferne Erinnerungen aus einer anderen Welt erschienen. Jetzt wurde er ständig an sie erinnert. Ein Fischkutter fuhr hinaus aufs Meer – und vor seinem inneren Auge sah er seinen Vater, dessen kräftige Arme bereit waren, die Netze auszuwerfen. Ein flüchtiger Blick auf das Grand – und er sah seine Mutter, die ihm zeigte, wie man ein Bett ordentlich bezog.

Er erklärte Lisa die architektonischen Besonderheiten des Hotels: „Siehst du die Türme an den Ecken? Sie stehen für die vier Jahreszeiten. Die zwölf Etagen symbolisieren die Monate des Jahres. Es gibt zweiundfünfzig Schornsteine – für jede Woche einen. Und ursprünglich hatte das Hotel dreihundertfünfundsechzig Zimmer."

„Sollen wir mal einen Blick hineinwerfen?", fragte Lisa.

Doch obwohl der Tod seiner Mutter schon eine halbe Ewigkeit zurücklag, fürchtete Raven die schmerzhaften Erinnerungen, die ihn im Inneren des Hotels überwältigen könnten. „Nein, lass uns in die andere Richtung gehen."

Er führte sie über den geschwungenen Fußweg, vorbei an der viktorianischen Pracht des Kurhauses, durch den Rose Garden und die Italian Gardens, die die Klippen säumten. Die Rosen waren kaum mehr als kahle, vom Wind gebogene Stängel und doch vermittelten sie selbst in dieser kargen Jahreszeit ein Versprechen auf bessere Tage.

Schon bald standen sie wieder vor Lisas Hotel. Elegante Reihenhäuser auf der einen Straßenseite, das offene Meer auf der anderen. Der sichere Hafen vor ihnen, hinter ihnen die schroffe Küste. Und überall der Wind.

„Ich beginne zu verstehen, warum es dir hier so gefällt", sagte Lisa. „Es liegt eine Art wilde Magie über diesem Ort." Sie nahm seine Hand. „Wollen wir reingehen und einen Kaffee trinken?"

Ihre Wangen waren rot vor Kälte, und Raven konnte seine Nase kaum noch spüren. Er lehnte ihr Angebot nicht ab. Sie saßen zusammen in der warmen Lounge, tranken Kaffee und beobachteten, wie langsam die Farbe aus dem Himmel wich.

„Du hast mir versprochen, dass du mir Bescheid gibst wegen Weihnachten", sagte Lisa.

„Stimmt."

„Und?"

Er musste sich eingestehen, dass ihm der Gedanke nach dem Telefonat mit Hannah immer besser gefiel. Wenn Lisa eine Wiederannäherung wollte und Hannah nichts dagegen hatte, wer war er dann, sich dem in den Weg zu stellen? Ein gemeinsames Familienfest zu Weihnachten. Es reizte ihn, das konnte er nicht leugnen. Und danach? Nun ja, das würde sich zeigen.

„Ich denke, wir sollten es versuchen."

Ein strahlendes Lächeln breitete sich auf Lisas Gesicht aus, so hell wie die aufgehende Sonne. „Danke, Tom." Sie beugte sich über den Tisch und küsste ihn auf die Lippen. Ein sanfter, zärtlicher Kuss, der lange anhielt, wärmer und verlangender wurde.

Als Lisa vorschlug, nach oben in ihr Zimmer zu gehen,

hatte Raven keine Kraft mehr, ihr zu widersprechen.

*

Anthony saß in seinem dicken Wintermantel zusammengekauert in einem Liegestuhl vor der offenen Tür der Strandhütte seiner Familie. Als er an diesem Morgen aus der Haft entlassen worden war, hatte er nicht gewusst, wohin er sonst hätte gehen sollen. Nach Hause zu seiner Frau konnte er nicht, nicht nach den Worten, die er ihr an den Kopf geworfen hatte, sie eine Hure, eine Schlampe genannt hatte. Auch das Haus seiner Eltern kam nicht in Frage. Dachten sie womöglich wirklich, er hätte seinen eigenen Bruder umgebracht? Naomi würde ihn jedenfalls für fähig zu so einem Verbrechen halten. Also war er zur North Bay gegangen und hatte sich Zutritt zur alten Hütte verschafft, in der er so viele glückliche Sommer mit seinen Brüdern verbracht hatte.

Die North Sands waren menschenleer, abgesehen von den gelegentlichen Hundebesitzern, die sich beeilten, dem Wind zu entkommen. Anthony erinnerte sich daran, wie die Familie früher im Sommer hierhergekommen war und ganze Tage am Strand verbracht hatte. Sie hatten riesige Sandburgen gebaut, Gräben und Dämme errichtet und in Felsenbecken nach Seesternen gesucht. Die lange Reihe bunt gestrichener Hütten hatte ihn damals verzaubert. Die Hütte der Earnshaws war blau, die der Nachbarn limettengrün und rot. Auch gelbe und orangefarbene gab es. Seine Eltern hatten die Hütte behalten, lange nachdem die drei Jungen erwachsen geworden waren – vielleicht in der Hoffnung, dass eines Tages ihre Enkelkinder genauso viel Freude daran haben würden. Die Holzhütte war mit Liegestühlen, einem Wasserkocher und einem Spülbecken ausgestattet. Sogar eine Luftmatratze war vorhanden, für den Fall, dass er beschloss, die Nacht dort zu verbringen.

Er starrte auf das kalte Meer hinaus und dachte über die Kette von Ereignissen nach, die ihn an diesen Punkt gebracht hatten. Er war töricht gewesen, als er in das

Familienunternehmen eingestiegen war, das erkannte er jetzt. Es war zu einfach gewesen, Firmengelder zu veruntreuen. Er hatte Naomi das Beste bieten wollen und war der Versuchung erlegen. Er hatte geglaubt, er käme damit durch, aber Jeremy war nicht so dumm gewesen, wie er gehofft hatte. Als Jeremy damit gedroht hatte, Greg von dem fehlenden Geld zu erzählen, wenn Anthony es nicht zurückzahlen würde, hatte er sich in die Enge getrieben und verzweifelt gefühlt.

Aber er hätte niemals getötet, um sich selbst zu retten.

Er konnte nicht leugnen, dass ihm der plötzliche Tod des Finanzdirektors wie eine Erlösung erschienen war. Der Gerichtsmediziner hatte den Tod als Unfall deklariert, aber für Anthony hatte es sich wie eine Fügung des Schicksals angefühlt, als hätte ein gütiger Gott ihm eine zweite Chance gegeben. Und er hatte seine Lektion gelernt. Seitdem hatte er nie wieder einen Penny gestohlen.

Was Marcus betraf, so hatte er sich oft gewünscht, derselbe Gott würde seinen älteren Bruder niederstrecken. Schon immer hatten sie miteinander konkurriert, und die Affäre mit Naomi hatte ihr Verhältnis endgültig vergiftet. Marcus hatte ein Vertrauensverhältnis zerstört, das unzerstörbar hätte sein sollen. Aber Anthony war kein Kain. Er würde seinen eigenen Bruder niemals töten.

Sam war immer sein Lieblingsbruder gewesen. Mit ihm hatte es nie diese Rivalität gegeben, die seine Beziehung zu Marcus getrübt hatte. Doch auch Sam hatte er enttäuscht. Er hatte ihn im Krankenhaus nicht so oft besucht, wie er es hätte tun sollen. Zu sehr war er mit seinen eigenen Problemen beschäftigt gewesen. Und außerdem hatte er geglaubt, Sam sei so gut wie tot.

Doch trotz aller Widrigkeiten war Sam aufgewacht, und es war an der Zeit, ihre Freundschaft wieder aufleben zu lassen.

Als die Dämmerung hereinbrach, fasste Anthony einen Entschluss. Er würde aus dem Familienunternehmen aussteigen, das Reisen aufgeben und sich irgendwo neu niederlassen. Wenn Naomi mit ihm gehen wollte, würden sie gemeinsam an einen Ort weit entfernt von Scarborough ziehen und einen Neuanfang wagen.

Er fröstelte in seinem Mantel. Der Besuch in der Strandhütte hatte ihm geholfen, einen klaren Kopf zu bekommen und die Dinge zu überdenken, aber wenn er die ganze Nacht hier blieb, würde es so aussehen, als sei er auf der Flucht. Doch er war unschuldig an den Vorwürfen, die man ihm gemacht hatte, und er musste sich verteidigen und seine Unschuld beweisen.

Die letzten Hundespaziergänger waren längst verschwunden. Die North Bay war menschenleer. Anthony klappte den Liegestuhl zusammen, lehnte ihn an die Wand der Hütte zu den anderen und kramte in seiner Tasche nach dem Schlüssel.

Es war kalt genug für Schnee, und seine Finger waren starr vor Kälte. Während er mit dem Schlüssel im Schloss hantierte, hörte er Schritte hinter sich. Vermutlich ein letzter einsamer Hundespaziergänger. Gerade wollte er sich umdrehen, da spürte er etwas Kaltes, Scharfes an seinem Rücken. Die Klinge drückte sich beinahe sanft in sein Fleisch, fast schmerzlos, und glitt mühelos zwischen seine Rippen wie Eis.

Er rang nach Luft, aber es kam keine. Das Messer zog sich zurück, stach dann erneut zu und durchbohrte seine zweite Lunge. Jetzt tat es weh. Es tat höllisch weh. Vielleicht war dieser gütige Gott zurückgekehrt, diesmal jedoch, um sich zu rächen. Wie Jeremy gesagt hatte, musste eine Schuld immer beglichen werden.

Er schnappte erneut nach Luft, verzweifelt, aber es kam immer noch keine. Da war nur noch Schmerz – ein stechendes Brennen in seiner Brust. Er taumelte, dann fiel er und brach auf dem sandigen Gehweg neben der Hütte zusammen. Der Schlüssel glitt ihm aus den Fingern, fiel zu Boden und schimmerte golden, während die Welt um ihn herum verblasste. Das letzte, was er hörte, war das Heulen des Windes. Oder vielleicht war es sein letzter Atemzug.

KAPITEL 30

Der Anruf kam früh am Morgen, und Raven ließ eine schlafende Lisa im bequemen Kingsize-Bett des Hotels zurück, um sich auf den Weg zur North Bay in Scarborough zu machen. Sie hatten am Nachmittag miteinander geschlafen und dann noch einmal nach dem Abendessen im Hotel. Es war gewesen wie in den Anfängen ihrer Beziehung – aufregend und leidenschaftlich. Lisa war hier in Scarborough wie verwandelt – unbeschwert wie die Frau, in die er sich vor all den Jahren verliebt hatte. Vielleicht konnte er sie ja überreden, London endgültig zu verlassen und sich für die verjüngende Wirkung dieses ehemaligen Kurortes zu entscheiden. Heute würden sie jedenfalls keinen Spaziergang machen – nicht bei dem waagerechten Regen, der vom Meer herüberwehte –, aber sie hatten vereinbart, sich am Abend wiederzutreffen.

Im Moment jedoch wünschte Raven sich, wieder in die Bequemlichkeit des Hotels zurückkehren zu können, statt neben einer Leiche vor einer blau gestrichenen Strandhütte zu stehen, während ihm der Wind den Regen ins gefrorene Gesicht peitschte.

Der Bereich um die Strandhütte war mit Absperrband versehen, und Holly Chang und ihr Team hatten die Leiche mit einem weißen Zelt abgeschirmt. Die Plastikplane flatterte im Wind und sah aus, als könnte sie jeden Moment davonfliegen. Das CSI-Team hatte nummerierte Beweismarker um den Tatort herum aufgestellt und untersuchte nun das Innere der Hütte bis ins kleinste Detail.

Die grausige Entdeckung war kurz nach Sonnenaufgang von einem Jogger gemacht worden. DC Tony Bairstow war der erste Detective am Tatort gewesen und hatte Raven informiert. Tony zog die Zeltplane zurück, damit Raven hineinschauen konnte.

„Es wird natürlich eine formelle Identifizierung brauchen", sagte Tony, „aber es ist definitiv Anthony Earnshaw." Die Leiche lag auf der Seite, der Griff eines Messers ragte aus dem Rücken. „Das ist ein professionelles Sabatier-Küchenmesser. Vom Griff her würde ich sagen, die Klinge ist etwa zwanzig Zentimeter lang."

„Lange genug, um eine Lunge zu durchbohren", sagte Raven. Er kniete sich hin, um die Leiche genauer zu betrachten. „Mindestens zwei separate Stichwunden."

„Sein Handy und sein Portemonnaie hatte er noch bei sich", sagte Tony, „und die Schlüssel zur Hütte lagen neben seiner Hand auf dem Boden. Sieht aus, als hätte er sie beim Sturz fallen lassen."

„Dann können wir einen Raubüberfall ausschließen." Offenbar musste Raven seine Theorie, dass Anthony für die Morde in Salt Castle verantwortlich war, revidieren. Wer auch immer Marcus und Jeremy ermordet und versucht hatte, Sam zu töten, hatte wahrscheinlich auch den mittleren Bruder umgebracht, wenngleich die Vorgehensweise eine andere war. „Es wurde kein Versuch unternommen, das Ganze wie einen Unfall aussehen zu lassen. Wer auch immer hinter diesen Morden steckt, verliert langsam die Geduld."

Kurz hinter dem abgesperrten Bereich kam der Land Rover von DC Jess Barraclough zum Stehen, und Jess stieg aus – von Kopf bis Fuß in wasserfeste Kleidung gehüllt. „Was haben wir, Sir?"

Er ließ sie einen Blick auf die Leiche werfen, bevor er sie und Tony zu einer improvisierten Teambesprechung hinter eine benachbarte Strandhütte führte.

„Wir suchen also nach jemandem, der wusste, wo Anthony zu finden war, oder der vermutete, dass er sich hier aufhalten könnte. Dieselbe Person hat Marcus in der Brauerei getötet und die Kameraaufzeichnungen gelöscht. Sie war auch in der Brauerei, als Sam vor den Lieferwagen gestoßen wurde, und sie kannte auch Jeremy. Wir suchen nach jemandem, der für die Brauerei arbeitet – oder gearbeitet hat – oder möglicherweise nach einem Familienmitglied."

„Glauben Sie immer noch, dass es sich bei dem Mordversuch an Sam um eine Verwechslung handelte?", fragte Tony. „Oder wurden alle drei Brüder gezielt ins Visier genommen?"

„Ich denke, wir dürfen keine der beiden Möglichkeiten ausschließen. In jedem Fall handelte es sich nicht um eine Fehde zwischen den Brüdern, das Ganze ist größer."

„Vielleicht jemand, der einen Groll gegen die Brauerei hegt?", schlug Jess vor. „Oder gegen die Familie?"

„Sir", sagte Tony, „ich habe alle Personen, die derzeit in der Brauerei arbeiten, überprüft. Gavin Thompson, der Braumeister, tauchte bei einer Suche in der nationalen Polizei-Datenbank auf. Vor etwas mehr als zwanzig Jahren wurde er nach einer Schlägerei in einer örtlichen Kneipe wegen Totschlags verurteilt. Er verbüßte eine vierjährige Haftstrafe."

Raven holte tief Luft. „Gute Arbeit, Tony. Ich werde gleich mit ihm sprechen. Kann ich Sie bitten, hier zu bleiben und die Dinge zu überwachen?"

⋆

Trotz des bitteren Gefühls, mit dem sich Becca und Sam am Vortag getrennt hatten, war sie fest entschlossen, ihr

Versprechen einzuhalten und ihn zu seiner Physiotherapie zu fahren. Sie hatte sich extra den Tag freigenommen. Außerdem wollte sie bei ihm sein. Sie war die ganze Zeit, in der er im Koma gelegen hatte, an seiner Seite geblieben. Sie würde ihn jetzt nicht im Stich lassen.

Als sie jedoch an der Tür des Hauses in der Scalby Mills Road klingelte, erschrak sie, als ihr eine uniformierte Polizistin öffnete. Becca zeigte ihren Dienstausweis und fragte, was die Beamtin in dem Haus zu suchen habe.

„Ich bin PC Sharon Jarvis, Ma'am. Familienkontaktbeamtin. Ich bin hier, um die Familie während der Mordermittlungen zu unterstützen."

Becca schüttelte verwirrt den Kopf. „Aber die Familienkontaktbeamtin war am Samstag da. Die Familie bat darum, in Ruhe trauern zu dürfen."

PC Jarvis hob eine Augenbraue. „Sie haben es also noch nicht gehört, Ma'am. Es gab einen zweiten Mord. Der mittlere Bruder, Anthony."

„O mein Gott." Becca stützte sich am Türrahmen ab, um nicht zu wanken. „Wann ist das passiert?"

„Irgendwann gestern Abend. Die Leiche wurde heute Morgen gefunden." Sharon senkte die Stimme. „Der Vater ist in die Pathologie gefahren, um die Leiche zu identifizieren. Die Mutter ist oben."

„Und Sam?"

„Er ist hier. Wollen Sie ihn sehen?"

„Wegen ihm bin ich gekommen."

Becca trat über die Schwelle und ging in das Wohnzimmer, wo Sam saß und aus dem Panoramafenster starrte. Der sonst so schöne Blick auf die Landzunge und das Meer hatte sich im Nieselregen grau verfärbt, aber Sam schien es nicht zu bemerken. Als er sich umdrehte, sah Becca, dass sein Gesicht tränenverschmiert war.

„Oh, Sam, es tut mir so leid." Sie ging zu ihm und umarmte ihn.

„Becca." Seine harschen Worte vom Vortag schienen vergessen. „Ich bin so froh, dass du gekommen bist."

„Natürlich bin ich gekommen. Ich habe es dir

versprochen."

Er wirkte zerknirscht. „Du weißt von Anthony?"

„Ich habe es gerade gehört. Was hat die Polizei gesagt?"

„Nicht viel. Nur, dass er in der Strandhütte gefunden wurde. Du weißt schon, die an der North Bay."

„Wie ist er gestorben?"

„Die Polizei will es nicht sagen."

„Das ist normal", versicherte ihm Becca. „Sie wollen erst die Ergebnisse der Obduktion abwarten, bevor sie eine Erklärung abgeben." Aber die Familienkontaktbeamtin hatte sich klar ausgedrückt – sie hatte von Mord gesprochen. Beccas Gedanken rasten. Zwei tote Brüder und ein Mordanschlag auf Sams Leben. Befand sich jemand auf einem Rachefeldzug gegen die Familie Earnshaw? War Sam in Gefahr?

„Was wirst du tun?", fragte sie ihn.

„Ich? Ich gehe zur Physiotherapie im Krankenhaus."

„Bist du sicher? Meinst du nicht, es wäre besser, einen Tag frei zu nehmen?"

Ein Ausdruck der Verärgerung glitt über sein Gesicht. „Nein. Ich wurde nur unter der Bedingung entlassen, dass ich täglich zu den Sitzungen komme. Ich möchte Dr. Kirtlington keinen Vorwand liefern, mich wieder stationär aufzunehmen. Außerdem möchte ich meine Beweglichkeit zurückgewinnen. Ich hasse es, so zu sein." Wütend deutete er auf den Gehstock, der an seinem Stuhl lehnte, und auf den zusammengeklappten Rollstuhl. „Ich will wieder gesund werden."

„Nun, wenn du dir sicher bist. Ich werde der Familienkontaktbeamtin sagen, wohin wir gehen."

Becca half Sam in ihr Auto und legte den zusammengeklappten Rollstuhl in den Kofferraum. Es war knapp, aber sie schaffte es gerade so. Sie legte den Gang ein und fuhr langsam los, um Sam auf der kurzen Fahrt zum Krankenhaus nicht zu sehr durchzuschütteln. Sie wusste, dass ihm nicht gefallen würde, was sie ihm gleich sagen würde.

„Sam, ich glaube, ich bleibe heute bei dir im

Krankenhaus. Ich will dich nicht aus den Augen lassen. Und ich werde Raven fragen, ob wir einen Beamten vor deinem Haus postieren können."

„Wozu?"

„Weil du in Gefahr bist. Marcus und Anthony sind tot, und jemand hat versucht, dich umzubringen. Ich denke, er wird zurückkommen und es wieder versuchen."

Er schüttelte den Kopf. „Das ergibt keinen Sinn. Wer würde mich umbringen wollen?"

Becca wagte den Sprung. „Du musst den Tatsachen ins Auge sehen. Marcus und Anthony wurden höchstwahrscheinlich von jemandem getötet, der gestern bei euch zu Hause war. Ein Freund oder ein Familienmitglied. Oder jemand, der in der Brauerei arbeitet."

„Das ist lächerlich. Wie kannst du das nur denken?"

„Weil ich die Sache objektiv betrachte." Becca richtete ihren Blick auf die Straße, aber sie spürte, wie sich Sams Wut gegen sie richtete.

„Nein, das tust du nicht. Jeder, der gestern im Haus war, war ein enger Freund oder Familienmitglied. Ich kenne sie seit Jahren. Du hast meine Familie nie gemocht, und jetzt beschuldigst du sie des Mordes! Was glaubst du, wie ich mich dabei fühle?"

„Ich kann mir nicht vorstellen, wie du dich gerade fühlst. Aber wie sonst erklärst du dir, was hier vor sich geht?" Becca lenkte den Wagen auf den Parkplatz des Krankenhauses und suchte nach einer freien Lücke.

Sie wartete auf eine Antwort von ihm. Aber er starrte wütend geradeaus aus dem Fenster.

„Sam, deine beiden Brüder sind tot. Du könntest der Nächste sein."

Sie fand einen Platz in der hintersten Ecke des Parkplatzes und quetschte den Jazz in die Lücke. Er ignorierte sie immer noch, die Arme vor der Brust verschränkt. Sie holte den Rollstuhl aus dem Kofferraum und wollte ihm helfen, sich hineinzusetzen.

„Ich schaffe das schon", sagte er schroff.

„Sei nicht albern."

„Ich habe gesagt, ich kann das!"

Sie beobachtete, wie er sich langsam aus dem Autositz hob und mühsam hochstemmte, wobei sich jeder Muskel in seinen Armen anspannte. Eine Ader trat auf seiner Stirn hervor, aber er weigerte sich, ihre Hilfe anzunehmen.

„Sam."

Schließlich saß er im Rollstuhl. „Komm nicht mit rein", sagte er zu ihr. „Ich schaffe das schon." Er umklammerte die Räder des Stuhls, seine Arme mussten sich anstrengen, um sie zu drehen.

Becca stand daneben, schluckte ihre Frustration über sein Verhalten hinunter und sagte sich, dass seine Wut nicht ihr galt, sondern darauf zurückzuführen war, dass er gerade seine beiden Brüder verloren hatte. „Ich komme später wieder und hole dich ab", sagte sie.

„Mach dir keine Umstände. Ich rufe Dad an. Auf meine Familie kann ich immer zählen." Er machte sich auf den Weg über den Asphalt, gepeitscht von Wind und Regen, aber fest entschlossen, ihre Hilfe nicht anzunehmen.

KAPITEL 31

Die Salt Castle Brauerei hatte nach Marcus' Tod wieder vollständig geöffnet, und das Absperrband war verschwunden. Auf dem Betonboden, wo Marcus' Leiche gefunden worden war, war kein Blut mehr zu sehen. Entweder hatte Hollys Reinigungstipp funktioniert, oder die Brauereimitarbeiter verstanden selbst etwas von Hygiene.

Raven fand den Braumeister, der gerade das elektronische Bedienfeld an einem der riesigen Stahlbehälter einstellte.

„Sie haben doch nichts dagegen, wenn ich weitermache?", fragte Gavin. „Wir hängen ein bisschen hinterher, weil wir neulich dichtmachen mussten. Wenn das Zeug hier verdirbt, geht Bier im Wert von ein paar tausend Pfund den Bach runter."

„Nur zu." Raven hatte noch nicht erklärt, warum er in der Brauerei war, und Gavin ließ sich nicht anmerken, dass er vom jüngsten Mord wusste. Er schien ganz auf seine Arbeit konzentriert. Raven spürte, mit welcher Leidenschaft Gavin bei der Sache war. Bierbrauen war für ihn offensichtlich mehr als nur ein Beruf, es war eine

Lebenseinstellung.

Ravens Haar war noch nass vom Regen. Er strich es sich aus der Stirn und war froh, drinnen zu sein, in der warmen Geborgenheit der Brauerei. Der intensive, harzige Geruch von Hopfen lag in der Luft. Flüssigkeit blubberte und gurgelte in den Rohren wie Blut in den Adern eines riesigen Wesens. Es war, als stünde man im Inneren eines lebendigen Organismus und wäre Zeuge der Entstehung einer neuen Lebensform. „Wann haben Sie Anthony Earnshaw zuletzt gesehen?"

„Anthony? Das war, als ich ihn Ihnen am Samstagmorgen übergeben habe."

„Ist er nach seiner Entlassung am Sonntag nicht in Ihre Wohnung zurückgekehrt?"

„Nein. Ich wusste nicht mal, dass er entlassen worden ist. Warum fragen Sie?" Ein Hauch Skepsis lag in Gavins Stimme.

„Was haben Sie am Sonntag gemacht?"

Gavin drehte sich zu ihm um und runzelte die Stirn. „Ich war mit Sandra, der Sekretärin, bei Greg und Denise. Wir wollten unser Beileid wegen Marcus ausdrücken. Und natürlich Sam zu Hause willkommen heißen."

„War Anthony nicht dort?"

„Nein. Was soll das Ganze?"

„Was ist mit Sonntagabend? Wo waren Sie da?"

Gavin seufzte, als Raven sich weigerte, seine Frage zu beantworten. „Sandra hat mich gegen vier heimgefahren."

„Und dann?"

„Bohnen auf Toast vor dem Fernseher. Ich bin früh ins Bett, weil ich in der Nacht zuvor lange wach gewesen war und wusste, dass ich heute eine Menge Arbeit nachzuholen haben würde." Er warf einen bedeutungsvollen Blick in Richtung der oberen Galerie. „Wenn Sie nichts dagegen haben – ich muss weitermachen."

„Nur zu." Raven beobachtete, wie Gavin die Metalltreppe mit Leichtigkeit hinaufstieg, seine langen Beine schritten zielstrebig die Stufen hinauf, während er sich mit seinen muskulösen Armen am Geländer festhielt.

Raven folgte ihm in einem gemächlicheren Tempo, sein Bein war wie immer ein Hindernis. „Erzählen Sie mir von Freitag."

Gavin warf ihm einen Blick zu, sichtlich irritiert von Ravens Hartnäckigkeit. „Was soll damit sein?" Seine Kooperationsbereitschaft nahm merklich ab.

„Wann sind Sie gegangen?"

„Spät. Ich wollte vor dem Wochenende alles kontrollieren."

„Haben Sie Marcus noch gesehen, bevor Sie gegangen sind?"

„Er war im Büro."

„War noch jemand bei ihm?"

„Nein. Und bevor Sie fragen, er war am Leben und gesund, als ich gegangen bin."

„Einer meiner Mitarbeiter hat sich über Ihre Vergangenheit informiert."

Gavins Augen verengten sich. „Ach ja? Und was hat er denn herausgefunden? Als ob ich das nicht längst wüsste."

„Dass Sie wegen Totschlags verurteilt wurden."

Der Braumeister seufzte und ließ die Schultern sinken. „Ich habe mich schon gefragt, wann Sie das zur Sprache bringen würden. Scheinbar muss ich auch nach zwanzig Jahren noch den Preis für einen Moment der Dummheit zahlen."

„Erzählen Sie mir, was passiert ist", sagte Raven mit nicht unfreundlicher Stimme.

Gavin lehnte sich mit dem Rücken gegen einen der Stahlzylinder. „Ich war jung und hitzköpfig. Hab mich in einer Kneipe in eine Prügelei verwickeln lassen." Er hob die Hände, als wären sie schuld. „Ich hatte ein paar Bier getrunken, vielleicht mehr als ein paar. Irgendein Idiot hat behauptet, ich hätte sein Bier verschüttet. Dann hat er mich herumgeschubst und bedroht. Ich hätte einfach gehen sollen, aber ich war ein Dummkopf. Ich hab ihm einen Schlag verpasst, nur einen. Nicht mal besonders hart. Ich wollte ihn nicht k. o. schlagen oder so. Aber er fiel und schlug mit dem Hinterkopf auf die Tischkante.

Daran ist er gestorben. Ich bin nicht stolz darauf, aber ich habe meine Strafe abgesessen. Heute helfe ich im örtlichen Boxclub aus und zeige Jugendlichen, wie sie ihre Energie sinnvoll nutzen können. Das lehrt sie Disziplin. Einige dieser Jungen haben niemanden, der ihnen zeigt, wie man sich benimmt. Ich hoffe, dass ich ihnen helfen kann, nicht denselben Fehler zu machen wie ich."

„Sie haben hier einen Job gefunden, nachdem Sie aus dem Gefängnis entlassen wurden?"

„Greg hat mir meinen alten Job zurückgegeben. Dafür bin ich ihm ewig dankbar. Er war bereit, mir eine zweite Chance zu geben, als es sonst niemand tat. Ich verdanke ihm viel."

Raven verdaute die Information. „Sie sagten, dass Ihnen sonst niemand eine Chance gegeben hat. Galt das auch für Jeremy Green?"

Gavins Gesicht war plötzlich verschlossen. „Spielt es eine Rolle, was Jeremy dachte?"

„Beantworten Sie einfach die Frage."

„Nun, wenn Sie's wissen wollen, die Wahrheit ist, dass Jeremy mich nicht zurückhaben wollte. Greg musste ihn überreden. Obwohl wir drei uns seit Ewigkeiten kannten, fand Jeremy, ich sei ein Risiko."

„Und wie hat sich das für Sie angefühlt? Zu wissen, dass einer Ihrer engsten Freunde das Vertrauen in Sie verloren hatte? Dass einer der Direktoren des Unternehmens Sie hier nicht wollte?"

„Ich habe den Kopf unten gehalten und mich auf die Arbeit konzentriert. Jeremys Weg kreuzte meinen nicht sehr oft. Hören Sie, warum stellen Sie mir all diese Fragen? Ist Anthony etwas zugestoßen? Ist er verschwunden?"

„Nicht ganz."

„Was dann?"

„Er ist tot."

Die Worte trafen Gavin wie ein Schlag ins Gesicht. Er wurde kreidebleich. „Er ist was?"

„Sie haben mich verstanden."

Der Braumeister sackte regelrecht in sich zusammen.

Er schüttelte fassungslos den Kopf.

Raven musterte ihn genau und versuchte einzuschätzen, ob seine Reaktion echt oder gespielt war. Er kam zu dem Schluss, dass er Gavin nicht gut genug kannte, um das beurteilen zu können. „Bleiben Sie in der Nähe. Wir werden nochmal mit Ihnen sprechen müssen."

*

Becca saß im Auto, und die Tränen kullerten im Gleichklang mit den Regentropfen, die an die Windschutzscheibe des Wagens herabliefen, über ihre Wangen. Sie war immer noch zu fassungslos, um zu fahren. Was war nur in Sam gefahren? Sie wusste, dass dies eine schwierige Zeit für ihn war, aber sich einfach so von ihr abzuwenden! Sie hatte doch nur ihre Sorge um ihn zum Ausdruck gebracht.

Sie musste herausfinden, was mit Anthony los war. Sie wählte Ravens Nummer und war angenehm überrascht, als er abnahm, statt den Anruf an die Mailbox weiterzuleiten.

„Sollten Sie nicht eigentlich frei haben?", fragte er zur Begrüßung.

„Das habe ich. Aber ich habe gerade gehört, dass Anthony ermordet wurde. Was ist da los?"

Die Leitung wurde still und sie dachte schon, er würde ihr nichts sagen. Das wäre ganz typisch für Raven. Aber dann schien er es sich anders zu überlegen. „Anthony wurde heute früh vor der Strandhütte der Familie gefunden. Ich vermute, dass er gestern Abend oder letzte Nacht getötet wurde. Er wurde mit einem Messer erstochen. Zwei Einstiche im Rücken. Für mich sah es so aus, als wäre seine Lunge kollabiert."

„Also kein Versuch mehr, es wie einen Unfall aussehen zu lassen?"

„Ich denke, der Täter ist über dieses Stadium hinaus. Was auch immer ihn antreibt, es wird dringlicher."

Ravens Aussage bestätigte Beccas schlimmste

Befürchtungen. „Sie glauben, er wird wieder zuschlagen?"

„Wir wissen es nicht, aber wir können es nicht ausschließen."

„Dann möchte ich, dass Sam irgendwie beschützt wird."

„Ich dachte, Sie wären heute bei ihm."

„Ich habe ihn gerade zur Physiotherapie ins Krankenhaus gebracht." Es war zu schmerzhaft, Raven zu sagen, dass Sam sie einfach stehen gelassen hatte.

„Im Krankenhaus ist er sicher und zu Hause auch, weil die Familienkontaktbeamtin ein Auge auf alles hat."

„Was ist, wenn sie geht?"

„Ich werde dafür sorgen, dass heute Nacht ein Streifenwagen vor dem Haus postiert wird."

„Danke." Das war genau das, was Becca hören wollte. Was auch immer passierte, Sam wäre in Sicherheit. „Was für ein Messer wurde benutzt, um Anthony zu töten?"

„Ein Sabatier-Küchenmesser."

Ein kaltes Kribbeln lief ihr den Nacken hinunter. „Ich kenne jemanden, der ein Set Sabatier-Messer hat."

„Wer?"

„Denise. Gestern war die ganze Familie zu Hause. Ich habe beim Gemüseschneiden geholfen, mit einem von diesen Messern. Ich hätte mir dabei fast den Finger abgeschnitten."

„Könnte jemand eins mitgenommen haben?"

„Sicher. Jeder, der da war. Die Messer lagen auf der Küchenarbeitsplatte." Es wäre für einen Gast ein Leichtes gewesen, in die Küche zu gehen und ein Messer aus dem Holzblock zu nehmen, in dem sie aufbewahrt wurden. Vielleicht sogar genau das Messer, das Becca am Spülbecken hatte liegen lassen.

„Ich brauche die Namen aller Gäste."

Becca zählte alle auf, die sie kannte. „Aber es kamen auch Freunde und Nachbarn vorbei, die mir nicht vorgestellt wurden. Sie müssen Denise nach einer vollständigen Liste fragen."

„Das werde ich", sagte Raven, „aber haben Sie gerade

gesagt, dass Naomi auch da war? Ich dachte, sie würde sich fernhalten."

„Ich war auch überrascht. Aber ja, Naomi ist aufgetaucht und hat einen ziemlich großen Auftritt hingelegt. Sie scheint wieder in die Familie aufgenommen worden zu sein, auch wenn nicht alle begeistert waren."

„Olivia?"

„Ich habe gehört, wie sie und Naomi sich am späten Nachmittag in der Küche gestritten haben. Naomi beschuldigte Olivia, von der Affäre in der Nacht der Fahrerflucht gewusst zu haben. Olivia gab es zu. Dann sagte Naomi, Marcus habe am Freitag mit ihr Schluss gemacht. Eine von beiden könnte sich auf dem Weg nach draußen das Messer geschnappt und Anthony ermordet haben. Olivia, weil sie ihn verdächtigte, ihren Mann getötet zu haben, oder Naomi, weil sie ihn für den Tod ihres Geliebten verantwortlich machte."

Wieder war es still in der Leitung. „Ein ganz schönes Durcheinander", sagte Raven schließlich. Doch er verriet nicht, was sein nächster Schritt sein würde. Typisch Raven.

KAPITEL 32

Raven war erleichtert, als die Tür zum Haus von Greg und Denise in der Scalby Mills Road von der Familienkontaktbeamtin geöffnet wurde. Becca hatte ihn zu Recht auf die Möglichkeit aufmerksam gemacht, dass der Mörder sein grausiges Geschäft noch nicht abgeschlossen haben könnte. Was auch immer das Motiv des Mörders war – die Familie Earnshaw stand im Zentrum, und es bestand weiterhin die Möglichkeit, dass erneut ein Anschlag auf Sams Leben verübt wurde oder andere Familienmitglieder ins Visier gerieten.

„DCI Raven."

Raven war PC Sharon Jarvis bereits bei einem früheren Fall begegnet und wusste, dass er sich auf die Beamtin verlassen konnte. Sie war klein, aber breitschultrig und sah aus, als könnte sie mit allem fertig werden, was sich ihr in den Weg stellte. „Wie kommt die Familie zurecht?"

„Wie zu erwarten." Es war nicht nötig, dass Sharon das näher erläuterte. Zwei Söhne tot. Die Eltern mussten am Boden zerstört sein.

Im Haus war es still. „Sind sie zu Hause?"

„Mr. Earnshaw ist gegangen, um die Leiche zu

identifizieren, ist aber noch nicht zurück. Sam ist im Krankenhaus. Mrs. Earnshaw ist im Wohnzimmer."

„Denken Sie, sie ist in der Verfassung, mit mir zu reden?"

„Sie können es versuchen. Vielleicht tut es ihr sogar gut."

Sharon führte ihn ins Wohnzimmer, wo Denise auf einem Sofa saß und gedankenverloren vor sich hin starrte. Sie schien einen Zustand jenseits der Trauer erreicht zu haben, ihre Züge waren wie eingefroren, ihr Gesicht zeigte keine Regung. Ihr schwanenhafter Hals drehte sich, als Raven den Raum betrat, aber sie zeigte keinerlei Zeichen des Wiedererkennens. Auf dem Kaminsims zwischen den Familienfotos stand eine traurige Sammlung von Beileidskarten, die die Familie über Marcus' Tod trösten sollten. Bald würde ein weiterer Schwall von Karten hinzukommen.

Ein Stück Karton schien ein schwacher Trost für ein verlorenes Leben zu sein, so aufrichtig die Worte auch gemeint sein mochten.

Raven setzte einen ernsten Gesichtsausdruck auf. „Mrs. Earnshaw? Mein Beileid für Ihren Verlust. Wäre es in Ordnung, wenn ich Ihnen ein paar Fragen stelle?"

Ihr ausdrucksloses Gesicht musterte das seine. Nach einem Moment nickte sie stumm.

„Ich frage mich, ob Sie mir helfen könnten, indem Sie eine Liste aller Gäste erstellen, die gestern in Ihrem Haus waren. Sie müssen das nicht sofort tun – vielleicht setzen Sie sich später mit Sharon zusammen und gehen die Namen durch. Vielleicht sprechen Sie sich auch mit Ihrem Mann ab. Es ist wichtig, dass Sie niemanden vergessen. Könnten Sie das für mich tun, Denise?"

Sie nickte.

„Würden Sie einen Moment mit mir in die Küche kommen?"

Sharon warf ihm einen fragenden Blick zu, aber Denise nickte langsam. „Ja. In Ordnung." Sie erhob sich wacklig und Sharon eilte ihr zur Hilfe. Raven folgte ihnen in den hinteren Teil des Hauses.

Die Küche war nicht so schick und modern wie die von Marcus und Olivia, aber sie war groß und gut ausgestattet mit hochwertigen Geräten – einem Miele-Geschirrspüler, einer Filterkaffeemaschine und einer Küchenmaschine im Retro-Stil.

„Besitzen Sie Sabatier-Messer?“, fragte Raven.

„Sabatier? Ja, warum?“

„Könnten Sie sie bitte für mich überprüfen?“

Denise trat an die Granitarbeitsplatte heran und zog einen Holzblock zu sich heran. Sieben schwarze Griffe ragten aus dem Block, jeder einzelne mit den typischen Edelstahlnieten, wie Raven sie zuletzt an dem Messer gesehen hatte, das aus Anthonys Rücken ragte. Sie untersuchte die Messer gründlich. „Eins fehlt.“

„Vielleicht ist es in der Spülmaschine?“

Denise öffnete den Geschirrspüler und zog das Besteckfach heraus. Es war voll mit Messern, Gabeln und Löffeln, darunter jedoch kein Sabatier-Messer.

„Könnte es jemand versehentlich in eine Schublade gelegt haben?“, fragte Sharon. „Gestern war ja viel los hier.“

Denise öffnete einige Schubladen, durchwühlte Kochlöffel, Pfannenwender, einen Schneebesen, ein paar Gemüseschäler und verschiedene Essstäbchen. Kein Messer.

„Könnten Sie das fehlende Messer bitte beschreiben?“, bat Raven.

Denise lehnte sich mit blassem Gesicht gegen die Küchenarbeitsplatte. „Es ist ein Kochmesser. Ungefähr so groß.“ Sie hielt ihre Hände etwa zwanzig Zentimeter auseinander. „Ich benutze es zum Schneiden von Gemüse. Karotten, Pastinaken, Kürbis.“

„Also sehr scharf?“

„Sehr.“ Es mussten zwar noch genauere Untersuchungen erfolgen, doch es sah ganz danach aus, als hätten sie die Tatwaffe identifiziert. Denises Unterlippe begann zu zittern. „Wurde das Messer benutzt, um

Anthony zu töten?“

Es hatte keinen Sinn, es zu leugnen. Denise hatte die naheliegende Schlussfolgerung selbst gezogen. „Es tut mir sehr leid, Mrs. Earnshaw.“

Denise schloss die Augen und stützte sich an den Küchenschränken ab.

„Ich denke, wir sollten uns alle wieder setzen“, sagte Sharon und warf Raven dabei einen vorwurfsvollen Blick zu.

Sie kehrten ins Wohnzimmer zurück und nahmen in der Nähe des Fensters Platz. „Haben Sie gestern gesehen, wie jemand ein Messer aus der Küche genommen hat?“, fragte Raven.

„Nur Becca. Sie hat mir geholfen, das Essen vorzubereiten. Aber jeder hätte es nehmen können. Ich war mit meinem Enkel und den anderen Gästen beschäftigt.“ Ein Ausdruck des Entsetzens breitete sich langsam auf Denises Gesicht aus, als ihr die Erkenntnis dämmerte. „Der Mann, der meine Söhne ermordet hat, war gestern in diesem Haus!“

„Mann oder Frau. Wir können zum jetzigen Zeitpunkt niemanden ausschließen.“

Ihre Hände ballten sich zu Fäusten in ihrem Schoß, und sie sah Raven mit flehendem Blick an. „Chief Inspector, warum zerstört jemand meine Familie?“

„Es tut mir leid, ich weiß es noch nicht. Aber vielleicht können Sie mir mehr über die Anfänge des Unternehmens erzählen, als es nur Ihren Mann, Jeremy und Gavin gab. Ich würde gerne mehr darüber erfahren.“

Sie nickte, entspannte sich und lockerte ihre Hände. „Es war immer Gregs Traum, sein eigenes Unternehmen aufzubauen. Es war ihm eigentlich egal, in welcher Branche. Jeremy war es auch egal, solange man damit Gewinn machen konnte. Er hatte einen ausgeprägten Sinn für Finanzen. Die Brauerei war Gavins Idee. Ich bin mir nicht sicher, ob es einen Grund dafür gab, außer dass Gavin Bier mochte.“

„Es war also Gavins Herzensprojekt?“

„In gewisser Weise. Aber alle drei brachten ihre eigene Leidenschaft in das Unternehmen ein. Ohne Gregs unermüdlichen Einsatz wäre das nie etwas geworden. Wenn er sich etwas in den Kopf gesetzt hatte, war er nicht mehr zu bremsen."

Denise schien in längst vergangenen Erinnerungen zu schwelgen und direkt in die Vergangenheit zu blicken. Raven ließ sie gerne erzählen.

„Ich nehme an, Sie wissen bereits über Gavin Bescheid. Er machte einen dummen Fehler und geriet in Schwierigkeiten. Als Gavin ins Gefängnis musste, sah es so aus, als würde die Firma scheitern. Was ist eine Brauerei ohne ihren Braumeister? Aber Greg hat sich reingekniet und Ersatz gefunden. Und damit Erfolg gehabt."

„Und als Gavin dann aus dem Gefängnis entlassen wurde, hat Greg ihn zurückgeholt?"

Sie lächelte. „So ist Greg eben. Er ist durch und durch loyal. Freunde und Familie stehen für ihn immer an erster Stelle."

„Waren Sie jemals in das Geschäft involviert?"

„Am Anfang habe ich in der Verwaltung ausgeholfen, aber als Marcus geboren wurde, habe ich mich zurückgezogen. Sandra hatte da bereits bewiesen, dass sie mehr als fähig war."

„Erzählen Sie mir mehr über Jeremy. Als ich das letzte Mal hier war, haben Sie mir erzählt, dass seine Frau früh gestorben ist."

Denise seufzte. „Brustkrebs. Es war furchtbar traurig. Ich glaube, die Brauerei wurde für ihn eine Art Ersatzfamilie." Sie blickte wehmütig drein. „Die ersten Jahre waren für uns alle schwer. Die Firma steckte noch in den Kinderschuhen, Jeremy war verwitwet, Gavin war im Gefängnis. Und Greg war so viel unterwegs, immer auf Reisen. Aber die Brauerei florierte trotz alledem. Greg hat sein ganzes Herzblut in das Unternehmen gesteckt. Deshalb bedeutet es ihm so viel. Und deshalb war er immer so entschlossen, es an die nächste Generation weiterzugeben. Sie können sich nicht vorstellen, wie sehr ihn der Verlust von Marcus und Anthony getroffen hat.“

„Glauben Sie, dass Sam das Geschäft weiterführen will? Vielleicht mit Ellies Unterstützung? Haben Sie mit ihm darüber gesprochen?“

„Ich weiß, dass Ellie unbedingt bleiben möchte. Sie liebt die Arbeit. Bei Sam bin ich mir nicht sicher. Nach allem, was er durchgemacht hat, will er vielleicht etwas ganz anderes machen.“

„Wollte Gregs Bruder nie etwas mit der Brauerei zu tun haben?“

„Keith? Er und Greg hatten nicht immer das beste Verhältnis.“

„Wissen Sie, warum?“

„Greg hat nie mit mir darüber gesprochen. Als ich ihn kennenlernte, standen sie sich sehr nah, auch in den ersten Jahren der Firma. Dann ist etwas passiert, ich weiß nicht, was.“

Raven wartete, ob sie noch etwas hinzuzufügen hatte, aber ihre Erinnerungen schienen erschöpft. Er erhob sich. „Vielen Dank, Mrs. Earnshaw. Ich überlasse Sie jetzt Sharons Obhut.“

*

Das Restaurant von Keith hatte eine gute Lage im Herzen der Stadt. Es befand sich im Erdgeschoss eines vierstöckigen viktorianischen Reihenhauses am York Place und nannte sich selbst ein Bistro.

Becca freute sich sehr auf das Mittagessen mit Ellie. Nach ihrem Streit mit Sam brauchte sie etwas Aufmunterung, und Ellie wirkte wie jemand, mit dem man Spaß haben konnte. Ellie wartete bereits vor dem Bistro, als Becca leicht außer Atem ankam. Sie war aus dem nahe gelegenen Parkhaus dorthin geeilt, in dem sie Mühe gehabt hatte, selbst ihr bescheidenes Auto in den engen, von Säulen halb versperrten Lücken zu parken. Raven hätte in seinem BMW nicht die geringste Chance gehabt. Sie fragte sich, was er jetzt gerade tat und ob er ihrem

Hinweis auf das Messer nachgegangen war. Der Gedanke, dass Anthony mit demselben Messer erstochen worden war, mit dem sie sich in den Finger geschnitten hatte, ließ sie erschaudern. Es bestätigte ihre Theorie, dass jemand von der Feier für die Morde verantwortlich war. Sie fröstelte bei dem Gedanken, dass sie erst kürzlich mit der Person zusammengetroffen war, die Sam vor den Transporter gestoßen und dann seine beiden Brüder ermordet hatte.

Wenn man einen Mörder doch nur am Gesicht oder an der Art zu sprechen erkennen könnte. *Irgendein äußeres Zeichen des Bösen.* Aber Becca war lange genug Detective, um zu wissen, dass sich ein Mörder meist unbemerkt unter den Mitmenschen bewegte.

Sie begrüßte Ellie mit einem Kuss auf jede Wange. „Entschuldige die Verspätung. Die Parkplatzsuche war ein Albtraum."

Ellie schenkte ihr ein strahlendes Lächeln. „Kein Problem. Komm, lass uns reingehen."

Keith begrüßte sie persönlich im Restaurant. Erneut fiel Becca die große Ähnlichkeit zwischen ihm und seinem Bruder auf. Sogar seine Stimme klang ähnlich. Er nahm ihnen die Mäntel ab und führte sie an einen Tisch im vorderen Teil des Restaurants, direkt am großen Erkerfenster. Der runde Tisch war für zwei Personen gedeckt und mit einer schmalen Glasvase, in der eine rote Nelke steckte, dekoriert. Es sah so aus, als hätte er für sie den besten Platz im Lokal reserviert. „Was möchten die Damen trinken?"

Normalerweise trank Becca nie, wenn sie noch Auto fahren musste, aber nach diesem Vormittag war sie ernsthaft versucht, ein Glas Wein zu nehmen. „Also … eigentlich sollte ich nicht, aber …"

„Heute ist dein freier Tag, oder?", fragte Ellie. „Na los, gönn dir was."

„Na gut", sagte Becca. „Nur das eine." Es war ja nicht so, als hätte sie noch etwas vor. Sam hatte unmissverständlich klargemacht, dass er sie nicht sehen wollte.

Ellie bestellte zwei Gläser Hauswein, und Keith ließ sie mit der Speisekarte allein.

Das Bistro bot eine überraschend große Auswahl an Gerichten, eine Mischung aus traditionellen britischen Speisen, französischen Klassikern und spanischen Tapas-Vorspeisen.

„Dad ist ein fantastischer Koch", schwärmte Ellie. „Schau gar nicht erst auf die Preise. Das geht auf Kosten des Hauses."

„Das ist sehr großzügig." Trotzdem wollte Becca das nicht ausnutzen. Sie wählte einen einfachen pochierten Lachs mit Salat und Pommes. Selbst das erschien ihr extravagant im Vergleich zu dem üblichen Mittagssandwich, das sie bei der Arbeit aß. Ellie entschied sich für die teureren *Moules à la Crème*.

„Jetzt erzähl mir, was dich so mitnimmt", sagte Ellie, nachdem Keith ihre Bestellungen aufgenommen hatte. „Ich sehe an deinen Augen, dass du geweint hast."

Becca war überrascht, wie durchschaubar sie offenbar war. Normalerweise zeigte sie keine Emotionen, aber der Streit mit Sam hatte sie aus der Bahn geworfen. „Es geht um Sam. Wir haben uns gestritten."

„Das passiert den Besten", sagte Ellie mitfühlend und nippte an ihrem Wein. „Wenn du darüber reden willst, höre ich gern zu. Aber wenn es zu privat ist, dränge ich nicht."

Becca war sich nicht sicher, ob sie wirklich darüber reden wollte. Normalerweise teilte sie solche persönlichen Details nicht mit Fremden. Aber Ellie schien eine gute Zuhörerin zu sein, und Sam stand seiner Cousine nahe. Vielleicht konnte sie Becca helfen, seine Gemütslage zu verstehen und herauszufinden, wie man mit ihm umgehen sollte.

„Du hast von Anthony gehört?"

Ellie nickte. „Schockierend, nicht wahr?"

„Zwei Brüder tot."

„Glaubst du, Sam könnte in Gefahr sein?" Ellie hatte

sofort Beccas größte Sorge erkannt.

„Ich schon. Aber Sam will nichts davon hören. Er denkt, ich übertreibe.“

Ellie betrachtete sie nachdenklich. „Ich finde nicht, dass du übertreibst. Jemand hat schon einmal versucht, Sam umzubringen. Warum sollte er es nicht ein zweites Mal versuchen?“

„Eben. Aber er blockt total ab. Ich weiß nicht mehr, was ich sagen soll.“

„Hat die Polizei eine Ahnung, wer dahintersteckt?“

Becca zögerte und war kurz davor, Ellie von dem Messer zu erzählen. Doch im letzten Moment hielt sie sich zurück – ihre polizeiliche Ausbildung schaltete sich ein. „Ich denke, es muss jemand sein, der der Familie sehr nahe steht. Wahrscheinlich jemand mit Verbindung zur Firma.“

Ellie runzelte die blasse Stirn. „Wow, das ist heftig. Aber es schränkt den Kreis der Verdächtigen schon stark ein, oder?“

Vor allem jetzt, wo zwei Familienmitglieder tot waren.

Wer blieb da noch? Becca sah die junge Frau an, die ihr gegenüber saß. Sie hatte Ellie erst am Tag zuvor kennengelernt – und nun saßen sie gemeinsam beim Mittagessen und teilten persönliche Gedanken. Hatte Ellie gewusst, dass sie Detective war? Das musste sie wohl. Hatte sie Becca hierher eingeladen, um herauszufinden, wie die Ermittlungen vorankamen?

Ellie war zur Firma gestoßen, nachdem Sam durch seine Verletzungen überraschend ausgefallen war. Jetzt waren zwei weitere Direktoren ausgeschieden. Greg hatte immer deutlich gemacht, dass er das Unternehmen an die nächste Generation weitergeben wollte, aber wenn Sam starb, wer blieb dann übrig? Ellie war die nächste Verwandte. Würde sie alles erben?

Keith kam an den Tisch, in jeder Hand einen Teller. Er stellte die Speisen vor Becca und Ellie ab. „*Et voilà*. Die Bestellung, meine Damen.“

Ellie strahlte ihn an. „Danke, Dad.“

Er erwiderte ihr Lächeln warmherzig. „Keine Ursache.

Du weißt, dass ich alles für meine Tochter tun würde."

KAPITEL 33

Zurück auf dem Revier versammelte Raven Jess und Tony zu einer Einsatzbesprechung. Er kam gerade von einem Gespräch mit Detective Superintendent Gillian Ellis, die ihm unmissverständlich klargemacht hatte, dass er die Lage in den Griff bekommen musste, bevor noch jemand getötet wurde. Sie musste nicht hinzufügen: „Oder ich ziehe Sie vom Fall ab." Raven war sich seiner prekären Lage nur allzu bewusst.

Auf dem Whiteboard schrieb er unter die Überschrift „Opfer" vier Namen: Jeremy, Marcus, Anthony und Sam.

„Für den Zweck dieser Übung", begann er, „nehmen wir an, dass Jeremys Tod kein Unfall war. Es wäre ein zu großer Zufall, wenn drei Direktoren desselben Unternehmens innerhalb von zwei Jahren ums Leben kommen, ganz zu schweigen vom Anschlag auf Sam, den er nur knapp überlebt hat. Wir sollten auch bedenken, dass es sich um ein Familienunternehmen handelt und dass drei der Opfer Brüder sind. Es ist klar, dass wir es mit jemandem zu tun haben, der der Familie sehr nahe steht."

Er befestigte ein Foto des Messers, das bei Anthonys Leiche gefunden worden war, am Whiteboard. „Wir gehen außerdem davon aus, dass die Mordwaffe am Sonntag aus der Küche des Hauses der Familie Earnshaw während des Empfangs anlässlich von Sams Rückkehr aus dem Krankenhaus und Marcus' Tod entwendet wurde. Nur enge Freunde und Familienangehörige waren eingeladen."

Er pinnte die Gästeliste an, die Sharon Jarvis ihm nach Rücksprache mit Denise geschickt hatte. Insgesamt waren es etwa dreißig Namen. „Eine dieser Personen hat Anthony Earnshaw getötet."

Er schrieb das Wort „Verdächtige" an das Board und unterstrich es. „Wer möchte anfangen?"

Als niemand etwas sagte, begann Raven selbst. „Eines der Probleme bei diesem Fall ist, dass wir nicht mit Sicherheit wissen, ob Sam das eigentliche Ziel war oder ob er mit Marcus verwechselt wurde. Am Abend des Unfalls war es dunkel, das Wetter war schlecht und die Straßenbeleuchtung bot nur eingeschränkte Sicht, zudem trug Sam Marcus' Schirm. Das Attentat auf ihn könnte leicht auf einer Verwechslung beruhen.

Marcus hatte ein klares Motiv, Jeremy aus dem Weg zu räumen, um dessen Posten als Finanzdirektor zu übernehmen. Und als wir erfuhren, dass Sam Marcus und Naomi zusammen auf der Party gesehen hatte, spekulierten wir, dass Marcus versucht haben könnte, ihn zum Schweigen zu bringen, damit die Affäre geheim blieb. Nach Marcus' Tod schien es jedoch, als wäre er von Anfang an das eigentliche Ziel gewesen. Derjenige mit dem stärksten Motiv war dann Anthony. Anthony hatte sogar noch mehr Grund, Jeremy zu töten, denn Jeremy hatte herausgefunden, dass er Firmengelder veruntreut hatte. Wir wissen auch, dass Anthony in der Nacht von Sams Unfall von der Affäre seiner Frau erfuhr und dass er Marcus am Tag dessen Todes zur Rede stellte. Laut Gavin Thompson wiederholte Anthony immer wieder: ‚Er ist ein toter Mann!' Aber jetzt ist auch Anthony tot."

Tony hob die Hand. „Sir, ist es möglich, dass wir es mit mehr als einem Mörder zu tun haben? Vielleicht hat Marcus Sam vor den Transporter gestoßen, oder es war

Anthony, der dachte, er würde Marcus schubsen. Dann hat Anthony Marcus getötet. Jeremys Tod könnte einfach ein Unfall gewesen sein."

„Wer hat dann Anthony getötet?"

„Nun, ich weiß es nicht."

„Wie viele Mörder kann eine Familie haben?", fragte Raven. „Sie sind doch nicht die Borgias."

Oder vielleicht doch? Er verbannte diesen Gedanken in die hintersten Winkel seines Verstandes. „Gehen wir die möglichen Verdächtigen durch. Was denken wir über Gavin Thompson, den Braumeister?"

„Er scheint ein guter Kerl zu sein", sagte Tony. „Geradlinig. Stolz auf seine Arbeit. Er hat Anthony sogar bei sich übernachten lassen, als der eine Unterkunft brauchte."

„Gavin hat mir gegenüber zugegeben", so Raven, „dass Jeremy sich dagegen ausgesprochen hatte, ihn nach seiner Entlassung aus dem Gefängnis wieder in die Firma aufzunehmen. Gavin hatte sicherlich Grund, einen Groll zu hegen. Vielleicht wollte er eine alte Rechnung begleichen. Er war auch die letzte Person, die Marcus lebend gesehen hat."

„Und er hat eine Vorstrafe wegen Totschlags", ergänzte Jess. „Wir wissen also, dass er zu Gewalttaten fähig ist."

„Das war ein Moment der Wut", sagte Tony. „Diese Morde hingegen sind alle sorgfältig geplant."

„Was hätte er davon, Marcus und Anthony zu töten?", fragte Raven.

„Nun, Gavin ist ein Traditionalist", sagte Tony. „Er sehnt sich nach den alten Zeiten. Marcus und Anthony wollten an eine Großbrauerei verkaufen. Das widerspricht allem, woran Gavin glaubt."

„Gut", sagte Raven. „Machen wir weiter mit den Ehefrauen der ermordeten Brüder. Beginnen wir mit Naomi. Wir wissen, dass Jeremy herausgefunden hat, dass Anthony Geld unterschlagen hat. Jeremy drohte, Greg zu verraten, was vor sich ging, wenn Anthony das gestohlene

Geld nicht zurückzahlen würde. Damit hatte Anthony ein klares Motiv, Jeremy zu töten, aber dasselbe gilt auch für Naomi. Sie genoss den Lebensstil, den ihr das zusätzliche Geld bescherte."

Raven freute sich, als Tony und Jess zustimmend nickten.

„Dann kommen wir zu der Nacht der Party. Sam hat sie mit Marcus erwischt, und wir können nicht ausschließen, dass sie versucht hat, ihn zum Schweigen zu bringen. Später weigerte sich Marcus, Olivia für sie zu verlassen. Sie könnte ihn in einem Anfall von eifersüchtiger Wut getötet haben. Und sie könnte Anthony getötet haben, weil ihre Ehe unwiederbringlich zerbrochen war. Im Falle einer Scheidung hätte sie die Hälfte des Vermögens verloren." Er hielt inne. „Was ist mit Olivia? Irgendwelche Ideen?"

Jess hob zögernd die Hand. „Wenn wir mal etwas unkonventionell denken, dann hat sie viele der gleichen Motive wie Naomi."

„Fahren Sie fort", sagte Raven.

„Sie könnte Jeremy umgebracht haben, damit Marcus Finanzdirektor werden konnte. Vielleicht hat sie Sam in der Annahme geschubst, es sei Marcus, nachdem sie ihren Mann mit Naomi erwischt hatte. Und sie könnte Marcus wegen der Affäre getötet haben." Sie zögerte. „Aber ich sehe keinen Grund, warum sie Anthony hätte töten sollen. Er hat ihr nichts getan."

„Vielleicht müssen wir auch die erweiterte Familie in Betracht ziehen", warf Tony ein. „Was ist mit der Cousine, die Sams Job übernommen hat?"

„Ellie", sagte Raven. „Ich wollte gerade zu ihr kommen. Greg betont ständig, wie wichtig es ihm ist, ein Unternehmen aufzubauen, das an die nächste Generation weitergegeben werden kann. Aber was passiert, wenn alle potenziellen Erben ausgeschaltet sind? Wenn die Brüder weg sind, würde vermutlich Ellie alles erben. Und dann ist da noch Gregs Bruder Keith. Wir wissen, dass zwischen ihm und Greg seit Jahren Funkstille herrscht. Steckt er vielleicht hinter all dem, im Interesse seiner Tochter? Und wenn ja, sind Greg und Denise vielleicht die nächsten Ziele?“

Sie starrten auf die Liste der Namen.

„Ganz schön viele Verdächtige“, sagte Jess.

Und die Zeit lief ihnen davon. „Verdammt“, sagte Raven. „Wir übersehen immer noch etwas Entscheidendes.“

*

Becca und Ellie waren die letzten Mittagsgäste, die noch im Restaurant saßen. Trotz Beccas anfänglicher Skepsis gegenüber Ellie hatte sich ihre neue Bekannte als kluge Ratgeberin in Bezug auf Sam erwiesen – *Sei einfach für ihn da, er wird zu dir kommen, wenn er bereit ist* – und das Gespräch geschickt auf positivere Themen gelenkt. Musik, Essen, lokale Veranstaltungen. Es schien, als hätten sie und Becca viele gemeinsame Interessen und ähnliche Ansichten zu allerlei Themen.

Becca konnte sich bald wieder entspannen. Das Essen war hervorragend, der Wein beruhigend und die Unterhaltung anregend. Der Gedanke, Ellie könne die Mörderin sein, verblasste zunehmend. Es war eine Erleichterung für Becca, nach all dem Stress des vergangenen Jahres endlich einmal abschalten zu können. Erst allmählich wurde ihr klar, wie sehr sie selbst unter Sams Koma gelitten hatte. Er hatte ein Jahr seines Lebens verloren, aber sie auch.

Es war an der Zeit, loszulassen und einen Neuanfang zu machen.

Erst als Keith das Schild an der Tür auf „Geschlossen“ drehte, wurde ihr bewusst, wie viel Zeit vergangen war.

Ellie schaute auf die Uhr. „O nein, schon so spät? Ich muss los. Ich habe gleich ein Telefonat mit einem unserer Kunden. Wir sollten das bald mal wieder machen.“

„Das würde mir gefallen“, sagte Becca.

Keith kam an den Tisch. „Ich hatte gehofft, mich noch

auf einen Kaffee zu euch setzen zu dürfen, bevor ihr geht."

„Tut mir leid, Dad, ich muss zurück in die Brauerei." Ellie sah Becca an. „Aber du kannst doch bleiben, oder?"

Becca blickte zu dem Mann auf, der sie so sehr an Greg erinnerte. Die markante Stirn, das dichte dunkle Haar, die schmalen Lippen. Merkwürdig, wie sehr sich Sam äußerlich von seinem Vater unterschied, mit seinem feinen blonden Haar und dem offenen Lächeln. Er ähnelte mehr seiner Mutter.

Becca war sich nicht sicher, worüber sie mit Keith sprechen sollte, aber es erschien ihr unhöflich, seine Einladung abzulehnen, nachdem sie seine Gastfreundschaft genossen hatte. Außerdem wartete niemand auf sie. Sam hatte ihr gesagt, dass sie ihn nicht vom Krankenhaus abholen solle, und zur Arbeit musste sie auch nicht.

„Also gut", sagte sie. „Warum nicht? Aber vielleicht lieber einen Tee?"

Ein Lächeln zeichnete sich auf Keiths Lippen ab. „Natürlich."

Ellie verabschiedete sich mit einer Umarmung von beiden und verließ das Restaurant. Durch das Fenster sah Becca, wie Ellies lila Haar um die Straßenecke verschwand. Es tat gut, eine neue Freundin gefunden zu haben. Zu viele alte Kontakte waren in der Zeit verblasst, in der sie Tag für Tag an Sams Krankenhausbett verbracht und gehofft hatte, dass er endlich aufwachte.

Keith brachte zwei Tassen an den Tisch und setzte sich auf den Stuhl, den Ellie freigemacht hatte.

„Das Mittagessen war köstlich", sagte Becca. „Danke."

„Oh, gern geschehen." Keith schien das Kompliment kaum zu registrieren, sondern blickte abwesend aus dem Fenster. Offenbar lag ihm etwas auf dem Herzen. Als er sich ihr zuwandte, konnte sie die Sorge in seinen Augen lesen. „Ich habe dich gestern mit Sam gesehen. Ist alles in Ordnung zwischen euch beiden?"

„Ja, alles gut."

„Das klingt nicht sehr überzeugend."

Becca fragte sich, was Keith gesehen oder gehört hatte. Während sie sich Ellie gegenüber bereitwillig geöffnet hatte, war es ihr weniger angenehm, ihr Privatleben mit einem Mann zu besprechen, den sie kaum kannte. Selbst wenn er sie gerade zum Mittagessen eingeladen hatte.

Keiths Blick ließ sie nicht los. „Sam ist ein guter Junge. Er kann sich glücklich schätzen, dich zu haben. Und Greg sollte stolz auf ihn sein. Ich wäre es, wenn er mein Sohn wäre."

Becca zuckte mit den Schultern. Sie begann zu bereuen, dass sie Keiths Einladung zum Tee nicht ausgeschlagen hatte. Aber jetzt einfach aufzustehen und zu gehen, wäre unhöflich gewesen.

„Liebst du ihn?", fragte er plötzlich.

Die Direktheit der Frage traf sie so unvorbereitet, dass sie instinktiv antwortete: „Ja."

Sie wischte sich mit dem Handrücken die Tränen weg und ärgerte sich über sich selbst, weil sie einem Mann, den sie kaum kannte, so viel offenbart hatte. Was hatte er für ein Recht, seine Nase in ihre privaten Angelegenheiten zu stecken?

Keith nickte, als hätte ihre Antwort ihm die Erlaubnis gegeben, fortzufahren. „Liebe ist eine mächtige Kraft, nicht wahr? Sie kann einen völlig unvorbereitet treffen und dazu bringen, fast alles zu tun. Aber die Liebe eines Elternteils zu seinem Kind ist die stärkste von allen. Das ist ein unzerstörbares Band." Er beugte sich vor und stützte die Unterarme auf den Tisch. „Ich habe immer versucht, mein Bestes für Ellie zu geben. Ich wollte ihr alles geben, was sie braucht."

Das war ganz und gar nicht die Art von Gespräch, die Becca erwartet hatte. Sie hatte keine Ahnung, worauf Keith hinauswollte, aber er schien eine Reaktion von ihr zu erwarten. „Das glaube ich, Keith. Ellie scheint sehr glücklich zu sein."

„Es ist nicht leicht für einen Vater, ein Mädchen allein großzuziehen. Ellies Mutter erlitt nach der Geburt einen Zusammenbruch. Eine Art Depression, könnte man sagen. Ich habe versucht, ihr zu helfen, aber sie hat sich nie davon erholt. Jahrelang habe ich mich gefragt, ob es meine Schuld war, aber jetzt denke ich, dass sie einfach so war, wie sie war. Sie verließ uns, als Ellie noch ein Baby war. Eines Tages war sie einfach weg. Ich habe nie wieder etwas von ihr gehört."

„Tut mir leid." Becca nahm einen Schluck Tee, denn sie spürte, dass Keith erst dabei war, sich zu dem vorzuarbeiten, was er wirklich sagen wollte.

Er trommelte mit den Fingern auf den Tisch und widersprüchliche Gefühle huschten über sein Gesicht. Dann stand er auf, ging zur Tür und schloss sie ab. Er kehrte auf seinen Platz zurück, als wäre nichts geschehen. „Ich hätte dem schon viel früher ein Ende setzen müssen."

In Beccas Kopf schrillten die Alarmglocken. Was war hier los? Warum hatte Keith die Tür verschlossen? „Wovon sprichst du, Keith? Was hättest du beenden sollen?"

Er beantwortete ihre Frage nicht. „Ellie hat mir erzählt, dass du bei der Polizei bist – stimmt das?"

„Ja."

„Der Mann, der die Ermittlungen leitet, Raven, ist er gut?"

„Er ist der Beste, den wir haben." Sie hatte es als Bestätigung gemeint, aber selbst in ihren eigenen Ohren klang es lahm.

Keith presste die Lippen zusammen. Das war offenbar nicht die Antwort, die er sich erhofft hatte.

„Als Ellies Mutter gegangen ist, war ich plötzlich allein mit einem kleinen Mädchen. Ich hätte damals die Unterstützung meiner Familie gebraucht. Aber der einzige Verwandte, den ich hatte, war Greg, und der war viel zu sehr damit beschäftigt, sein Geschäft aufzubauen. Für alles andere hatte er keine Zeit. Er hat die Menschen um sich herum vernachlässigt. Ich habe ihn um Hilfe gebeten, aber er hat mich weggeschickt."

Keith mied Beccas Blick. Vielleicht fiel es ihm so leichter, all das zu sagen. Sein Kaffee blieb unberührt und wurde langsam kalt.

„Ich konnte sehen, was auf uns zukam – wie bei einem Zugunglück in Zeitlupe. Unvermeidlich."

Beccas Gedanken rasten. Wollte Keith ihr etwas über seine eigene Tochter sagen? Ellie schien zwar völlig normal, aber der Schein konnte trügen. Ein junges Mädchen, das ohne Mutter aufwuchs, ein Vater, der mit dem Restaurant beschäftigt war, Keiths Bruder, der sich weigerte zu helfen … Könnte diesem Mädchen etwas Schlimmes widerfahren sein?

„Keith", sagte Becca, „wenn du versuchst, mir etwas über Ellie zu sagen …"

Er schüttelte heftig den Kopf, seine dunklen Augen blitzten. „Hier geht es nicht um meine Tochter!"

Seine Stimme wurde wieder ruhiger, beinah sanft, als er dort anknüpfte, wo er aufgehört hatte.

„Ich habe Greg gewarnt, aber du weißt ja, wie er ist. Stur. Dickköpfig. Gute Eigenschaften für den Aufbau eines Unternehmens – aber nicht so gut, wenn man Ehemann ist."

Er warf Becca einen prüfenden Seitenblick zu, als wolle er wissen, ob sie verstand, worauf er hinauswollte. Sie glaubte, es zu ahnen, wollte es aber aus seinem Mund hören.

„Ich habe versucht, es ihm zu sagen. *Greg, du musst mehr Zeit mit Denise verbringen*. Aber er wollte nichts davon wissen. Es hat mich nicht überrascht, dass sie Trost bei Jeremy suchte. Jeremy hatte seine Frau an Krebs verloren. Denise war praktisch verwitwet, weil Greg tagelang, manchmal wochenlang unterwegs war, als wäre ihm die verdammte Brauerei wichtiger als seine eigene Ehefrau. Ich habe ihn gewarnt. Ich habe gesagt, dass es passieren würde. Aber er hat sich geweigert, mir zuzuhören."

Die Wahrheit begann zu dämmern. Becca hörte zu, gebannt von Keiths Geschichte.

„Als Marcus geboren wurde, habe ich Jeremys Gesicht in dem Baby gesehen. Wie konnte Greg das nicht auch sehen? Ich habe geschwiegen. Auch bei Anthony. Aber als

Sam geboren wurde, musste ich etwas sagen." Traurigkeit trat in Keiths Augen. „Greg hat danach über zwanzig Jahre kein Wort mehr mit mir gesprochen."

„Marcus, Anthony und Sam waren die Söhne von Jeremy?" Aber Becca kannte die Antwort auf ihre Frage bereits. Sie hatte ihr die ganze Zeit ins Gesicht gestarrt. Gregs dunkles Haar, Sams helles. Gregs breiter Körperbau, Sams schlanke Statur. Sogar ihre Gesichter waren verschieden. Jetzt, da sie es wusste, fragte sie sich, wie sie es jemals hatte übersehen können.

Keith fuhr mit seiner Erzählung fort. „Als Jeremy starb, habe ich mir nichts dabei gedacht. Alle sagten, es sei ein Unfall gewesen. Dann wurde Sam von diesem Lieferwagen überfahren." Er schüttelte den Kopf, wütend auf sich selbst. „Niemand schöpfte Verdacht. Es sah nach einem Unfall aus. Ich konnte es nicht wissen, nicht damals. Aber als Marcus ermordet wurde ... da hätte ich etwas sagen müssen. Ich hätte dem Ganzen ein Ende bereiten sollen. Aber wer hätte mir schon geglaubt?" Er richtete seinen Blick voll und ganz auf Becca. „Jetzt ist auch Anthony tot. Die Zeit des Schweigens ist vorbei. Wer wird der Nächste sein? Sam? Denise? Greg ist von allen guten Geistern verlassen. Er hatte schon immer eine eitle Ader. Dieses ganze Gerede, etwas an die nächste Generation weiterzugeben ... Es geht nur um ihn. Er sieht sich als eine Art römischen Kaiser, der etwas für die Ewigkeit schafft. Er mag mein Bruder sein, aber er ist nicht mehr bei Trost."

„Keith", sagte Becca, „ich muss das melden."

Er nickte. „Ich bin froh, dass du mir glaubst."

„Das tue ich." Sie hatte ihr Telefon bereits in der Hand und wählte Ravens Nummer. Sobald sie seine Stimme hörte, sagte sie es ihm. „Ich weiß, wer der Mörder ist."

KAPITEL 34

Als sein Vater ihn aus dem Krankenhaus schob und ihm auf den Rücksitz des Autos half, war Sam überrascht, seine Mutter auf dem Beifahrersitz vorzufinden. In einen schwarzen Mantel gehüllt und mit aschfahlem Gesicht wirkte sie wie eine Trauernde auf einer viktorianischen Beerdigung. Sie starrte geradeaus und umklammerte ihre Handtasche fest auf dem Schoß. Nun, sie hatte zwei Söhne verloren, sie hatte jedes Recht zu trauern.

Sein Vater hingegen lächelte und hatte gute Laune. „Vergiss nicht, dich anzuschnallen, Sam. Wir wollen doch nicht, dass dir auf dem Heimweg etwas passiert!"

Sam schnallte sich an und fühlte sich dabei wie ein Fünfjähriger. Er musste dringend wieder fit werden und seine Beweglichkeit und Unabhängigkeit zurückerlangen. Die Physiotherapie half, aber sie war anstrengend und er wusste, dass es noch eine Weile dauern würde, bis er wieder richtig laufen, Auto fahren und all die Dinge tun konnte, die er früher für selbstverständlich gehalten hatte.

Während sein Vater den Rollstuhl zum Kofferraum schob und ihn verstaute, beugte Sam sich nach vorne und legte die Hand auf die Schulter seiner Mutter.

„Alles okay, Mum?"

Langsam drehte sie den Kopf zu ihm, und er sah mehr als nur Trauer in ihren Augen.

Es war Angst. Der Anblick reichte aus, um ihm das Blut in den Adern gefrieren zu lassen. „Was ist los, Mum?"

Sie legte eine kalte Hand auf seine und öffnete den Mund, um etwas zu sagen. Doch bevor sie auch nur einen Laut hervorbringen konnte, öffnete sich die Fahrertür und sein Vater sprang in den Wagen. Er schlug die Tür zu, ließ den Motor an und rief mit lauter, jovialer Stimme: „Alle einsteigen!"

Seine Mutter zog ihre Hand zurück, als hätte sie sich verbrannt.

Alle einsteigen! Jetzt fühlte sich Sam wirklich wie ein kleines Kind auf dem Rücksitz. Das hatte sein Vater immer gesagt, wenn sie in den Familienurlaub aufbrachen. Als Jüngster hatte Sam immer in der Mitte gesessen, eingeklemmt zwischen Marcus und Anthony, während sich seine Brüder zankten und rangelten. Er hatte das gehasst. Wie sehr vermisste er seine Brüder jetzt.

Sein Vater ließ den Motor aufheulen, fuhr viel zu schnell rückwärts aus der Parklücke, ohne auch nur einen Blick in den Rückspiegel zu werfen, und raste zur Ausfahrt. Dort bremste er abrupt, trommelte ungeduldig mit den Fingern auf das Lenkrad und wartete hinter einer kurzen Autoschlange darauf, dass sich die Schranke hob. „Gleich geht's weiter", sagte er fröhlich.

Was um alles in der Welt war in ihn gefahren? War das seine Art, mit den jüngsten Tragödien umzugehen? Sich in eine Zeit zurückzuträumen, in der sie noch eine große, glückliche Familie gewesen waren? Aber es gab keine große Familie mehr, nur leere Plätze, auf denen Sams Brüder hätten sitzen sollen. Er konnte die stumme Trauer und den Schmerz seiner Mutter verstehen, aber nicht die aufgesetzte Heiterkeit seines Vaters. Wenn sie nach Hause kamen, mussten sie sich hinsetzen und ein ernstes Wort miteinander reden. Das war längst überfällig.

Sam bereute es jetzt bitterlich, dass er Becca von sich gestoßen hatte. Was hatte er sich dabei nur gedacht? Manchmal war er so verwirrt, dass er nicht mehr wusste, wem er noch vertrauen konnte. Dr. Kirtlington im Krankenhaus, seine eigenen Eltern – sie alle hatten die lebenserhaltenden Maßnahmen abschalten und ihn sterben lassen wollen. Der Gedanke war kaum auszuhalten. Aber er wusste, dass er sich auf Becca verlassen konnte. Nach allem, was sie für ihn getan hatte, stundenlang an seinem Bett gesessen hatte, Tag um Tag, Monat um Monat. Sie hätte sich amüsieren und ein neues Leben ohne ihn beginnen können, aber sie hatte zu ihm gehalten, selbst als sie dachte, er würde nie wieder aufwachen.

Er hätte nie an ihr zweifeln dürfen. Becca hatte einen guten Instinkt – das machte sie zu einer so guten Detective. Wenn sie einen Verdacht hatte, wer hinter den Morden steckte, dann hätte er ihr zuhören und ihre Bedenken ernst nehmen müssen. Jemand, der der Familie nahestand, hatte sie gesagt. Jemand, der am Vortag im Haus gewesen war. Jemand, der in der Brauerei arbeitete.

Er sah die Augen seines Vaters, die ihn im Rückspiegel anstarrten. Augen, die er so gut zu kennen glaubte. Augen, von denen er immer geglaubt hatte, er könne sich auf sie verlassen. Jetzt war in diesen Augen ein Glitzern von – was? Plötzlich kamen sie ihm vor wie die Augen eines Fremden.

Die Augen eines Wahnsinnigen.

*

Kaum hatte Raven das Gespräch mit Becca beendet, rief er PC Sharon Jarvis an. Die Familienkontaktbeamtin nahm fast sofort ab. „Sir?“

„Wo sind Sie?“

„Im Krankenhaus.“

„Sind Sie bei der Familie?“

Sie zögerte kurz, bevor sie antwortete, und Raven

wusste sofort, dass etwas nicht stimmte. „Sie sind mir entwischt, Sir. Greg hat mich gebeten, Kaffee zu holen. Als ich zurückkam, war er verschwunden. Er hat Sam mitgenommen."

„Scheiße."

„Soll ich zum Haus fahren?"

„Nein", sagte Raven. „Greg Earnshaw ist gefährlich. Es ist sehr wahrscheinlich, dass er die Absicht hat, Sam und möglicherweise auch Denise zu töten."

Als er den Hörer auflegte, starrten Tony und Jess ihn mit großen Augen an. „Greg ist der Mörder", erklärte er. „Er ist nicht der Vater von Denises Kindern – das war Jeremy Green. Greg hat gerade Sam und Denise aus dem Krankenhaus entführt. Es besteht akute Lebensgefahr, wir müssen sofort zu seinem Haus. Ich nehme meinen Wagen. Tony, organisieren Sie Verstärkung und kommen Sie dann nach."

*

Die Schlange der Autos, die an der Ausfahrtsschranke warteten, löste sich endlich auf, und sie waren an der Reihe, das Krankenhausgelände zu verlassen. Doch statt nach links in die Scalby Road in Richtung Norden abzubiegen, riss Greg das Lenkrad nach rechts und fuhr auf die Hauptstraße, wobei er nur knapp einen Bus verfehlte, der ihnen laut hupend entgegenkam.

„Dad!"

Sie fuhren nach Süden, nicht nach Hause.

„Wohin fahren wir?", fragte Sam.

Doch sein Vater unterbrach ihn. „Da wir jetzt nur noch zu dritt sind, dachte ich, wir machen eine kleine Spritztour!" Immer noch dieser übertriebene Urlaubs-Tonfall, der ihn zunehmend nervte.

Seine Mutter sagte nichts und wirkte wie erstarrt auf ihrem Platz. Hinten fühlte sich Sam hilflos. Wie ein Kind. Er beschloss, mitzuspielen und seinen Vater in ein Gespräch zu verwickeln.

„Wohin, Dad?“

„Du wirst es sehen, wenn wir dort sind. Eine Überraschung!“

„Findest du nicht, dass es für einen Tagesausflug schon ein bisschen spät ist? Es wird bald dunkel. Ich bin total fertig von der Physiotherapie. Können wir nicht einfach nach Hause fahren? Lass uns das an einem anderen Tag machen.“

„Sei nicht so ein Weichei!“ Der spöttische Tonfall seines Vaters war derselbe, mit dem er Sam und seine Brüder als kleine Jungen ins eiskalte Meer gelockt hatte, was in Scarborough oft der Fall war. „Du wirst es mögen, wenn wir da sind.“

Dad ist endgültig durchgeknallt.

Sam hatte genug von den Spielchen. „Dreh um, Dad!“, befahl er. „Ich habe genug von diesem Unsinn und Mum auch.“

Die Augen des Fremden funkelten ihn wütend im Rückspiegel an.

Sein Vater trat aufs Gaspedal und raste bei Rot über die Ampel. Reifen quietschten, Hupen ertönten. Das Auto schoss davon und hinterließ ein Chaos.

Okay, das hat nicht funktioniert. Sein Vater war fest entschlossen, seinen Plan durchzuziehen. *Eine Überraschung.* Sam hatte keine Ahnung, wohin sie fuhren, aber er beschloss abzuwarten und zu sehen, wo sie landeten. Er begann, auf die Route zu achten, die sie nahmen.

*

Sobald Becca Raven von ihrem Verdacht in Kenntnis gesetzt hatte, schickte sie Sam eine Nachricht. Es war nicht leicht, ihm mitzuteilen, dass der Mann, den er für seinen Vater hielt, in Wirklichkeit ein gemeingefährlicher Irrer war, also beschränkte sie ihre Nachricht auf das Nötigste, wählte ihre Worte sorgfältig und versuchte, die Situation nicht zu dramatisieren. Sie wollte ihn nicht in Panik versetzen.

Ich glaube, Greg steckt hinter allem. Bleib im Krankenhaus. Ich hole dich ab.

Sie verließ das Restaurant und eilte zurück zu ihrem Auto. Die Stadt lag nach dem Mittagessen in einem Dornröschenschlaf, eine ruhige Zeit, in der die meisten Menschen noch bei der Arbeit und die Geschäfte nur mäßig besucht waren. Becca ging schnellen Schrittes los und fiel bald in einen Laufschritt. Gerade hatte sie das Auto erreicht, als ihr Handy piepte. Sam hatte geantwortet.

Im Auto mit Mum und Dad. Verlassen Scarborough. Fahren Richtung Süden, Cayton Bay.

Verdammt!

Greg hätte eigentlich auf dem Heimweg sein sollen. Wenn er die Stadt verließ, musste er der Polizei bereits einen Schritt voraus sein. Was hatte er vor? Becca wagte nicht, es sich auszumalen. Eines wusste sie: Er musste aufgehalten werden, bevor er Sam etwas antun konnte.

Verzweifelt rief sie Raven an. Man hörte an der Geräuschkulisse, dass er im Auto saß. „Sam hat mir gerade geschrieben", sagte sie. „Greg ist auf der A165, fährt Richtung Süden aus Scarborough raus. Sam und Denise sind mit ihm im Auto."

Raven fluchte laut. „Ich weiß, wo er hinwill."

„Wohin?"

„Flamborough Head."

„Sind Sie sicher?"

„Dort hat er sein erstes Opfer getötet, Jeremy Green. Jetzt kehrt er dorthin zurück."

Raven musste Gregs Plan nicht näher erklären. Er hatte bereits Jeremy, Marcus und Anthony ermordet und versucht, Sam zu töten. Jetzt wollte er zu Ende bringen, was er begonnen hatte.

„Wir müssen ihn aufhalten." Becca beendete das Gespräch und warf ihr Handy in das Seitenfach der Autotür. Zum ersten Mal wünschte sie sich, sie hätte Ravens BMW statt ihres kleinen Honda Jazz mit seinem

1,3-Liter-Motor.

Sie startete den Wagen, riss den Schalthebel in den ersten Gang, trat kräftig aufs Gas und ließ die Kupplung ruckartig kommen. Die Reifen quietschten, das Auto schoss nach vorne. Sie zog das Lenkrad herum, nahm die enge Kurve aus dem Parkdeck und raste die erste Rampe hinunter. In einer scharfen Hundertachtzig-Grad-Kurve schleuderte sie das Auto auf die nächste Ebene, überholte einen Wagen, der gerade anfahren wollte, und schoss die zweite Rampe hinunter. An der Ausfahrt steckte sie ihr Ticket in den Automaten und war draußen, kaum dass sich die Schranke hob. Sie fuhr in einem niedrigen Gang, bis der Motor aus Protest aufheulte, und schoss auf die Hauptstraße, wo sie die Ampel überfuhr, die gerade auf Rot schaltete.

So viel Action hatte der Jazz noch nie erlebt.

*

Sie hatten das Stadtgebiet hinter sich gelassen und fuhren nun über offene Landstraßen. Die Ortsschilder von Osgodby und dem Ferienpark Cayton Bay zogen an Sams Fenster vorbei. Doch sein Vater ignorierte die Abzweigungen zu beiden Orten und blieb auf der Hauptstraße in Richtung Filey. Er bremste kaum ab, als er die Abfahrten passierte, und ignorierte die Geschwindigkeitsbegrenzungen und die Schilder, die zu vorsichtiger Fahrweise mahnten. Das Meer bildete einen grauen Fleck zu Sams Linken; zu seiner Rechten sahen die Ferienhäuser in der Nebensaison trist und vernachlässigt aus.

Er tippte eine Nachricht an Becca.

Vorbei an Cayton Bay in Richtung Filey.

„Was tust du da?“, brüllte Greg von vorne.

„Nichts“, sagte Sam und steckte das Telefon in die Hosentasche.

„Ich habe gesehen, dass du am Handy warst. Hast du jemandem geschrieben?“

„Nein."

„Gib es mir!"

„Was? Auf keinen Fall."

„Gib es sofort her!"

„Nein, Dad." Das Handy war seine einzige Verbindung zu Becca. Niemals würde er es freiwillig abgeben.

Doch zu seiner Überraschung wandte sich seine Mutter an ihn. „Tu, was dein Vater sagt, Sam."

Sam schüttelte den Kopf. „Ich bin kein Kind mehr. Ihr könnt mich nicht herumkommandieren!"

Die Augen des Verrückten funkelten ihn aus dem Rückspiegel an. „Wenn du mir das Telefon nicht gibst, fahre ich das Auto von der Straße und bringe uns alle um!"

Um seine Drohung zu untermauern, riss sein Vater das Lenkrad herum und schleuderte das Auto über die weißen Mittelstreifen in die Spur eines entgegenkommenden Lastwagens. Dessen Fahrer hupte laut.

Die Augen seiner Mutter weiteten sich vor Angst. „Er meint es ernst, Sam. Gib ihm das Telefon."

„Na schön." Sam reichte ihm das Handy, und sein Vater riss es ihm aus der Hand. Er lenkte den Wagen zurück auf die linke Spur, als der Lastwagen vorbeidonnerte und sie um wenige Zentimeter verpasste. Dann ließ er das Fenster herunter und warf das Handy hinaus.

„Hey!", schrie Sam. „Das ist mein Telefon!"

„Sitz still und sei ruhig!", brüllte sein Vater. „Wenn alle in dieser Familie täten, was ich sage" – er warf seiner Frau einen zornigen Blick zu – „dann wären wir jetzt nicht in dieser Situation."

Das Licht begann zu schwinden. Greg schaltete das Fernlicht ein und ignorierte die Warnsignale der entgegenkommenden Fahrer, die durch das grelle Licht geblendet wurden. Ein Kreisverkehr kam in Sicht, doch er fuhr geradewegs darüber hinweg, ohne abzubremsen oder anderen Fahrzeugen die Vorfahrt zu gewähren. Glücklicherweise war die Straße frei.

Ein Schild kündigte die Ausfahrt nach Filey an, aber

Greg fuhr weiter, jetzt in Richtung Bridlington.

Eine Kälte kroch Sam den Nacken hinauf. Seine Nackenhaare stellten sich auf. Plötzlich wusste er, wohin die Fahrt ging. Es waren noch sieben Meilen, aber bei diesem Tempo würden sie in weniger als zehn Minuten dort sein.

Er wünschte, er hätte sein Telefon, um es Becca zu sagen. Aber vielleicht hatte sie es längst erraten.

Flamborough.

Sein Vater wollte mit ihnen zum Flamborough Head.

*

Raven hielt vor dem Haus der Familie Earnshaw in der Scalby Mills Road und bestätigte, was Becca ihm gerade erzählt hatte. Die Fenster waren dunkel. In der Einfahrt stand kein Auto. Greg war ihm entwischt.

Verdammt! Raven schlug mit der Hand auf das Lenkrad, wütend auf sich selbst. Warum hatte er es nicht kommen sehen? Er hatte einen voreiligen Schluss gezogen und lebenswichtige Minuten damit vergeudet, in den falschen Teil der Stadt zu fahren. Greg hatte ihn genauso getäuscht wie alle anderen – zuerst den Gerichtsmediziner, der Jeremys Tod untersuchte, dann die Polizei bei der ursprünglichen Untersuchung des angeblichen Unfalls von Sam und jetzt auch ihn.

Er hatte Sam im Stich gelassen und sein Leben in Gefahr gebracht. Jetzt musste er so schnell wie möglich nach Flamborough, bevor etwas Schreckliches passierte.

Er rief Tony an, um ihn zu informieren.

„Verstärkung ist auf dem Weg, Sir“, sagte der Detective. „Sollte jeden Moment bei Ihnen sein.“

„Vergessen Sie das, Tony. Greg ist auf der A165 in Richtung Süden unterwegs. Ich glaube, er will zum Flamborough Head.“

Tony reagierte gefasst auf die neue Lage. „Ich schicke sofort ein weiteres Fahrzeug los.“

„Gut.“ Raven legte den Gang ein und wendete den

Wagen mitten auf der Straße. Die nächstgelegene Polizeiwache in der Nähe von Flamborough war das Revier in Bridlington, aber dort arbeitete nur ein kleines Team mit einer Handvoll Beamten. Raven wollte sich nicht auf die örtlichen Polizisten verlassen, um den Job zu erledigen. Wenn sie die Klippe erreichten, war es vielleicht schon zu spät.

Wenn Sam oder Denise starben, würde er sich das nie verzeihen.

„Was ist mit Ihnen, Sir?", fragte Tony.

„Ich fahre direkt nach Flamborough."

Wie schnell konnte er dort sein? Von Scarborough aus waren es gut vierzig Minuten, wenn man vernünftig fuhr und sich an das Tempolimit hielt. Er würde es in der Hälfte der Zeit schaffen.

*

Der Parkplatz am Flamborough Head war dunkel und verlassen, als das Auto mit einer Vollbremsung zum Stillstand kam und Sam nach vorne gegen seinen Sicherheitsgurt geschleudert wurde. Sein Vater stellte den Motor ab, und eine drückende Stille legte sich über sie. Nur das Heulen des Windes und das Rauschen der Wellen, die sich unten an den Klippen brachen, waren noch zu hören. Das einzige Licht kam vom Leuchtturm weit oben, dessen heller, schmaler Lichtkegel sich über das dunkler werdende Meer erstreckte.

Vier weiße Blitze, alle fünfzehn Sekunden. Ein Signal für Schiffe auf See, das vor felsigen Küsten warnte und Seeleuten den Weg in den sicheren Hafen wies. Sam wünschte sich, er könnte ein ähnliches Signal an Becca senden, aber ohne sein Telefon war er machtlos. Er konnte nur beten, dass die Polizei bereits unterwegs war.

Wenigstens war die Wahnsinnsfahrt hierher vorbei. Ein Wunder, dass sie überhaupt lebend angekommen waren.

„Da wären wir! Alle aussteigen!" Sein Vater riss die Tür auf und stieg aus. Ein Windstoß drang ins Auto und brachte kalte, feuchte Luft mit sich. Der Kofferraum öffnete sich und Sam hörte, wie der Rollstuhl herausgezogen wurde.

Die Gedanken rasten durch seinen Kopf. Konnte er seinem Vater die Autoschlüssel entreißen und mit seiner Mutter fliehen? Aber nein, seine Arme und Beine waren schwach. Er bezweifelte, dass er es überhaupt bis auf den Fahrersitz schaffen würde. Er konnte kaum laufen und war seit über einem Jahr nicht mehr gefahren. Und nach einem Tag anstrengender Physiotherapie war er bereits erschöpft. Selbst wenn er es irgendwie schaffte, die Schlüssel in die Hände zu bekommen, wäre eine Flucht unmöglich.

Seine Mutter begann, ihre Tür zu öffnen.

„Nein!“, sagte Sam und legte ihr eine Hand auf die Schulter. Sie mussten unbedingt im schützenden Wagen bleiben. Beccas Nachricht hatte ihn gewarnt, dass sein Vater der Mörder war. Sam verstand zwar nicht, warum, aber sein Verhalten während der Fahrt hatte es ihm bestätigt. Er hatte offenbar den Verstand verloren. Er hatte sie bestimmt nicht hierhergebracht, um den Ausblick zu genießen. „Steig nicht aus dem Auto, Mum.“

Aber es war zu spät. Sie schien ihn nicht zu hören. Hilflos sah er zu, wie sie in die dunkle Nacht hinaustrat.

Auch seine Tür wurde aufgerissen.

„Du auch, Junge“, befahl Greg über das Brausen des Windes hinweg. „Hör auf, dich zu drücken.“

Sam wusste, dass er keine Wahl hatte. Mit düsterer Vorahnung zog er sich durch die Türöffnung ins Freie. Ein Windstoß brachte ihn beinahe aus dem Gleichgewicht, doch er stützte sich am Türrahmen ab und schaffte es, auf wackeligen Beinen zu stehen. „Was machen wir hier?“ Seine Stimme war schwach, nach den langen Monaten des Schweigens kaum zu hören gegen das Heulen des Windes. Es herrschte absolute Dunkelheit, die alle paar Sekunden von einem grellen Lichtstrahl durchbrochen wurde. Ein blendend weißer Blitz tauchte die Klippen in ein gespenstisches Licht. Seine Mutter stand mit dem Rücken zu ihm.

„Setz dich.“ Sein Vater legte ihm eine Hand auf die Schulter und zwang ihn, sich in den Rollstuhl zu setzen.

„Wohin gehen wir?“

„Wir machen einen kleinen Spaziergang.“

Der Rollstuhl holperte über einen unebenen Grasweg. Sam klammerte sich aus Angst, herausgeschleudert zu werden, an die Armlehnen. Sein Vater sagte nichts weiter, aber das Brausen und Donnern der Wellen wurde stetig lauter.

*

Der M6 verschlang die Meilen zwischen Scarborough und Flamborough Head und spuckte sie wieder aus. Raven warf nicht einmal einen Blick auf den Tacho, sondern nahm nur das tiefe Grollen des Fünf-Liter-Motors wahr, das feste Lenkrad in seinen Händen, das präzise Ansprechen des Autos. Ein entfesseltes Biest, das er voll unter Kontrolle hatte. Zwanzig Minuten, und er war da.

Und doch war er nicht der Erste am Ziel. Als er am Fuße des Leuchtturms ankam, fuhr gerade ein anderes Auto vor. Die Bremslichter warfen einen roten Schein in die Dunkelheit. Die Autotür flog auf.

Becca. Ja, natürlich.

Er hätte wissen müssen, dass sie nicht untätig warten würde, wenn Sams Leben in Gefahr war.

Er parkte den BMW neben ihrem Wagen und sprang heraus.

Sie spähte bereits durch die verdunkelten Scheiben von Gregs Auto und leuchtete mit ihrem Handy ins verlassene Fahrzeug. „Hier ist niemand!“

Raven legte seine Hand auf die Motorhaube. Der Motor war noch heiß und klickte leise beim Abkühlen. Sie konnten nicht weit gekommen sein. „Ich weiß, wo sie sind“, sagte er zu ihr. „Schnell. Folgen Sie mir.“

KAPITEL 35

Der Rollstuhl schlingerte und ruckelte über den unebenen Boden. Ein Rad sackte in ein Loch, das ein Kaninchen oder ein anderes Tier gegraben hatte, und der Rollstuhl neigte sich gefährlich zur Seite. Fast hätte Sam den Halt verloren. Er klammerte sich fest, die Fingerknöchel vor Anstrengung weiß, während sein Vater mit angestrengtem Grunzen versuchte, das Rad zu befreien. Schließlich löste sich das Rad, und die Fahrt ging weiter, holprig, ruckelnd und blindlings in die Dunkelheit hinein.

Es war eine mondlose Nacht, dicke graue Wolken verdeckten den Himmel. Das Meer war schwarz wie Öl und funkelte doch wie Diamanten, wenn ein greller Lichtstrahl über seine bewegte Oberfläche glitt.

Seine Mutter stolperte neben ihnen her. Mehrmals stieß sie einen erschrockenen Laut aus, wenn sie mit dem Fuß in eine unsichtbare Senke geriet. Aber sie kämpfte sich weiter, verzweifelt bemüht, Schritt zu halten. Hinter ihnen keuchte sein Vater, während er den Rollstuhl über die ungezähmte Landzunge schob. Das Meer rauschte zu Sams Linken und zunehmend auch direkt vor ihnen.

Sie näherten sich dem Rand der Klippen.

„Um Himmels willen, Dad, hör auf!“, rief Sam.

Doch sein Vater ließ sich nicht beirren. „Wir sind gleich da!“

Das Meer wurde immer lauter, und es gab keinen Zweifel mehr, wohin sie wollten. Sam hatte eine Vision, wie sie direkt an den Rand der Klippe marschierten und dann mit Rollstuhl und allem hinabstürzten.

Das durfte er nicht zulassen.

Er griff nach der Bremse und riss sie mit aller Kraft nach hinten. Die Räder blockierten abrupt. Sam wurde nach vorne geschleudert und fiel wie eine Stoffpuppe aus dem Stuhl. Er landete mit einem dumpfen Aufprall auf dem kalten, nassen Boden und schlitterte über das Gras, wobei er versuchte, so viel Abstand wie möglich zwischen sich und seinen Vater zu bringen.

„Das war eine verdammt dumme Aktion!“, brüllte Greg.

Sam bemühte sich, Halt zu finden, aber seine Beine waren zu schwach, der Boden zu uneben, das Gras zu glitschig. Hilflos krabbelte er umher, seine Hände zerrten an den Schlammklumpen, und Tränen traten ihm in die Augen. Er war zu schwach, um aufzustehen, und zu gebrechlich, um zu kämpfen.

Sein Vater tauchte über ihm auf, schwer keuchend. Der Dampf seines Atems stieg in der Kälte auf wie der Rauch eines Ungeheuers. „Zurück in den Stuhl!“

„Dad“, flehte Sam. „Bitte!“

Aber starke Arme griffen nach ihm, packten ihn an den Schultern, zogen ihn den schlammigen Weg entlang, zerrten ihn hoch und hoben ihn zurück in den Rollstuhl.

Erschöpft sackte Sam in den Rollstuhl. Tränen schossen ihm in die Augen, er schluchzte über seine eigene Hilflosigkeit. „Warum tust du das?“, fragte er.

„Sag es ihm, Greg!“ Die körperlose Stimme seiner Mutter schien aus dem Nichts zu kommen. In ihrem schwarzen Mantel war sie gegen den Nachthimmel fast unsichtbar. „Sag ihm die Wahrheit. Alles.“

Sam wartete, voller Angst vor dem, was er gleich erfahren würde, und doch wusste er, dass er es hören musste.

Sein Vater lehnte sich schwer gegen die Stuhllehne und keuchte atemlos. Als er schließlich sprach, klang seine Stimme erstaunlich sanft. „Ich war ein guter Vater für dich, nicht wahr, Sam?"

„Das warst du, Dad." Die Worte klangen wahr. Sam erinnerte sich an die guten Zeiten, an viele davon. Familienurlaube, Tage am Strand, als er auf den Schultern seines Vaters geritten war. „Du warst immer ein großartiger Vater."

Sein Vater schien mit der Antwort zufrieden. „Erinnerst du dich, wie wir früher hier waren? Nur du und ich. Wir sind an den Klippen entlanggelaufen, haben uns den trinkenden Dinosaurier angesehen und im Café Eis gegessen."

„Ich erinnere mich, Dad. Wir hatten eine tolle Zeit."

„Jeremy hat dich nie hierhergebracht, oder?"

„Jeremy?" Sam blickte von einem Elternteil zum anderen. Das Gesicht seines Vaters war vor Wut verzerrt, seine Mutter errötete vor Scham.

Und plötzlich ergab alles einen Sinn. Die kleinen Aufmerksamkeiten von Jeremy im Laufe der Jahre. Die gut ausgewählten Weihnachts- und Geburtstagsgeschenke; das rege Interesse an seiner Schullaufbahn; die Zeit, die er sich genommen hatte, um ihm bei der Arbeit im Betrieb alles zu zeigen.

Seine Mutter weinte jetzt. Laut, heftig, herzzerreißend. „Es tut mir so leid, Sam. Ich wollte es dir schon so lange sagen."

„Lügnerin!" Greg spuckte ihr das Wort entgegen. „Glaub ihr kein Wort, Sam."

„Ich wollte das nie", fuhr sie unbeirrt fort, „aber in den Anfangsjahren des Betriebs war dein Vater" – sie warf einen Blick auf Greg und wandte sich dann wieder Sam zu – „nie da. Ich war so einsam. Jeremys Frau war gestorben und er war auch allein. Jeremy und ich – wir haben uns verstanden. Wir waren füreinander da."

„Du warst seine Hure!", brüllte Greg. „Ich habe dir vertraut. Als mein eigener Bruder mir sagen wollte, was los ist, habe ich ihn abgewiesen. Du hast mich verraten!"

Sie zuckte zusammen, blieb aber standhaft. „Wie hast du es herausgefunden?"

Greg lächelte. Ein hässliches Zucken im Mundwinkel, das ihn noch wahnsinniger aussehen ließ. „Vor zweieinhalb Jahren. Ich habe im Krankenhaus einen Gentest machen lassen – wegen möglicher Veranlagung zu Krebs oder Alzheimer, wie bei meinem Vater. Nichts davon hatte ich. Aber der Test hat etwas anderes gezeigt: Ich habe eine seltene Chromosomenanomalie. Ich bin unfruchtbar. Ich kann keine Kinder zeugen."

Sam ließ diese Worte auf sich wirken. Vor zweieinhalb Jahren. Ein Zufallsfund, der eine verhängnisvolle Kette von Ereignissen ausgelöst hatte. Jeremys Tod. Der Anschlag auf sein eigenes Leben. Die Ermordung seiner Brüder. Kalte, geplante Morde, anfangs als Unfälle getarnt. Die kranken Taten eines Wahnsinnigen.

Denise nickte. „Geht es dir um Rache, Greg? Wenn ja, dann lass Sam gehen. Er ist unschuldig. Ich werde für meinen Fehler bezahlen, aber bitte lass ihn gehen."

Greg grinste sie an. „Jeremy zu töten, war meine Rache. Jetzt geht es darum, die Dinge wieder in Ordnung zu bringen. So, wie sie hätten sein sollen. Ich will nicht, dass mein Lebenswerk in die Hände eines deiner Bastarde fällt!"

Das Wort verletzte Sam wie ein Schlag ins Gesicht. *Bastard.* War es das, was er war?

Greg ging auf Denise zu. „Du bist nicht besser als eine gewöhnliche Hure!"

„Und du bist ein Mörder!", schrie sie.

Die Anschuldigung zerriss die Luft wie ein Messer.

Sam war wie erstarrt – alles, was er kannte und woran er geglaubt hatte, war wie eine Sandburg unter einer riesigen Welle in sich zusammengebrochen.

Greg holte aus und schlug seiner Frau ins Gesicht.

„Mum!“, schrie Sam. Er versuchte aufzustehen, doch Greg drückte ihn brutal zurück in den Rollstuhl.

„Hör auf zu flennen!“, schrie er. Dann legte er beide Hände auf die Griffe des Rollstuhls und schob.

„Dad?“

Aber die Räder drehten sich bereits. Die Bremse war gelöst, das Gras war abschüssig. Von hinten hörte Sam seine Mutter schreien.

Greg drückte fester, und der Rollstuhl nahm Fahrt auf.

„Dad, hör auf!“

Aber es kam keine Antwort, nur das angestrengte Keuchen seines Vaters, während er den Stuhl in Richtung Klippenrand schob. Schneller und schneller, während der Hang der Landzunge steiler und das Tosen des Meeres immer lauter wurde.

Sam spürte die salzige Gischt auf seinen Wangen und sah, wie sich vor ihm die Weite des Meeres auftat. Sie waren fast am äußersten Rand. „Dad!“, schrie er.

„Nenn mich nicht so!“, brüllte Greg. „Ich bin nicht dein Vater!“

*

„Da drüben!“, rief Becca. „Schnell!“

Sie war Raven voraus, dessen alte Beinverletzung ihn behinderte. Die Landzunge war in der Dunkelheit eine Todesfalle, ein Minenfeld aus unsichtbaren Mulden und Rinnen, die nur darauf warteten, sich in unachtsamen Füßen zu verfangen. Das Gras war nass und glitschig, der Pfad rau und ungepflegt. Raven schwenkte seine Taschenlampe und war sich des steilen Abgrunds nur wenige Meter zu seiner Linken bewusst. Er konnte das unerbittliche Donnern und Krachen der Wellen hören, die sich gegen die Kreidefelsen unter ihm warfen.

Und irgendwo in der Dunkelheit trieb ein wahnsinniger Mörder sein Unwesen.

Raven stöhnte vor Anstrengung, bemüht, mit seiner jüngeren Kollegin Schritt zu halten. In der Ferne konnte er gerade noch die Linie der Klippen ausmachen. Sie waren schon fast da, nahe jener Stelle, an der Jeremy seinen vorzeitigen Tod gefunden hatte. Hinter ihnen durchbrach der Lichtstrahl des Leuchtturms die Dunkelheit und fing drei Gestalten im Schein ein.

„Nähern Sie sich vorsichtig", rief er Becca zu. „Wir wollen ihn nicht erschrecken."

Der Schrei einer Frau durchschnitt die Nacht wie ein Messer.

Denise.

„Dafür ist es zu spät", sagte Becca. Sie rannte los.

Raven fluchte über sein Bein und beschleunigte sein Tempo.

*

Sam war zu schwach, um sich zu wehren, und Greg war stark. Kräftig gebaut wie ein Stier. Sam hatte sich immer gewünscht, so kräftig zu sein wie sein Vater, um Hindernisse einfach aus dem Weg zu räumen. Doch er ähnelte seinem Vater – seinem wahren Vater – und wuchs zu Jeremys Ebenbild heran. Größer als Greg, aber schmal gebaut. Blondes Haar, feine Gesichtszüge.

Er war seinem Gegner nicht gewachsen, schon gar nicht in seinem geschwächten Zustand.

Während der Rollstuhl auf den Klippenrand zusteuerte, stiegen ihm Tränen in die Augen und wuschen das Salz des Meeres weg. Er fühlte nur noch Kälte, Angst und Ohnmacht. Er war aus einem endlosen Schlaf in einen Albtraum erwacht. Vielleicht wäre es besser gewesen, nie wieder aufzuwachen.

Und dann dachte er an Becca. Wo war sie jetzt? Was tat sie gerade? Er hoffte, dass sie einen Weg finden würde, ohne ihn weiterzumachen. Er wusste, dass sie es konnte. Sie war stärker als er. Mutiger.

Plötzlich wusste er, dass er nicht sterben wollte. Nicht so enden. Nicht hier. Mit letzter Kraft schleuderte er sich zur Seite, kippte den Rollstuhl um und rollte auf den

Boden. Er schlug mit den Armen um sich und versuchte, den Fall zu bremsen, doch das Gefälle war zu stark. Er rutschte weiter, bis er direkt am Rand stoppte.

Unter ihm tobten die Wellen, warfen Gischt auf, schleuderten Steine und rissen sie wieder mit sich fort. Ein endloser Angriff auf das bröckelnde Land.

Der Rollstuhl krachte über die Kante, stürzte den Abgrund hinunter und verschwand in der Tiefe.

Sam begann, sich die Böschung hinaufzuziehen.

Doch seine Freiheit war nur von kurzer Dauer. Raue Hände packten ihn an der Kehle und pressten die Luft aus seinen Lungen. Er versuchte, sich zu wehren, aber seine Kräfte waren erschöpft. Greg packte ihn an den Armen, drehte ihn um und zerrte ihn zurück an den Rand der Klippe.

Sam hatte sich Sekunden verschafft, aber seine Bemühungen waren umsonst gewesen. Er würde trotzdem sterben, aber wenigstens wusste er jetzt, dass er sein Möglichstes getan hatte, um sich zu retten.

Aus dem Augenwinkel sah er, wie seine Mutter auf der Klippe erschien. Sie holte etwas aus ihrer Handtasche. Er hörte das Klirren von Schlüsseln. Dann hob sie ihren Arm und rammte Greg etwas in den Hals.

Die Hände, die Sam bis an den Rand des Abgrunds gezerrt hatten, ließen von ihm ab. Greg schrie auf und drehte sich zu seiner Frau um.

Sie setzte ihren Angriff fort und stach ihm ins Gesicht, ins Auge und in die Kehle. Eine Mutter, die ihren Jungen beschützte. Greg stieß vor Schmerz einen animalischen Laut aus und warf die Hände hoch, um sich zu verteidigen. Einen Moment lang war er blind, taumelte und war wehrlos.

Bevor Sam begriff, was geschah, stürzte sich Denise mit ausgestreckten Armen auf Greg und stieß ihn über den Rand der Klippe.

*

„Sam!“ Becca sprintete die letzten hundert Meter und wurde erst langsamer, als sie sich der gefährlichen Steilküste näherte. „Bist du in Ordnung?“

Er lag auf dem Boden, keuchend, das Gesicht eine Maske aus Schmerz und Erschütterung. Sie kniete sich zu ihm und legte den Arm um ihn. „Wo ist Greg?“

„An einem Ort, wo er niemanden mehr verletzen kann“, sagte Denise, die wie ein Gespenst aus der Dunkelheit auftauchte. Ihre Stimme klang seltsam ruhig.

Greg war nirgends zu sehen. Aber das Tosen des hungrigen Meeres erzählte seine eigene Geschichte.

Raven kam keuchend näher, ein weiterer schwarzer Schatten in der Nacht. „Sind Sie verletzt, Mrs. Earnshaw?“

„Nein“, sagte Denise. „Aber ich möchte ein Geständnis ablegen.“

„Nein, Mum.“ Sam wandte sich von der Klippe ab und setzte sich mit Beccas Hilfe auf. „Es war ein Unfall. Greg wollte mich über die Klippe stoßen. Er ist ausgerutscht und gestürzt.“

Denise schüttelte den Kopf. „Nein, Sam. Ist er nicht.“ Sie wandte sich an Raven. „Ich habe meinen Mann getötet. Ich habe ihn über die Klippe gestoßen.“

„Du musst das nicht tun, Mum“, schluchzte Sam. „Niemand hat gesehen, was passiert ist.“

Aber Denise war fest entschlossen, die Wahrheit zu sagen. „Keine Lügen mehr, Sam. Ich kann nicht mehr damit leben.“

Raven nickte langsam. „Wir werden das auf dem Revier besprechen.“ Er führte sie zu seinem Auto.

Becca blieb mit Sam zurück. Er zitterte, und sie wickelte ihren Mantel um ihn.

„Es tut mir so leid“, flüsterte er. „Ich hätte auf dich hören sollen. Du hattest die ganze Zeit recht.“

„Ich wünschte, es wäre nicht so“, sagte Becca und wiegte seinen Kopf in ihren Armen. „Ich wünschte es wirklich.“

KAPITEL 36

Als Raven am nächsten Morgen in Lisas Hotel eintraf, empfing ihn in der Eingangshalle der Geruch von gebratenem Speck und frischem Kaffee. Er folgte seiner Nase in den Speisesaal, aber Lisa war nicht unter den Gästen, die dort frühstückten. Also machte sich Raven auf den Weg nach oben und klopfte an ihre Tür.

„Hereinspaziert!"

Sie öffnete ihm lächelnd die Tür, zog ihn ins Zimmer, schlang ihre Arme um seinen Hals und küsste ihn auf die Lippen. Sie roch nach Hotelseife und Shampoo. „Ich habe dich gestern Abend vermisst."

„Ich wurde in etwas verwickelt."

Raven musste an die Szene am Flamborough Head zurückdenken. Er war zu spät gekommen, um einen weiteren Todesfall zu verhindern, aber zumindest war Sam gerettet worden, wenn auch verständlicherweise erschüttert von seiner Tortur. Was Denise anging, so befand sie sich in Gewahrsam. Raven hatte keine andere Wahl gehabt, als sie zu verhaften, obwohl er eine Anklage wegen Totschlags im Affekt empfehlen würde. Ein guter

Anwalt könnte sie mit dem Argument der Notwehr freikriegen. Die Geschworenen würden sich darauf einlassen, zumindest hoffte Raven das. Es bestand kein Zweifel daran, dass Greg die Absicht gehabt hatte, Sam zu töten, und sehr wahrscheinlich auch Denise.

„Macht nichts", sagte Lisa. „Jetzt bist du ja da."

Ihr Koffer lag offen auf dem Bett, in den sie gerade ein Kleid legte. Ihr kurzer Aufenthalt in Yorkshire neigte sich dem Ende zu.

Sie hatte ihn nie nach seiner Arbeit hier in Scarborough gefragt. Für sie war der Polizeidienst nur ein Job. Ein Job, der ihn oft von ihr ferngehalten hatte. Ein Job, der sie letztlich auseinandergetrieben hatte.

Aber er hatte eine zweite Chance bekommen, die Möglichkeit, es besser zu machen. Das Glück war endlich zum Greifen nah. Ein Neuanfang mit seiner Frau und seiner Tochter. Alles, was er tun musste, war, die Hand auszustrecken und danach zu greifen.

Lisa packte weiter. „Ich buche das Hotel in York, wenn ich nach Hause komme. Ich spreche mit Hannah und mache ein paar Terminvorschläge. Du brauchst dich um nichts zu kümmern."

Sie hielt inne, als sie den Ausdruck in seinem Gesicht bemerkte. „Was?"

Die Erkenntnis war ihm gekommen, als er auf der windgepeitschten Klippe stand und auf die Trümmer seiner durch Verrat zerstörten Familie blickte. Wenn er das Leben, das Lisa ihm anbot, annahm, würde es immer eine Stimme in seinem Inneren geben, die ihn flüsternd an ihre Untreue erinnerte. Greg Earnshaw hatte diese Stimme jahrelang ignoriert, und am Ende hatte sie ihn in den Wahnsinn getrieben.

Raven wusste, dass es nicht nur die Arbeit war, die ihn und Lisa auseinandergebracht hatte. Es war nicht einmal ihre Affäre. Die Risse waren von Anfang an da gewesen. Missverständnisse, Fehlkommunikation, Brüche in den Banden, die sie hätten zusammenhalten sollen. Anfangs fast unsichtbar – nur vereinzelte Momente, in denen das

Falsche gesagt wurde. Oder Schweigen, wo es Worte gebraucht hätte. Jahrzehnte unausgesprochener Gedanken, die mit immer größerem Gewicht auf ihrer Ehe lasteten, bis die Kluft zwischen ihnen so groß war, dass Schweigen leichter fiel als Worte.

„Es tut mir leid, Lisa. Es ist vorbei. Unsere Beziehung, unsere Ehe, alles."

Fünfundzwanzig Jahre hatte es gedauert, bis er erkannte, dass er sie nicht mehr liebte. Und nur einen einzigen Herzschlag, um es ihr zu sagen.

„Was! Einfach so?" Lisa sah ihn fassungslos an. „Glaubst du nicht an zweite Chancen, Tom?"

Er zuckte mit den Schultern. Vielleicht tat er das nicht. Manche Dinge waren kaputt und ließen sich nicht mehr reparieren. So zu tun, als wäre es anders, machte alles nur noch schlimmer.

Er musste sie zurückweisen. Nicht aus Grausamkeit, sondern aus Fürsorge.

Was gab es noch zu sagen? Er drehte sich um, verließ den Raum und schied für immer aus ihrem Leben.

*

Raven ging hinunter zum Hafen und an der Ostmole entlang. Die Ebbe hatte eine dicke Schlammschicht im Hafenbecken hinterlassen. Ein reiches Biotop für Muscheln, Würmer und Strandkrabben und ein Festmahl für Vögel.

Er hielt am Ende des Piers an, um sein Bein auszuruhen. Es schmerzte noch immer von den Strapazen des Vortags, aber er beschloss, dem keine Beachtung zu schenken. Dieser dumpfe Schmerz war zu einem ständigen Begleiter in seinem Leben geworden. Man konnte es als Buße betrachten, wenn man dazu neigte, und das tat Raven.

Er blickte über die Bucht, deren Küstenlinie sich nach Süden und Osten zog. Vierzig Meilen entfernt – in Luftlinie etwas weniger – war der Leuchtturm von

Flamborough Head gerade noch zu erkennen. Trotz allem, was geschehen war, spendete ihm dieser Anblick Trost. Ganz gleich, wie rau die See war, dieses Licht würde immer da sein, ein Leuchtfeuer der Sicherheit im Sturm.

Es begann zu regnen und dunkle Wolken zogen über der Bucht auf. Bald würde es einen Wolkenbruch geben. Es war an der Zeit.

Er griff in seine Manteltasche und holte einen kleinen Metallgegenstand heraus.

Sein Ehering.

Ein schlichtes, goldenes Band und doch voller Bedeutung.

Er erinnerte sich an jenen Tag im Standesamt von Kensington und Chelsea. Ein sonniger Samstag im Mai. Lisa in einem cremefarbenen Seidenkleid, er in einem schlichten dunklen Anzug mit einer einzelnen Blüte im Knopfloch. Sein Trauzeuge war ein Offizier der Armee gewesen. Er hatte keine Familie und nur wenige Freunde. Die meisten Gäste hatte Lisa eingeladen. Sie hatten einander in die Augen gesehen und versprochen, sich zu lieben und zu ehren, bis dass der Tod sie schied.

In gewisser Weise hatte der Tod sie geschieden.

Es war Ravens Job als Mordkommissar bei der Met, der ihn so oft vom Familienleben ferngehalten hatte. Zu oft war er nicht da gewesen, wenn Lisa ihn gebraucht hatte.

Doch am Ende war sie es gewesen, die ihr Versprechen gebrochen hatte. Und genau deshalb konnte er ihr nie wieder vollkommen vertrauen. Er war nicht bereit, den Rest seines Lebens in einer solchen Beziehung zu verbringen, egal, ob hier in Scarborough, in London oder irgendwo sonst.

Er ließ den Ring ins Hafenbecken fallen, wo er im Schlamm versank. Vielleicht würde ein neugieriger Strandläufer oder eine hungrige Möwe eine Verwendung dafür finden. Für ihn war er jedenfalls wertlos geworden.

Er wusste, dass es allmählich zur Gewohnheit wurde. Die Überbleibsel seiner Vergangenheit ins Meer zu werfen. Die äußeren Schichten abzustreifen, bis nur noch rohe

Haut übrigblieb. Bis nichts mehr übrig war als sein innerstes Selbst.

Aber jetzt hatte er die letzte Schicht freigelegt. Es gab nichts mehr zu entfernen.

„Es ist vorbei“, sagte er zu den Möwen.

EPILOG

Drei Wochen später

„Möchte noch jemand Weihnachtspudding?“ Sue Shawcross blickte hoffnungsvoll in die Runde am Esstisch. „Sam? Kann ich dich zu einem kleinen Nachschlag überreden?“

„Vielleicht später“, sagte Sam. „Das war köstlich, danke.“ Sam hatte in den letzten drei Wochen bemerkenswerte Fortschritte gemacht, und Becca war sehr stolz auf ihn. Er war nicht mehr auf einen Rollstuhl angewiesen und gewann stetig an Kraft, indem er durch Gewichtheben Muskeln aufbaute.

Sue strahlte ihn an. Unter dem Tisch griff Becca nach seiner Hand. Sie feierten Weihnachten notgedrungen in kleinerem Rahmen. Nur Becca und Sam, Sue und David, Beccas Großeltern und Liam.

„Wie schade, dass Raven nicht dabei sein konnte“, sagte Beccas Großmutter.

Becca sah verlegen zur Seite. „Ich schätze, er hatte andere Pläne.“

Aus irgendeinem Grund war Sue auf die Idee

gekommen, Beccas Chef zum Weihnachtsessen einzuladen. „Ich kann den Gedanken nicht ertragen, dass er an Weihnachten ganz allein ist“, hatte sie gesagt. Becca hatte es nicht übers Herz gebracht, ihrer Mutter zu sagen, dass es die schlechteste Idee aller Zeiten war, Raven einzuladen, und dass das auf keinen Fall passieren würde. Es gab einen Grund, warum Raven Weihnachten allein verbrachte. Becca stellte sich seine dunkle, grüblerische Präsenz am Esstisch vor und war froh, dass sie ihn nicht gefragt hatte.

„Ich könnte ein Stück Weihnachtskuchen vertragen“, sagte Liam. „Mit einem Stück Wensleydale.“

Käse und Weihnachtskuchen – eine alte Yorkshire-Tradition. Eine Kombination, die eigentlich nicht funktionieren dürfte, und doch tat sie es irgendwie.

Sue lächelte ihn milde an. „Natürlich. Ich hol dir einen Teller.“ Sie kam mit einer großzügigen Portion Kuchen und Käse zurück.

Als schließlich sogar Liam zugab, dass er „pappsatt“ war, überredete er alle zu einer Partie Monopoly. Schon als Kind hatte er ein Faible fürs Feilschen und Verhandeln auf dem Spielbrett gehabt – und heute tat er es beruflich, baute sich gerade ein kleines Imperium im wachsenden Ferienwohnungsmarkt von Scarborough auf. Während er sein Immobilienimperium aufbaute, bis er die halbe Stadt besaß und Hotels in den besten Straßen Londons hatte, dachte Becca darüber nach, dass manche Menschen für das Geschäftsleben geschaffen waren und andere nicht. Sie zählte sich zu Letzteren. Sam hielt sich wacker, verteidigte Strand, Fleet Street und Trafalgar Square so lange er konnte, doch am Ende musste auch er klein beigeben und an Liam Miete für Mayfair und Park Lane zahlen.

„Pech gehabt, Kumpel“, sagte Liam und schüttelte Sam die Hand, nachdem er sich alle Karten geschnappt hatte und auf einem Berg Spielgeld thronte. „Manchmal gewinnt man, manchmal verliert man – so ist das eben.“ Er wandte sich an Sue. „Das Spiel hat mir wieder Appetit gemacht. Gibt’s noch ein Truthahnsandwich?“

Becca und Sam zogen sich ins Wohnzimmer zurück.

„Dein Bruder hat ein gutes Näschen für Geschäfte", sagte Sam.

„Oder er ist einfach skrupellos."

„Vielleicht liegt's ihm im Blut."

„Mag sein." Ihre Eltern führten das B&B mit Geschick, aber sie selbst hatte deren Geschäftssinn offenbar nicht geerbt. Sam sah aus, als hätte er etwas auf dem Herzen. „Was ist los?", fragte sie.

„Mir liegt das Geschäftsleben eher nicht", sagte er. Sie wusste, dass er darauf anspielte, dass Greg nicht sein leiblicher Vater gewesen war. „Aber Ellie schon. Sie hat das mit der Brauerei in den letzten Wochen echt gut gemacht. Jetzt übernimmt sie sie ganz, mit Keiths Unterstützung."

„Ich bin sicher, dass sie ihre Sache gut machen wird", sagte Becca.

„Gavin versteht sein Handwerk, wenn es ums Bierbrauen geht", fuhr Sam fort. „Und Sandra ist froh, dass sie bleiben und mehr von der Kundenbetreuung übernehmen kann."

„Und was ist mit dir?", fragte Becca. „Hast du dich entschieden, was du tun wirst?"

Sam nickte. „Genau darüber wollte ich mit dir reden. Ellie braucht mich nicht und ich wäre nur eine Ablenkung, eine Erinnerung an all die schlimmen Dinge, die passiert sind. Ich habe andere Pläne." Er streckte die Hand aus und drückte ihre.

Becca spürte einen Schauer der Vorfreude. So lange hatte sie alle Entscheidungen allein treffen müssen. Sam war nicht in der Lage gewesen, eine Meinung zu äußern. Aber jetzt hatte er sich eindeutig zu etwas entschlossen. Sie nickte ihm aufmunternd zu.

„Die Sache ist die", sagte Sam, „ich kann nicht weiter in Scarborough leben. Ich muss weg von hier und einen Neuanfang machen."

„Okay." Becca fragte sich, was er vorhatte. Einen Job in York oder Leeds vielleicht, oder vielleicht in Newcastle.

Es würde schwierig werden, aber sie würden sich trotzdem an den Wochenenden sehen können. Sie würden einen Weg finden.

Er drückte ihre Hand fester. „Du weißt, dass ich schon immer reisen wollte. Weißt du noch, wie wir vor dem Unfall darüber gesprochen haben?"

Becca erinnerte sich. Sie hatten mit dem Gedanken gespielt, einen Monat Urlaub zu nehmen und ein Abenteuer zu erleben. Südamerika, Asien … Sie hatte nie wirklich daran geglaubt, dass es dazu kommen würde. Aber wenn es das war, was Sam brauchte, um über die jüngsten Ereignisse hinwegzukommen, dann würde sie sicher einen Weg finden. Ein paar Wochen Urlaub standen ihr noch zu.

Sam schenkte ihr ein zaghaftes Lächeln. „Ich dachte, wir könnten nach Thailand gehen und dann Malaysia und Indonesien erkunden und uns dann auf den Weg nach Australien machen. In Australien gibt es tolle Möglichkeiten, Becca. Wir hätten kein Problem, dort Arbeit zu finden."

„Warte! Was sagst du da?" Becca zog ihre Hand weg. „Du willst nach Australien? Dort leben?"

Er nickte eifrig. „Es wäre ein Neuanfang für uns beide. Genau das brauchen wir. Ich kann hier nicht bleiben. Ich muss weg."

Becca war sprachlos. Sie hatte nicht geahnt, dass Sam etwas so Drastisches plante. Sie dachte an all das, was sie im letzten Jahr durchgestanden hatte – wie sie an seinem Bett im Krankenhaus gesessen und sich an die Hoffnung geklammert hatte, als alle anderen die Situation für hoffnungslos hielten. Ohne ihre Familie hätte sie es nicht geschafft. Sams Familie war zerbrochen, aber sie hatte noch ihre Eltern und Großeltern und auch ihren Bruder, auch wenn der sie manchmal auf die Palme bringen konnte. Sie konnte sie nicht einfach zurücklassen und ans andere Ende der Welt ziehen. Und dann war da noch ihr Job als Detective. Mit Raven zu arbeiten, war kein gewöhnlicher Job. Und Raven war kein gewöhnlicher

Detective.

Sie versuchte, sich eine Zukunft an der Seite von Sam vorzustellen, so weit weg von zu Hause zu leben und zu arbeiten, aber es gelang ihr nicht. Stattdessen sah sie sich selbst für Raven arbeiten, mit ihrer Familie ganz in der Nähe.

Die Erkenntnis kam überraschend, aber sie wusste, dass sie stimmte.

„Sag mir, was du denkst", sagte Sam.

„Ich glaube", sagte Becca, „Australien würde dir wahnsinnig guttun. Es ist genau das, was du brauchst."

„Aber?"

„Aber ich komme nicht mit. Ich gehöre nach Scarborough. Das ist mein Zuhause."

*

Die Mikrowelle piepte, und Raven holte das grüne Thai-Hühnercurry aus der Plastikverpackung. Er zog vorsichtig die Folie ab und löffelte das dampfende Curry auf einen Teller mit heißem Reis. Es war nicht gerade das, was man ein traditionelles Weihnachtsessen nennen würde, aber genau das, was er sich vorgestellt hatte, als er die Fertiggerichte bei Marks & Spencer durchstöbert hatte. Es war erstaunlich, was man mit begrenzten Kochmöglichkeiten alles zustande bringen konnte, wenn man wollte. Und es war mal was anderes als Fish and Chips oder Pizza vom Take-away.

Er trug sein Essen zum Tisch hinüber – einem Plastiktisch, den er im Ausverkauf im örtlichen Gartencenter erstanden hatte. Im Winter waren Gartenmöbel günstig, und es lohnte sich nicht, etwas Anständiges zu kaufen, solange das Haus nicht fertig war. Es gab immer noch keine richtige Heizung im Haus, nur einen mobilen Elektroheizer, also aß er im dicken schwarzen Mantel. Er setzte sich hin, klappte seinen Laptop auf und loggte sich bei Skype ein. Nach ein paar Augenblicken erschien Hannah auf dem Bildschirm. Sie sah noch erwachsener aus als in seiner Erinnerung.

„Hey, Dad, frohe Weihnachten." Sie hielt ein Glas Wein hoch.

„Dir auch frohe Weihnachten, mein Schatz. Hast du einen schönen Tag?"

„Großartig, danke. Ich habe zu viel Truthahn gegessen, wie immer."

„Wie geht es deiner Mum?"

Hannah lachte. „Schläft auf dem Sofa. Aber sag ihr nicht, dass ich es dir erzählt habe. Sie hat ein bisschen viel getrunken."

„Werde ich nicht." Er hatte endlich die Scheidung eingereicht und Lisa hatte keine Einwände erhoben. Das hätten sie schon vor Jahren tun sollen. Rückblickend erkannte Raven, dass sie gar nicht erst hätten heiraten sollen. Sie waren viel zu jung gewesen, hatten noch nicht gewusst, was sie vom Leben wollten oder wohin es sie führen würde.

Als er Lisa begegnete, war er auf der Flucht gewesen. Vor seiner Zeit in Bosnien, vor seiner Heimatstadt, vor der Gewalt seines Vaters und vor dem, was er am meisten bedauerte – dass er versehentlich den Tod seiner Mutter verursacht hatte.

Er war sein halbes Leben lang weggelaufen. Es war an der Zeit, damit aufzuhören.

„Wie geht es mit dem Haus voran?", fragte Hannah.

Er war versucht zu sagen, dass es fast fertig war, aber die Zeit der Täuschungen war vorbei. Er drehte den Laptop so, dass sie die Farbeimer, die kahlen Wände, die Bodenplatten und Barrys Leiter sehen konnte.

Hannah schlug die Hand vor den Mund. „O mein Gott. Wie kannst du nur so leben?"

„Es ist nicht so schlimm. Und es wird nicht mehr lange so bleiben."

Die Wahrheit war, dass das Haus noch Wochen, vielleicht Monate von seiner Fertigstellung entfernt war. Am Morgen nach Abschluss der Mordermittlungen hatte Raven auf Barry und seinen Gehilfen gewartet, statt im

Morgengrauen aus dem Haus zu fliehen. Sie hatten sich offen ausgetauscht.

„Was haben Sie angerichtet?“, hatte Raven gefragt und dabei auf die Ruine gedeutet, zu der sein Haus geworden war. „Ich kann hier nicht mehr leben. Mein Haus ist komplett zerstört.“

„Jetzt seien Sie mal nicht so“, hatte Barry gesagt und sich zufrieden umgeschaut. „Wir haben nur den ganzen Müll rausgeholt. Ich weiß, es sieht ein bisschen … Wie sagt man …“

Raven hätte einige passende Worte gewusst. „Es sieht aus wie eine verdammte Katastrophe, Barry.“

„Ja, Kumpel, ich weiß. Aber glauben Sie mir, die Drecksarbeit ist erledigt. Schlimmer wird es nicht. Jetzt bauen wir alles wieder auf. Wenn wir fertig sind, erkennen Sie das Haus nicht wieder. Es wird großartig. Was sagst du dazu, Reggie?“

Der junge Mann sah zu Raven auf, doch sein Gesicht verriet nichts. Er zuckte mit den Schultern und streckte die dünnen Arme in einer unergründlichen Geste aus.

„Sehen Sie?“, sagte Barry. „Reggie findet das auch.“

Fairerweise musste man sagen, dass Barry seitdem echte Fortschritte gemacht hatte. Die freigelegten Wände waren nun mit einer glatten, rosa Schicht aus frischem Putz bedeckt. Die morschen Dielen und Sockelleisten waren durch ordentliches Holz ersetzt worden. In der Küche ragten glänzende Kupferrohre aus dem Boden, bereit für den Anschluss brandneuer Geräte. Wo vorher alles brach lag, kam neues Leben zum Vorschein. Das alte Haus war nicht zerstört – es wurde einer gründlichen Entgiftung unterzogen.

Raven ertappte sich dabei, wie er einen von Barrys Lieblingssprüchen an Hannah weitergab. Man kann kein Omelett machen, ohne ein paar Eier zu zerschlagen. Irgendwie hatte es aus dem Mund von Barry überzeugender geklungen.

Sie unterhielten sich noch ein wenig über die Universität, verabschiedeten sich schließlich und versprachen, öfter in Kontakt zu bleiben.

Ravens Curry war kalt geworden, während sie sich unterhielten, also stellte er es noch einmal kurz in die Mikrowelle, um es aufzuwärmen. Dann legte er etwas Musik auf und machte sich über sein Essen her. Es war ein mieses Jahr gewesen, in jeder Hinsicht trostlos. Aber wie bei seinem Haus hatte er endlich die Fäulnis beseitigt. Die kommenden zwölf Monate konnten nur besser werden.

*

Die Aussicht vom Gipfel war atemberaubend. Jess blickte über das Tal, ein Flickenteppich aus Feldern, jedes in einer anderen Farbe und Form. Grün, braun, gelb, violett. Sie waren nie ganz gleich, ständig wandelte sich das Bild mit den Jahreszeiten. Der Wind war rau, die Luft beißend kalt, aber frisch und äußerst belebend.

Sie hakte sich bei Scott unter. „War doch gar nicht so schlimm, oder?"

Er grinste. „Gar nicht. Deine Familie ist super. Und deine Mum kann hervorragend kochen. Ich wünschte, ich hätte so eine Familie."

Sie war beeindruckt, wie gut er den Ansturm der Onkel, Cousins, Schwägerinnen, Tanten und Nichten während der Weihnachtsfeiertage überstanden hatte. Vier ganze Tage Dauertrubel – ganz zu schweigen von den kritischen Blicken von Familie und Freunden – und er stand immer noch. Wenn er das ertragen konnte, konnte er alles überstehen.

Wenigstens hatten sie es geschafft, in den wenigen Stunden Tageslicht ins Moor zu gehen. Am ersten Weihnachtstag hatte es geschneit, was dem Ganzen eine fantastische Atmosphäre verlieh. Die Temperatur war die ganze Zeit über kaum über den Gefrierpunkt gestiegen, aber sie hatten sich warm eingepackt und waren trotzdem jeden Tag hinausgegangen. Am zweiten Weihnachtsfeiertag waren sie den steilen Hang des Ingleby Incline hinaufgewandert – vier Stunden hin und vier

Stunden zurück – und hatten über das Moor geschaut und sich dabei wie auf dem Gipfel der Welt gefühlt. Heute stand nur eine kleine Tour hinauf zur Chimney Bank auf dem Programm, gleich außerhalb des Dorfes. Die schmale Straße folgte einem Pass, der nach Hutton-le-Hole führte, und war als die steilste Straße Englands bekannt. An der steilsten Stelle betrug die Steigung 1:3. Als sie den Gipfel erreichten, schlug Jess' Herz bis zum Hals, und sie war froh, eine Verschnaufpause einlegen zu können.

Sie konnte sich nicht vorstellen, diese Landschaft jemals hinter sich zu lassen. Scarborough mochte seine Reize haben – nicht zuletzt das sich ständig verändernde Meer und die Küstenwege, die es überblickten –, aber ihr Herz gehörte Rosedale Abbey und so würde es immer bleiben.

Die Dämmerung brach herein, als sie ins Dorf zurückkehrten und sich in die Wärme und den Lärm des Coach House Inn begaben. Ein letzter Drink, bevor sie sich wieder der Familie stellten. Es war ein traditioneller Pub und Restaurant, das aus massivem Yorkshire-Stein gebaut war, um die Elemente abzuwehren. Mit einer Dartscheibe und einem Billardtisch war es auch das pulsierende Herz der kleinen Gemeinde. Ein lodernder Kamin und ein lebhaftes Stimmengewirr begrüßten sie, als sie eintraten.

„Was möchtest du trinken?“, fragte Scott.

„Alles“, sagte Jess, „nur kein Salt Castle Bier.“

Er machte sich auf den Weg in Richtung Bar und sie suchte einen Tisch. Sie nahm in der Nähe des Feuers Platz, streifte ihren Parka ab, nahm ihren Hut ab, ließ ihr Haar offen fallen und genoss das Gefühl der Wärme auf ihrer Haut.

Sie erlaubte sich einen kleinen Seufzer der Erleichterung. Sie hätte sich keine Sorgen machen müssen. Über Weihnachten nach Rosedale zu kommen, war die beste Idee überhaupt gewesen. Scott hatte sich wirklich geöffnet und entspannt, und ihre Beziehung schien endlich auf einem festen Fundament zu stehen. Es würde alles gut werden. Das konnte sie spüren.

⋆

Scott stand an der Bar und wartete, bis er an der Reihe war, bedient zu werden. Er fühlte sich hier zu Hause, im Herzen der North York Moors, in diesem kleinen, freundlichen Dorf. Von einer Familie umgeben zu sein, war eine neue Erfahrung für ihn. Als er aufwuchs, gab es immer nur ihn und seine Mutter. In den letzten Jahren war er allein gewesen. Weihnachten hatte er mit Verlust und Einsamkeit in Verbindung gebracht. Jetzt, mit Jess an seiner Seite, entdeckte er, dass es eine Zeit des Glücks und des Feierns sein konnte.

Sein Telefon vibrierte mit einer eingehenden Nachricht. Er nahm es aus der Tasche und schaute aufs Display.

Ich habe Neuigkeiten über deine Mutter. Wir müssen reden.

Scott zögerte nicht und tippte eine Antwort. Er hatte lange auf diesen Tag gewartet. *Sag mir, wann und wo. Ich werde da sein.*

Die Serie um DCI Tom Raven wird mit Düster in das Dunkel *(Tom Raven #4) fortgesetzt.*

DÜSTER IN DAS DUNKEL
(TOM RAVEN #4)

Ein ungelöster Fall. Neue Wahrheiten, die es aufzudecken gilt. Ein Mörder, der gestoppt werden muss.

Als die Leiche eines Kollegen im Hafen von Scarborough gefunden wird, setzt DCI Tom Raven alles daran, die Hintergründe seines Todes aufzudecken.

Der Mord weist Parallelen zu einem Cold Case auf – dem Tod der Mutter des Opfers. Hat dessen heimliche, inoffizielle Ermittlung ihn ins gefährliche Fahrwasser gebracht? Oder steht sein Tod in Zusammenhang mit den aktuellen nächtlichen Übergriffen auf Frauen? Hinterlassen hat der Tote eine Spur kryptischer Hinweise auf seine letzten Schritte – eine Spur, die Raven vielleicht zur Wahrheit führt.

Auf seiner Suche nach dem Mörder taucht Raven tief in Scarboroughs zwielichtige Nachtwelt ein – und wird dabei mit eigenen Versuchungen konfrontiert.

Die Tom-Raven-Reihe spielt an der Küste von North Yorkshire und ist perfekt für alle, die spannende Polizeikrimis lieben.

VIELEN DANK FÜRS LESEN

Wir hoffen, dass dir dieses Buch gefallen hat. Wenn ja, wären wir dir sehr dankbar, wenn du dir einen Moment Zeit nehmen und eine Rezension bei Amazon hinterlassen könntest. Herzlichen Dank.

BÜCHER DER TOM-RAVEN-REIHE

Tom Raven® ist eine eingetragene Marke von Landmark Internet Ltd.

Die Landschaft des Todes (Tom Raven #1)
Unter der kalten Erde (Tom Raven #2)
Das Sterben des Jahres (Tom Raven #3)
Düster in das Dunkel (Tom Raven #4)

BÜCHER DER BRIDGET-HART-REIHE:

Bridget Hart® ist eine eingetragene Marke von Landmark Internet Ltd.

Todesstreben (Bridget Hart #1)
Morden nach Zahlen (Bridget Hart #2)
Tu nichts Böses (Bridget Hart #3)
In Liebe und Mord (Bridget Hart #4)
Ein dunkel leuchtender Stern (Bridget Hart #5)
Prolog zum Mord (Bridget Hart #6)
Totengeläut (Bridget Hart #7)

ÜBER DIE AUTOREN

M.S. Morris ist das Pseudonym des Autorenduos Margarita und Steve Morris. Beide studierten an der Universität Oxford, wo sie sich 1990 kennenlernten. Zusammen schreiben sie Psychothriller und Kriminalromane. Sie sind verheiratet und leben in Oxfordshire.

www.ingramcontent.com/pod-product-compliance
Lightning Source LLC
LaVergne TN
LVHW041114080826
845145LV00007B/1807

* 9 7 8 1 9 1 4 5 3 7 4 9 3 *